Kriegerherz

Drachenclan 2

Paige Anderson

SIEBEN VERLAG

FSC
www.fsc.org
MIX
Papier aus verantwortungsvollen Quellen
Paper from responsible sources
FSC® C105338

Kriegerherz
Drachenclan 2
Paige Anderson

ISBN-Taschenbuch: 9783864434372
ISBN-ebook-PDF: 9783864434389
ISBN-ebook-epub: 9783864434396

www.sieben-verlag.de

1. Kapitel

„Die Höhlen!“ Liam formte ein Dach mit den Händen und hielt sie dem Bauern vor die Nase, dessen Gesichtszüge steigende Verwirrung spiegelten. „Loch im Berg. Ausgrabungen.“

Die pantomimische Darstellung einer Schaufelbewegung wurde allein von seinen desaströsen Arabischkenntnissen unterboten. Er konnte ausgewählte Sätze in knapp zweiundzwanzig Sprachen aufsagen. Darunter ein auf Klick und Schnalzlauten basierender afrikanischer Dialekt. Aber selbst wenn er den komplizierten Zungenschlag nicht vergessen hätte, käme er mit *Du hast wunderschöne Augen* oder *Du bist etwas Besonderes für mich* an dieser Stelle ohnehin nicht voran. Obwohl die Reaktion des Bauern sicher interessant wäre.

„Na fein.“ Liam ließ den Mann bei seinen Ziegen stehen und richtete seine Aufmerksamkeit auf die Bergkette im Westen. Seit zwei Monaten war er in diesem Land, welches aus Sand, Hitze und noch mehr Sand zu bestehen schien. Hatte er schon den Sand erwähnt? Die sanitären Einrichtungen entbehrten sich jedweder Rechtfertigung, die Betten als unbequem zu bezeichnen, käme einem Kompliment gleich, das olivenölhaltige Essen rumorte ihm im Magen und um dem Ganzen die Krone aufzusetzen, hatte er bisher nicht einen freien Abend gehabt. Demnach brauchte er ein Hotelzimmer zum Schlafen. Ein Hotelzimmer! Unfassbar. Nie musste er für eine Schlafgelegenheit bezahlen. Zwischen den Schenkeln einer Frau schlief es sich nicht nur besser, es war auch gratis. Seine Auserwählte bekam eine unvergessliche Nacht, er Spaß und einen Schlafplatz. Der perfekte Deal. Aber nein. Während dieser Reise blieben seine Nächte kalt, einsam und unbequem.

Dieser Auftrag glich immer mehr einem untragbaren Desaster. Wenn er versagte, würde er den gesamten Drachenclan enttäuschen. Seine Mitstreiter, seine Kameraden, seine Familie. Der Clan war alles, was die Welt noch stabil hielt. Sie zählten auf ihn und Liam kam nicht weiter. Das Einzige, was in Bewegung blieb, war sein Gemüt. Eine beständige Talfahrt mit holprigen Zwischenstopps im Dorf der Ahnungslosen. Die Zeiten waren hart. Härter als irgendeiner von ihnen gedacht hätte. In einer Gesellschaft voller Halbwesen drohten das Gleichgewicht und der damit verbundene Frieden zwischen ihnen und den Menschen zu kippen. Ihre höchste Instanz, der Rat der Nephelim, welcher sich dem Schutz der Menschheit und übernatürlichen Bevölkerung verschrieben hatte und dem jeder Krieger des Drachenclans die ewige Treue schwor, war nicht das, was er vorgab zu sein. Ein Verrat, der tiefer ging als ein Dolchstoß ins Herz, und ihn weitaus mehr bluten ließ. Die Nephelim waren göttlicher Abstammung, stärker als alle Mitglieder des Clans zusammen; ihre leuchtenden Führer Mörder und Betrüger. Keine gerechten, einzigartigen Halbgötter, wie sie von sich behaupteten. Sie rotteten ihr eigenes Volk aus wie Ungeziefer. Leider war das alles noch Theorie, lediglich bestätigt durch Ereignisse der letzten Jahre. Die Nephelim besetzten prestigeträchtige Ämter der Menschen mit Übernatürlichen. Sie stellten die Mächtigsten in ihren Dienst und töteten diejenigen, welche nicht willens waren, dem Rat zu folgen. Dennoch, einen Krieg mit einer verschwindend geringen Chance auf Erfolg aufgrund einer Vermutung anzuzetteln, kam nicht infrage. Es stand zu viel auf dem Spiel. Wenn der Clan sich gegen den Rat wandte, benötigte er stichhaltige Beweise. Die Schriftrolle bot den idealen Ansatzpunkt. Mennox hatte sie vor einigen Monaten gefunden. Da niemand tatsächlich in der Lage war, diese korrekt zu lesen brauchten sie einen Übersetzer. Dringend. Bisher hatte Mennox nur die Vermutung, dass es sich um ein historisches Dokument handeln könnte, welches die Taten der Nephelim bewies.

Wenn sich dies als wahr herausstellte, hatten sie einen handfesten Beweis. Die Buchstaben ähnelten einer Art Keilschrift und konnte nur von jemandem, der sich mit Hieroglyphen auskannte, korrekt entziffert werden. Genau das war Liams Aufgabe. Diesen Jemand zu finden, einzuladen und nach Hause zu karren.

Wütend raffte er sich auf, verließ den Häuserschatten und ging die Sandstraße entlang. Charga war ein verhältnismäßig großer Ort. Die Menschen lebten von Landwirtschaft, welche durch die nahe gelegene Oase gute Erträge abwarf. Die Bauern wohnten in schlicht gehaltenen Steinhäusern und waren freundlicher, als er erwartet hatte. Gastfreundschaft stellte eine wichtige Tugend in der hiesigen Kultur dar. Nicht jeder würde auf einen schwarz gekleideten Riesen mit ebenso finsterer Miene und Laune mit offenen Armen empfangen. Tief im Landesinneren, fern von Touristen, Technik und dem kleinsten bisschen Komfort wunderte es ihn, dass er überhaupt ein Handysignal empfing. Willkommen in der Pampa. Die Bergkette Chargas umfasste mehrere Hektar Boden. Obwohl die Berge nicht hoch emporragten, zogen sich ihre Kämme wie ein spitzes Band über den Horizont. Gleich den gezackten Kanten eines Messers hob sich das Relief vom blassblauen Himmel ab. Liams Wagen war an dieser Stelle in etwa so nützlich, wie ein Igel in einer Kondomfabrik. Zu Fuß würde es Tage dauern, bis er jeden Winkel nach dem Höhlensystem abgesucht hatte. Sofern es dieses gab. Die spärlichen Informationen machten ihn verrückt. Vage Hinweise, schwammige Angaben und miese Sprachkenntnisse waren alles, woran er festhalten konnte. Perfekte Bedingungen. Missmutig stapfte er weiter. Der Sand knirschte unter den Sohlen seiner ruinierten *Gucci* Schuhe. Dieses Land war nichts für Stilorientierte. Der süßliche, marzipanähnliche Geruch des rosa blühenden Oleanders stieg ihm in die Nase. Die zarten Blüten waren die einzigen bunten Farbtupfer, welche die Stadt zierten.

Gerade als er an den letzten Häusern der Siedlung vorbeiging, hörte er eilige Schritte hinter sich. Der Mann, mit dem er zuvor Scharade gespielt hatte, kam auf ihn zu. Die weiße Tunika flatterte um seinen Körper und er wedelte mit den Händen. Pantomime 2.0?

„Nicht dorthin gehen", flüsterte der Mann und ein Anflug von Panik huschte über seine Züge.

„Du sprichst meine Sprache?" Nur mühevoll zügelte Liam seine Stimme. Wieso mühte er sich derartig ab, wenn der Kerl ihn nach Strich und Faden verarscht hatte?

„Ja. Nein. Nicht dort hingehen!" Die braun gebrannte Haut des Bauern warf tiefe Falten, als er den Mund zu einer schmerzerfüllten Maske verzog.

Liam schaute die Straße entlang. Keiner zu sehen. Seine Geduld winkte ihm im Vorbeigehen zu und verabschiedete sich in den Urlaub. Er packte den laut aufquiekenden Mann am Kragen und schob ihn krachend durch eine Weidentür in einen Hühnerstall zu seiner Linken. Flatternde Federknäuel stoben zu allen Seiten, hüllten sie für einen Moment in einen Nebel aus Staub und Gegacker.

„Jetzt hör mir mal gut zu", sagte Liam und beugte sich dicht vor das Gesicht seines Opfers. Der Geruch nach Schweiß, Vieh und Angst kitzelte seine Nase. „Ich bin seit Wochen unterwegs. Ich habe Hunger, Durst und kann mich nur noch dunkel an den Duft einer willigen Frau erinnern. Zudem befindet sich Sand an Körperstellen, wo er wirklich nichts zu suchen hat. Wenn du also nicht willst, dass ich zu deinem schlimmsten Albtraum werde, sag mir, was du über diese verfluchten Höhlen in den Bergen weißt."

Die Gesichtszüge des Mannes drohten endgültig zu entgleisen, doch er blieb stumm.

Ohne den Hals seines Gegenübers loszulassen, griff Liam nach seiner P3 und hielt den Lauf an die Schläfen des Bauern. Er würde seine Hauptwaffe, das Katana, nicht ziehen. Er war ein Drachenkrieger, kein Hühnerdompteur. „Sag mir, was du weißt oder ich schwöre bei allem, was dir heilig ist, ich werde den Stall mit dem Inhalt deines Schädels streichen!“ Das Klicken der Sicherung seiner Pistole ließ den Bauern japsen. Selbst die Hühner stellten ihr aufgeregtes Flattern und Gackern ein. Die hilflosen Atemzüge waren das Einzige, was die Stille durchbrach.

„Leute geben uns Korn und Geld. Keine Ausgrabungen der Regierung. Inoffiziell! Inoffiziell!“

„Wer sind diese Leute?“ Liam drückte die Waffe noch immer an den Kopf des Bauern. Schweißperlen glitten den Lauf entlang.

„Sie geben Geld und Korn. Wissen nicht! Wissen nicht! Sie tun niemandem weh. Sie graben.“

„Wie komme ich da hin?“

„Pfad. Nord-westliche Richtung. An Felsengräber vorbei, große Höhlen. Nicht töten!“

„Geht doch.“ Liam schob die Pistole zurück in das Holster, klopfte dem Mann auf die Schulter und verließ den Stall. Diese Sache wurde zunehmend merkwürdiger. Niemals hätte er es für möglich gehalten, dass es derartig schwer werden würde.

Mennox hatte ihn nach Kairo geschickt, um einen hochdekorierten Professor der Archäologie ausfindig zu machen. Angeblich beherrschte der über zwölf Sprachen fließend, hatte drei Doktortitel und unterrichtete an den Universitäten in Harvard, Yale und Oxford. Eine Koryphäe auf seinem Gebiet. Und zu allem Überfluss noch übernatürlicher Herkunft. Liams spärlichen Informationen zufolge war er dryadischer Abstammung mit einer Affinität zur Erde. Das würde seine Leidenschaft für Dreck erklären. Liam mochte Dryaden. Ihre Verbundenheit zur Natur verlieh ihnen ein sanftes Wesen. Ganz anders als Elfen. Diese bestachen durch Egoismus. Trotz ihres Talents zur Heilkunst übten sie ihre Berufung nur selten aus. Da jedes übernatürliche Geschöpf den Clan kannte, half der Professor ihnen sicherlich bereitwillig.

Dazu musste Liam den Kerl allerdings erst mal finden.

Wieso machte er so ein Geheimnis um seinen Aufenthaltsort? Es ging um alte Knochen, Steine und Kätzchenbilder auf Steinwänden. Gab es etwas Langweiligeres? Das Archäologische Institut in Kairo verweigerte ihm jedwede Information. Angeblich kannten sie keinen Dr. Pherson. Seltsamerweise stand er im Personalregister. Der Startschuss seiner Odyssee durch Ägypten. Und nicht durch die schicken Touristenorte, nein. Statt Sex on the Beach und dem gleichnamigen Cocktail, bekam er Staub, Dreck und einen Hormonstau, der sich gewaschen hatte.

Als er im Schatten der Bergkette ankam, hielt er kurz inne. Er fand den Pfad schnell und begann mit dem Aufstieg. Schweiß perlte seinen Rücken hinab, ließ sein Hemd wie eine unangenehme, zweite Haut an ihm kleben. Die Kampfmontur eines Drachenkriegers bestand aus schwarzer Hose, schwarzem Shirt und einem schwarzen Mantel. Perfekt für eine Klettertour in der beschissenen Wüste. Doch nur der weite Mantel bot ausreichend Sichtschutz für seine Hauptwaffe. Menschen wussten nichts von ihrer Existenz und das sollte so bleiben. Nicht auszudenken was die hiesige Polizei dazu sagen würde, wenn er mit seinem Schwert über einen Basar spazierte. Liam besaß zwar noch seine beiden Pistolen, aber gegen ihren Hauptfeind, die Satyrn, konnte nur eine scharfe Klinge helfen. Satyrn. Wenn er an diese abartigen Kreaturen dachte, drehte sich ihm der Magen um. Sie waren übernatürlich, wie er. Dennoch könnten die Unterschiede nicht größer sein. Die übernatürliche Seite dieser Bastarde war dunkel und bösartig. Ein tollwütiger Pitbull, der seit einer Woche nichts zu fressen hatte, war handzahm dagegen. Sie lebten durch die Pein anderer und weideten sich an der Qual ihrer Opfer. Der Drachenclan bestand aus fähigen Kriegern, und normalerweise stellten Satyrn keine Bedrohung dar. Doch alles hatte sich verändert. Ein heißes Prickeln überfiel seine Brust, und automatisch presste er seine *Gucci* Schuhe fester in den unnachgiebigen Fels. Es war fast vier Monate her, dass er getroffen und fast getötet worden war. Er, ein unsterblicher Drachenkrieger. Niedergestreckt von Kreaturen, die kaum geradeaus pinkeln konnten. Rasch beschleunigte er seine Schritte, um den Schmerz jenes Abends hinter sich zu lassen. Baltes. Wäre der doch nur dort geblieben, wo Venor, einer seiner Kameraden, ihn vor Jahrhunderten gelassen hatte. Am Boden einer Schlucht. Baltes war einst wie er ein Mitglied des Drachenclans gewesen, aber sein Geist war zerfressen und sein Wesen irregeleitet. Venor hatte seinen Kampfesbruder getötet und dafür mit einem Großteil seiner geistigen Gesundheit bezahlt. Baltes hatte überlebt. Getrieben von Rache machte er es sich zur Aufgabe den Clan zu terrorisieren. Mit Erfolg. Liam und seine Kameraden kämpften an zwei Fronten. Der Rat der Nephelim auf der einen Seite und der wahnsinnig gewordenen Baltes auf der anderen. Eine verheerende Mischung.

Ein langer Schatten auf einem Steinplateau erregte Liams Aufmerksamkeit. Ein Höhleneingang. Vorsichtig schlich er näher und entdeckte eine unförmige Tasche auf dem Boden. Auf einem Lederschild waren die Initialen *A. P.* eingeritzt. Volltreffer! Liams Herz sprang im Zickzack. Das erste Mal auf dieser Reise fand ein aufrichtiges Lächeln den Weg auf seine Lippen. Na gut, da war diese hübsche Stewardess gewesen, aber das war kurz nach dem Start des Flugzeugs in den USA. Das zählte nicht. Die Taxifahrerin in Kairo zählte ebenso wenig. Liams Freude starb den Heldentod, als er festgestellt hatte, dass sie deutlich mehr Landmasse in südlichen Gefilden besaß, als eine Frau haben sollte.

Sobald er einen Schritt in das Innere des Gewölbes tat, umspielte ihn die kühle Luft wie eine sanfte Umarmung. Himmel, das tat gut. Der Schweiß auf seiner Haut verwandelte sich von unangenehm heiß und klebrig, in eine wohltuende Kühlung. Seine Augen gewöhnten sich binnen Sekunden an die Dunkelheit. Ein Gedanke ließ ihn jedoch nicht los. Pherson nahm einiges an Mühe auf sich, damit sein Standort unentdeckt blieb. Zudem waren in der Gegend keine größeren Ausgrabungen. Der Bauer hatte was von inoffiziell gefaselt. Hatte der Professor etwas Gewichtiges entdeckt und wollte den Ruhm nicht teilen. Oder er betrieb reine Übernatürlichen-Forschung, was unter den Menschen zweifellos nicht publik gemacht werden sollte. Das würde erklären, warum ein Kerl, der das Bruttoinlandsprodukt eines kleinen Landes verdiente, sich in einer schäbigen Höhle mitten in der ägyptischen Provinz verkroch. Ansehen, Ruhm und Prestige spielten bei den Übernatürlichen keine geringere Rolle, als bei den Menschen.

Je tiefer Liam vordrang, desto mehr zog sich seine Brust zusammen. Wochenlang hatte er auf diesen Augenblick hingearbeitet. Die Wahrheit lag zum Greifen nah. Wenn sich ihre Vermutung bestätigte, dass der Rat nicht die tüchtigen Anführer waren, sondern lediglich gut getarnte Billy the Kids, wäre er auf ewig der, der den Sargnagel ihres Glaubens lieferte und diesen mit hämmernden Schlägen zugrunde richtete.

Ein Pfad schlängelte sich durch den schmaler werdenden Gang. Wie sich herausstellte, war nur der Eingangsbereich der Höhle dunkel. Im Inneren standen Campinglampen zu beiden Seiten des Weges. Ein kratziges Schaben wies ihm den Weg.

Liam hatte, sehr zu seinem Bedauern in Ägypten bisher nicht einen Satyr entdeckt. Gut für die Menschen, schlecht für seine Ausgeglichenheit. Der Ruf seines Katanas nach Blut wurde von Tag zu Tag lauter und stimmte mit den quälenden Rufen seiner Lenden ein Klagelied an. Keine Frauen, kein Kampf, keinen ordentlichen Wodka. Dass er überhaupt zwei Monate überlebte, grenzte an ein Wunder. Vorsichtig zog er sein Schwert und ging mit

Bedacht weiter.

Dieser alte Hund! Liam konnte sich ein anerkennendes Grinsen nicht verkneifen. Ihm den Rücken zugewandt, stand eine Frau vor einer Wand und pinselte Rückstände von einer Art Höhlenmalerei. Er hätte wahrscheinlich ebenso gut mit der Eleganz und Grazie eines betrunkenen Elefanten in die Höhle eindringen können, sie hätte es nicht bemerkt. Sie führte die Pinselstriche hoch konzentriert, als mustere sie jedes herunterrieselnde Staubkorn einzeln.

Dieser Pherson hatte es faustdick hinter den Ohren. Er versüßte sich die staubige Einsamkeit mit einer kleinen Praline, die für ihn die unbequeme Arbeit erledigte. Dicke, tiefrote Korkenzieherlocken wippten bei jeder Bewegung auf ihren Schultern. Die kurze Hose und das enge weiße Tanktop brachten ihren schlanken und muskulösen Körper bestens zur Geltung. Die sonnengebräunte Haut, die stattliche Größe und die strammen Muskeln sowie das für eine Frau breite Kreuz machten Callista schon beinahe Konkurrenz. Callista war die einzige weibliche Drachenkriegerin und stand den Jungs in Kraft und Ausdauer in nichts nach. Der Rotschopf wirkte eher wie eine Kriegerin oder Amazone als eine folgsame Assistentin. Trotz ihrer Größe hatte sie ansehnliche Kurven. Das sogar reichlich. Obwohl sie nicht in sein Beuteschema passte, konnte er seinen Blick nicht abwenden. Zugegeben, sein Beuteschema war einfach gestrickt. Perfekt. Seine Frauen hatten grundsätzlich die richtige Größe, die passenden Maße, eine makellose Frisur und ein frivol, selbstsicheres Auftreten. Etwas anderes erregte normalerweise nicht seine Aufmerksamkeit. Da er für den Moment lebte, erübrigten sich private Details meistens. Welchen Vorteil böte es, ihre Hobbys und Interessen zu kennen, während er mit der Zunge seinem Hobby nachkam?

Der leichte Feuchtigkeitsfilm auf ihren Armen ließ seinen Mund austrocknen. Er beobachtete fasziniert, wie ein

Schweißtropfen den Weg aus ihren Shorts fand und über ihre Kniekehlen floss. Grundgütiger! Wenn das Treffen gut lief, würde er sich diesen Schenkeln eingehender widmen. So viel stand fest. Er würde den Ursprung dieses einen, kleinen Tropfens erkunden. Im besten Fall mit seiner Zunge. Seine Libido meldete sich grollend zu Wort. Er war hungrig. Leise trat er einen Schritt auf sie zu. Ein zarter Duft von Jasmin kroch in seine Nase. Interessant. Sie war ebenfalls dryadischer Herkunft. Umso besser. Bei einem Menschen musste er sich von Zeit zu Zeit noch bemühen. Bei Übernatürlichen hatte er einfaches Spiel. Es war, als würde er einem Alkoholiker einen zwanzig Jahre alten Scotch hinhalten. Die Frauen stürzten sich auf ihn, ohne nachzudenken. Jeder Übernatürliche kannte den Drachenclan. Sie waren Helden, Befreier, Rockstars. Ein Steinchen knirschte unter seinen Sohlen. Er hätte mit einem Schrei oder einem Zucken gerechnet. Doch sie blieb still. Ruckartig erstarrte die rote Füchsin in ihrer Position, den Pinsel über den Kopf erhoben. Liam erkannte, wie ihre Schulterblätter für einen Wimpernschlag verkrampften und wieder entspannten. Sie wusste, dass sie nicht allein war. Diese Selbstbeherrschung war beeindruckend. Ihr Herzschlag, ihre Atmung, ihre Haltung. Dank seiner geschärften Sinne als Drachenkrieger blieb ihm keine Körperregung verborgen.

Und nun? Sie verharrte noch immer reglos.

Er hatte sie ohnehin genug betrachtet, zumindest vorerst, und ergriff das Wort. „Ich wollte dich nicht erschrecken." Seine Stimme rollte dunkel an den Wänden entlang und er verdrehte die Augen. Ja, mach ihr so richtig Angst. Guter Anfang, Idiot.

„Dann hättest du dich nicht anschleichen sollen", erwiderte sie prompt und pinselte die Wand ab ohne sich umzudrehen. Ihr rauchig tiefes Timbre umhüllte ihn, wie ein zarter Nebel. Sie war allein mit einem Mann in einer Höhle. Weit weg von jedweder Hilfe. Und sie klang so beiläufig, dass es schon wieder verdächtig wirkte. Wieso hatte sie keine Angst? Er hätte sie zu gern getröstet. Im Gegenteil zu seinen Single-Kameraden schätzte er die Wärme einer Frau. Zumindest für ein paar Stunden.

Mennox hatte seine Lilian und wurde bald Vater. Ihr Anführer schaute keine andere an.

Venor, der Zweitälteste unter ihnen, war viel zu traumatisiert, weil er Baltes hatte töten müssen, um an irgendeine Form der Nähe zu denken. Selbst als sich herausstellte, dass Baltes lebte, wurde es nicht besser. Eher schlimmer.

Darian war früher in Sachen Frauen aufreißen oft sein Co-Pilot gewesen. Dieser fiel in den letzten Monaten dem tückischen Monster namens Monogamie zum Opfer. Er hatte nur noch Augen für Mercy. Sie war ein Orakel und hatte sich als wichtiges Mitglied des Clans entpuppt. Zusammen mit Mercy spielte Darian jetzt lieber Babysitter für deren Mündel Max, diese kleine Nervensäge, statt mit ihm auf Sauftour zu gehen.

Blieb Callista übrig. Als Frau war sie wenig hilfreich, wenn er das andere Geschlecht beeindrucken wollte. Meistens machte sie sich einen Spaß daraus, ihm in die Parade zu fahren. *Hey Liebling! Der Arzt hat angerufen. Wenn du deinen Lümmel täglich mit der Creme einschmierst, sollten die Herpes-Bläschen bald weggehen.*

„Was willst du?“

Liam riss sich aus seinen Gedanken und straffte seinen Rücken. Bevor er antworten konnte, beobachtete er, wie der Rotschopf langsam in die Hocke ging und die Hand nach einem Werkzeugkoffer ausstreckte. Sofort schrillten seine Alarmglocken, und er umfasste den Griff seines Katanas so fest, dass das Leder knirschte.

Durch einen Vorhang feuriger Locken erhaschte er einen kurzen Blick auf ihr Profil. Für einen Sekundenbruchteil hatten sie Augenkontakt. Sie musterte ihn mit großen, schokoladenbraunen Augen, sog jedes Detail auf.

Seine Libido schnurrte zufrieden, während sie sich an sein wachsendes Ego kuschelte. Gemeinsam genossen sie den Blick einer Frau. Dieser Frau.

Sie richtete sich wieder auf. Ihr runder und einfach nur umwerfender Prachthintern wölbte sich unter dem Stoff. Geschmeidig glitt sie in ihre Ausgangsposition zurück, mit einem zweiten Pinsel in der Hand. Gerissenes Ding! Sie tarnte ihre Neugier hinter einer unschuldigen, beiläufigen Bewegung.

„Ich schätze meine Chancen relativ gering ein, dich mit einem Meißel zur Strecke zu bringen, Krieger. Kein Grund, deine Waffe zu ziehen."

So viel zu seinem Vorhaben, sich von der Begeisterung eines Fans umschmeicheln zu lassen. Seine Libido trat wütend gegen seine Schläfen. Sie spuckte das Wort Krieger, als läge es bitter auf ihrer Zunge. Wo war die Verehrung? Die Ehrfurcht? Der Rotschopf war unfreundlich zu ihm. Unfassbar. Frauen warfen ihm normalerweise mehr zu als einen abschätzigen Blick. In der Regel ihre Höschen.

Er schüttelte die Zweifel ab. Mäuse fing man am besten mit Speck. „Du weißt, wer ich bin, aber ich weiß noch nicht, wer du bist", raunte er so verführerisch er konnte. Das würde seine Wirkung nicht verfehlen. „Du bist am Zu…"

„Ich weiß nicht, wer du bist, lediglich was du bist", unterbrach sie ihn forsch und pinselte an der Wand herum.

„Was bin ich denn?" Sexgott, Liebesguru, Herr der Lenden. All diese Antworten wären akzeptabel gewesen.

„Offiziell? Die Befreier und Beschützer der Übernatürlichen. Inoffiziell? Eine Horde gewalttätiger Barbaren."

Scharfer Rotschopf hin oder her. Damit traf sie einen wunden Punkt. Blitzschnell ging er auf sie zu und drückte ihren Oberkörper mit seinem Gewicht gegen den rauen Fels. Der Pinsel fiel klappernd zu Boden. „Gewalttätig?" Seine Stimme war ruhig. Zu ruhig. Jeder, der ihn kannte, wusste, dass seine leise Stimme der Ruhe vor dem Sturm gleichkam. Er hatte Notstand, ja; sie war heiß, ja. Er hätte nichts dagegen die Finger in ihren Locken zu verschränken und ihren Mund auf seinen zu pressen, um die Süße ihrer Zunge zu erkunden, ja. Aber niemand würdigte den Drachenclan herab. „In einer Welt voller Satyrn und anderen Abscheulichkeiten, von denen kleine Archäologie Assistentinnen nicht zu träumen wagen, ist Pazifismus das Todesurteil für unsere Gesellschaft."

Ihr Atem ging nach wie vor regelmäßig und ihr Körper verriet kein Anzeichen von Angst. Ihre Rückenmuskeln bewegten sich seidig an seiner Brust.

„Es gibt immer einen Weg. Der Tod ist eine Strafe, welche selten verdient und nie zurückgenommen werden kann. Wer bist du, über ein Leben zu entscheiden?"

Ihr Jasminduft drohte seine Sinne zu überlagern, doch ihre Worte brannten wie Gift in seinen Ohren.

„Weißt du, was ein Satyr ist? Sie sind übernatürlich, wie du es bist. Statt einer Elfe oder einer Dryade steckt ein Dämon in ihnen. Ein Dämon, dunkler als die Nacht und böser als der Teufel. Sie brauchen den Schmerz ihrer Opfer, wie die Luft zum Atmen. Sie brechen einen Körper auf, als packten sie ein Weihnachtsgeschenk aus. Sie wickeln die Gedärme auf, wie eine Präsentschleife." Erinnerungen stiegen in ihm auf und seine verheilten Wunden pulsierten schmerzhaft. Rote Augen sahen ihn an, brachten ihn an die Klippen des Todes. „Sie kennen keine Gnade, sie fühlen kein Mitleid. Sie stehen für den Tod. Gewalttätigen Barbaren wie uns hast du es zu verdanken, dass du am Ende der Welt in Ruhe und Frieden im Sand spielen kannst. Wer bist du, das zu schmälern?" Er griff ihre Schultern und drehte sie um. Sie reichte ihm fast bis zum Kinn, was eine beachtliche Größe war. Locken umrahmten ihr wutentbranntes Gesicht. In ihren warmen Schokoladenaugen loderte es wie flüssiges Feuer. Trotz der Sommersprossen strotzte ihre Mimik vor Feindseligkeit.

Schlagartig wurde ihm klar, was er tat. Vom Donner gerührt ließ er sie los und trat nach hinten. Sie war unbewaffnet, schwächer als er, und obwohl sie mehr Wut als Furcht zu empfinden schien, hatte er die Beherrschung verloren. Die Erinnerungen an seine Niederlage plagten ihn jetzt auch am Tag, nicht nur in der stillen Einsamkeit seiner Träume.

„Es tut mir leid."

Sie wandte den Blick ab. Das hatte er ordentlich vergeigt. Zudem schmälerte sein Ausbruch die Aussicht auf Informationen bezüglich des Professors. Würde Dummheit quietschen, bräuchte er heute mehr als ein Ölkännchen.

Behutsam legte er einen Finger unter ihr Kinn und führte ihren Kopf in sein Blickfeld. „Verzeih mir mein Verhalten. Es war nicht meine Absicht dich zu bedrängen." Ihre Haut rieb zart unter seiner Fingerkuppe. Entschuldigungen zählten normalerweise nicht zu seinem Standardrepertoire, aber er meinte es ernst. Das war keine eingeübte Choreografie, welche er ohne nachzudenken ausführte.

Als er seine Hand wegziehen wollte, rollte ein dumpfes Grollen über sie hinweg. Instinktiv zog er sie an sich, hielt sich jedoch eine Hand für sein Schwert frei. „Was zur Hölle ist d…"

Kleine Staubwolken lösten sich von der Höhlendecke und Steinchen tanzten auf dem Boden. Ein Erdbeben? Er stieß die Fersen in den Sand, um eine größere Standfläche zu erreichen. Spitze Fingernägel gruben sich in seinen Arm.

„Wir müssen raus", rief er.

Jedem Erdstoß folgte ein Zittern, das ihren Körper durchfuhr. Ihre Gesichtsfarbe hob sich blass von ihrer gebräunten Haut ab und in ihren Augen stand ein Schrecken, der sich tief in ihre Brust zu krallen schien.

Es war seltsam. Anfangs hatte er sich gewünscht als triumphaler Retter aufzutreten, doch jetzt, da er die Chance dazu hatte, schmeckte er einen bitteren Geschmack auf der Zunge. Der kurze Eindruck in ihr Wesen genügte, um das Bild einer Kriegerin in seinen Kopf zu meißeln. Sie zitternd, weiß und schwach zu sehen, gefiel ihm nicht. „Keine Sorge, ich lasse dich nicht los", flüsterte er und schob kurzerhand einen Arm unter ihre Knie, um sie hochzuheben.

„Nein!" Mit überraschender Kraft, drückte sie sich von ihm weg, taumelte zurück und versetzte ihm einen Stoß.

Diese Frau verstand aber auch alles falsch. Liam wollte nach ihrer Hand greifen, sie zu sich ziehen. Er sprang gerade noch rechtzeitig zurück. Ein großer Steinbrocken löste sich von der Decke und schlug donnernd vor seinen Füßen ein. Die Vibration des Aufpralls jagte durch seine Beine. Sie hatte ihn weggestoßen, weil sie ihn retten wollte? Moment. Sie rettete ihn? Diese Situation gefiel ihm noch weniger als anders herum.

Die Erde bebte von Neuem. Eine Erschütterung folgte der Nächsten. Staub legte sich rau auf seine Lunge, er ignorierte es.

Hinter dem herabgestürzten Felsbrocken fand er sie. Er musste sie nicht sehen, um zu wissen, wo sie war. Ihr stoßweiser Atem, der hämmernde Herzschlag und der bittere Geruch nach Angst wiesen ihm den Weg. In katatonischer Starre kauerte sie am Boden, die Hände auf den Ohren, die Lippen aufeinander gepresst.

„Schon gut", sagte er leise und ging vor ihr in die Hocke. „Du hast eine Panikattacke." Trotz ihres Widerwillens packte er ihre Arme und löste ihre verkrampfte Haltung. „Schau mich an." Die Erdstöße ließen ihre Lider flattern. Er klang barscher als beabsichtigt, aber sie musste sich dringend beruhigen. Ihrer momentanen Atemfrequenz nach zu urteilen, dauerte es nicht lange bis zu einer Ohnmacht.

Zögerlich öffnete sie die Augen.

Sofort fing er ihren Blick auf und beuge sich vor. „So ist es gut.“ Ohne wegzusehen, drückte er sie an seine Brust. „Spüre meine Atmung. Fühle meinen Brustkorb. Er dehnt sich aus und zieht sich zusammen. Vergiss alles andere. Konzentriere dich auf unsere Atmung.“ Liam wusste, wie man eine Hyperventilation bekämpfen konnte. Da er keine Papiertüte zur Hand hatte, tat es auch der Klammergriff. Dass diese Art ohnehin mehr nach seinem Geschmack war, behielt er für sich. Sie stockte, aber nach einer Weile atmeten sie im Einklang und ihr Gesicht verlor den panischen Ausdruck. Das tiefe Braun kam zum Vorschein. Aus der Nähe betrachtet, erkannte er einen hellen Kranz um ihre Pupillen. Er leuchtete und verlieh ihren Augen einen bezaubernden Glanz.

Die Erdstöße verklangen, der Staub legte sich und in der Höhle wurde es still.

„Du kannst mich jetzt loslassen“, sagte sie leise und blinzelte mehrmals. „Das kommt öfter vor. Es liegt an den Ausgrabungen. Das Beben meine ich.“ Obwohl sie deutlich sprach, entging ihm die Hektik in ihrer Stimme nicht.

Sie richteten sich auf. Er nutzte die Gelegenheit, sie an der Hüfte zu berühren, um ihr aufzuhelfen. Weiche Haut regte sich unter ihrem Top. Herrlich. „Verstehe.“ Wenn das nicht das erste Mal war, musste sie dringend an ihrer Krisenbewältigung arbeiten.

„Ich … danke dir. Normalerweise bin ich allein unterwegs. Es ist gefährlich … in den Höhlen.“

„Ich habe zu danken. Selbst mein Dickschädel hätte diesem Felsen da nicht standgehalten.“

Ein zartes Lächeln schlich sich auf ihre Lippen.

„Dann sind wir quitt“, sagte sie und sammelte ihre Werkzeuge vom Boden auf. Der abrupte Wechsel von warmherzig zu gleichgültig kam einem mittelschweren Schleudertrauma gleich. Eben noch hatte sie in seinen

Armen gelegen und jetzt ignorierte sie ihn.

„Wenn es dich nicht stört, Krieger, ich habe noch zu tun. Das Beben hat meine Arbeit ruiniert. Es wird Stunden dauern, den Schaden zu beheben."

Wie bitte? Bekam er soeben eine Abfuhr? „Ich suche einen Professor namens Andi Pherson. Ich brauche seine Hilfe bei einer … Archäologiesache." Archäologiesache? Brillant Liam. Brillant.

„Nun, ich habe ihn nicht in meinem Koffer. Du solltest gehen. Ich … richte ihm aus, dass du ihn suchst."

Seine Füße verweigerten ihm aus mehreren Gründen den Dienst. Sie war viel zu interessant, um sie einfach davonspazieren zu lassen. Er sah sich im Geist schon ihr Hotel googeln. Wichtiger, als den Rotschopf zu erforschen, war jedoch der Professor.

Ein Nein konnte er nicht akzeptieren. „Ich muss dringend mit ihm sprechen. Es ist …"

„Andrea?" Eine Männerstimme durchbrach die Stille. „Andi, Liebling, wo steckst du? Ich habe die Erschütterungen gespürt. Geht es dir gut?"

Andi. Andrea. Jetzt fiel es ihm wie Schuppen von den Augen. Callis Worte hallten in seinem Kopf wider. *Es braucht nicht viel, um dich aufs Glatteis zu führen. Es muss nur einen Arsch und Titten haben.* Er war ein Idiot!

„Du bist Andi Pherson?" Weil sie nicht seinem stereotypischen Bild eines Archäologen entsprach, hatte er sie zur Assistentin abgestempelt.

Sie sagte nichts, sondern schloss die Lider und ließ sich gegen die Höhlenwand fallen.

Resignation?

„Um Himmels willen! Andi!" Der Mann eilte herbei, noch bevor Liam den Arm heben konnte, um sie an der Schulter zu halten.

„David. Ich … Es ist in Ordnung. Ich weiß nicht warum", murmelte sie an die Brust ihres Helfers.

Diese Frau war alles andere als stabil. Gereizt, unhöflich, ängstlich, gleichgültig dann wieder ängstlich. In weniger als zehn Minuten.

„Was hast du mit ihr gemacht?“, schnauzte David ihn an.

„Ich habe nichts getan. Und du solltest deinen Ton überdenken.“ Wieso sprach heute jeder mit ihm, wie mit einem Straßenköter? Hatte er einen Hitzschlag während des Aufstiegs erlitten und halluzinierte?

„Verzeih Krieger.“ Seine Worte versprachen Respekt, den sein Ton nicht einhalten konnte.

Liam ließ ihn gewähren. Aber nur, weil er den Rotschopf stützte.

„Andrea geht es nicht gut, das Erdbeben hat sie geängstigt. Und sie hat zu wenig getrunken.“ Lügen standen wohl auf der Tageskarte.

Liam zog seine Wasserflasche aus der Manteltasche und hielt sie David wortlos hin. Zeit, diese verkorkste Situation aufzuklären. „Ich bin in einer offiziellen Angelegenheit in Ägypten. Ich benötige Hilfe bei einer Übersetzung.“

„Wir wohnen außerhalb des Dorfs an der Oase. Es ist die kleine Pension am Palmengarten. Komm morgen dorthin, dann reden wir“, versprach er und nickte ernst. „Jetzt ist kein guter Moment.“

Andi griff nach dem Wasser und setzte es an die Lippen.

„Sollte das nicht lieber Andi entscheiden?“ Ihm gefiel nicht, dass über sie gesprochen wurde, als wäre sie nicht anwesend. In ihren Augen leuchtete ein Funken auf, den er vorher nicht bemerkt hatte. „Ich werde …“

„Nein. Heute nicht“, unterbrach David sie und ging gebückt an Liam vorbei, Andi an seiner Seite. Sie schaute sich nach ihm um, musterte ihn nachdenklich.

„Wisse, dass ich dich finde. Ich kenne jetzt deine Witterung, weiß, wer du bist“, flüsterte Liam und hielt David am Arm fest. Er hatte seine Beute gefunden. Und würde nicht eher ruhen, bis er die Antworten hatte, wegen denen er hergekommen war. Nach diesem seltsamen Tag hatte er mehr Fragen als zuvor.

Zwei Stunden später saß Liam frisch geduscht und nackt, wie die Götter ihn geschaffen hatten, auf seinem Bett. Sofern man das Brettergestell tatsächlich Bett nennen durfte. In Charga gab es keine Hotels, daher hatte er sich kurzerhand bei dem mittlerweile eingeschüchterten Bauern vom Nachmittag einquartiert. Trotz des eigenen Zimmers sowie einer Außendusche und Verpflegung war er in etwa so willkommen wie Fußpilz.

Die Hitze des Tages kroch schleichend aus seinem Körper, nach zwei Monaten war er den leichten Schweißfilm auf der Haut gewohnt.

Er klärte seinen Geist und überdachte die Geschehnisse in der Höhle. Er hatte Andi Pherson gefunden. Andrea Pherson. In vielerlei Hinsicht eine Überraschung. Sie war eine der Ihren. Weder Angst noch Ehrfurcht hatte sich im Angesicht eines Drachenkriegers in ihrer Mine gespiegelt. Respekt hatte er vergeblich gesucht. Sie war vorlaut, frech und stur. Außer bei dem Beben. Die Furcht in ihren Augen ließ ihn nicht los. Er hatte schon vielen Frauen das Leben gerettet. Heute war es anders gewesen. Dazu kam dieser Gefühlsumschwung. Von den Subtropen zum Nordpol in weniger als drei Sekunden. Diese Gleichgültigkeit brannte wie eine hitzige Ohrfeige. Kurzfristig hatte er sogar damit gerechnet, ihre kräftigen Finger auf der Wange zu spüren. Sie hatte sich beherrscht. Ihre Selbstbeherrschung, die Kraft und der Stolz erinnerten Liam an sich. Doch die Stärke war nur eine Fassade, wie ihm schien. Die Panik war so plötzlich gekommen, dass sie völlig überrumpelt dagestanden hatte. Der taffe, aufrechte Fuchs war verschwunden gewesen. Zurück geblieben war ein verängstigter Welpe. Zwei Gestalten in einer Seele vereinigt. Wieso? Er war nicht der Ursprung ihrer Furcht gewesen. Das hätte er gespürt.

Er musste mit ihr sprechen. Ohne diesen David. Liam traute ihm nicht. Die blonden Haare und die hellen Augen verliehen ihm ein unschuldiges Aussehen. Unter der Oberfläche dieses Mannes schwelte etwas anderes. Andi sperrte sich nicht gegen ihn, trotzte ihm nicht. Sie bot einem Krieger des Drachenclans die Stirn, der weitaus stärker, größer und schneller als sie war. Einem Schlumpf wie David gehorchte sie aufs Wort. Dem musste er auf den Grund gehen. Am besten früher als später. Zumal er ohnedies der Überzeugung war, dass David sich nicht an die Abmachung hielt und sie in der Nacht verschwinden würden.

Er schlüpfte rasch in seine Kleider, und gerade als er hinaustreten wollte, hörte er das Brummen des Vibrationsalarms seines Handys. Mit einem Seufzen nahm er den Anruf entgegen. Wohl wissend, wer am anderen Ende der Leitung war. „Hallo Calli", sagte er und ließ sich auf das Bett sinken.

„Hey du Wüstling." Callista lachte über ihren eigenen Witz. Langsam gingen ihr die guten Wortspiele aus. Sie rief fast jeden Abend an.

Liam wusste, dass sie es gut meinte, aber durch ihre Bemutterung schürte sie den Erfolgsdruck, der seine Schultern ohnehin zu Boden drückte. „Du hattest schon bessere. Das mit dem Kopf in den Sand stecken zum Beispiel."

„Oder die Flinte ins Dattelfeld werfen?"

„Datteln wachsen auf Palmen, Calli."

„Oh, der Herr kennt sich aus. Hängste das Katana endgültig an den Nagel und wirst Kamelzüchter?"

„Ich kreiere die Kamele dann einfach nach deinem Abbild. Hey, dazu müsste ich sie kaum verändern. Ein Bisschen dünner um die Oberschenkel vielleicht."

„Ich erinnere dich ungern an die Fettpölsterchen, die du als Bauchmuskeln bezeichnest."

„Ich mach nur Spaß. Du hast die Beine eines Rehs."
„Grazil und schlank. Absolut richtig."
„Ich wollte eher sagen, so behaart."
„Du bist ein Arsch", erwiderte sie und lachte lauthals. Die kleinen Wortgefechte mit Callista wurden ihm nicht langweilig. Sie stand ihm so nah, wie niemand anderes. Während er sich von den unzähligen Schusswunden erholt hatte, hatte sie ihn nicht eine Minute aus den Augen gelassen. Sie war es, die seine Wunden gereinigt, die Verbände gewechselt und ihm den Schweiß von der Stirn getupft hatte.
„Mennox lässt fragen, wie weit du bist." Jeden Abend dieselbe Leier. Heute konnte er ihr endlich eine andere Antwort geben. „Ich habe Andi Pherson gefunden."
„Ohne Scheiß?" Der Unglaube in ihrer Stimme kränkte sein ohnehin angekratztes Ego. „Ohne Scheiß."
„Wann kommst du zurück mit ihm? Je schneller desto besser. Der Rat wird argwöhnisch, denken wir."
Rauschen und Klirren erschütterte die Leitung. „Er gibt uns ständig Aufträge, die Rebellengruppen aufzumischen. Uns gehen die Ausreden aus."
Rebellen, die keine Rebellen waren. Es gab schon immer aufständische Gruppierungen, welche die Autorität des Rates nicht anerkannten und sich in Verschwörungstheorien verhedderten. Bis auf die Kleinigkeit, dass es vielleicht gar keine Verschwörungen waren, sondern die Wahrheit. Der Clan konnte nicht riskieren, weitere vermeintlich Unschuldige zu töten. Also erfanden sie Märchen, warum der Angriff nicht starten konnte oder warnten die Rebellen anonym vor.
„Wenn ihr die Aktion vom letzten Mal durchzieht?"
Calli schnaubte laut. „Ich werde nicht noch mal auf dem Friedhof Leichen ausbuddeln gehen und sie als unsere niedergestreckten Feinde ausgeben. Das. War. Eklig."
„Aber effektiv."

Würgelaute. „Du liegst ja auch am Strand und schlürfst Cocktails."

„Wenn du wüsstest, wie weit entfernt du von der Wahrheit bist. Ersetze Strand durch Wüste und Cocktail durch Ziegenmilch und es kommt hin."

„Wie ist der Typ?", fragte sie und wechselte somit das Thema. Der Verrat seitens des Rats steckte ihnen noch in den Knochen. Der Schmerz saß zu tief, als dass ein lockeres Gespräch darüber stattfinden konnte. Jedes Wort riss den Schorf erneut auf und ließ sie alle bluten.

„Naja. Groß, gut gebaut, rotes Haar, Sommersprossen. Ach ja und ihr Name ist Andrea Pherson."

Stille. Mit ein wenig Fantasie sah er einen Heuballen durch die Leitung rollen.

„Eine Frau." Keine Frage. Eine Feststellung. „Liam, die Sache ist wichtig für uns. Nur durch eine korrekte Übersetzung können wir sicher sein."

Calli sprach selten in einem derart ernsten Ton mit ihm. Das ließ ihn Galle schmecken. „Denkst du, das weiß ich nicht? Ich werde sie beschützen, zum Clan bringen und wir bekommen alle Antworten, die wir brauchen. Entgegengesetzt zur allgemeinen Meinung, kann ich mich durchaus beherrschen." So wie heute Mittag, ja? Schnauze!

„Ist sie hässlich?"

„Sie ist nicht hässlich!" Sie entsprach nicht dem Typ Frau, den er sonst in sein Bett zog, aber sie war so weit von hässlich entfernt, wie er zu einem Schmetterling. Sie war anders. „Ich kann Berufliches von Privatem trennen. Das solltest du wissen."

„Schon gut. Ich wollte nicht …"

„Schick mir eine Kopie der Schriftrolle per E-Mail. Nutze die verschlüsselte Leitung, dann kann ich es ihr via Tablet zeigen. Wir hören uns morgen." Er beendete den Anruf, ohne auf Callistas Antwort zu warten. Er hatte es satt, nicht ernst genommen zu werden. Dem würde er ein

Ende bereiten. Andi war ein Auftrag. Nicht mehr und nicht weniger. Mit diesem Gedanken machte er sich auf den Weg und betete, dass er recht behielt.

2. Kapitel

Jahrhundertelange Übung hatte Andi zur Meisterin der Selbstbeherrschung erhoben.

Mühevoll stopfte sie jedes kleine Loch ihrer äußeren Fassade, um die Oberfläche so glatt wie möglich zu halten. Auf dass alle Emotionen an ihr abperlten, gleich den Wassertropfen auf einem Lotusblatt. Dieser Umstand war für sie, wie für den Rest der Welt, unumgänglich. Das Zittern ihrer Hände, die Veränderungen ihres Herzschlages lösten eine unaufhaltsame Kaskade unschöner Reaktionen in ihrem Kopf aus. Andis Körper war ihr Gefängnis, ihre Haut das Gitter und ihre Disziplin der Wärter. Sie mochte ihr Gefängnis und war wohl die erste Insassin, welche nicht im Traum daran dachte, auszubrechen. Manche Individuen fristeten ihr Dasein zu Recht abgeschottet von der Außenwelt.

„Wie konnte es so weit kommen, Liebes?“ Davids Stimme riss sie aus ihren Grübeleien zurück in das abgedunkelte Zimmer des Gästehauses, in dem sie wohnten.

„Er hat mich erschreckt“, antwortete sie schlicht und zuckte mit den Schultern. Lügen fiel ihr leicht, bestand doch ihr halbes Leben aus der Vorspiegelung falscher Tatsachen. Der Krieger hatte sie nicht geängstigt. David hatte sie ausreichend informiert. Sein Auftreten hatte alle Erwartungen erfüllt. Raue Erscheinung, fehlende Manieren, ohne Grund feindselig, bewaffnet bis an die Zähne. Eine gewissenhafte Freund-Feind-Kennung funktionierte anders. Wäre er dabei geblieben, wäre es glattgegangen. Aber nein. Es bedurfte keiner Klinge oder Drohung, um ihre Mauer zum Bröckeln zu bringen. Eine aufrichtige Entschuldigung aus dem Mund dieses Mannes, welche so überraschend gekommen war, dass sie nicht damit umgehen konnte, reichte aus. Aus einem Riss wurde ein Loch, aus dem Loch wurde der Schutthaufen ihrer Selbstbeherrschung. Sein Verhalten war so anders, als David ihr berichtet hatte. In seinen erstaunlichen Augen stand Reue. Wer in der Lage war, Reue zu empfinden, war nicht gewissenlos.

„Hast du deinen Anfall mit den Konzentrationsübungen, die ich dir gezeigt habe, überwunden?“

Sie hatte David nie erzählt, dass sie es albern fand, an Backenhörnchen und Hundewelpen zu denken, um sich abzulenken. Ebenso wenig konnte sie ihre wild gewordenen Gedanken mit einem Lasso aus grünen Auen und murmelnden Gebirgsbächen einfangen.

„Ja.“ Zum Glück war ihr Name Pherson und nicht Pinocchio. Die Nase hätte David glatt durchbohrt. Es war nicht so, als hätte sie es nicht ausgetestet. Sie hatte gekämpft, probiert die Löcher ihrer Fassade zu stopfen. Sinnlos. Es war, als hätte sie versucht, einen Wasserfall mit bloßen Händen aufzufangen. Ab diesem Zeitpunkt war alles schiefgegangen. Je mehr ihr bewusst wurde, dass sie kurz vor dem Siedepunkt stand, desto schneller drohte die Panik sie zu übermannen. Erinnerungen prasselten auf sie nieder, drückten ihren Körper endgültig zu Boden. Was blieb ihr anderes übrig, als zu kapitulieren? In einem solchen Zustand hätte auch David ihr nicht helfen können. Oder? Früher erreichte sie diesen kritischen Grad in regelmäßigen Abständen. David hatte keine andere Wahl gehabt, außer sie in Ruhe zu lassen und zu warten, bis das Gewitter vorübergezogen war. Von Zeit zu Zeit betäubte er sie. Dafür war sie dankbar. Heute war es nicht wie sonst. Sie war nicht allein. Der Auslöser war gleichzeitig ihre Rettung. Das Symptom wurde zur Kur. Wenn sie die Augen schloss, konnte sie die Brust des Kriegers spüren, wie sie sich warm gegen sie presste. Seine Körpertemperatur war höher als normal. Sie hatte sich auf ihre taumelnden Gedanken ausgebreitet, sie von innen heraus besänftigt. Von seinem herrlichen Duft umnebelt hatten sich seine Bewegungen auf ihre Haut übertragen, waren in den letzten Winkel ihres Kopfes gekrochen und hatten sie eins werden lassen. Er hatte sie nicht im Stich gelassen. Wie konnte ein derartiger Koloss so sanft sein? War er gar nicht vom Drachenclan? Ähnelte er nur einem dieser Barbaren? Er war nicht brutal, rücksichtslos und egoistisch. Gut, sein Auftreten war unflätig, aber sie war auch nicht die Höflichkeit in Person gewesen. Die Erwähnung der Satyrn hatte ihn auf die Palme gebracht. In dem kurzen Augenblick, in dem er sie mit diesem wilden und zugleich warmherzigen Blick festgenagelt hatte, konnte sie tiefer in ihn hineinsehen, als ihm wohl bewusst gewesen war. Sie alle lebten in ihrer eigenen kleinen Hölle. Separees des Grauens, wie sie diese gern nannte. Getrieben von Vorwürfen, Zweifeln und ohne Fluchtweg in Sicht. Sie kannte diesen Ausdruck, sah sie ihn doch jeden Tag im Spiegel. Satyrn. Laut David waren diese ein Vorwand für Gewalt. Da sie noch nie einen gesehen hatte, kam ihr diese Schlussfolgerung logisch vor.

Wenn ihre Welt tatsächlich von irgendwelchen Monstern terrorisiert werden würde, hätte sie davon gehört. Oder? „Bist du sicher, dass er vom Drachenclan ist?"

David rutschte auf der Bettkante nach vorn und stützte die Ellenbogen auf die Knie.

„Er schien nicht aggressiv zu sein", fügte sie angesichts seines tadelnden Blickes hinzu.

„Sein Name ist Liam. Er ist der Schlimmste von allen. Sein brutales Wesen versteckt er hinter einer silberzüngigen Engelsmaske."

Engel? Liam hatte so viel mit einem Engel gemein, wie sie mit einem Supermodel. Sein strohblondes Haar, welches knapp seine Ohren bedeckte und die stahlblauen Augen wirkten nicht annähernd unschuldig. Der Drei-Tage-Bart war das Sahnehäubchen auf dem Eisbecher der Zügellosigkeit. Der Teufel im Sexgottpelz. Selbst wenn sie sich ein Interesse am anderen Geschlecht hätte leisten dürfen, befand sich Liam weit außerhalb ihrer Reichweite. Er spielte in einer anderen Liga. Perfekte Krieger fanden keinen Spaß an rothaarigen, sommersprossigen, zu groß geratenen Frauen mit gebärfreudigem Becken. Liam war der Footballspieler und sie … die Streberin, die die Trikots wusch. Aber die Gedanken waren frei, also erlaubte sie sich, zu träumen. Vom schönsten Mann, den sie jemals gesehen hatte.

„Was wollte er?“, fragte David, während er ihr Gesicht musterte.

„Hilfe bei einer Übersetzung.“ Sie vertrieb die unsittlichen Fantastereien. Die Tatsache, dass er ihre Expertise brauchte, machte den Sexgott auf einer anderen Ebene interessant. Die Wissenschaft war ihre Leidenschaft, der sie sich ohne Angst hingeben konnte. Es gab keine Ausflüchte, Unfälle, ungewollte Explosionen oder fadenscheinige Erklärungen.

„Um was genau es geht, hat er nicht erwähnt?“

„Nein, leider nicht. Vielleicht ist es ein sumerischer Text? Das wäre toll. Damit haben alle Probleme, denn sie wissen nicht …“

„Das ist unerheblich. Wir werden gleich morgen früh aufbrechen.“

„Was? Wieso?“ Wenn der Krieger ihr hatte wehtun wollen, hätte er die Gelegenheit in der Höhle genutzt.

„Andi. Du darfst ihm nicht vertrauen. Die Krieger des Drachenclans sind bekannt für ihre Instabilität. Sie lachen dir ins Gesicht und stoßen dir beim ersten Anlass ein Messer in den Rücken. Möchtest du das?“

„Nein. Aber …“

„Du kennst mich, seit du ein kleines Mädchen warst. Ich habe dich beschützt, großgezogen und war stets für dich da. Deine Zweifel verletzen mich.“

Ein schmerzhafter Stich durchfuhr ihre Brust. Niemals würde sie vergessen, was er für sie getan hatte. Als alle sie aufgegeben hatten, war er für sie da gewesen. Er war ihr Vater, Bruder und bester Freund.

„Entschuldige. Natürlich vertraue ich dir.“ Sie drückte

sanft seine Hand.

„Ruh dich aus.“ Er küsste sie auf die Stirn, stand auf und ging hinaus.

Die plötzliche Stille im Raum legte sich drückend auf ihre Seele. David hatte vermutlich recht, dennoch hätte sie gern mehr über das Anliegen des Kriegers erfahren. Oder ihn wiedergesehen. Sie war nicht unglücklich mit ihrem Leben. Sie war die Nummer eins auf ihrem Gebiet, kam zu den interessantesten Orten der Welt, sah Dinge, die nur wenige bisher erblicken durften. Wenn man jedoch jeden Nervenkitzel vermied, blieben manche Sachverhalte flach und oberflächlich.

„Au!“ Andi fuhr erschrocken hoch und rieb sich die Schläfe. „Was zum …“ Im Halbdunkel des Zimmers sah sie ein weißes Steinchen am Boden liegen. Wer bewarf sie mit Steinen? Bevor sie sich nach dem Wurfgeschoss bücken konnte, kam ein Zweites durch das Fenster geflogen und landete vor ihren Füßen. Ein Zettel war darum gebunden. Sie ging in die Hocke und wickelte das Papier auf.

Sorry

Das musste ein schlechter Traum sein. Oder ein witziger Traum. Darüber war sie sich noch uneins. Ein weiterer Stein flog ihr entgegen. Geschickt fing sie ihn auf.

Darf der silberzüngige Barbar reinkommen?

Ihr Herz setzte für einen Schlag aus. Liam. Er war hier. Sie sollte schleunigst aus dem Haus verschwinden. Sie sollte die Fenster und Türen verrammeln und das Weite suchen. Sie hob den Zettel und roch an dem Papierfetzen. Er duftete nach ihm. Derselbe würzig maskuline Geruch, dem sie bereits in der Höhle erlegen war.

Noch ein Stein. Diesmal war die Nachricht auf Kaugummipapier geschrieben. *Ich warte …*

Ihr Zimmer befand sich im zweiten Stock und die Außenwände waren glatter als ein Babypo.

„Das sollte ich nicht tun“, murmelte sie. Das war mehr

als falsch. Wenn sie ihn hereinließ und er sie erdolchte, würde David sie umbringen. Was wollte der Krieger von ihr? Hatte er die Schrift dabei? Oder wollte er sie sehen. Blödsinn. Das nächste Steinchen kullerte vor ihre Knie.

Doch das solltest du! Hinter dem Satz war eine merkwürdige Fratze gekritzelt. Könnte das ein Smiley darstellen? Wenn er ihre Worte auf diese Entfernung hören konnte, war er tatsächlich vom Drachenclan. Ihr Mund wurde trocken wie die Wüste vor ihrer Haustür.

„Komm rein", flüsterte sie in die Dunkelheit und stand auf. Was tat sie da? Aufregung prickelte unter ihrer Haut, aber ihre Mauer war absolut intakt. Die Euphorie über ihre Beherrschung drohte zu kippen, als sie eine Hand am Fenstersims sah. Jetzt war es zu spät. Mit fahrigen Fingern ordnete sie ihren … bei den sieben Höllen, sie trug ihren ältesten, hässlichsten Pyjama. Ein stoffgewordener Albtraum aus verwaschenen, gelben Enten.

Dann ragte er vor ihr auf. So groß hatte sie ihn nicht in Erinnerung. Er streifte mit dem Kopf fast die Zimmerdecke und nahm den gesamten Fensterrahmen mit seinem breiten Kreuz ein.

„Ich dachte schon, ich hätte dich nie für mich allein", sagte er und warf ihr ein schelmisches Grinsen zu, welches sie umhaute.

Das meint er nicht so, wie es geklungen hat. Ganz sicher nicht. Ängstlich brachte sie ihren Körper zur Ruhe. Warum konnte er sie nicht bedrohen oder ihr ein Messer an die Kehle halten. Alles war besser als dieses entwaffnende Lächeln.

„Bist du in Ordnung?" Er blieb auf Abstand.

„Du hast einen Stein nach mir geworfen." Etwas Sinnvolleres fiel ihr einfach nicht ein. Wo war ihre Schlagfertigkeit, wenn sie diese brauchte? Die machte Urlaub am Strand!

„Nicht einer meiner hellsten Momente. Süß und spontan geht wohl anders."

Wieso wollte er süß und spontan sein?

„Normalerweise werfe ich mit Rosen oder belgischer Schokolade. Nicht mit Geröll."

Sie starrte ihn an und wartete gespannt auf die Alarmsignale ihres Körpers. Die ersten Anzeichen waren bereits zu erkennen. Sie spielte mit dem Feuer. Hoffentlich verbrannte sie ihn nicht.

„Dein Schließer hat ziemlich verdrehte Ansichten", murmelte er und lehnte sich gegen die Fensterrahmen. Sie war froh, dass er die peinliche Stille durchbrach.

„Mein Schlie… David. Er ist in Sorge. Mehr nicht." Mühevoll zwang sie ihre Muskeln zur Entspannung und setzte sich im Schneidersitz auf ihr Bett. Schwäche zeigen war keine Option. „Du darfst das nicht persönlich nehmen."

„Ich wurde schon Schlimmeres genannt." Er lachte und winkte ab.

„Zum Beispiel?"

„Meistens hörten die Konversationen mit dem Anrufen einer Gottheit auf", erwiderte er grinsend.

Ach du Scheiße. Flirtete er mit ihr? Nein. Einbildung. Sie war den eben erwähnten Göttern dankbar für die Schatten, welche sie umgaben. Ihre Wangen brannten lichterloh. „Was willst du?", fragte sie um das Thema in weniger schlüpfrige Gefilde zu lenken.

„Der Schließer … David will abhauen. Ist das auch dein Wunsch?"

„Er denkt, das sei das Beste und …"

„Ich fragte nach deiner Meinung, nicht nach Davids", unterbrach er sie unsanft.

Sie hatte in ihrem Leben so oft falsch gelegen, ihre Meinung brachte jene in Gefahr, die sie liebte. Sie war wertlos. „Ja. Ich schätze schon", antwortete sie mit fester Stimme. Ihr Zusammenbruch vom Nachmittag genügte an Schwäche für einen Tag.

Sein Stirnrunzeln versetzte ihr einen kleinen Stich. Er

schien sich seine wahre Antwort darauf ebenso zu verkneifen wie sie.

„Na fein.“ Er klatschte in die Hände und setzte sich zu ihrer großen Überraschung ihr gegenüber im Schneidersitz auf das Bett. Die Matratze bebte unter seinem Gewicht und sie widerstand nur mühevoll dem Instinkt, aufzuspringen. Er war frisch geduscht. Sein Geruch drang zu ihr durch. Eine Mischung aus Koniferenholz und … einer Note, welche eine verloren geglaubte Sehnsucht in ihr weckte.

„In diesem Fall sollte ich versuchen, deine Meinung zu ändern. Wie klingt ein Neuanfang? Ohne Erdbeben, Staub und Panikattacken.“

„Hört sich gut an“, Sie musste lächeln. Er sah so unschuldig aus, wie er vor ihr saß. Die Hände im Schoß gefaltet, als könne er keiner Fliege etwas zuleide tun. Wie könnte sie ihm diese Bitte abschlagen? Sei vorsichtig! Er ist ein Killer! Jack the Ripper in sexy!

„Mein Name ist Liam. Ich sterbe für das Banjo, halte Country Musik für eine aussterbende Kunst, ich liebe Frittiertes und ich bin ein Drachenkrieger. Wir sind insgesamt …“

„Ich weiß, wie viele Mitglieder der Clan hat. Wer kennt euch nicht?“

„Wieso fällt dein Urteil so schlecht aus?“ Die Frage klang weder beleidigt, noch sauer. Er wirkte schlichtweg neugierig.

„Auch die Kampfgeschichten kennt jeder“, flüsterte sie und wandte den Blick ab. Es kam ihr falsch vor, ihm das zu sagen.

„Ein Kampf ohne Blutvergießen ist gegen Dämonen leider nicht möglich.“ Sie wollte gerade Luft holen, da hob er eine Hand und fuhr fort. „Mir ist deine Einstellung bekannt. Ich schätze, das kommt daher, dass du keine Satyrn kennst. Denn wenn du das tätest, würdest du ihrem Leben ebenso wenig Bedeutung zumessen wie ich.“

Trotz der brutalen Worte war seine Stimme sanft und gefasst. „Nach Jahrhunderten des Krieges liegt es mir fern, zu behaupten, dass es auch mal keine Unschuldigen traf. Aber unter diesen Monstern gibt es keine Unschuldigen.“

„Wie kann ein Genozid die Lösung sein?“, fragte sie, auch wenn sie die Antwort nicht hören wollte. Einen weiteren blutigen Satz aus diesem Mund würde sie vielleicht nicht verzeihen können.

Er fuhr sich mit den Fingern durch die Haare und nahm einen tiefen Atemzug. „Hast du einen Drink zur Hand?“

„In einem arabischen Land bekommt man selten Alkohol. Tut mir leid, nein.“

Da war es wieder. Dieses kurze Aufflackern einer Angst oder einer Erinnerung hinter seinem Blick.

„Der älteste Scotch würde nicht helfen. Probleme sind sehr gute Schwimmer“, setzte sie leise nach.

„Das stimmt.“ Er lächelte sie schwach an. „Am besten machst du dir selbst ein Bild von mir. Und damit meine ich nur dich. Ich könnte dir viel erzählen. Genau wie jeder andere.“

Endlose Momente geschah nichts. Ihr Körper hatte sich mittlerweile an seine Anwesenheit gewöhnt, dennoch war ihr der Blick, den er ihr zuwarf, unangenehm. Er war der erste Mann seit ewiger Zeit, der Wert auf ihre Meinung legte. Der erste Mann, der sie länger als ein paar Sekunden ansah. Andererseits kannte er sie nicht. Wusste nicht, wozu sie in der Lage war. Wusste nicht, was sie getan hatte. Nicht er war derjenige mit Blut an den Händen. Sondern sie. Vielleicht verfocht sie deshalb die Gewaltlosigkeit mit solch glühenden Worten.

„Du hast eine Übersetzung erwähnt. Worum geht es?“ Es hatte keinen Sinn sich in Grübeleien zu wälzen. Wenn sie über die Arbeit sprach, lenkte sie das Gespräch wieder in ruhige Gewässer. Wo sie sich wohlfühlte.

Sein Ledermantel knirschte, als er einen schmalen Tablet-Computer aus der Tasche zog.

Neugierig rückte sie näher.

Doch er schaltete ihn nicht an, sondern schaute sie nachdenklich an. „Es ist eine alte Schrift."

„Schon mal ein Vorteil. Mit der Cosmo könnte ich auch wenig anfangen." Sie biss sich auf die Zunge, rechnete jeden Augenblick damit, dass er sie zurechtweisen würde.

Er zerschmetterte ihre Bedenken mit einem Lächeln. Wow.

„Wir können die Zeichen nicht deuten und stehen vor einem Rätsel."

Niemand machte ihr in Sachen Symbolik etwas vor. Darin war sie ein absolutes Ass. „Wie alt ist das Stück? Auf welchem Material wurde sie verfasst? Könnte es Sumerisch sein? Viele erkennen es nicht, weil die Schrift einer Keilschrift ähnelt."

„Keilschrift?"

„Es ist faszinierend. Synchron hat sich dieses Schriftsystem in den verschiedensten Kulturen durchgesetzt. Man drückte die Zeichen in nassen Ton."

„Ich fürchte, ich kann dir nur bedingt Antworten geben." Seine Stimme war leise, sein Atem kitzelte ihre Wangen. Bei den Göttern. Ihr Enthusiasmus übernahm das Steuer und so war sie unbeabsichtigt fast auf seinen Schoß geklettert.

Seine Wärme strahlte auf sie ab und seltsamerweise beschleunigte sich ihr Puls erst jetzt. Ihre Handflächen klebten aneinander und ihr rann es feucht den Rücken runter. Das ging zu weit. Viel zu weit! Sorgsam füllte sie die Lücken ihrer Selbstbeherrschung und riss sich am Riemen. Der Vorfall aus der Höhle durfte sich unter keinen Umständen wiederholen. Hastig robbte sie rückwärts und brachte Raum zwischen sich und Liam. Seine Hand zuckte kurz, als wolle er sie zurückziehen. Aber er beherrschte sich. Leider.

„Habt ihr eine Ahnung, von was die Schrift erzählen könnte?“, fragte sie, um von der Situation abzulenken.

„Das ist das Problem.“. Er runzelte die Stirn und beobachtete jede ihrer Bewegungen wie ein Falke auf der Jagd. Ihre Reaktion war ihm offensichtlich nicht entgangen. Einerseits gefiel es ihr, andererseits war es beunruhigend. Sie bekam selten so viel Aufmerksamkeit. Wollte sie seine erregen?

„Ich kann dir nicht mehr sagen, bevor ich weiß, ob du es lesen kannst. Es ist wichtig, dass diese Sache vorerst geheim bleibt.“

„Du kannst offen sprechen. Dass du mir nicht vertraust, muss nicht in Blümchen gepackt werden.“ Die trockene Antwort konnte sie sich nicht verkneifen. Dass er um die konkreten Worte herumdruckste, war absolut nicht nötig. Sie vertraute ihm genauso wenig, wenn sie ehrlich war.

„Ich weiß es ist viel verlangt, aber ich brauche eine Zusage von dir, bevor ich dir die Schrift zeige. Wenn du sie lesen kannst, gibt es kein Zurück mehr.“

„Was bedeutet kein Zurück mehr?“, fragte sie misstrauisch.

„Du wirst bei mir … uns bleiben müssen. Nicht als Gefangener, als Gast. Zu deiner eigenen Sicherheit.“

Sie hob eine Hand, um ihn zum Schweigen zu bringen. Es fiel ihr zunehmend schwer, sich zu konzentrieren. Die Eindrücke prasselten auf sie nieder, wie ein unerbittlicher Hagelschauer. Nirgends war ein Unterstand. „Kennst du Robert Oppenheimer?“

Liam blinzelte verwirrt. „Den Physiker?“

„Er war der Leiter des Manhattan-Projekts und gilt als Vater der Atombombe. Er war ein brillanter Wissenschaftler. Man gab ihm die Möglichkeit, seine Forschung voranzutreiben, stellte ihm ein Labor und schier unbegrenzte finanzielle Ressourcen zur Verfügung. Man machte sich sein Talent und seine Wissbegier zunutze. Aus seiner Arbeit resultierte die schlimmste aller Waffen. Dabei wollte er nur seiner Passion nachgehen."

Liam nickte nachdenklich. „Ich weiß, worauf du hinauswillst."

„Kann ich sicher sein, dass, wenn ich dir helfe und Erfolg habe, keine Leben in Gefahr sind?"

„Nein."

Es war, als hätte jemand die Luft aus ihren Lungen gepresst. Wie konnte er sie um so etwas bitten? Er saß vor ihr wie ein kleiner Schuljunge, versprühte seinen Charme, lächelte sie an. Bitterkeit erfasste ihren Geist, ließ ihre Mauer bröckeln.

„Kennst du Burke?"

„Nein", antwortete sie langsam.

„Burke war zwar kein Wissenschaftler, aber er sagte auch kluge Sachen. Vor allem bei dem einen oder anderen Gläschen Wein. Und der Wein im 18. Jahrhundert hatte es noch in sich. Nicht wie die Traubenplörre, die sie heute als Gaumenschmaus betiteln." Er richtete sich ein wenig auf und sah ihr tief in die Augen. „Für den Triumph des Bösen reicht es aus, wenn die Guten nichts tun. Ich versichere dir Andi, durch dein Zutun an dieser, … nennen wir es beim Namen, bei dieser Scheiße, werden keine Unschuldigen sterben. Du wirst Leben retten. Nicht töten."

Wie viele Menschen musste jemand retten, um jene zu ersetzen, die er vorher ausgelöscht hatte? Schickte ihr das Schicksal auf diese Art eine Möglichkeit der Wiedergutmachung? Wenn es so etwas wie Karma gab, stand sie knietief in den Miesen und benötigte dringend gute Taten. Aber war es das wert? Konnte sie sich auf einen derartigen Deal einlassen? Liam sprach die Wahrheit. Warum sie das so empfand, war ihr ein Rätsel.

„Ich helfe dir." Ihre Zunge formte die Worte, bevor sie darüber nachdenken konnte.

Die Erleichterung war ihm ins Gesicht geschrieben. „Doch, du musst mir nur Zeit geben, bis ich David umgestimmt habe." Was eine harte Sache werden würde, so viel stand fest. David traute nichts und niemandem. Am allerwenigsten einem Drachenkrieger. Sie war von Vertrauen zwar ebenfalls weit entfernt, dennoch konnte sie es nicht mit ihrem Gewissen vereinbaren, wenn durch ihre Untätigkeit Unschuldige gefährdet wurden. Das war ihre Chance. Und sie würde sie ergreifen. „Zeig mir die Schrift."

Als Andi am nächsten Tag den lichtdurchfluteten Innenhof des Gästehauses betrat, grenzte es an ein Wunder, dass sie noch durch den Torbogen passte. Stolz ließ sie um zwei Köpfe in die Höhe schießen. Sie hatte es geschafft. Ganz allein. Gut, mittelschwere Schweißausbrüche, eine latente Herzrhythmusstörung sowie ein nervös zuckendes Auge waren das Ergebnis. Keine Katastrophen oder weitere Schwierigkeiten. Liam war geblieben, bis der Morgen graute. Seine Gesellschaft war nicht so schlimm, wie sie vermutet hatte. Er hatte sich alles angehört, geduldig und sogar interessiert. Nachdem sie die Schrift inspiziert hatte, konnte sie nicht anders, als ihm einen Crashkurs in Altertumsgeschichte und ägyptischer Mythologie zu verpassen. Nach all den Jahren hatte sie endlich eine Herausforderung gefunden. Die Schrift war das Faszinierendste, was sie je zu Gesicht bekommen hatte. Sie konnte nicht das Geringste damit anfangen. Die Piktogramme ähnelten keiner gängigen Hieroglyphe der Menschen, demnach musste es sich um eine Schriftform der Übernatürlichen handeln. Da lag das Problem. Da sie die einzige Forscherin war, die sich mit dieser kleinen Ecke der Vergangenheit beschäftigte, war sie auf sich allein gestellt. Sie musste die Buchstaben erst mit ihren Aufzeichnungen aus früheren Ausgrabungen vergleichen. Die leichten Bögen glichen einer Verzierung, die sie in einem Elfengrab vor einigen Jahren entdeckt hatte. Das war nur eine Vermutung. Es handelte sich auf jeden Fall um eine nicht-menschliche Schrift. So viel konnte sie Liam schon berichten. Alles Weitere wollte sie danach in Angriff nehmen. Trotz des Schlafmangels war sie bester Laune. Berufliche Herausforderung, neuer Grad der Selbstbeherrschung und die Gelegenheit ihr Karmakonto aufzufüllen, versetzten sie in eine Hochstimmung.

„Guten Morgen David." Sie fand ihren Freund über die Inventarliste ihres Reisegepäcks gebeugt.

„Wo ist der zweite Werkzeugkoffer. Haben wir ihn in der Höhle gelassen?"

„Keine Ahnung. Ich …"

„Macht nichts. Ich kümmere mich später darum. Hast du fertig gepackt?"

Das würde jetzt schwierig werden. Es fiel ihm schwer, Vertrauen zu fassen, das wusste sie. Erst recht in einen Drachenkrieger. Aber die Sachlage hatte sich verändert. Liam wollte ihnen nichts tun, dessen war sie gewiss. Wie oft hatte sie David über Gerechtigkeit philosophieren hören. Er war ein guter Mann. Wenn sie ihm Liams Zwickmühle erklärte, würde er es verstehen.

„Ja. Ich wollte vorher noch mit dir …"

„Die Straßen sind frei. Wir sollten gut durchkommen", unterbrach er sie unwirsch und kniete sich auf einen Koffer, um ihn zu schließen.

„Schön. David, hör zu, ich …"

„Ich habe die Flüge gestern Abend gebucht. Es gab keine Businessclass-Tickets mehr. Wir müssen Holzklasse fliegen."

„Wir verlassen Ägypten?" Das kam überraschend. Ja er war beunruhigt, aber gleich das Land verlassen?

„Wir landen gegen Nachmittag in Heathrow. England wird dir guttun."

„Meine Forschung ist hier. Erst gestern bin ich ein gutes Stück weitergekommen mit der Übersetzung der Dryadischen Schrift in Charga. Ich glaube sie erzählt von der ersten Urbarmachung der Oase. Wir sollten …"

„Das ist unwichtig, Andrea."

Unwichtig? In dieser Höhle steckten volle fünf Jahre ihres Lebens. Unermüdlich hatte sie daran gearbeitet. Sie allein hatte das Höhlensystem entdeckt, die ersten Skizzen angefertigt, sogar selbst die Stützpfosten eingezogen. Wie konnte er ihr Dasein einfach auf dem Abstellgleis parken?

„Ich will das nicht aufgeben", erwiderte sie atemlos. Ihre gute Laune verpuffte wie ein Rauchwölkchen im Wind.

„Keine Diskussionen. Ich lasse nicht zu, dass du dich in Gefahr begibst. Wir warten ab, bis sich die Lage beruhigt hat. Dann sehen wir weiter."

Liams Worte hallten in ihrem Geist wider. „Für den Triumph des Bösen reicht es aus, wenn die Guten nichts tun."

„Was ist das für ein Unsinn?"

Sie schüttelte den Kopf und trat dicht vor David. „Was wenn die Sache des Kriegers wichtig war? Er würde niemals hierherkommen, wenn es nicht dringend wäre. Es könnten Leben auf dem Spiel stehen!"

„Das geht uns nichts an. Der Clan hat nichts für mich getan. Warum sollte ich ihm helfen?"

Wieso er? Liam hatte sie gefragt. Nicht David.

„Jetzt beeil dich. Rick wird bald eintreffen."

Ihr wurde mit einem Mal eiskalt. Rick.

„Wieso kommt er her?", fragte sie gedehnt. Sie mochte ihn nicht. Rick war der bulligste Mann, den sie kannte. Seine grobschlächtigen Züge bescherten ihr regelmäßig Albträume.

„Zu unserem Schutz." David sah sie nicht an.

Feiner Schutz. Er war ein Zellenwart. Mehr nicht. Das durfte alles nicht wahr sein. „Wir brauchen keinen Schutz vor Liam. Und wir müssen auch nicht das Land verlassen. Du reagierst völlig über!"

Zum ersten Mal hielt David inne und schaute sie an. „Himmel, beruhige dich.“ Er streckte die Arme aus und legte ihr eine Hand auf die Stirn. „Du fühlst dich heiß an. Das ist nicht gut.“

„Herrje. Es sind vierzig Grad im Schatten, wir sitzen in einem verfluchten Heizlüfter.“

„Ich hätte es ahnen müssen. Dieser Krieger hat einen schlechten Einfluss auf dich. Du musst dich beruhigen.“

„Ich bin ruhig!“

„Andi“, sagte David warnend, „muss ich dich daran erinnern, was passiert, wenn du die Kontrolle verlierst?“

„Tu das nicht“, flüsterte sie, „bitte.“ Wie könnte sie das vergessen? Um die Bilder ihrer Vergangenheit aufleben zu lassen, brauchte sie nur die Augen zu schließen. Die Schreie, die Flammen, den unsagbaren Schmerz, der ihre Brust zu zerreißen drohte.

„Ich tue das nicht gern. Aber du scheinst zu vergessen …“

„Ich vergesse gar nichts! Niemals! Nicht eine Sekunde habe ich vergessen, was ich angerichtet habe. Wie kannst du das denken?“

„Schon gut, schon gut. Ganz ruhig.“

„Mir wird die Chance gegeben, Wiedergutmachung zu leisten. Ich bleibe und helfe Liam. Ob es dir passt oder nicht.“

Zum ersten Mal in über zweihundertfünfzig Jahren gab sie David ein Widerwort. Es fühlte sich falsch an und hinterließ einen fahlen Geschmack auf ihrer Zunge. Liam hatte sie nach ihrer Meinung gefragt. Seine Argumente waren vernünftig und sie fühlte sich nicht bedroht. O nein. Viel zu spät bemerkte sie ihren hämmernden Herzschlag und die kribbelnde Haut. Sie hatte ihre Mauer unbewacht gelassen. Zu sehr auf das Wortgefecht mit David konzentriert, hatte sie völlig vergessen, ihre Emotionen zu zügeln. In der Nacht hatte sie sich absolut im Griff gehabt. Warum jetzt? Zum denkbar unpassendsten Zeitpunkt. Panik kroch über ihre Wirbelsäule, breitete sich über ihre Schultern aus. Nein, nein, nein! War David doch im Recht? Hatte Liam einen schlechten Einfluss auf sie? Ihre letzte Attacke lag Jahre zurück. Jahrzehnte sogar. Und nun hatte sie zwei innerhalb kurzer Zeit.

„Hilf mir David“, wisperte sie und hielt sich an einer Steinfigur zu ihrer Linken fest. Angst lähmte ihre Gedanken, töteten den Rebellen in ihr. Was hatte sie sich dabei gedacht. Sie würde nicht normal leben können. Das Abstellgleis war mehr, als sie verdiente. Keine Wiedergutmachung.

„Es tut mir leid Andrea. Du weißt, es geht nicht anders.“

Sie wusste, was jetzt kam. Was immer kam, wenn ihre Emotionen sie zu übermannen drohten. Ein kleiner Stich, dann umfing sie Dunkelheit. Binnen Sekunden löste sich die Welt auf und hinterließ nichts als weißes Rauschen in ihrem Kopf.

3. Kapitel

Das letzte Mal, dass Liam sein Gewicht in Form von Schweiß verloren hatte, war …, ach ja. Die Missionskapelle in Brasilien.

Als er mit den Missionarinnen fertig gewesen war, wären sie bereitwillig zu jedem Glauben übergetreten. Selbst wenn es sich um das heilige Spaghettimonster gehandelt hätte. Er erinnerte sich gut daran. Der große Vorteil einer bildhaften Fantasie.

Es war erstaunlich. Er saß in einem staubigen Nest im Nirgendwo. Von kalter Kokosmilch, serviert in einem leckeren Bauchnabel fehlte jede Spur und die Trockenlegung seiner Libido bewirkte, dass er ohne Hosen glatt als Sonnenuhr fungieren konnte. Aber er war zufrieden mit sich, genauso zufrieden wie zwischen den drallen Schenkeln der Missionarinnen.

Mennox, der fast doppelt so viele Jahre auf dem Buckel hatte wie Liam, predigte häufig, dass der Todfeind eines Unsterblichen oftmals die Langeweile sei. Denn Langeweile führte zu Trägheit und Trägheit wiederum war der Sargnagel einer Kriegerseele. Liam konnte ihm nicht so recht folgen. Es gab unzählige Frauen auf dem Globus, belgische Schokolade wurde niemals fade und die Country-Bands der Südstaaten spielten unschlagbar. Zwischendurch ein paar Satyrn zum Aufmischen, und das Leben war perfekt. Trotzdem fühlte er sich seit gestern wie ein unfreiwilliger Vegetarier. Er labte sich Jahrhunderte an reichhaltigem Obst und Gemüse, beschwerte sich nie über die Kost, kannte er ja nichts anderes. Dann wurde ihm das saftigste, köstlichste, zarteste Steak der Welt vor die Nase gesetzt. Zu dumm, dass er einen Maulkorb trug. Andi Pherson. Trotz ihrer Emotionsflexibilität, das Wort fand er überaus passend, war es ihm gelungen, einen Zugang zu ihr zu finden. Er war auf Abstand geblieben, hatte sich darauf beschränkt, die Konversation auf ein

Minimum an Anzüglichkeiten zu halten und versucht, sie nicht anzustarren. Trotz ihres sexy Enten Pyjamas. Nachdem sie die rauen Schalen aus gespieltem Selbstbewusstsein und automatisierter Abwehr abgelegt hatte, kam eine charmante, clevere, unglaublich faszinierende Frau zum Vorschein. Er konnte es nicht erwarten, ihre weiteren Schichten zu erkunden. Normalerweise verband er langweilige Recherche-Arbeit mit Vergnügen auf eine andere Art und Weise. Er amüsierte sich, seine Kameraden wälzten Bücher. Eine altbewährte Arbeitsteilung. Diesmal fiel es ihm leicht, bei der Sache zu bleiben. Andis Wissen war beeindruckend. Sie hatte kaum einen Blick auf die Schrift geworfen und konnte ihm schon mehr darüber erzählen, als jeder Experte, den Mennox aufgesucht hatte. Die Zeit war im Nu verflogen. Obwohl er nüchtern und bekleidet war. Ein Novum. Ihre Motivation, dem Clan zu helfen, beruhte zumindest teilweise auf ihrem Wissensdurst. Die andere Hälfte konnte er noch nicht zuordnen. Das war egal. Es hätte nicht besser laufen können. Andi würde das Geheimnis um die verworrenen Buchstaben in Windeseile lösen können und er in den Genuss ihrer Gesellschaft kommen. Meine Güte, er hatte einen Lauf.

Gut gelaunt blinzelte er in die Morgensonne. Das Gästehaus lag friedlich auf der gegenüberliegenden Straßenseite. Sie hatte ihm versichert, sie könne David umstimmen. Warum sie ihn unbedingt dabeihaben wollte, war ihm ein Rätsel. Liam traute dem milchgesichtigen Burschen nicht.

Um sich die Zeit zu vertreiben, beschloss er, Callistas Anruf vorzubeugen, und sich bei ihr zu melden. In Maine war es mitten in der Nacht, die perfekte Gelegenheit Calli mit seiner Engelsstimme zu beglücken. Gab es was Schöneres?

Es läutete verdächtig lange, bis ein Klicken in der Leitung Erfolg versprach. Neben dem Rascheln einer Federdecke erklang Callis raue, vom Schlaf belegte Stimme.

„Ich hasse dich.“

„Na, na. Du liebst mich. Wie könntest du anders?“, sagte er gut gelaunt ins Telefon. Seine Kameradin zu wecken, kam einem Selbstmordkommando gleich.

„Ich hoffe für dich, du liegst blutend in einem staubigen Straßengraben und die Kojoten nuckeln an deinem ... Bein. Wenn dem nicht der Fall ist, werde ich bei deiner Rückkehr dafür sorgen, dass nichts und niemand mehr an dir nuckelt.“

„Jetzt tu nicht so, als hätte ich dich um deinen Schönheitsschlaf gebracht. Zeitverschwendung.“

Erstickte Brummlaute ertönten und Liam beschloss lieber zur Sache zu kommen, bevor sie ernstlich sauer wurde. „Ich habe gute Nachrichten.“

„Die haben wir nötig“, erwiderte sie mit lauter Stimme. Der plötzliche Umschwung von Wachkoma zu hellwach beunruhigte ihn. Um Calli wach zu bekommen, war normalerweise ein Presslufthammer, drei Liter schwarzer Kaffee und ein Kübel Eiswasser notwendig. „Was ist passiert?“

Seufzen. „Der Rat will Mercy sehen.“

Liams Herz schlug dumpf im Wüstenboden ein. Mercy war eine wandelnde Kristallkugel. Ihre Vorhersagen hatten sich stark verbessert, ebenso wie ihre magischen Fähigkeiten. Sehr zum Leidwesen Darians. Dank ihr war der Clan erst hinter die Machenschaften des Rates gekommen. Oder besser gesagt, wegen ihrer verstorbenen Mutter. Vor ihrem Tod, welcher vermutlich durch den Rat verschuldet worden war, hatte sie eine Prophezeiung ereilt. Aus ihr war hervorgegangen, dass ihre Anführer besiegt werden mussten, damit sie Frieden fanden. Zumindest war das Liams Übersetzung des geschwollenen Wortlautes. Kurz: Tretet dem Pack in den Arsch, bevor sie zum Problem werden.

Ab da hatte das Desaster seinen Lauf genommen. Die

mentalen Kräfte der Nephelim waren absolut tödlich. Mercy wusste zu viel, genau wie jeder andere vom Clan. Baltes erwähnte zwar, dass der Rat gegen die Krieger nichts ausrichten konnte, aber das bezog sich, falls es der Wahrheit entsprach, nicht auf Mercy. Alles in allem …

„Scheiße."

„Kannst du laut sagen. Die Zeit drängt. Wir können den Rat maximal zwei Wochen hinhalten. Dann werden sie stutzig. Und wir haben keine Beweise in der Hand." In ihrer Stimme schwang eine gehörige Portion Sorge mit.

„Andi konnte was mit der Schrift anfangen. Zur konkreten Übersetzung fahren wir noch heute in ihr Büro nach Luxor. Ich fürchte, dass Mennox mit seiner Vermutung richtig lag. Sie meinte, es sei eindeutig übernatürlichen Ursprungs."

„Immerhin etwas. Obwohl ich bis zuletzt gehofft hatte, dass er sich irrte und es doch ein altes Wikinger-Rezept für Köttbullar war."

Gemurmel wurde vom Wind zu ihm herangetragen. Andi. Auf seiner Erkundungstour am gestrigen Abend hatte er das Gästehaus ausreichend inspiziert. Sie musste sich mit David im Innenhof unterhalten. Sehr angeregt, wie er feststellte.

„… und das von Gabrielle."

„Was?" Er konzentrierte sich wieder auf Callista, beobachtete jedoch weiterhin mit Argusaugen die Ausgänge des Hauses.

„Bist du noch da? Du wirkst abwesend", tadelte ihn seine Kameradin. Ein Jeep erregte seine Aufmerksamkeit. Ach du meine Fresse. Der Typ sah aus, als wäre er als Kind zu oft vom Wickeltisch gefallen. Seine Bewegungen waren so plump wie seine Statur. Ohne Zweifel ein Mensch. Kaum ausgestiegen belud er den Wagen mit Kisten und Taschen. Eine Flucht sah anders aus. Vielleicht bereiteten sie den Aufbruch nach Luxor vor? Er hielt das Telefon vom Ohr weg und lauschte. Andis zartes Timbre war verschwunden, zurück blieb eine beunruhigende Stille. Sofort beschleunigte sich sein Herzschlag und seine Kriegerinstinkte kämpften sich an die Oberfläche.

„Bist du noch da? Hörst du zu?"

„Ja. Nein. Calli, ich lege jetzt auf", sagte er leise, schob das Handy in die Manteltasche und schulterte seinen Seesack. Etwas stimme nicht. Seine Haut prickelte unangenehm. Kein gutes Zeichen.

Davids wasserstoffblonder Haarschopf tauchte im Türrahmen auf. Er blickte sich nicht um und ging auf den Jeep zu. Unvorsichtiger Idiot. Andis Schutz würde er ihm nie wieder anvertrauen, das stand fest. Wo war sie? David würde doch nicht ohne sie wegfahren?

Was er als Nächstes sah, knipste jedwedes rationale Denken aus. Zum Vorschein kam eine kalte Wut, vermischt mit einem Raubtierinstinkt, der schärfer war als sein Katana, gekrönt von einem Pulsschlag jenseits von Gut und Böse.

Der zu groß geratene Bullterrier kam aus dem Haus, den leblosen Körper von Andi an die Brust gepresst. Ihre Arme hingen schlaff zur Seite, wippten bei jedem Schritt. Der Kerl hatte soeben sein Todesurteil unterschrieben. Liam musste seine gesamte Willenskraft aufbringen, sich nicht zu bewegen ehe Andi, sein Rotfuchs, im Wagen untergebracht war. Herzschläge zogen sich in die Länge, die Zeit blieb stehen.

Jetzt!

Ohne bewusst die Straße überquert zu haben, war er neben der Fahrertür.

David schreckte hoch, doch es war zu spät. Liam streckte die Hand durch das offene Fenster, packte seinen Haarschopf und knallte seinen Kopf mit einer ruckartigen Bewegung frontal gegen das Lenkrad. David schrie auf und hielt sich seine Nase. Blut sprenkelte die Windschutzscheibe. Es interessierte Liam nicht. Der Bullterrier ordnete Andis schlaffen Körper auf dem Rücksitz und brauchte einige Sekunden, um zu realisieren, was gerade geschehen war. Der Geruch bestätigte seine Vermutung. Mensch. Auch das juckte ihn nicht. Blitzschnell stand er auf der anderen Seite, griff in das Wageninnere und zerrte den billigen Militärhaarschnitt heraus. Mit einem dumpfen Geräusch schlug er auf dem Sandboden auf. Auf der Brust des Kerls prangte ein Security-Wappen. Ein Bodyguard? Bei allem, was heilig war, David war dümmer, als gut für ihn war. Für einen Menschen würde er sich nicht die Mühe machen, sein Katana zu ziehen. In blinder Wut packte er ihn am Kragen und schlug zu. Einmal, zweimal, dreimal. Knochen brachen unter seinen Knöcheln, Blut spritzte ihm ins Gesicht. Er verlor nicht die Beherrschung. Er konnte sie nur momentan lediglich nicht finden. Warme Ströme flossen über seine Haut. Erst das laute Röcheln seines Opfers riss ihn in das Hier und Jetzt zurück. Ein Mensch! Sein in die Ecke gedrängter Verstand brüllte ihn an. Forderte die Vernunft in Liams Geist zum Handeln. Andi lebte, er hörte ihre Atemzüge. Dieses schwache Rasseln war alles, was den blutenden Haufen zu Liams Füßen am Leben hielt.

Hektisches Keuchen und Schlüsselgeklapper ließen seinen Kopf herumfahren. Gleich einem Raubtier, welches Blut geleckt hatte, fixierte er seine Beute. Davids Gesicht war blutverschmiert.

Mit einer tödlichen Ruhe schlenderte Liam auf den Jeep zu und beachtete den bewusstlosen Blutklumpen am Boden nicht weiter. Mit jedem Stückchen, dem er näher kam, nestelte David panischer am Schlüsselbund herum. Liam entging keine seiner Bewegungen. Wie in Zeitlupe beobachtete er, wie David in seine Tasche griff und eine alte Glock hervorzog.

„Schieß, David. Gib mir einen Grund“, sagte er leise und lächelte den Bastard an. „Gib mir den Grund, dich aufzubrechen wie ein Reh. Na los.“

Schlagartig wich alle Farbe aus dem Gesicht des Lackaffen und er ließ die Pistole sinken. Anscheinend musste doch eine Art verkümmertes Resthirn vorhanden sein. Schade.

Der Wagen gab knarzende Geräusche von sich, als Liam einstieg. Ohne auf das Nervenbündel am Steuer zu achten, lehnte er den Oberkörper durch das offene Innenfenster nach hinten. Er nahm ihm die Waffe nicht ab. Wozu?

Sanft befreite er Andis Augen von losen Haarsträhnen und checkte ihren Puls. Der schlug kräftig, aber ihre Atmung war zu flach. Wut köchelte noch immer gefährlich unter seiner Oberfläche. Sie sah so unschuldig aus, so verletzlich.

„Was hast du mit ihr gemacht?"

Schweigen.

Liams Nerven waren zum Bersten gespannt. Das kleine Teufelchen auf seiner Schulter tanzte mit der Schere in der Hand umher, bereit den seidenen Faden zu durchtrennen, an dem seine Selbstbeherrschung baumelte. „Wenn du deine Zunge behalten willst, rate ich dir, sie zu benutzen."

„Hoch dosierte Betablocker vermischt mit einem Muskelrelaxans und einer Spur Propofol." David klang nasal und feucht.

„Du mieser …"

„Es ist ein erprobtes Mittel. Es schadet ihr nicht."

Bleib cool. Er ist es nicht wert! „Wie lange hält die Wirkung vor?"

„Etwa vierundzwanzig Stunden. Es ist unterschiedlich." Liam schloss die Augen und ballte die Fäuste, um das Zittern seiner Hände in den Griff zu bekommen. Einatmen – ausatmen. Einatmen – ausatmen. Ganz ruhig. Sie lebt. Ihr geht es gut. Alles in Butter.

Nach einem erneuten Blick auf seinen schlafenden Rotfuchs drehte er sich auf dem Beifahrersitz zur Seite. Wo kam eigentlich das besitzanzeigende Pronomen in seinem Wortschatz her?

„Du setzt sie unter Drogen? Bist du wirklich ein derart kleiner Wicht, dass du dir nicht anders zu helfen weißt?“

Am liebsten hätte er Davids Gesicht noch mal mit dem Lenkrad bekannt gemacht. Oder Schlimmeres.

„Du verstehst das nicht, Krieger.“

„Was gibt es daran nicht zu verstehen? Du hast sie außer Gefecht gesetzt, sie liegt bewusstlos auf dem Rücksitz und du zeigst nicht ein bisschen Reue!“ Unfähig seiner Stimme länger Einhalt zu gebieten, bebte das Wageninnere ob seines Wutausbruchs.

„Andrea ist gefährlich. Es musste sein.“ David senkte den Kopf.

Vielleicht konnte er mit diesem Laientheater unschuldige Landmädchen beeindrucken. Ihn ließ es kalt. „Klar. Ihre sanfte Art, die Abneigung gegen Gewalt. Das würde jeden zu solch einer Tat treiben. Sie ist ein gottverdammter Gandhi mit Brüsten! Hast du sie noch alle?“

„Sie ist unberechenbar. Sie hat ihre eigenen Eltern getötet!“

Unfassbar. Das Niveau dieses Kerls hatte im Keller noch Höhenangst. Für einen Moment hielt Liam die Luft an. Sie würde aufwachen. Und er würde ihr eher glauben als David. Warum also sollte der Knilch lügen? Ach ja. Dummheit. „Lügner. Menschen mittels einer Erdaffinität töten! Spinner. Hat sie mit Kieselsteinchen geworfen?“

„In ihr schlummert mehr. Dinge, von denen du nicht einmal zu träu…“

„Spuck es aus!“

„Das wäre ihr Todesurteil.“

Mit einem ohrenbetäubenden Knall riss Liams Geduldsfaden. So schnell, dass es für menschliche Augen nicht nachvollziehbar gewesen wäre, zog er sein Schwert und hielt es an Davids Hals. Ein rotes Rinnsal verlor sich im Kragen seines Hemdes. „Betrachte dein Schweigen als das Deinige!“

„Sie ist eine Hybride“, sprudelte es aus David hervor. „Sie hat zwei Affinitäten. Erde und Feuer. Sie hat das Haus ihrer Eltern angezündet. Es war ein Unfall. Oder auch nicht. Wer weiß das schon?“

„Jeder, der sich die Mühe macht, fünf Minuten mit ihr zu reden, weiß das.“

„Sie versteht ihre Kräfte nicht, kann sie nicht beherrschen, geschweige denn zügeln. Ich nahm sie auf. Habe sie vor dem Rat versteckt. Er hätte sie für ihre Taten hingerichtet.“ David presste nach Atem ringend den Kopf nach hinten gegen das Kopfteil des Sitzes.

Liams Wut zog sich zurück. „Hybride sind nicht lebensfähig“, sagte er leise. Gemischte Paare unter den Dryaden blieben ohne Nachkommen. Falls es zu einer Schwangerschaft kam, endete diese in einer Fehlgeburt. Er hatte Lillian, welche eine geborene Heilerin war, oft davon sprechen hören. Drachenkrieger waren die einzige Rasse, die sich mit einer anderen mischen konnte. Er hatte keinen Schimmer, wieso dem so war. Aber selbst bei Kriegerblut gewann nur eine Seite. Entweder wurde Lillians Sprössling ein Drachenkrieger wie Mennox oder eine Elfe wie die Mutter. Ein Hybrid kam nicht heraus.

„Aus gutem Grund“, sagte David röchelnd.

„Halt deine Klappe!“ Liam musste seine Gedanken ordnen. Ohne das nervige Gequieke des Milchgesichts im Nacken. „Der Erdstoß in der Höhle. War sie das?“

„Die Attacken werden durch eine emotionale Überreizung ausgelöst.“

Das Beben hörte auf, weil sie sich beruhigte. Nicht umgekehrt. Deshalb blieb sie auf Distanz, deshalb gab sie sich kühl. Himmel, wenn er das gewusst hätte, wäre er anders an die Sache herangegangen. Ihre Eltern. Ein Kind war immer unberechenbar. Es musste ein Unfall gewesen sein. Andi war so wenig eine Mörderin wie er eine Prima Ballerina.

„Hat der Rat nach ihr gesucht?“

„Sie haben nach einem Verantwortlichen gefahndet. Nie einen gefunden. Dank mir. Sie wissen nichts von Andis Existenz.“

„Das wird auch so bleiben.“ Liam steckte sein Katana weg. Schöne Scheiße, jetzt musste der Clan zwei Frauen vor dem Rat verstecken.

„Du wirst nichts sa…“

„Halt den Rand, ich muss nachdenken!“ Wenn David sich einbildete, sie würden gute Kumpel werden, hatte er sich bitter getäuscht. „Ich garantiere für ihren Schutz. Ich weiche nicht von ihrer Seite. Da ich davon ausgehe, dass sie auf dich einen gewissen Wert legt, werde ich dich in ihrer Nähe dulden. Wenn du sie in irgendeiner Form behinderst oder noch mal anfasst, schwöre ich dir, es wird das Letzte sein, was du tust.“

David durchbohrte ihn mit einem eisigen Blick. „Ich habe ein Anrecht darauf, zu wissen, worum es geht.“

„Du hast ein Anrecht darauf, mir nicht auf die Nerven zu gehen und brav zu nicken, falls ich danach verlange. Ich arbeite mit Andi. Nicht mit dir.“

Zorniges Funkeln glomm in Davids Augen auf.

O ja, er hatte ihm sein kleines Spielzeug abgenommen. Wahrscheinlich würde sie es David erzählen, aber von Liam würde er nichts erfahren. Er unterdrückte ein Stöhnen, als ihm bewusst wurde, dass er diesen Trottel gegebenenfalls mit nach Maine zum Anwesen nehmen musste. Nicht seinem Leben zuliebe. Das war Liam schnuppe. Er stellte ein zu hohes Sicherheitsrisiko dar. Vielleicht würde er im Geräteschuppen noch ein Plätzchen finden.

„Wir gehen nach Luxor. Ich habe ein Hotel gebucht. Für zwei Personen versteht sich. Du zahlst dein Zimmer aus eigener Tasche.“ Mit diesen Worten kletterte Liam aus dem Jeep, lud seinen Seesack ein und öffnete die Fahrertür. „Schlüssel, ich fahre.“

David rückte hektisch auf den Beifahrersitz und machte

ihm Platz.

Na immerhin schien er lernfähig zu sein. Wenn er zügig fuhr und die Straßen frei blieben, könnten sie es schaffen, bevor sie aufwachte. Danach war dringend ein Gespräch fällig. Ihm war klar, dass Andi voller Geheimnisse steckte. Aber das überstieg seine kühnsten Fantasien und war alles andere als einfach. Er musste die Geschichte aus ihrem Mund hören, erst dann konnte er sicher sein, die Wahrheit zu erfahren. Andererseits erleichterte der Umstand, dass sie vom Rat gesucht wurde, seine Arbeit immens. Er konnte ebenso ehrlich sein, ohne befürchten zu müssen, dass sie den Clan verriet.

*

Eine Schlange weilt unter uns. Ich kann sie wittern. Bäuchlings kriecht sie zwischen uns umher, in uns. Mit gespaltener Zunge flüstert sie ihr Gift in die Ohren meiner Brüder. Das niedere Tier des Mitgefühls. Auslöschen möchte ich sie. In der Mitte aufbrechen, auseinanderreißen, unsere Rasse davon befreien. In welchen Zeiten leben wir? Da die Mächtigsten sich verkriechen, verstecken und ein banales Menschenleben über das eigene Wohl stellen. Sie hängen an unserem Rockzipfel, gieren nach Aufmerksamkeit. Wir haben verlernt, was es heißt, zu herrschen. Schrecken soll im Winde verharren, wenn wir uns nähern. Unsere Namen sollen stets geflüstert werden. Nein. Die stolzen Titanen der Welt wurden von der Ideologie der Gleichheit in die Knie gezwungen. Sklaven. Nicht mehr. Aber ich durchschaue ihr Tun, blicke hinter ihre Fassade, bis tief in ihre Seelen. Sie, die aufrechten Mitglieder des Rates, die Ehrwürdigen, die Reinen. Ihre Worte sind ein Mantel, den sie nach Belieben wechseln können. Sie wollen die Macht für sich allein. Wollen mich ausschließen, da sie wissen, dass ich es vermag, die Menschen zu knechten. Sie sind fehlgeleitet. Doch ich grolle ihnen nicht. Ich helfe ihnen. Es ist meine heilige Pflicht diesem Wahnsinn Einhalt zu gebieten. Das bin ich meinen Brüdern schuldig. – Aus den Aufzeichnungen des Ghladran, Rat der Nephelim

Baltes klappte die Memoiren seines Mentors langsam und mit viel Bedacht zu. Das vergilbte Pergament war über die Jahrhunderte brüchig geworden. Es wäre unverzeihlich, wenn er aus Unachtsamkeit eine Seite beschädigte. Vorsichtig schlug er seinen kostbarsten Besitz in ein Samt-Tuch ein und stellte es zurück ins Bücherregal. Er genoss es, die letzten Gedanken und Einträge seines geistigen Führers zu lesen. Ghladran war der Einzige mit klarem Kopf im Rat der Nephelim gewesen. Er hätte den Rat beherrschen sollen, anführen. Marvae, Asmodeus und Charismon, die drei übrigen Mitglieder, waren zu unfähig, sein Werk zu beenden. Sie würden auch sterben. Eine reine Frage der Zeit. Aber vorher waren die Verräter dran, die den Rat bei dem Mord an seinem Vorbild unterstützt hatten. Seine ehemaligen Kameraden. Kampfesbrüder. Der Drachenclan. Als geborener Drachenkrieger gehörte er von Geburt wegen zu ihnen. Noch eine Gemeinsamkeit, welche ihn mit seinem Mentor verband. Sie waren beide von ihrer eigenen Rasse geschlagen worden. Bis auf die Tatsache, dass Baltes den Schlag überlebt hatte. Und er würde seine Rache bekommen. Gut, er hatte einen herben Rückschlag hinnehmen müssen. Sein ursprünglicher Plan war zusammen mit der Hexe einen abrupten Tod gestorben. Der modifizierte Satyr, der in Kraft und Ausdauer einen gewöhnlichen Mitstreiter seiner Art weit in den Schatten stellte, war ohnehin nicht kräftig genug. Eine Armee wäre genauso elendig verendet, wie das Einzelexemplar. Dennoch hatte seine Entdeckung durch den Clan etwas Gutes. Die Angst, die tiefe Reue und der Schock in den Augen seiner ehemaligen Kameraden, beflügelten ihn regelrecht. Sie waren schwach. Noch immer gaben sie sich sinnlosen Emotionen hin und vergaßen darüber die wichtigen Dinge im Leben. Stärke, Unnachgiebigkeit und den festen Willen, zu siegen, egal welche Steine im Weg lagen.

Baltes versteckte sich nicht mehr, diese Zeiten waren

vorbei. Nie wieder leer stehende Lagerhallen, feuchte Bootshäuser, rattenverseuchte Behausungen und stinkende Bretterverschläge. Er hatte ein Anwesen am Stadtrand übernommen. Eine Villa im Barockstil. Die Vorbesitzer hatten sich wenig einsichtig gezeigt, was den Kauf anging. Eine Kugel im Kopf hatte sie jedoch schnell umgestimmt. Das Haus war perfekt für seine Zwecke. Eine stilgemäße Unterkunft, mit jedem Komfort, der ihm von Natur aus zustand mit einem weitläufigen Keller als Arbeitsplatz.

Apropos. Ein Blick auf die Standuhr verriet ihm, dass es Zeit für seine tägliche Inspektion des Labors wurde. Am Fuße der Steintreppe legte er seinen Daumen auf eine blau glühende Schaltfläche. Keleth bestand auf diese Sicherheitsvorkehrungen. In Anbetracht der Tatsache, dass er binnen zwei Monaten in der Lage gewesen war, ein komplettes Labor einzurichten, kam Baltes diesem Wunsch zu gern nach. Keleth erinnerte ihn daran, wie wichtig es war, mit der Zeit zu gehen. Im Fortschritt lag die Antwort. Geld spielte hierbei keine Rolle. Es war zu einfach, sich welches zu beschaffen, vorausgesetzt man wusch danach die Blutflecken von den Scheinen. Das Problem hatte bisher an seinen Mitarbeitern gelegen. Sie waren schwach, sowohl körperlich als auch geistig. Mit Keleth hatte dies ein Ende. Er hätte sich viel früher an ihn wenden sollen. Ein Fehler, der ihm schnell bewusst geworden war. Die Lösung hatte vor ihm gelegen, aber die Hexe hatte seinen Verstand vergiftet und seine Entscheidungen benebelt.

Das laute Summen der Luftschleuse kündigte seine Ankunft im Labor an. Diesmal würde es keine Patzer geben. Seine Augen gewöhnten sich binnen Sekunden an die fahl schimmernde Dunkelheit des Labors. Tische mit Mikroskopen säumten den kleinen Flur, Glaskolben, Bunsenbrenner, Zentrifugen und sogar ein Fotometer zierten seinen Besitz. Perfekt ausgestattet. Das schätzte er an

Keleth. Seinen ausgeprägten Perfektionismus.

Auf einem runden Podest in der Mitte des Zimmers erblickte er den schwarzen Haarschopf, nachdem er suchte. „Wie lief die Untersuchung?"

Mit roten Pupillen blickte Keleth von den flimmernden Computerbildschirmen auf. „Zufriedenstellend." Ohne ihn weiter anzusehen, stand er auf, ging an ihm vorbei und zog ein Klemmbrett aus einer Schublade. Keleth war beeindruckend. Er überragte Baltes um eine Handbreit. Das Wichtigste jedoch war sein Talent. Größe, Kraft und Ausdauer konnte die Hexe züchten. Keine Schwierigkeit. Kompetenz, logisches Denken und Intelligenz hingegen waren weitaus kniffligere Ziele. Diese zu erreichen, war nur Baltes möglich.

„Ich musste sie sedieren. Nach dem dritten Schnitt hat sie sich zu viel bewegt." Keleth nahm vor den Bildschirmen Platz.

„Das ist bedauerlich." Für den Fortschritt der Arbeit war es unerheblich, das wusste Baltes. Keleths satyrischer Seite tat es gut, wenn die Probanden während der Untersuchung bei Bewusstsein blieben. Der Satyr in ihm lechzte nach Schmerz, so wie Baltes nach Rache.

„Mein privates Vergnügen sollte nicht mein Vorankommen behindern."

Keleth hatte ein abgeschlossenes Medizinstudium und besaß eine Begabung in diesen Dingen, wie es Baltes nicht für möglich gehalten hatte. Außerdem konnte sich dieser unbehelligt in der Welt der Menschen bewegen. Sogar unter Übernatürlichen. Sein Geruch ähnelte nicht dem eines Satyrs. Am ehesten noch dem eines Mannes elfischer Herkunft. Die Tarnung war perfekt. Mit den passenden Kontaktlinsen fiel er nicht auf. Zudem war er ein hervorragender Schauspieler.

„Ich benötigte den Körper nach der Untersuchung nicht weiter. Ich kam auf meine Kosten."

„Das Ziel ist das Ziel, keinesfalls der Weg", sagte Baltes

und schlug ihm auf die Schulter. Er fühlte fast so etwas wie Stolz in seiner Brust aufwallen. „Hast du das heutige Versuchsobjekt vorbereitet?“ Er zog seinen Mantel aus.

Keleth nickte. „Sie liegt für dich bereit. Ich habe die Ketten lockerer gelassen, als das letzte Mal. Wie du es wolltest.“

Wunderbar. Es machte mehr Spaß, wenn sie sich ein wenig wehrten. Es gab keinen Grund, die Arbeit nicht mit dem Vergnügen zu verbinden.

„Es wird nicht lange dauern, Keleth.“

„Ja, Vater.“

4. Kapitel

Andi spürte die Hitze auf ihrer Haut. Das Feuer war so nah, dass der Ruß sich schwarz auf ihre Haut legte. Aschepartikel schwebten in der Luft, segelten majestätisch auf den Dielenboden, auf dem sie kniete. Als säße sie in einer bezaubernden Winterlandschaft, fasziniert vom fallenden Schnee. Gelbe und rote Lohen züngelten um sie herum, ließen ihre Wangen heiß werden, verschonten jedoch ihren Körper. Wie war das möglich? Langsam hob sie eine Hand und hielt sie in den Brand. Das Feuer zog sich zurück, wurde kleiner und entfaltete sich danach neu, stets darauf bedacht, ihre Haut nicht zu berühren. Sie hatte die Kontrolle darüber. Sie! Glockenklares Lachen hallte von den Wänden wider. Die raue Gewalt der Flammen wich von ihr. Vorsichtig stellte sie sich auf die Beine. Tanzen, sie wollte in den glimmenden Bändern tanzen. Lachend hüpfte sie los, genoss das Gefühl, sich von den warmen Winden umspielen zu lassen. Dann veränderte sich die Perspektive. Als schwebe sie als Unbeteiligte über der grotesken Szenerie, beobachtete sie das Mädchen mit den roten Zöpfen. Die Hände hoch erhoben und schreiend vor Freude. „Was tust du denn da?“, rief sie dem Kind zu. „Hörst du sie nicht schreien? Stopp!“

Ihre Verzweiflung wuchs ob der markerschütternden Rufe aus dem Nebenzimmer. Rauch quoll unter dem Türrahmen hervor, die Luft wurde immer stickiger.

„Hilf ihnen! Um Himmels willen, nein!“

Das Atmen fiel ihr schwerer, eine eiserne Faust schloss sich um ihr Herz und dicke Tränen liefen über ihre Wangen. „Es sind deine Eltern! Sie sterben und du lachst? Wie kannst du nur? Du bist schuld daran. Du allein!“

„Du bist schuld!“ Die Finger in die Brust gekrallt richtete sie sich auf. Die bizarre Szenerie ihrer Vergangenheit verpuffte und sie realisierte erst schleppend, wo sie war.

In einem Bett, ein Hotel. Alles war in Ordnung. Albträume waren immer gefährlich. Für sie und das Mobiliar, das sie umgab. Eine kleine Rauchwolke am Fußende bestätigte ihre Vermutung. Hektisch sprang sie auf, ein Kissen in Händen, um die winzige Flamme im Keim zu ersticken.

„Schon gut. Ich mach das." Liam kam mit einem Feuerlöscher aus dem Badezimmer, ein feuchtes Handtuch um den Nacken geschlungen. Als wäre es das Normalste der Welt, löschte er das Feuer und trat das weiße Pulver fest. Träumte sie noch? Zum ersten Mal sah sie ihn ohne den Ledermantel. Immerhin wusste sie jetzt, wie ein Feuermann aus Malibu-Beach aussehen musste. Das Shirt schmiegte sich eng um seine definierten Bauchmuskeln. Wie sie diesen Stoff beneidete. Reiß dich zusammen! „Was tust du in meinem Zimmer?" Sie setzte sich auf die Bettkante. Die vielen Fragen in ihrem Kopf ließen ihre Knie wacklig werden. Obwohl sie nicht leugnen konnte, dass sie froh war, ihn zu sehen. Es war seltsam, aber in seiner Nähe fiel ihr die Kontrolle leichter. Trotz ihres holprigen Herzschlags.

„Primär sorge ich dafür, dass uns das Hotel nicht verklagt. Ich fürchte, für den Teppich verlangen sie Schadensersatz."

Sie folgte seinem Blick. Der grünliche Boden war übersät von kleinen Brandflecken und das weiße Puder des Feuerlöschers lag wie eine dicke Staubschicht auf den Möbeln.

„Es hat vor zwei Stunden angefangen." Liam wischte sich mit dem Handtuch über das Gesicht. „Der Rauchmelder war das größte Problem."

Sie identifizierte die zertrümmerten Plastikteile auf dem Tisch als die kläglichen Überreste des Melders. Aus der Decke lugten nur noch ein paar Kabel.

„Er wollte einfach nicht mehr aufhören", sagte er achselzuckend. „Liam 1. Rauchmelder 0."

Allmählich verkrochen sich auch die letzten Erinnerungen an den Albtraum aus ihrem Geist und sie versuchte, einen klaren Kopf zu fassen. Sie hatte mit David im Innenhof des Gästehauses gestanden, sie stritten, es wurde brenzlig und er betäubte sie. Oh-oh. „Wo sind wir? Wo ist David?“ Sie schluckte trocken.

Liam verdrehte seufzend die Augen. „Wir sind in Luxor. David ist im Nebenzimmer.“

Offensichtlich gefiel ihm dieser Umstand nicht. „Geht es ihm gut?“

„Noch.“ Mehr ein Knurren als eine Antwort.

Sie saß mächtig in der Tinte. Liam war nicht dumm. Ihm ein Märchen aufzutischen, kam nicht infrage. Abgesehen davon fiel ihr ohnehin nichts ein, womit sie das erklären sollte. Spontane Selbstentzündung? „Du hast mich und David in Charga beobachtet? Im Innenhof?“, fragte sie zaghaft.

„Wie er dich bewusstlos aus der Stadt karren wollte? Ja, das habe ich gesehen.“ Die Sorglosigkeit, mit der er das Feuer gelöscht hatte, war verschwunden. Zurück blieb eine kalte Maske.

„Ab und zu ist es nötig, dass David … zu diesen Mitteln greift.“ Es wäre unverzeihlich, wenn jemandem, wegen ihr etwas passieren würde. Dann lieber eine Dosis des Beruhigungsmittels.

„Das ist vorbei. Mit sofortiger Wirkung. Ich bin in deiner Nähe. Das reicht als Schutz aus. Keine Betäubungsmittel, keine Entführungen und keine dümmlichen Bodyguards mehr.“

„Ich kann verstehen, dass du sauer bist. Ich habe dir versprochen, zu helfen. David … es tut mir leid.“ Liam musste sich verraten fühlen. Sein Anliegen war ernst, das wusste sie auch ohne genauere Informationen.

„Du hast nichts getan, wofür du dich entschuldigen müsstest.“

„Doch.“ In diesem Punkt blieb sie hartnäckig. Sie hätte sich ruhiger mit David unterhalten sollen, ihn überzeugen müssen.

Liam schnaubte lautstark und setzte sich neben sie.

Sie rechnete fest damit, dass er sie sofort mit Fragen bombardieren würde. Irrtum. Er musste ein falsches Bild von David bekommen haben. Vor allem wenn Rick noch dabei war. Eine Entführung à la James Bond. „Wo ist Rick?", fragte sie nach einer Weile.

„In Charga." Seine Mundwinkel zuckten und er legte den Kopf leicht schräg, um sie von der Seite aus anzusehen.

Seltsam, Rick begleitete sie immer bei einem Ortswechsel. Sehr zu ihrem Leidwesen. „Was tut er in Charga?" Bitte sei nicht tot. Er war ein hirnloser Vollidiot, aber auch hirnlose Vollidioten hatten ihre Existenzberechtigung.

„Bluten schätze ich."

„Er hat es verdient", antwortete sie leichthin. Rick war Davids Mann fürs Grobe, wie er es nannte. Die Vorstellung, dass Liam sich den Kerl zur Brust genommen hatte, gefiel sogar ihrem Gewalt ablehnenden Geist. Erneut breitete sich Stille zwischen ihnen aus. Legte sich, wie eine dicke Decke über sie. Sie fackelte im Schlaf das halbe Zimmer ab, David setzte sie unter Medikamente. Und er fragte nicht einmal danach? Einsicht ließ ihre Schultern herabsinken. „David hat es dir gesagt oder?" Alles umsonst. Die jahrelange Flucht, das Umziehen, der Verzicht auf soziale Kontakte. Sie konnte Liams Blick nicht standhalten. Der Vorwurf darin würde ein Loch in ihr Herz brennen.

„Der gute David plappert ununterbrochen, wenn der Tag lang ist. Und die Fahrt von Charga nach Luxor war unglaublich lang."

Was so viel bedeutete wie ja. Auf der anderen Seite war es ausgleichende Gerechtigkeit. Jetzt müsste sie für ihre Verfehlungen endlich geradestehen.

„Wann reisen wir ab?"

„Wohin?“ Liam klang aufrichtig verwirrt.

Sie kaufte ihm das nicht ab. „Tu nicht, als wüsstest du nicht, wovon ich spreche.“ Seltsam. Eigentlich hätte sie Angst haben sollen. Auf ihre Taten stand der Tod. Oder eine ähnlich grausame Bestrafung. Aber es schockierte sie nicht besonders. Vielmehr empfand sie es als eine Erleichterung. Andi war bereit, ihrem Schicksal entgegenzutreten. Sie war kein Lamm auf der Schlachtbank. Sie war der Mörder auf dem Schafott, der zu Recht seine Strafe empfing. „Es wundert mich, dass ich nicht mit Handschellen aufgewacht bin. Ich werde dir trotzdem helfen. Du musst nicht nett zu mir sein.“

Er war ein Mitglied des Drachenclans. Demnach war er verpflichtet, ein Verbrechen zu melden und zu vergelten. Der einzige Grund für seine Zurückhaltung bestand in der Tatsache, dass er ihre Hilfe brauchte.

„Ich kann deine Begeisterung für kalten Stahl auf nackter Hand verstehen. Ich habe welche mit und ohne Pelzbesatz. Dennoch glaube ich, dass du gerade etwas anderes meinst.“

Sie warf ihm einen Seitenblick zu.

Er hob die Schultern und deutete auf einen Seesack, der in einer Ecke des Zimmers stand. „Ich kann die guten Stücke auch holen und wir …“

„Ich bin eine Mörderin. Du bist vom Drachenclan. Du musst mich gefangen nehmen, mich zum Rat bringen und meiner gerechten Strafe zuführen.“ So einfach war das.

Sein Lächeln verschwand. „Dann stimmt es?“

Der Unglaube in seiner Stimme war fast greifbar. David hatte ihm alles erzählt. Er hatte keine andere Wahl. Durch weitere Lügen hätte er sich nur noch tiefer im Treibsand, genannt ihr Leben, verfangen. Sie nickte kaum merklich. Liam stellte das Sinnbild der Gerechtigkeit in der Gesellschaft der Übernatürlichen dar. Die glänzende Krone. Und sie war der klebrige Bodensatz, den man lieber nicht an den Fingern haben wollte.

„Wenn ein Mörder, den anderen Mörder verurteilt, kann nichts Gutes dabei herauskommen."

Sie hätte mit allem gerechnet. Zorn, Vorwurf, Ekel. Doch Liams leise Stimme klang schuldbewusst. Fast mitfühlend. Bitterkeit stieg in ihren Gedanken auf. Das hatte sie nicht verdient.

„Meine Eltern waren nicht böse." Laut seiner Aussage jagten die Krieger des Drachenclans gefährliche Monster. Keine unschuldigen Doppelhaushälften-Bewohner. David behauptete zwar etwas anderes, aber sie glaubte Liam. „Der einzige Fehler, den meine Eltern jemals begangen haben, war, mich auf die Welt loszulassen."

„Du hast es nicht absichtlich getan oder?"

„Nein. Das spielt auch keine Rolle. Ich habe ihnen nicht geholfen." Die Schreie ihrer Mutter übertönten selbst das Rauschen des Blutes in ihrem Kopf. Aus den Augenwinkeln sah sie, wie er eine kleine Flamme am Boden austrat. Er tat es beiläufig und wirkte abwesend. Als sei er mit den Gedanken woanders.

„Sprich weiter", forderte er sie auf. „Ich hör dir zu."

Wie konnte er neben einer geständigen Mörderin sitzen und nach ihrer Version der Geschichte Fragen. Sie hatte noch nie darüber gesprochen. Nicht einmal mit David.

„Ich war sauer. Meine Mutter wollte, dass ich schlief. Ich wollte spielen. Wir hatten Streit. Sie setzte mich in mein Bettchen, knipste das Licht aus und ging hinaus. Sie rief mir zu, sie habe mich lieb. Ich antwortete nicht." Geruch nach verschmorten Stofffasern kitzelte in ihrer Nase und sie sah sich suchend um.

„Schon gut. Nur der Teppich", murmelte er und trat erneut nach einem kleinen Flammenherd auf dem Boden. „Weiter."

„Ich weiß nicht mehr genau, wie das alles passieren konnte. Ich hatte die Kontrolle verloren, war bockig und wütend. Meine Mutter besaß eine Erdaffinität, mein Vater war feueraffin. Sie beschlossen von Anfang an, mich beides zu lehren. Ich kann mich nicht erinnern, das Feuer gelegt zu haben. Es war auf einmal da.“ Sie spürte, wie eine einsame Träne über ihre heißen Wangen lief. „Ich saß da und sah den Flammen zu. Sie versengten mich nicht, da ich sie gerufen hatte. Ich war fasziniert, habe gelacht und getanzt, während meine Eltern bei lebendigem Leibe verbrannt sind. Ich wusste nicht, dass das gesamte Haus betroffen war. Ich dachte, es sei alles ein Spiel.“

Liam streckte die Hand aus und wischte ihre Tränen mit dem Daumen weg. Winzige Brandblasen bedeckten seine Finger. Auch ihm hatte sie wehgetan. Sie konnte niemandem näher kommen. Ohne nachzudenken, griff sie nach seiner Hand und drehte sie. Mehr rußbedeckte Wunden kamen zum Vorschein.

„Morgen wird davon nichts zu sehen sein. Unsere Wundheilung ist schnell. Und hätte ich den Feuerlöscher eher gefunden, wäre mir das Flammenpeeling erspart geblieben.“

Er wollte sie aufmuntern. Doch jedes gütige Wort aus seinem Mund kam einem gellenden Peitschenhieb gleich. Sie verdiente kein Mitgefühl.

„Wie alt warst du?“

„Vier.“ Sie kämpfte gegen weitere Tränen.

„Wir hören dauernd von solchen Vorfällen. Wenn du ein kleines Mädchen mit blonden Löckchen siehst, hältst du es auch nur so lang für süß, bis du merkst, dass es deinen Keller unter Wasser gesetzt hat.“

„Zwischen einem Wasserschaden und Mord liegen Welten“, entgegnete sie empört.

„Es ist genau dasselbe, Andi. Du warst ein Kind. Es war nicht deine Schuld.“

Nicht ihre Schuld. Sie hörte diese Worte zum ersten Mal. Balsam für ihre geschundene Seele. Jedoch nur für kurze Zeit.

„Deshalb wolltest du mir helfen, oder?“

„Ich wollte es wiedergutmachen“, flüsterte sie. Die Angst, dass bei einem lauteren Tonfall, der endgültige Weinkrampf über sie hereinbrach, war zu groß.

„Ich mag dich Rotfuchs. Aber das ist absoluter Unsinn. Von jemandem, die mehr Doktortitel besitzt als ich Vornamen, hätte ich Intelligenteres erwartet.“

Rotfuchs? „Ich bin gefährlich. Du solltest das nicht sagen.“ Sie musste tatsächlich lächeln.

„Eine Waffe ist auch gefährlich. Doch die Gefahr geht primär von der Person aus, die sie führt.“

Erst jetzt bemerkte sie, dass sie noch immer seine Hand hielt. Sie fühlte sich warm an und passte perfekt in die ihre.

„Das Katana auf meinem Seesack dort“, er wies mit dem Kopf zu seinem Schwert. „Die Klinge ist in meinen Händen absolut tödlich. In deinen absolut nutzlos. Höchstens zum Trimmen der Heckenkante. Du kannst keiner Fliege was zuleide tun.“

„Ich bin das Katana, Liam.“

„Zumindest genauso scharf“, murmelte er und drückte ihre Finger.

„Was?“ Sie beobachtete sein Profil.

Er lächelte. „Nichts. Schon gut.“

Sie erzählte ihm die Geschichte ihres Abstiegs im zarten Alter von vier und er … flirtete? Warum tat er das?

„Wir einigen uns jetzt darauf, dass du am Tod deiner Eltern nicht schuld bist.“

„Liam …“

„Ich kann unglaublich stur sein.“ Er schüttelte den Kopf. Blonde Strähnen fielen ihm in die Stirn. Mit einer beiläufigen Bewegung strich er die kinnlangen Haare hinter sein Ohr.

War das ihre Absolution? Erteilt von einem Drachenkrieger? Sie beschloss, die Sache vorerst ruhen zu lassen. Sie lebte seit knapp dreihundert Jahren mit diesem Trauma. Der Schmerz war zu ihrem ständigen Gefährten geworden. Der Druck auf ihrem Herzen war ihre persönliche Büßerkette.

Er drückte erneut ihre Hand. Sie spürte die Wärme auf ihrem Oberschenkel, nickte ihm zu und hoffte, dass er die Trauer in ihren Augen nicht sah.

„Okidoki. Wie wäre es mit einer Sicherheitsbelehrung?"

„Sicherheitsbelehrung?" Hatte er im Hotel Alkohol aufgetrieben?

„Klar. Sicherheitshinweise zum korrekten Handling von Andrea Pherson", sagte er und grinste breit. „So wie in den Chemielaboren. Vor dem Umgang mit gefährlichen Stoffen kommt eine Belehrung. Dann kleben wir dir noch ein *Hoch-entzündlich*-Warnschild auf den Hintern und fertig."

Sie konnte nicht anders, als zu lachen. Als wären seine Worte nicht schon absurd genug, nein. Seine flapsige Geste, wie er ihr einen imaginären Hinweis auf den Po klatschte, gab ihr den Rest. Dieser Mann war unmöglich. Er hatte den Dreh raus. Zum genau richtigen Zeitpunkt war er ernsthaft und hörte zu. Andererseits konnte er sie aufmuntern und sie zum Lachen bringen. Mit jeder Sekunde lockerte sich der Knoten in ihrer Brust. Es war abstrus. In seiner Nähe konnte sie über den bewegendsten und schlimmsten Moment ihres Lebens sprechen und nur ein klein wenig den Teppich ansengen. Normalerweise endete so was in einer mittelschweren Katastrophe.

„Du bist ein lohnendes Publikum. In zweihundertneunzig Jahren hat noch nie jemand derartig über meinen Humor gelacht."

„Zweihundertneunzig?" Sie riss sich zusammen und wischte sich die Augen.

„Ja, wieso?"

Jetzt war sie es, die verschlagen grinsen musste.

„Was ist?", fragte er und schob sein erstaunlich schönes Gesicht in ihr Blickfeld. Blauer Stahl fixierte sie.

„Ich bin älter als du." Er hob die blonden Brauen bis

fast unter seinen Haaransatz. „Wie viel älter?"

„Fünfzehn Jahre." Gemessen an der Unsterblichkeit, ein Wimpernschlag. Dennoch fand sie den Umstand witzig.

„Calli würde dazu einiges einfallen. Mal gespannt, wie viele *du stehst auf Ältere?*-Witze von ihr kämen", murmelte er leise.

„Wer ist Calli?"

„Callista."

Sie wühlte in ihren Erinnerungen. Callista war die jüngste Kriegerin des Clans. Es gab ausreichend Literatur über den Drachenclan und dessen Mitglieder. Aber nirgendwo kam diese Abkürzung vor. Er sprach ihren Namen liebevoll aus. Genauso liebevoll wie Rotfuchs?

„Was meinst du mit auf Ältere steh…"

„Das mit der Sicherheitsbelehrung war ernst gemeint", er ließ ihre Hand los, „ich will Erdbeben und Waldbrände in Zukunft eher vermeiden als provozieren."

Überrascht durch den abrupten Themenwechsel richtete sie sich auf. Hatte sie etwas falsch gemacht? „Emotionen", sagte sie langsam. Ihre Handflächen fühlten sich feucht und kalt an. Normalerweise war sie es, die auf Abstand ging. „Die Erde ist ein Teil von mir, wie das Feuer. Das Problem ist nur, dass sich die beiden nicht mögen. Es ist wie ein Kampf, der ununterbrochen in mir tobt. Daher konzentriere ich mich auf die Erde. Warum, muss ich, glaube ich, nicht erklären." Sie nahm einen tiefen Atemzug, um die Erinnerungen konsequent beiseitezuschieben. Nicht jetzt!

Liam griff nach einer Wasserflasche und hielt sie ihr hin.

Sie schüttelte den Kopf und lehnte ab. „Du kannst es dir wie eine Art Gefängnis vorstellen. Ich sperre das Feuer einfach weg. Die Aufrechterhaltung der Mauer kostet mich ein Mindestmaß an Konzentration. Es ist nicht viel. Ich habe mich daran gewöhnt. Aber wenn mich etwas emotional berührt, vergesse ich die Mauer manchmal. Feuer ist nicht für seine Zurückhaltung bekannt."

„Du sperrst es ein. Da wäre jeder sauer. Vor allem eine so starke Kraft, wie das Feuer", sagte Liam leise und fing an, das Etikett der Flasche abzureißen.

„Es ist ein Fluch."

„Du würdest dich gut mit Mercy verstehen."

„Mercy?"

„Die Frau von Darian", antwortete er nachdenklich. „Es ist kein Fluch. Das sind deine Gaben. Sie gehören zu dir. Da gibt es nichts zu entschuldigen oder zu verzeihen. David macht nicht den Eindruck, als hätte er dir sonderlich viel gezeigt, außer, wie man sich am besten versteckt. Sobald du gelernt hast, auf eigenen Füßen zu stehen, werden sich auch deine Kräfte bessern."

Mit der Sturheit hatte er recht. Kleine Papierfetzen segelten zu Boden. Irgendetwas hatte sich verändert.

„Du bist wie ein Frosch im Brunnen. Dir geht es gut, aber das große Meer kennst du nicht."

„Charmanter Vergleich."

„Du weißt, was ich meine."

Seltsamerweise wusste sie das tatsächlich. Seit sie denken konnte, traf David die Entscheidungen für sie. Es hatte sie nie gestört. Wurde es Zeit, das zu ändern?

„Ich kann nur lernen ein eigenständiges Leben zu führen, wenn ich … na ja, frei bin."

Es war ein heikles Thema. Sie konnte nicht von ihm verlangen, das Gesagte zu vergessen.

„Ich werde niemandem erzählen, was du mir heute anvertraut hast."

„Und der Rat?"

Mit einem Schlag wurden seine weichen Züge hart und unnachgiebig. Für einen Moment blickte sie in das erbarmungslose Gesicht des Kriegers. Es störte sie nicht. Das gehörte zu ihm. So wie das Feuer zu ihr. Die Helligkeit des Lichts, welches ihr soeben aufging, hätte eine

Großstadt beleuchten können.

„Du warst aufrichtig zu mir. Also bin ich nun auch ehrlich zu dir. Ich muss dich über einige Dinge ins Bild setzen. Das wird dich schockieren und in Gefahr bringen. Aber ich werde bei dir bleiben und dich beschützen. Sogar den Trottel David, wenn es sein muss. Dennoch bitte ich dich, ihm nichts zu sagen. Ich arbeite mit dir. Nicht mit ihm."

„Okay", sagte sie leise. Was kam jetzt?

*

„Nein, Calli. Beides. Feuer und Erde." Es war schwierig, Andis Talente jemandem zu erklären, er verstand es ja selbst nicht. Obwohl es an der Ostküste weit nach Mittag war, konnte Callista ihm nicht richtig folgen.

„Das ist nicht möglich", sagte sie stoisch.

„Klar. Das Erdbeben habe ich mir eingebildet und das Feuer hat sie mit einem Zippo hinter ihrem Rücken entfacht."

„Eine Hybride? Das geht nicht. Die Kinder sind nicht lebensfähig, Liam." Den letzten Satz hatte sie geflüstert.

„Sie ist ziemlich lebendig. Ich brauche jegliche Informationen, die du auftreiben kannst. In der großen Bibliothek muss es etwas geben." Mennox sammelte leidenschaftlich gern Bücher. Sie alle zu lesen, wäre sogar für einen Unsterblichen eine Lebensaufgabe. „Und behandle das Ganze diskret. Wir dürfen nichts riskieren."

„Klar. Sehe ich genauso."

„Und du musst mir noch einen Gefallen tun. Suche im Archiv nach einer Familie namens Pherson."

„Ihre Eltern?"

„Ja. Sie starben, als sie vier war. 1712." Das Archiv der Übernatürlichen war sauber geführt und ging Jahrhunderte zurück. Jede Familie aus jedem Land war dort verzeichnet, nahezu ausnahmslos.

„Sie ist 1708 geboren?“ Callistas Stimme war das Lächeln anzuhören.

„Kannst du dir den Kommentar verkneifen?“, fragte er leicht genervt, wohl wissend, was jetzt kam.

„Auf einem alten Gaul lernt man das Reiten, stimmt's?“

Natürlich konnte sie ihre Klappe nicht halten. Wenn sie eines Tages das Zeitliche segnete, müsste man ihr Mundwerk gesondert totschlagen.

„Ich sitze fest im Sattel. Keine Lehrstunde nötig.“

„Warte, bis wir haben, was wir brauchen“, sagte sie wieder ernsthaft.

„Womit soll ich bitte warten?“ Er schlenderte zum Fenster und beobachtete das Getümmel auf der Straße unter ihm.

„Bis du dein Ding durchziehst.“

„Was genau ist denn mein Ding?“ Er musste sich zurückhalten, nicht laut zu werden. Der Flur vor Andis Büro in Luxor war nicht der richtige Ort, seine Kameradin zurechtzuweisen. Andi hatte sich in ihre Akten vergraben, sobald sie im Büro angekommen waren. Den Posten vor ihrer Tür verließ er jedoch nicht.

„Ach komm schon. Hättest du noch mehr Verkehr zwischen deinen Beinen, müsste man ein Ampelsystem installieren.“

„Nur weil niemand deine Glöckchen zum Klingen bringt, musst du deinen Frust nicht an mir auslassen.“ Normalerweise genoss er das verbale Pingpong. Aber die Richtung, die das Gespräch annahm, gefiel ihm nicht.

„Ein Papiertaschentuch ist langlebiger als deine Frauengeschichten“, sagte sie leichthin.

Zum zweiten Mal in diesen Tagen riss Liams Geduldsfaden. Das konnte nicht ihr ernst sein. Wann war er zur Lachnummer des Clans mutiert? „Du hältst mich für so armselig, dass ich ihre Situation ausnutze? Sie hat Angst, ist alleine, weiß nicht, was sie ist und hat verflucht viel durchgemacht! Und sie geht erhobenen Hauptes durchs

Leben."
„Liam, ich wollte nicht …"
„Halt deine Nase aus meinen privaten Angelegenheiten. Ich melde mich, wenn ich etwas Neues weiß."
Mit bebender Brust schob er das Handy in seine Manteltasche. Er hatte sich noch nie mit Calli gestritten. Jedenfalls nicht so. Er hatte es satt, auf einen Gigolo reduziert zu werden. Außerdem machte er sich selbst die größten Vorwürfe, dazu brauchte er seine vorwitzige Kameradin nicht. Er sollte sich rein auf die Arbeit konzentrieren. Aber Andi brachte ihn durcheinander, benebelte seinen Kopf, bis er nicht mehr klar denken konnte. Alles, was sie tun musste, war in einem Enten-Pyjama auf dem Bett zu sitzen.
Sein Blick glitt zu dem polierten Schild mit ihrem Namen, das neben der Tür prangte. Wenn stille Wasser tief waren, so war sie der gottverfluchte Mariannengraben. Trotz ihres kleinen Zusammenbruchs am Vorabend hatte sie die Geschichte rund um den Rat besser verkraftet, als er es erwartet hatte. Am meisten hatte ihn gewundert, dass sie nicht überrascht war. Sie glaubte ihm anstandslos, vertraute ihm. Diese Erkenntnis hatte ihn aus den Socken gehauen. Das Vertrauen einer Frau, die so viel durchgemacht hatte wie sie, konnte er nicht in Gold aufwiegen. Er würde es nicht missbrauchen. Deswegen sagte er Calli auch keine Details zu ihren Eltern. Das ging niemanden etwas an außer ihm.
Andi ergänzte ihn. Er plapperte oft drauflos, ohne nachzudenken. Er empfand das als offen und ehrlich, andere als taktlos und unfreundlich. Andis Mund verließ kein unüberlegtes Wort. Ihr Wesen, ihre Art, ihre gesamte Person war nicht auf den ersten Blick zu erkennen. Um einen Einblick in die Gedankengänge der Andrea Pherson zu erlangen, musste man tiefer graben. Sie war wie ein Eisberg. Das meiste lag unterhalb der Wasseroberfläche. Hoffentlich war er nicht die Titanic.

Meine Fresse, reiß dich am Riemen! Kröte, Eisberg, was kam als Nächstes? Sein Charme litt unter ihrer Nähe. Er wusste einfach nicht, was er denken sollte. Immer wenn er versuchte, sie nicht anzubaggern warf sie ihm einen Blick zu, der ihm eine Gänsehaut verpasste und Bilder ihrer verschlungenen Körper verwandelten seine Gedanken in eine Peepshow. Jedes Mal wenn er beschloss, seinen Schweinehund von der Kette zu lassen, brüllte das kleine Männchen in seinem Kopf, dass es mehr als ihre Schenkel zu erkunden gab. Alles in allem ein beschissenes Dilemma.

Tief durchatmend legte er die Stirn gegen das Fensterglas und schloss die Augen. Sein erhitztes Gemüt konnte auch dadurch nicht gekühlt werden. Als er die Lider öffnete, fiel sein Blick auf einen Mann, der unter dem Fenster an einem Laternenpfahl lehnte. Er trug unauffällige Kleidung, hatte eine unauffällige Statur und las eine Zeitung. Ging es noch auffälliger? Wenn das wieder einer von Davids Bodyguards war, freute er sich schon darauf, auch diesen Idioten mit seiner Faust bekannt zu machen.

Oder wurde er so paranoid wie sein Boss? Sobald Mennox mit Lilian vor die Tür trat, sah er Schatten hinter jedem Baum und verdächtigte jeden Grashalm, etwas im Schild zu führen und eine Gefahr für Lilian dazustellen.

Liam betrachtete die Menschen auf der Straße eingehender. Er fand zwei weitere unauffällig auffällige Männer, die ebenfalls in einer Zeitung lasen. Einbildung oder berechtigter Verdacht?

Ein lauter Knall ließ ihn herumfahren. Andi! Sofort wurde sein Kopf von bizarren Szenarien überschwemmt. Von Ninjas, die sich durch ihr Bürofenster schwangen, bis hin zu weiteren Zeitung lesenden Kerlen, die sich an ihm vorbeigeschmuggelt hatten.

Mit gezückter Pistole stürmte er in ihr Büro. Die Tür flog krachend auf und kleine Holzspäne rieselten zu Boden.

Binnen Sekunden hatte er das Zimmer gescannt.

„Aber ich reagiere über, ja?“ Sie stand auf einem Stuhl, die Arme in einem Regal versunken. Neben ihr lag ein Buch von der Größe eines Schuhkartons auf dem Boden.

Tja. Das war jetzt unangenehm. Sein Herzschlag beruhigte sich und er steckte die Waffe weg. Da er keinen galanten Weg aus der Situation fand, tat er einfach so, als wäre nichts gewesen.

„Ich bin gleich fertig, Liam. Nur noch ein paar Kleinigkeiten.“

Wieso behagte es ihm nicht, sie auf einem wackligen Stuhl zu sehen? Sie war kein Kind mehr.

„Ich habe die wichtigsten Werke eingescannt und an deine E-Mail-Adresse geschickt. David hat all meine Passwörter also …“

Eine schmale Linie bildete sich zwischen ihren Brauen. Sie hatte ein schlechtes Gewissen. Völlig zu Unrecht.

„Ich konnte jedoch nicht widerstehen, schon mal ein wenig daran zu arbeiten“, sagte sie und kletterte den Stuhl runter.

„Konntest du es lesen?“

„Ja.“ Ein Lächeln zog über ihr Gesicht. Wenn sie lachte, lachte alles an ihr. Der Mund, die Wangen und vor allem die Augen. Das warme Schokoladenbraun ihrer Iris leuchtete ihn an. Es war ein ansteckendes Lachen.

„Das heißt, na ja. Es ist kein normaler Text“, fügte sie an.

„Sondern?“ Seine Neugier wurde durch ihre Begeisterung nur noch verstärkt. Immerhin war sie der Schlüssel zur Wahrheit.

„Viele alte Schriften erzählten keine Geschichte. Es waren Symbole, die mehr als Gedächtnisstütze dienten. Man wollte sich an Sachverhalte erinnern, sie für die Nachwelt konservieren.“

„Was für Dinge?“

„Alles Mögliche. Von Gebeten oder Familienstammbäumen bis hin zu Medizinrezepten. In unserem Fall ist es eine Art Landkarte. Nein, eher ein Routenplaner."

„Routenplaner? Mit welchem Ziel?" Seine Verwirrung dachte nicht daran, das Weite zu suchen.

„Das weiß ich nicht. Aber …"

„Was?" Endlich kam das lang erwartete *aber*.

„Ein Zeichen konnte ich eindeutig bestimmen. Nephelim."

Dieses Wort traf ihn mit einer solchen Wucht, dass er es tief in seiner Brust fühlen konnte. Er wusste es, konnte es spüren. Dennoch schmerzte es, die Vermutung bestätigt zu bekommen.

„Wir finden mehr heraus. Das verspreche ich. Es ist besser, die Wahrheit zu kennen, auch wenn sie unangenehm ist, als in einer bequemen Lüge zu leben."

Obwohl er ihr die Fakten nüchtern und ohne viel emotionalen Schnickschnack erläutert hatte, verstand sie sofort, was für den Clan und alle anderen auf dem Spiel stand. Er spürte, wie sie einen Arm auf seine Schulter legte. Ihre Wärme und ihr Duft umhüllten ihn und er hätte sie am liebsten in die Arme geschlossen. Es war faszinierend. Er hatte David Hausarrest im Hotel verordnet, und sein Plan funktionierte. Sobald sie aus der Nähe ihres angeblich besten Freundes war, blühte sie auf. Zaghaft zwar, aber beständig. Er würde Davids Einfluss noch tilgen. Spätestens, wenn sie selbst bemerkte, dass sie ohne ihn besser dran war. Eine reine Frage der Zeit.

„Ich räume den Safe aus, dann können wir los."

„Liegen da die besonders teuren Pinsel?", neckte er sie und beobachtete, wie sie vor dem Zahlenschloss in die Hocke ging.

„Du darfst die Spaten mit den diamantbesetzten Griffen nicht vergessen", antwortete sie lachend. Die schwere Tür öffnete sich knarzend.

„Scheiße!"

Ein Fluch aus ihrem Mund klang befremdlich.

„Es ist weg!“ Hektisch durchsuchte sie die Schubfächer.

„Bargeld?“ Sofern das ihr Problem war, hatte sie keins.

„Nein. Mein Pass, die Geburtsurkunde, die Ahnentafel! Weg!“

„Scheiße!“ Er hockte sich neben sie, um einen Blick auf den Safe zu werfen.

„Sag ich doch!“

„Tritt bitte ein wenig zurück“, sagte er leise. „Wenn du bei mir stehst, kann ich nur dich riechen.“

Es entsprach den Tatsachen. Ihr Aroma nach Jasmin überlagerte alles in diesem Raum. Nachdem sie sich entfernt hatte, widmete er sich eingehend den Gerüchen des Stahls. Metall nahm Gerüche nicht gut auf, zum Glück stellte das für seine Drachensinne kein Problem dar. Normalerweise.

„Und?“ Sorge und Angst verzerrten ihre klare Stimme.

„Nichts. Wer auch immer ihn geleert hat, trug Handschuhe.“ Das ergab Sinn. Die meisten Langfinger schützten sich vor Fingerabdrücken. Aber welcher Dieb klaute einen Pass und Geburtsurkunde? Jemand wusste über Andi Bescheid. Wie war das möglich?

Eine Sirene ertönte und die Lampen im Zimmer flackerten kurz auf.

„Stand eine Übung auf dem Plan?“, fragte er und zog sie vom Fenster weg.

„Hier sind Feuerübungen nicht üblich. O Gott. Habe ich aus Versehen …“ Ihre Gesichtsfarbe wechselte von einem zarten rosa zu Bettlakenweiß.

„Keine Sorge.“ Das passierte doch nicht gerade wirklich oder?

„Hör zu, ich glaube, wir werden verfolgt. Von eben diesem Jemand, der deinen Safe geplündert hat. Der Feueralarm wird alle zum Haupteingang treiben. Es wird hektisch zugehen. Die perfekte Gelegenheit, unauffällig in einem Auto zu verschwinden.“

„Der Rat.“

„Nein." Er wehrte sich mit jeder Faser seines Körpers gegen diese Vorstellung. Falls der Rat hinter ihnen her war, war er nutzlos. Keine Armee der Welt könnte sie dann noch beschützen.

„Du sagtest, der Rat beobachtet euch. Wenn sie nicht dumm sind, werden sie die Lunte riechen."

„Wieso verfolgen uns normale Übernatürliche? Sie haben nicht den Hauch einer Chance."

„Wen sollten sie schicken? Deine Kameraden? Ihr seid die einzige Instanz, über die sie frei verfügen können. Ohne den Clan … haben sie keine Arme, mit denen sie effektiv nach der Bevölkerung greifen können."

Sie wusste erst vierundzwanzig Stunden Bescheid und hatte mehr Durchblick, als er. Vielleicht hatte sie auch einfach nur genügend Abstand, um die Sache klar zu sehen.

Ihre Miene wirkte gefestigt wie ihre Stimme. Nur der bittere Geruch der Angst verriet ihren Gefühlszustand.

„Dir passiert nichts. Das verspreche ich", sagte er.

Sie nickte beklommen und kaute auf ihrer Unterlippe.

„Wir gehen auf das Dach. Komm." Er schnappte ihre Hand und lief los. Die Büroräume waren zu verwinkelt. Es gab zu viele Möglichkeiten, in einen Hinterhalt zu geraten. Er musste sein Tempo drosseln, damit sie Schritt halten konnte. Da sie sich im vierten Stock befanden, war lediglich eine Treppe zu nehmen und die standen an der frischen Luft. Sie umklammerte seine Finger. Er spürte ihren Puls deutlich an seiner Handfläche. Unregelmäßig und rasend schnell.

„Was hast du vor?", fragte sie atemlos. Ein lauer Wind wehte ihre rote Mähne durcheinander. In der gelben Sonne des Abends glitzerten ihre Haare wie flüssiges Feuer.

„Wir müssen herausfinden, wer uns verfolgt."

„Du willst sie einfach fragen?"

Diesmal war er es, der sich auf die Unterlippe beißen

musste.

„Oh, verstehe." Trotz der Abscheu in ihrer Stimme ließ sie seine Hand nicht los.

„Falls sie vom Rat …" Andi war so zart, so unschuldig. Sie mit brutalen Worten zu konfrontieren, kam ihm falsch vor. Das war, als setzte man ein Kind vor eine Heimkinoanlage, schaltete SAW I-V an und ging aus dem Zimmer.

„Wenn sie vom Rat geschickt wurden, um mich oder uns zu töten, bedeutet das, dass sie nicht nur wissen, dass ich gefähr…, dass ich anders bin, sondern auch, dass sie dem Clan auf der Fährte sind. Sie müssen sterben", sagte sie leise.

Klare Ansage. Dem war nichts hinzuzufügen. Dennoch war es seltsam, diese Worte aus ihrem Mund zu hören. Gewalt und Andi. Das passte nicht zusammen.

„Komm." Er führte sie zu einem Abluftschacht. Sanft schob er sie dahinter. „Sieh weg Rotfuchs." Ihre Seele war reiner als alles, was er jemals berührt hatte. Er wollte nicht, dass sie Zeugin der Bluttaten wurde, zu denen er fähig war.

Langsam zog er eine seiner beiden P3, entsicherte und lud sie durch. „Ich möchte, dass du sie nimmst." Sie öffnete den Mund, um zu antworten, er fiel ihr ins Wort. „Bitte. Ich würde mich besser fühlen." Sie nickte und nahm die Waffe entgegen.

„Sag mir, dass diese Männer böse sind", flüsterte sie.

Es brach ihm das Herz, sie so zu sehen.

„Sie würden dich mitnehmen. Mich töten, falls sie die Gelegenheit bekämen. Jeden, den du kennst, jeden, den du magst, niemand wäre sicher. Der Rat ist gründlich."

„Wenn du tot wärst, hätten sie bereits die Hälfte der Personen auf dem Gewissen, die mir wichtig sind."

Für einen kurzen Augenblick blieb die Welt stehen. Frauen gestanden ihm zu Hunderten ihre immerwährende Liebe, wollten Kinder von ihm, gaben ihm bereitwillig alles, wonach er verlangte. Noch nie hatten simple Worte eine solche Wirkung auf ihn gehabt. Seine Brust wurde eng. Er spürte sie in sich, sie berührte ihn auf eine besondere Weise. Sie neigte den Kopf und sah ihn an. Himmel, diese Lippen waren die Tore zur Hölle, seiner privaten, sündigen, heißen Hölle. Er wollte ihren Nacken packen, die Finger in ihrem Haar verschränken und ihren Mund mit dem seinen verschließen. Nicht weil er sie flach legen wollte, okay das auch, aber primär, weil er sich danach verzehrte, sie zu spüren. Die Luft um sie herum flirrte seltsam. Alles, was er tun musste, war, sich nach vorn zu beugen und den Abstand zwischen ihnen zu verringern. Ihr Blick glitt zu seinen Lippen, und zurück zu seinen Augen. Ihre Brust hob und senkte sich rasch. *Reiß dich zusammen! Nicht jetzt!*

Ihr Leben war in Gefahr. Sie steckte in einem zerbrechlichen Körper. Eine einzige Kugel könnte ausreichen und sie würde … nein. Er blockte diesen Gedanken ab. Außerdem verursachte jeder unabsichtliche Ausbruch ihrer Kräfte gehörige Schnitzer in ihrem Selbstbild und schürten die Glut ihrer Unsicherheit.

Das galt es, zu verhindern. Er musste Prioritäten setzen. Ihre Sicherheit kam meilenweit vor der Erkundung ihres Mundes.

Ein dumpfes Geräusch ließ seinen Kopf herumfahren. „Sie kommen. Bleib hier. Egal was passiert!“

Sie nickte ihm zu und zog die Knie unters Kinn.

Schweren Herzens riss er sich von ihr los. Die Mini-Flamme auf seinem Ärmel klopfte er unauffällig aus. Kein Grund, sie unnötig zu beunruhigen.

Das Dach war überschaubar. Liam konnte keine weiteren Ein- oder Ausgänge entdecken, also fixierte er all seine Sinne auf die Tür. Völlig gleich, wer da durchkam, er sollte die Sonne ein letztes Mal genießen. Er versuchte die Tatsache, dass Andi sich in seiner Nähe befand, auszuklammern und atmete tief durch. Jede Ablenkung könnte fatale Folgen haben. In einer automatischen Bewegung zog er die Klinge und ging in Kampfposition. Die Welt verlangsamte sich, wurde ruhiger, leiser. Seine Wachsamkeit erreichte ihren Zenit, nahmen alle Veränderungen wahr. Wie in Zeitlupe drehte sich der Türknauf.

Kein Mensch wäre in der Lage gewesen, binnen eines Sekundenbruchteils den Unterschied zwischen einem unbewaffneten Zivilisten und einem Bastard mit einer Heckler & Koch in der Hand auszumachen. Ein Drachenkrieger schon. Noch bevor ihr Angreifer nach seiner Beute Ausschau halten konnte, zog er ihm die Schneide über den Hals.

Warmes Blut spritzte ihm ins Gesicht. Es war tatsächlich ein Übernatürlicher. Kalte Wut verdrängte die Besorgnis. In diesem Augenblick verstand er endlich Darians oder Mennox´ leidenden Gesichtsausdruck, wenn Mercy oder Lilian allein unterwegs waren.

Das war der Erste, er betrachtete den blutigen Körper.

„Pass auf!"

Andis panische Stimme ließ ihm herumfahren. Zwei Männer kamen auf ihn zu. Sie mussten über die Feuertreppe auf das Dach gelangt sein. Verdammte Scheiße! Dann passierte alles schnell.

Der Schrei lenkte die Aufmerksamkeit der beiden Typen auf Andi. Noch bevor er sich in Bewegung setzte, hallte ein Schuss durch die Luft. Sie stand zitternd und mit erhobener Waffe vor dem Abluftschacht. Ihre Unerfahrenheit rächte sich, sie hatte das Herz verfehlt und den Mann in der Schulter getroffen. Wütend hob der angeschossene Bastard die Hand, gab ihr eine schallende Ohrfeige, woraufhin sie seitlich gegen den Schacht geschleudert wurde.

Zu viel.

Ein roter Schleier legte sich über Liams Augen, tauchte die Szenerie blutrot.

Niemand. Schlug. Seine. Frau.

Ein unmenschliches Brüllen fand den Weg aus seiner Kehle. Er rannte los.

Der erste Kerl hob seine Pistole, sinnlos. Liam rammte sein Schwert mit aller Wucht durch ihn hindurch, bis er den Stoff seines Hemdes an den Fingern spürte. Er ließ es stecken und nahm sich den anderen vor. Der Zweite stand mit dem Rücken zu ihm. Ein Tritt in die Kniekehlen und er ging zu Boden. Liam packte den Kopf des Bastards mit beiden Händen, riss ihn mit einem gewaltigen Ruck zur Seite und brach ihm das Genick.

Andi verzog angesichts des lauten Knackens angewidert das Gesicht.

Es war ihm egal. Sollte sie ihn für das Tier halten, das er nun mal war. Er würde jeden ohne zu zögern töten, der es wagte, ihr wehzutun. Als die Angreifer niedergestreckt zu seinen Füßen lagen, breitete sich eine unheimliche Stille auf dem Dach aus. Das Rauschen in seinen Ohren und sein hämmernder Herzschlag wirkten dadurch umso lauter in seinem Kopf. Er hatte die beiden binnen weniger Sekunden erledigt. Sie hatten keine Gefahr dargestellt, zu keinem Zeitpunkt. Dennoch fühlte er sich, als hätte er gegen eine Armee gekämpft. Die Muskeln seiner Arme brannten, ein feiner Schweißfilm bedeckte seine Haut und selbst nach der Nacht im Kloster vor einigen Jahren war er nicht mehr so außer Atem gewesen. Und die Nonnen waren schier unersättlich gewesen.

Mit geballten Fäusten, um das Zittern seiner Finger zu verbergen, ging er vor Andi in die Hocke.

Sie blickte mit ihren großen Rehaugen zu ihm auf.

Sein Herzschlag beruhigte sich mit jeder Sekunde, in der er ihren Blick erwiderte. Sie wirkte gefasst. Nicht ängstlich.

„Du blutest“, murmelte er und umfasste ihre Wange. Ein Rinnsal rann von ihrer Wange. „Hier.“ Vorsichtig riss er einen Fetzen seines Hemdes ab und tupfte es auf ihre Wunde. „Vielleicht gibt es eine Narbe.“ Er musterte seinen Rotfuchs, untersuchte jeden Zentimeter ihrer makellosen Haut.

„Das ist nichts. Alles in Ordnung“, sagte sie leise. Nein. Sie war tapfer. Selbst wenn sie verletzt wäre, würde sie es ihm nicht sagen.

„Wir müssen das reinigen. Im Auto ist ein Verbandskasten. Wir sollten vorsichtshalber ins Krankenhaus fahren.“

„Liam …“

„Sicher ist sicher. Wir brauchen Hilfe.“ Er war kein Arzt. Seine Erfahrung im Umgang mit Verletzungen reichte nicht aus. Nicht für sie. Nicht für Andi. Er riss einen weiteren Stoffstreifen ab und legte ihn auf ihre Wange. Zitterte er etwa?

„Ist schon gut“, flüsterte sie. „Komm her.“ Sie schlang die Arme um ihn und stützte den Kopf auf seine Brust. Ohne darüber nachzudenken, umfasste er ihre Taille und zog sie an sich. Ihr Herzschlag klopfte gegen seine Haut, bestätigte, dass seine schlimmste Befürchtung nicht eingetroffen war.

„Ich kenne das Gefühl, wenn der Boden unter den Füßen anfängt, zu schwanken“, sagte sie leise. „Mir geht es genauso.“

Drei bewaffnete Typen mit rostigen *Heckler & Koch*, und er war ausgerastet. Unfassbar. Nach einer gefühlten Ewigkeit beruhigte sich sein Puls und die roten Schleier lüfteten sich.

Er hätte Stunden dastehen können, sie im Arm halten, ihre Nähe genießen. Der Zeitpunkt war denkbar ungünstig. Widerwillig ließ er sie los und betrachtete sein Werk.

„Ich habe weder mein Uoija-Brett noch meine Séance-Kerzen eingepackt“, murmelte sie, während sie ihm die Waffe zurückgab.

„Was?“ Liam sicherte die Pistole und verstaute sie im Holster.

„Diese Typen zu fragen, wer sie geschickt hat, wird jetzt

schwierig“, erwiderte sie trocken und blickte ihn schulterzuckend an. „Sieh mich nicht so an. Wenn mir jemand eine Waffe an den Kopf hält, werfe sogar ich die Parlamentärsflagge weg. Das nennt man Selbsterhaltungstrieb.“

Oh, er musste andere Triebe niederringen. „Die Befragung ist hinfällig. Sie waren Übernatürliche. Es gibt darauf nur eine Antwort. Du hattest recht.“

Er musste es dem Clan sagen. Auf schnellstem Wege. Falls der Rat Liam verfolgt hatte und seine Bewegungen beobachtete, wurden die übrigen ebenfalls bespitzelt. Schöner Mist.

Lautes Fußgetrampel und Stimmengewirr rissen ihn aus den Grübeleien.

„Scheiße. Wir müssen weg. Komm.“ Er packte sie an der Hand und zerrte sie in Richtung Feuerleiter. Auf dem Weg zog er sein Schwert aus der Leiche und ließ es zurück in die Scheide gleiten.

„Du zuerst“, sagte er und schob sie zur Treppe. Die Luft um sie herum wurde wärmer. Sie hatte Angst.

„Hier geht es nicht weiter“, flüsterte sie hektisch, als sie im zweiten Stock angelangt waren. „Wir sitzen fest!“

„Ich trage dich.“

„Ich bin viel zu schwer.“ Sagte sie und verdrehte die Augen.

„Ach was.“ Ohne auf ihren Widerstand zu achten, hob er sie hoch, setzte sie rittlings auf seine Hüften und legte die Hände um ihren Hintern. „Schling deine Beine um mich.“ Sie zog den Atem ein und tat wie geheißen.

Er unterdrückte ein Grinsen, obgleich ihres Gesichtsausdrucks. Würden sie nicht verfolgt werden, könnte er den Moment genießen. Aber so musste er die lauten Rufe seiner Libido ignorieren. Andi war auf ihm. Ihr lockendes Zentrum presste sich an ihn, ihre Wärme umspielte ihn, ihr Duft …

Reiß dich zusammen! „Nicht runterschauen“, sagte er rauer als beabsichtigt und sprang leichtfüßig über das Geländer. Spitze Fingernägel bohrten sich in seine Schultern. Hätte er ihr erzählt, dass er aus dem zweiten Stock runterspringen wollte, hätte sie niemals zugestimmt.

Der Wind pfiff um ihre Ohren. Ein erstickter Schrei entfuhr ihrer Kehle, als sie auf dem Boden ankamen. Ein Mensch wäre stumpf aufgeschlagen. Er federte ihren Fall ab, ging leicht in die Hocke und richtete sich auf, als wäre nichts gewesen. Eine offensichtliche Zurschaustellung seiner Kraft. Mit irgendwas musste er ja diesen Froschvergleich ausgleichen.

Kopfschüttelnd rutschte sie an ihm runter.

„Nie wieder." Sie wollte ihn scheinbar kräftig schubsen, ihre Hände berührten aber nur sanft seine Brust.

„Es war nötig. Komm." Er zog sie mit und versuchte, so unauffällig wie möglich die Kreuzung zu überqueren. Blutverschmiert und mit zerfetztem Hemd nicht gerade einfach. Erst als sie neben ihm im kugelsicheren Wagen saß, fanden seine Gedanken zur Ruhe.

„Wir fahren zurück zum Hotel, holen unsere Sachen und brechen auf."

„Wohin?"

„Du hast den Routenplan. Bis du das genaue Ziel bestimmt hast, fahren wir ins Blaue. Die Stadt ist zu gefährlich. Zu unübersichtlich." Er war fast sicher, dass ihre Verfolger die Spur in Luxor aufgenommen hatten. In Charga hätte er sie bemerkt.

„David muss mitkommen. Es ist zu riskant ihn zurückzulassen", sagte sie leise und sah auf ihre Hände. „Nicht nur für ihn, auch für uns."

5. Kapitel

„Als du mit mir unterwegs warst, hattest du danach kein blaues Auge“, murmelte David und warf ihr einen Ich-habs-dir-gleich-gesagt-Blick zu.

„Das ist kein blaues Auge. Ein Kratzer höchstenfalls.“ Wieso machte jeder einen Mordsaufstand wegen eines winzigen Schnitzers?

„Auf solche Behausungen mussten wir genauso wenig zurückgreifen.“

Sie schüttelte den Kopf und widmete sich dem Laptop auf ihrem Schoß. Wie konnte er die Schönheit dieses Ortes verkennen? Nach ihrem überhasteten Aufbruch aus Luxor hatte Liam sie und David in den Wagen verfrachtet und war aufs Geratewohl mitten in die Wüste gefahren. Erst dachte sie, er hätte sich verfahren. Die Götter allein wussten, wie groß Liams Ego war. Es benötigte schon fast eine eigene Postleitzahl. Er hätte niemals zugegeben, sich verfahren zu haben. Nach zwei Stunden endloser Sanddünen, passiv-aggressiver Diskussion bezüglich der Klimaanlage und einer beginnenden Migräne waren sie an ihr Ziel angekommen. Eine Zeltstadt der Nomaden.

Andi wusste einiges über die Beduinen Ägyptens. Das friedliche Völkchen lebte von Viehzucht und dem, was die Oasen hergaben.

Liam überzeugte den Anführer des Clans, dass sie gegen eine Art Aufwandsentschädigung bleiben durften. Wie viel genau er dem Mann zusteckte, konnte sie nicht sehen. Auf ihre Frage hin stupste Liam ihre Nase an und meinte, sie könne alles essen, aber nicht alles wissen.

Strom und fließendes Wasser suchte man hier vergebens, aber sie hatte nie zuvor Vergleichbares gesehen. Es war einfach bezaubernd.

Die weißen Leinenzelte hoben sich scharf vom roten Sandboden ab. Kleine Tüpfel, wie leuchtende Margeriten inmitten einer kargen Landschaft. Von außen waren die

Unterkünfte schmucklos gehalten, dafür explodierte das Innere schier vor Farben. Berberteppiche und Kissen in allen Nuancen des Regenbogens. Sie türmten sich aufeinander, bildeten mehrere flauschige Schichten. Altertümliche Glaslaternen spendeten Licht.

Ihr Laptop Akku war voll, die Beleuchtung ausreichend, Datteln und Obst schmeckten herrlich. Es gab keinen schöneren Ort zum Arbeiten.

„Sandflöhe, funzelige Lampen." David schüttelte den Kopf und rutschte auf seinem großen Sitzkissen umher. „Ich habe es dir von vornherein gesagt. Dieser Krieger hat einen schlechten Einfluss auf dich."

Na toll. Allmählich hatte sie es satt, dass jeder am besten zu wissen schien, wer sie auf welche Art beeinflusste. „Mir ging es nie besser, David." Ihre Weltanschauung stand auf dem Kopf, sie wurde vom Rat persönlich verfolgt und ihre Hände kribbelten noch immer von der Waffe, die sie am Mittag abgefeuert hatte. Und doch hatte sie sich nie lebendiger gefühlt. Liam war bei ihr. Es konnte ihr nichts passieren. Die Wut in seinem Gesicht war unvergleichlich gewesen. Jede Faser seines Körpers schien lichterloh in Flammen gestanden zu haben. Dafür war sie ausnahmsweise nur bedingt verantwortlich. Sie hätte schreiend davonlaufen sollen. Der Blick, als Liam die Angreifer getötet hatte, glich mehr einem wilden Tier als einem Mann. Und doch hatte sie sich nie sicherer gefühlt. Er beschützte sie. War für sie da, umsorgte sie. Das ging weit über eine Arbeitsbeziehung hinaus. Er war sauer, weil der Kerl sie geschlagen hatte. Das wahnwitzig schöne Antlitz zu einer zornigen Maske verzerrt. Sie fand, dass er nie heißer ausgehen hatte. Das Wissen, dass er die Fassung verloren hatte, weil jemand Hand an sie gelegt hatte. Das herrliche Gefühl, welches sich in ihr ausgebreitet hatte, als sie begriff, dass er Angst um sie hatte, dass sie ihm etwas bedeuten musste, gepaart mit dem berauschenden Duft seines Schweißes und dem Muskelspiel seines Körpers. Im Nachhinein grenzte es an ein Wunder, dass das Haus nicht in Flammen aufgegangen war. Aber es war nichts geschehen. Nicht das kleinste Pfadfinder-Feuerchen. Er beeindruckte sie auf so viele Arten. Durch ihn schien sie in der Lage zu sein, über sich selbst hinauszuwachsen.

Mach dir selbst ein Bild von mir.

Zum ersten Mal in ihrem Leben tat sie genau das. Sie machte sich ein eigenes Bild. Ihre Gedanken kreisten um Liam, seit sie ihn in den Höhlen Chargas getroffen hatte. Ohne fremde Einflüsse hörte sie auf ihre innere Stimme. Er war gefährlich und stark. Er würde ihr nicht wehtun. Niemals. Er besaß Ehre, das konnte sie spüren. Einen Unschuldigen zu töten, widerte ihn mindestens genauso an wie sie. Natürlich tarnte er seine sensible Seite hinter einem vorlauten Mundwerk und flapsigen Sprüchen. Liam war von Grund auf ehrlich, dessen war sie sicher. Immer wenn er sie berührte, ob absichtlich oder aus Zufall, wunderte sie sich über die Zärtlichkeit, zu denen seine stattlichen Hände fähig waren. Sie spürte die geballte Kraft darin, die er zurückhielt, und sie musste zugeben, es erregte sie. Alles in allem war er ein Traummann. Zudem schien er ein Interesse an ihr zu haben. An ihr! Unfassbar. Zugegeben, er kaufte mehr Hautpflegeprodukte als sie, plapperte manchmal drauf los, ohne nachzudenken, war gnadenlos spontan und brutal ehrlich, von seinem schrägen Musikgeschmack ganz zu schweigen. Zu ihrer großen Überraschung mochte sie eben diese schrulligen Eigenarten genauso wie seine anderen Seiten.

„Er nutzt dich aus, das weißt du?“

David unterbrach ihre Teenie-Schwärmereien mit seiner gewohnt ernsten Stimme. „Du sollst für ihn arbeiten. Das ist alles, was er will. Wenn er sein Ziel erreicht hat, wird er dich vergessen.“

„Du kennst ihn nicht.“

„Du auch nicht.“

Sie kannte Liam erst ein paar Tage, das stimmte, aber in den wenigen Stunden, hatte er sie Dinge gelehrt, die sie längst vergessen hatte. Leben, Freiheit, eigene Gedanken.

„Außerdem schuftest du wie ein Tier. Lass mich dir doch helfen.“ David rutschte um den Laptop herum, um einen Blick darauf werfen zu können.

Langsam klappte sie den Bildschirm runter. „Ich wollte gerade eine Pause machen.“ Es lag ihr fern, David zu kränken. Sie schätzte ihn, mehr als ihm möglicherweise bewusst war. Liams Anwesenheit verwandelte ihn in ein Nervenbündel. Hinzu kam seine Abneigung gegen den Rat, den Clan und generell alles, was einer Regierung gleichkam. Seine Nerven waren zum Zerreißen gespannt. Er würde irgendwann ausflippen. Die winzigste Andeutung goss Öl auf die Flammen seines Hasses. Sie liebte ihn wie einen Bruder. Vielleicht lag da das Problem. Er kannte sie von klein auf. David sah das hilflose Mädchen, nicht die erwachsene Frau.

Der Zeltvorhang öffnete sich raschelnd und Liams blonder Haarschopf kam zum Vorschein.

„Himmel, in diesem Land kühlt es nie ab oder? Ich warte darauf, dass Frodo auftaucht und einen Ring in mein Zelt schmeißt.“ Kopfschüttelnd betrat er den Innenraum. Sein Zahnpastalächeln schwand rasch, als er David sah.

„O toll. Du bist auch hier.“ Der unverhohlene Sarkasmus ließ tiefe Furchen auf Davids Stirn entstehen.

„Ich ziehe mich zurück. Schlaf gut, Andi.“ David stand auf, gab ihr einen väterlichen Kuss auf den Scheitel und machte sich auf den Weg.

Liam hielt die Stoffbahn auf grinste breit. „Willst du nicht noch bleiben? Nein? Schade“, sagte er gut gelaunt und gab David einen kräftigen Schubs in die Nacht hinaus.

Würde sie es jemals schaffen, die zwei Männer unter einen friedvollen Hut zu bekommen? „Sei nicht gemein zu ihm. Er ist eifersüchtig, denke ich. Du kannst mich auf eine Weise beschützen, die ihm verwehrt bleibt."

„Gut! Sonst wär ich arbeitslos." Mit diesen Worten warf Liam sich auf die Kissen neben sie und rutschte so nah heran, bis ihre Oberschenkel sich berührten. Der Körperkontakt gefiel ihr. Sie klappte den Laptop wieder auf, schob ihn zur Hälfte auf seinen Schoß, dass sie beide auf den Bildschirm sehen konnten.

„Ich bin ein gutes Stück weitergekommen."

„Nichts anderes habe ich erwartet." Liam stützte sein Kinn auf ihrer Schulter ab, Haare kitzelten ihr Ohr. Breit grinsend öffnete sie Liams E-Mail-Account. Die Schrift auf ihren Computer herunterzuladen, kam ihr zu unsicher vor. Vor allem, da Liam ihr versichert hatte, dass nicht einmal Bill Gates in der Lage wäre, sich in sein Postfach einzuhacken.

„Keine Sorge, der Square-Dance-Verein bleibt unter uns", murmelte sie, als sie die richtige Datei anklickte.

„Eine aussterbende Kunst." Sie spürte, wie sich seine Mundwinkel an ihrer Wange hoben. Unverbesserlich.

„Ich habe eine gute und eine schlechte Nachricht."

„Die Schlechte zuerst", forderte er sie auf.

„Die Zeichen sind in keinem mir bekannten System vertreten. Niemand scheint sie je gesehen oder erforscht zu haben. Dadurch sind sie für mich unleserlich."

„Ich dachte du hast noch eine gute Nachricht." Seine Stimme klang resigniert.

„Nicht so hastig", tadelte sie ihn. Er gab doch sonst nicht so schnell auf. „Durch intensive Vergleiche mit meinen bisherigen Forschungsergebnissen konnte ich einige Parallelen ziehen. Bei diesen Formationen", sie zeigte auf einen Abschnitt im unteren Drittel, „handelt es sich um Koordinaten, denke ich. Mit der Wegbeschreibung lag ich falsch. Es ist mehr ein einzelner Punkt."

„Okay. Soweit kann ich dir folgen, Rotfuchs."

Sie klickte auf eine zweite Datei mit einer physischen Karte des Landes. Sie gewöhnte sich langsam an den

Spitznamen. Obwohl ihr die Zärtlichkeit in seiner Stimme immer noch eine Gänsehaut verpasste. „Wir sind in der Nähe der kleinen Oase circa sechzig Meilen außerhalb von Luxor. Unser Ziel, das worauf der Text hinweist, ist ungefähr dreißig Meilen nördlich von Assiut.“ Sie öffnete ein drittes Fenster. „Dies ist ein Verzeichnis der Ausgrabungen Ägyptens. Ich habe das Archiv angelegt, es ist fehlerfrei. Assiut liegt nah am Tal der Könige, dennoch befindet sich an der Stelle gar nichts. Auffällig nichts, wenn du verstehst.“

„Denkst du jemand verheimlicht etwas?“, fragte er und lehnte sich nach vorn.

„Möglich.“ Wenn man bedachte, dass sie verfolgt wurden, lag die Vermutung zumindest nahe.

„Jetzt kommt die Eine-Million-Dollar-Frage. Was finden wir dort?“

„Da meine Joker alle aufgebraucht sind, muss ich raten. Ich habe Theorien, aber es bleibt uns nichts anderes übrig, als hinzufahren und nachzusehen.“

„Ganz nach meinem Geschmack.“

„Wir sollten morgen aufbrechen, die Zeit arbeitet gegen uns.“

„Wenn es nur die Zeit wäre, wäre das unsere geringste Sorge“, sagte er und lehnte sich zurück. Zu ihrer Freude zog er sie mit sich nach hinten. Sie klappte den Laptop zu und genoss die Wärme seiner Brust. „Werden deine Kameraden auch verfolgt?“

„Bisher nicht. Ich habe vorhin mit Mennox telefoniert und ihn gewarnt.“ Während er sprach, fing er an, mit den Fingerspitzen träge Kreise auf ihrem Arm zu malen.

Diese Geste war so simpel, so nebenbei und doch intim. Seit dem Nachmittag hatte sich etwas zwischen ihnen verändert. Vorher unausgesprochene Dinge schwebten nicht mehr drohend über ihnen. Die Sache wurde klarer. Liam rutschte tiefer, dass sie auf einem seiner Arme lag und er ihr in die Augen schauen konnte.

„Ich kann deinen Herzschlag spüren“, flüsterte er und legte eine Hand flach auf ihre Brust. „Es schlägt schnell.“

„Wegen dir“, antwortete sie und war dankbar, dass diese Worte heil aus ihrem Mund kamen. Götter, er war so nah. Trotz der Kleidung spürte sie die Wärme seiner Finger. Ein heißes Kribbeln breitete sich von der Stelle aus, an der er sie berührte. Und es war, als würde der zarte Kontakt nicht nur ihren Körper berühren, sondern gleichermaßen ihr Innerstes. Das Leuchten seiner verblüffend blauen Iris verzauberte sie. Sein Blick fiel auf ihre Lippen, es war wie auf dem Dach. Nur diesmal waren sie nicht in unmittelbarer Gefahr, nichts sprach gegen einen Kuss, wenn er sich vorbeugte und seine Lippen auf ihre legen würde. Wollte er das überhaupt? Sein Gesicht schwebte so dicht vor ihr, dass ihr beider Atem sich vermischte, eins wurde. Unfähig der Versuchung zu widerstehen, streckte sie die Finger aus und berührte die zarten Bartstoppeln an seinem Kinn. Als sie neckisch daran zog, streifte ihr Daumen seine Unterlippe. Seine Brust hob sich in einem bebenden Atemzug. Machte sie etwas falsch? Würde ein engerer Kontakt ihre Arbeit behindern? Die letzte Beziehung, die sie geführt hatte, war buchstäblich in einem Feuerball an der spitzen Gebirgskette ihrer Unzulänglichkeiten zerschellt.

Erneut veränderte er seine Position. Die Hände an ihrer Hüfte beugte er sich über sie.

O ihr Götter, tu was! Er wartet!

„Du denkst zu viel nach Rotfuchs“, sagte er leise und lehnte sich weiter nach vorn.

Sie war wie erstarrt. Er kam näher und näher. Dann ergriff sein Mund Besitz von dem ihren und ihre Welt zersprang klirrend in tausend Scherben. Samtig, weiche Lippen pressten sich auf ihre. Sein berauschend sinnlicher Duft nach Holz und Moschus überlagerte ihre Sinne, machte sie gierig nach mehr. Forsch schob er seine Zunge zwischen ihren Zähnen hindurch und erkundete ihren

Mund. Ihr leidenschaftlicher Zungentango bewirkte eine Geschmacksexplosion. Saftige Pfirsiche, süße Erdbeeren, das reinste Ambrosia. Sie schlang wie von selbst ihre Arme um seinen Nacken, spürte kräftige Muskeln unter ihren Fingern.

Er umfasste ihre Taille, drückte sie zurück in die Kissen. Da lag sie also, bedeckt von einer herrlichen Liam-Decke. Er ragte über ihr auf, löste sich jedoch nicht von ihrem Mund.

Sein Kuss veränderte sich, wurde heftiger, fordernder. Er legte eine Hand um ihren Hals, strich mit dem Daumen über ihre Kehle.

Sie war das Reh in den Fängen des Wolfes, und sie genoss jede Sekunde. Der neue Mehr-als-Vorspiel-Kuss ließ auch ihren Körper nicht kalt. Ihr Puls hämmerte an Stellen, an denen das kleinste Pochen bereits genügte, um sie Sterne sehen zu lassen. Die feuchte Hitze zwischen ihren Schenkeln passte wunderbar zur ausgeprägten Beule zwischen seinen Beinen. Etwas ruppig drehte er ihren Kopf, um mehr von ihr zu bekommen. Sie ließ die Finger zu seiner Hüfte wandern, während sie wie von selbst die Oberschenkel spreizte. Der Kuss wurde immer tiefer und heißer, bis sie beide stöhnten und ungestüm mit den Zähnen aufeinanderschlugen. So etwas hatte sie noch nie erlebt. Dieser Mann ließ ihre Welt schwanken, mit einem einzigen Kuss. Er wollte sie, alles von ihr. Diese Erkenntnis ging ihr durch Mark und Bein. Tausend feuriger Ameisen krochen über ihre Haut, steigerten ihre Lust, brachten ihre Sinne an den Rand des Wahnsinns. Ohne von ihr abzulassen, glitt seine freie Hand ihre Seite hinab. Seine große, warme Hand kam auf ihrem Bauch zum Stehen, bevor er sie quälend langsam unter ihr Shirt schob. Jede seiner Berührungen auf ihrer nackten Haut löste kleine Funkenschläge aus.

„Du bist unglaublich weich, Rotfuchs“, murmelte er an ihren Lippen.

Unfähig zu sprechen, schnappte sie nach Luft. Feuchte Küsse zogen eine heiße Spur über ihren Hals. Als sie spitze Zähne auf ihrem Schlüsselbein spürte, krallte sie die Hände in seinen Rücken.

Ein kehliger Laut entfuhr ihm, er presste die Hüften gegen ihre Mitte.

Ihr Herzschlag geriet gefährlich ins Stolpern und die Luft wurde immer knapper, wollte nicht in ihre Lungen kommen. Während er sie mit seinen teuflischen Lippen liebkoste, verwandelte sich ihr Blut in Lava und ihr Körper in einen Vulkan, der nur darauf wartete, sich spuckend zu entladen. Liam war einfach überall. Er schien genau zu wissen, wie er sie wo berühren musste, damit sie die Welt um sie herum völlig vergaß und jede Kontrolle verlor.

O nein! Panisch riss sie die Augen auf und stellte entsetzt fest, dass Rauch ihre Sicht trübte.

„Alles okay, Rotfuchs. Es tut nicht weh", murmelte Liam und küsste sich weiter ihr Dekolleté entlang.

Ihr Blick fiel auf seine Hand. Brandblasen. Die Erkenntnis war wie eiskaltes Wasser, das über ihren Kopf geschüttet wurde, und löschte die Glut ihres Verlangens zischend. „Nein. Ich kann das nicht." Sie schob ihn von sich runter, und obwohl er stärker war, ließ er es bereitwillig geschehen. „Entschuldige. Es tut mir leid. Es tut mir leid", stammelte sie hektisch und brachte ausreichend Raum zwischen sich und den fleischgewordenen Traum ihres Untergangs. Die vorher gespürte Lust war so urplötzlich verpufft, dass ein klaffendes Loch in ihrer Brust zurückblieb. „Es tut mir leid." Sie sah in Liams Gesicht.

Zwischen seinen perfekt geschwungenen Brauen stand eine tiefe Falte und seine Augen blitzten gefährlich auf. Er war sauer.

„Ich … ich verstehe deinen Ärger." Sie brachte seinen Motor auf Hochtouren, nur um ihn röchelnd absaufen zu lassen. Bravo, Andi. Bravo!

„Sei bitte nicht sauer auf mich." Götter, sie klang erbärmlich.

„Ich bin nicht sauer, weil du es abgebrochen hast. Ich bin sauer, weil du dir Vorwürfe machst." Seufzend zog er seinen Mantel aus und legte ihn auf einem Kissen ab.

Mit Schrecken betrachtete sie die roten Flecken auf seinen Armen. Wie konnte sie ihre Kontrolle derartig verlieren? Alles, woran sie hatte denken können, war Liam und die unglaubliche Lust, die er ihr verschaffte. Hier bestand alles aus Stoff. Sie hätte die Siedlung abfackeln können. Sie konnte es sich nicht anders erklären, als dass Liam eine beruhigende Wirkung auf sie hatte, daher war ihr die Situation sicher vorgekommen. Ach belüg dich nicht selbst. Du fandest es einfach geil. Mehr nicht.

„Wag es nicht, nur ein Wort darüber zu verlieren", sagte er warnend. „Das ist nichts. Nicht einmal ein richtiges Feuer."

Ihr Blick fiel auf einen schwarzen Brandfleck auf einem der Bodenteppiche.

Liam verdrehte die Augen. „Der war da schon."

„Ich will nicht, dass es so endet wie letztes Mal." Sie zog die Knie unters Kinn. Kleine Rauchwölkchen stiegen um sie herum auf.

„Schon gut", erwiderte er ruhig und setzte sich neben sie. Warme Arme umfassten sie, spendeten ihr den Trost, den sie so bitter nötig hatte.

„Liam, der Teppich."

„Scheiß auf den Teppich. Alles in Ordnung." Er hielt sie so im Arm, wie in den Höhlen.

„Du solltest Abstand halten", sagte sie an seine Brust, wohl wissend, dass er den Teufel tun würde.

„Und du deine Klappe." Obwohl ihr zum Heulen zumute war, musste sie lächeln. Egal wie schlimm die Situation war, bei ihm fühlte sie sich wohl und konnte ihre Sorgen zumindest ein klein wenig vergessen. Ihr Herzschlag beruhigte sich, aber nicht ihre Schuldgefühle. „Er hieß Samuel. Samuel Davis. Ich hielt einen Gastvortrag an der Universität in Boston. Es war ein Thema, das sogar ich als langweilig empfand. Und das will was heißen."

Er lockerte seinen Griff nicht, sondern streichelte sanft ihre Arme.

„Er war elfischer Herkunft und wirklich charmant." Sie ignorierte das leise Knurren in seinem Brustkorb. „Wir haben zusammen gegessen, waren im Kino, sind spazieren gegangen. Es waren wunderbare Wochen."

„Dein Schließer hat dir Freigang gewährt?", fragte Liam und Überraschung lag in seiner Stimme. Sie ersparte sich die Mühe, ihn zu belehren.

„Es war meine Sturm- und Drangzeit. David und ich hatten ein paar Monate zuvor einen fürchterlichen Streit. Ich wollte allein wohnen, normale Dinge tun, frei sein. Er ließ mir meinen Willen. Ich zog aus. Du hättest meine Wohnung sehen sollen. Es war ein Schuhkarton. Mein Schuhkarton."

„Was ist passiert?"

„Das, was immer passiert. Es ging schief. Samuel … sagen wir so. Als wir fertig waren, war er Feuer und Flamme für mich." Nur wegen seines beruhigenden Einflusses war sie in der Lage, eine derartige Bemerkung zu machen. „Er überlebte dank Davids kühlem Kopf." Samuel war der erste Mann gewesen, für den sie tiefere Gefühle empfunden hatte.

„Zwischen fast umgebracht und verkokelten Haarsträhnen liegen Welten", sagte Liam langsam.

Sie wollte ihm nicht wehtun. Bevor sie Gefahr lief, erneut jemanden zu verletzten, den sie … Moment … liebte? Liebte sie Liam? Nein. Doch? Unmöglich. Dazu kannten sie sich zu wenig. Oder?

„Das spielt keine Rolle, Liam." Schweren Herzens löste sie sich von ihm und stand auf. Sam hatte sich nie wieder gemeldet. Liam wollte immer noch bei ihr bleiben. So sehr sie ihr Leben vor ein paar Minuten liebte, so verabscheute sie es jetzt.

„Wenn deine Vermutungen stimmen, was die Machenschaften des Rats angeht, steht ein Krieg bevor, der Millionen Leben fordern könnte. Der Clan braucht jeden Mann."

„So schnell wird das nicht passieren", erwiderte er beharrlich.

„Liam. Du bist ein charmanter Playboy. Schau dich an. Ich bin eine langweilige Wissenschaftlerin. Wie soll das funktionieren? Denke nicht, ich kenne deinen Ruf nicht. Jede Sukkubi kennt deinen Namen." David hatte ihr allerlei über ihn erzählt. Sie war sich bewusst, dass er maßlos übertrieben hatte. Aber sie sah keinen anderen Weg mehr. Sie musste Liam wegstoßen, um ihn zu schützen.

Liam stand auf, ordnete seine Kleider und kam wieder zu ihr. Jetzt würde er sie anbrüllen, sauer werden und erkennen, dass er in einer höheren Liga spielte.

„Jämmerlicher Versuch Rotfuchs. Jämmerlich!" Er legte die Finger um ihre Taille. „So einfach wirst du mich nicht los."

„Einen Versuch war es wert", sagte sie gequält und zuckte hilflos mit den Schultern. Wo blieben ihre Fähigkeiten im Lügen aufbauschen, wenn sie diese brauchte?

„Ich verstehe deine Angst. Wirklich." Er schob eine Hand unter ihr Kinn und lenkte ihren Blick in seine Augen. „Wir gehen es langsam an, räumen alles leicht Entzündliche aus dem Zimmer und ich ersetze meine Tagescreme durch Wund- und Heilsalbe. Wir haben Zeit. Das klappt schon."

Sein Lächeln zwang sie in die Knie. Es langsam angehen lassen. Sie musste kein Genie sein, um zu wissen, dass das normalerweise nicht seine Art war. Liam war gierig und ungeduldig. Für sie zügelte er seine Lust. Sie hatte keine Worte.

„Du bringst mich um den Verstand Andrea Pherson. Du bist sturer als ein Maultier, klüger als gut für dich und dein Körper führt dazu, dass ich meine Muttersprache vergesse." Er zog sie zu sich, bis ihre Oberkörper verschmolzen. „Ersticke das zwischen uns nicht im Keim."

Sie war hin- und hergerissen. Das war das Süßeste, was je ein Mann zu ihr gesagt hatte. Andererseits war sie sich bewusst, dass sie ihn schwachmachte, und auch er wusste das. Er brauchte all seine Sinne beisammen. Das Letzte, worum er sich kümmern sollte, war eine verrückte Freundin, die regelmäßig das Mobiliar abfackelte. Wenn er es wirklich wollte, meinte er es ernst.

„Mir hat der Kuss gefallen", gab sie zu und stützte ihr Kinn auf sein Schlüsselbein. „Wir sollten das üben. Irgendwann gewöhne ich mich daran."

„Ich bin zwar ein verdammt guter Bergsteiger, aber wenn du warten möchtest, lasse ich die Steigbügel noch verpackt."

Sein schelmisches Grinsen machte sie stutzig. Was genau hatte seine Zunge auf ihrem Körper mit Bergsteigen zu tun? „Wie kommst du auf Bergsteigen?"

Langsam lehnte er sich nach vorn.

„Ich habe die Ausrüstung", flüsterte er ihr ins Ohr, sog ihr Ohrläppchen in den Mund und kitzelte es mit seiner Zunge. „Du den Venushügel."

Grundgütiger! „Mit einem hatte David wohl doch recht. Du bist ein silberzüngiger Teufel", sagte sie leise und lächelte ihn an.

Lautes Stimmengewirr ließ ihren Kopf herumfahren. Die Nomaden sprachen einen starken Berberakzent, dennoch konnte sie einige Worte verstehen.

„Es brennt!"

Sie rannte zur Zelttür, riss die Stoffbahn zur Seite und keuchte erschrocken. Nein. Ein Zelt, direkt vor dem ihrem, stand lichterloh in Flammen. Das Feuer fraß sich durch den Stoff, kleine Funken stoben in den Nachthimmel.

„Geh zurück ins Zelt." Liam schob sie zurück. „Du

bleibst hier. Ich kümmere mich darum."

„Liam, ich muss …"

„Tu, was ich dir sage! Bitte!" Erst als sie ihm knapp zunickte, verschwand er aus der Tür. Egal, wo sie war, ihr Fluch verfolgte sie, jagte sie, zwang sie zu Boden.

Zitternd ließ sie sich auf die Knie sinken. Beruhige dich, Andi. Beruhige dich. Du machst es nur noch schlimmer. Das Stimmengewirr wurde lauter. Sie hielt sich die Ohren zu, wollte es nicht mehr hören. Tränen liefen über ihre Wangen. Warum konnte sie nicht normal sein? Wieso musste sie alles zerstören, was sich in ihrer Nähe aufhielt?

Sie fing an, sich langsam vor- und zurückzuwiegen. Jeder schöne Moment wurde unausweichlich von einer Katastrophe ruiniert. Die Einsamkeit, die sie so sehr verabscheute, war die einzige Möglichkeit, welche sich ihr offenbarte.

*

Schwer atmend schloss Baltes seinen Gürtel und trat einen Schritt zur Wand. Ungerührt der feuchten Zisch- und Spucklaute vor sich betrachtete er seine Arme. Die Haut war übersät von kleinen Kratzern und blutigen Abschürfungen.

„Du hast ganze Arbeit geleistet Süße", sagte er milde lächelnd und krempelte die Ärmel seines schwarzen Hemdes hinunter. Seine auserwählte Braut in spe hatte daraufhin nur wüste Flüche in petto. Charmantes Ding. „Ich denke, du hast nichts dagegen, wenn wir es mit dem Kuscheln ebenso handhaben, wie mit dem Vorspiel. Wir verzichten darauf."

Die Satyrin vor ihm zerrte so fest an den Gurten der Beinstützen, dass der gesamte Stuhl, auf dem sie festgeschnallt war, gefährlich ins Wanken geriet. Sie war keine Schönheit. Ihre weiße Haut warf grobe Falten, verzerrte die Gesichtszüge, bis nichts Feminines mehr übrig blieb.

Das einzig Schöne an ihr waren die boshaft glitzernden, roten Augen.

Anfangs suchte Baltes die Satyrinnen nach ihren äußeren Vorzügen aus. Wenn er sich fortpflanzte, dann mit Genuss. Keleth bestand allerdings auf Bluttests und wählte die Versuchsobjekte nach genetisch ausgeprägten Merkmalen aus. Das war klüger, aber mit den Hübschen war es spaßiger. Baltes vertraute seinem Sohn. Jedenfalls soweit ihm das möglich war. Er baute auf sein Urteil.

Im Falle, dass er es absolut nicht über sich brachte, lehnte er eine ab. Wie letzten Monat. Gute Gene hin oder her. Er begattete keine Backpflaumen.

Ohne weiter auf das Gezeter der gefesselten Satyrin zu achten, ging er zur Glaskabine hinaus und verriegelte die Tür. Die Anwendungsbereiche, wie Keleth diesen Korridor nannte, erinnerten Baltes stark an Versuchslabore der Menschen. Statt Ratten hielt er sich Satyrinnen. Einzeln verpackt in einem gut einsehbaren Glaskasten. Als er an seinen Opfern vorbeischlenderte, warfen sie ihm böse Blicke zu, einige sprangen gegen die Scheiben, spuckten nach ihm. O ja, jede von den Süßen würde ihn am liebsten bei lebendigem Leibe aufreißen und mit seinen Eingeweiden das Zimmer dekorieren. Er konnte es ihnen nicht verdenken. Vor der letzten Kabine blieb er stehen. Die Tür war auf und Keleths Duft wehte zu ihm. Sein Sohn stand in einer Blutlache, die beinahe den gesamten Raum einnahm. Kleine Gewebereste schwammen an der Oberfläche, bildeten schmierige Klümpchen. Keleth lehnte über einer Satyrin, die röchelnd auf dem Boden kniete. Sie starrte auf ihre Finger, beobachtete gebannt, wie das Blut an ihnen herunterlief. Mit einer fließenden, eleganten Bewegung trennte Keleth der Satyrin den Kopf ab. Seine muskulösen Arme spannten sich unter dem weißen Laborkittel, der nicht einen Blutspritzer abbekommen hatte. Mit dem länglichen Dolch in der Hand, dem zielgerichteten Blick und dem hoch erhobenen Haupt war das Drachenkriegerblut in ihm unverkennbar. Sein Blut. Baltes wollte nie Nachkommen zeugen, Spaß haben ja. Jahrelanges Babygeschrei, stinkende Windeln, Teenagergehabe, nein. Außerdem gab es nicht eine einzige Frau, die es wert gewesen wäre, seinen Nachwuchs zu empfangen. Zugegeben, die Satyrin vor dreißig Jahren war es ebenso wenig. Wie konnte er ahnen, dass sie tatsächlich einen Braten in der Röhre hatte. Ihr Bauch fing erst an sich zu wölben, da war sie bereits knapp im achten Monat. Er wusste es schon vorher, ihr Geruch hatte sich gewandelt. Kaum hatte sie es realisiert, wollte sie sich das Baby mit bloßen Händen aus dem Leib reißen. Nur dank ihm überlebte der Bastard. Sobald sie bemerkt hatte, dass der Junge in ihr nicht satyrischer Abstammung war, hatte sie versucht, es loszuwerden. Nicht weil sie sich ekelte. Sie musste ihrem Kind wehtun. Es war ihre Natur. Für die Erzeugerin hatte er keine Verwendung mehr. Wozu auch? Die Vorstellung, dass sie mütterliche Gefühle entwickelte und den Säugling an ihrer Brust nährte, war absurd. Selbst für ihre eigene Nachkommenschaft sorgten sie nur in Ausnahmefällen. Von zehn Neugeborenen überlebte eins. Sie waren eine Last. Baltes tat das einzig Richtige. Er gab das Kind in die Obhut eines Kindermädchens. Eine Nanny pro Jahr, weggeschlossen in einem ländlichen Anwesen. Er entledigte sich ihrer und schaffte die Nächste ran. Wenn sie sich nicht vorher das Leben nahmen. Der Junge sollte so wenige Bindungen, wie nötig aufbauen. Er musste geschützt werden und vor allem unentdeckt bleiben. Das alles tat Baltes nicht aus väterlicher Liebe. So etwas konnte er nicht empfinden. Das Kind würde sich noch als nützlich erweisen, das war ihm von Anfang an klar gewesen. Siehe da, er behielt recht.

Als Keleth auf eigenen Beinen gestanden hatte, besuchte er sogar ein College und schloss die Universität mit Bravur ab. Etwas anderes hätte Baltes auch nicht erwartet, geschweige denn akzeptiert. Er war sein Sohn. Das

Beste war gerade gut genug. Einige Jahre forschte er an sich selbst. Wollte ergründen, wie er zum Hybriden wurde. Jetzt da Baltes eine Möglichkeit zum Erfolg sah, unterstützte er Keleth darin.

„Sie hat es verloren“, sagte Keleth und zog den Dolch an einem Handtuch ab. „Sie war nicht mehr zu gebrauchen.“

„Die Wievielte war sie?“

„Versuchsobjekt 22.“ Er ging an ihm vorbei.

„Hast du sie festgeschnallt?“

„Ja. Es war ein natürlicher Abort. Wie die anderen.“

Den Rest des Weges zum Computerlabor verbrachten sie schweigend.

„Welche Variablen können wir noch austesten?“, fragte Baltes und ließ sich auf Keleths Bürostuhl nieder.

Sein Sohn zog die Stirn kraus und lehnte sich gegen den Tisch mit dem Klemmbrett in der Hand. „Physikalische Einflüsse, wie Temperatur, Lichtverhältnisse und Luftfeuchtigkeit bewirkten keinen Unterschied. Ebenso wenig die Nahrung. Manche reagierten auf Folsäure sogar allergisch. Selbst diejenigen, denen wir Menschen zuführten, entwickelten sich nicht zu unserer Zufriedenheit. Ganz im Gegenteil. Der Blutrausch führte zu einem früheren Schwangerschaftsabbruch. Sofern sie in der Lage waren zu empfangen.“

Einer der vielen Abgrenzungen zwischen gewöhnlichen Satyrn und Keleth. Er benötigte ebenfalls regelmäßig den Schmerz eines anderen, um klar denken zu können. Er zügelte sich, hielt seine animalischen Triebe unter Kontrolle. Ein echter Krieger.

„Die längste Tragzeit, die wir erreichen konnten, betrug einundzwanzig Tage. Das ist nicht ein Zehntel der normalen Zeit. Vor der dreiundzwanzigsten Woche ist kein Säugling überlebensfähig.“

Unausgesprochene Einsichten hingen drohend in der Luft.

„Willst du etwa aufgeben?"

„Natürlich nicht." Ärger blitzte in Keleths roten Augen auf, durchbohrte ihn wie ein Messer.

Gut! Wenn er es genauso wollte, wie er selbst, konnte diese Aktion den gewünschten Erfolg bringen.

„Ich habe nur mein eigenes Blut und deine Proben als Referenzpunkte. Ich brauche mehr."

„Ich bezweifle, dass ein Krieger uneheliche Bastarde mit Satyrn hat."

„Das stimmt. Es muss dennoch andere geben, die sind wie ich. Das ist simple Wahrscheinlichkeit."

„Du baust deine Theorien auf Wahrscheinlichkeit auf?" Wahrscheinlichkeit war die kleine Schwester von Glück. Und das Glück war eine Hure.

„Der Schlüssel liegt in einer Genmutation." Keleth setzte sich auf die Tischplatte und schaute ihm in die Augen. „Ein übernatürlicher Part ist immer dominant. Egal, um welche Rasse es sich handelt. Paaren sich zwei dominante Partner, verschmelzen diese zu einer Einheit. Aber das geht nur, so lang beide dominanten Teile der gleichen Rasse angehören. Elfe mit Elfe, Dryade mit Dryade. Verbindet sich beispielsweise ein dominanter, übernatürlicher Teil mit einem menschlich, rezessiven Part, führt es zu keiner Verschmelzung. Der dominante Part setzt sich durch und wird abgeschwächt. Herauskommt ein Übernatürlicher, mit schwachen Fähigkeiten."

„Eine Missgeburt." Es gab einen Grund, warum das Blut heilig war. Niemand sollte sich derartig entehren.

„Oder eine Anomalie. Wie ein Orakel."

„Weiter", sagte Baltes und wedelte ungeduldig mit der Hand. Er wollte nicht an sein eigenes Versagen erinnert werden. Das Orakel war ihm vor drei Monaten entkommen. Ein unverzeihlicher Fehler. Baltes hatte sie benutzen wollen, um dem Drachenclan stets einen Schritt voraus zu sein. Es grämte ihn immer noch, sobald er an sein Versagen dachte. Sie war ihm entkommen. Und hatte seine Hexe getötet. Fehlschlag auf ganzer Linie. „Übernatürliche der gleichen Art können sich fortpflanzen, schiebt man jedoch eine Nummer mit einem Menschen, kommt ein Mangelexemplar heraus. Fahr fort."

„Wenn zwei Übernatürliche, unterschiedlicher Rasse eine Verbindung eingehen, kämpfen die beiden dominanten Teile miteinander. Sie vermischen sich nicht. Kein Teil überlebt, es entstehen keine Nachkommen."

Das war Baltes klar. Eine Elfe konnte kein Kind von einem Mann dryadischer Abstammung empfangen. Biologie zweite Klasse.

„Wie du weißt, bilden die Drachenkrieger eine Ausnahme. Sie sind als Einzige in der Lage, sich mit einer anderen Art zu mischen. Nur ihnen ist es möglich, dass zweidominante Teile sich verbinden. Ein Teil überlagert zwar stets den anderen, aber es kommen gesunde Nachkommen heraus. Der Drachenkrieger-Teil oder der andere. Keine Verschmelzung der Fähigkeiten beider Spezies."

„Außer bei dir."

„Korrekt", stimmte Keleth ihm zu.

Es war verrückt. Wenn ein Drachenkrieger sich fortpflanzte, gab es eigentlich nur zwei Möglichkeiten. Der Nachwuchs wurde ein Krieger wie der Vater, oder er entsprach der Rasse der Mutter. Nur die Drachenkrieger konnten ihre Frauen unter allen Rassen frei wählen. Es gab keine genetischen Grenzen. Baltes Gedanken schweiften zu Mennox. Sein ehemaliger Anführer hatte eine Elfe zur Gemahlin gewählt. Soviel er wusste, war diese sogar schwanger. Das perfekte Beispiel für Drachengenetik. Mennox´ Balg trat entweder in seine Fußstapfen und schwang eine Drachenklinge oder kam nach der Mutter und besaß die heilenden Kräfte der Elfen.

Keleth war von Grund auf anders. Er war weder ein reiner Satyr noch ein reiner Krieger. Seine Gene hatten sich vermischt. Theoretisch unmöglich. Praktisch stand der Beweis vor ihm. „Warum werden die Satyrinnen nicht schwanger?“

Keleths Theorie nach müssten die Satyrinnen wenigstens empfangen. Auch wenn kein Hybrid herauskam, wie Keleth. Der normalen Biologie zufolge sollte wenigstens ein normaler Nachkomme herauskommen. Ein Krieger oder ein Satyr. Aber es geschah gar nichts. Keleth wurde nicht anders gezeugt. Wo lag der Fehler?

„Es liegt an den Satyrn. Sie tragen, ähnlich wie Sukkubi und Inkubi, einen dämonischen Part in sich. Inkompatibel für alle übrigen Rassen.“

Baltes zog eine Braue in die Höhe und blickte seinen Sohn durchdringend an. Er erinnerte sich dunkel an die Sexdämonen ihrer Welt. Sie waren fad, langweilig und er fand nichts an ihnen. Sie wehrten sich nicht genügend.

„Wenn sie inkompatibel sind, wieso stehst du dann vor mir, Sohn?“

Keleth antwortete nicht. Fakt war, sie wussten es beide nicht.

„Wenn ich weitere Hybride wie mich finden könnte, wäre ich dazu in der Lage, die Variablen, welche zu einer erfolgreichen Vereinigung führten, näher zu bestimmen.“

„Nach was genau suchen wir?“ Baltes Geduld schwand allmählich. Er wollte seine Familie erweitern. Dringend. Eine Armee aus Hybriden. Loyalität bedingt durch die Blutsverwandtschaft zu ihm. Perfekt.

„Hybriden. Exemplare mit gemischtrassigen Eltern. Blutproben von anderen Drachenkriegern würden auch nützen. Oder eventuelle Kinder, selbst wenn die Kriegerseite nicht die dominante war.“

Früher gab es viele Krieger, erst nach dem letzten großen Krieg war ihre Anzahl drastisch reduziert worden. Wenn das Kriegerblut nicht der dominante Part war, könnten Hunderte von Dryaden und Elfen herumlaufen. Unbemerkt und zur Hälfte ein Krieger. Hybride hingegen waren so selten, dass er sich keine Hoffnungen machte, einen solchen zu finden. Zwei Rassen in einem Individuum vereint, mit allen Fähigkeiten und Attributen. Davon hätte er allerdings schon oft gehört. Es gab nur eine Möglichkeit, mehr in Erfahrung zu bringen. Recherche. „Dann denke ich, wird es Zeit, die Kontaktlinsen anzulegen, mein Sohn.“ Er würde nicht eher Ruhe geben, bis er hatte, was er wollte.

6. Kapitel

„Es ist viel zu gut erhalten. Du hast dich geirrt, Andrea." Liam umfasste das Lenkrad mit beiden Händen und schaute stur nach vorn. Sobald er Davids Milchgesicht sah, entwickelte er einen Tinnitus in den Augen. Pfeife.

„Nein. Die Angaben waren genau", erwiderte Andi ruhig. Offensichtlich war sie mehr an sein ständiges Genörgel gewöhnt, als er. Mit Argusaugen musterte sie die Sanddünen vor dem Wagen. Für einen arglosen Touristen oder eine vorbeiziehende Nomadenkolonne gäbe es an dieser Stelle absolut nichts zu sehen. Liam wusste es besser. Im Sand versteckt lag eine Türöffnung, kaum so breit, wie Liam selbst. Sie war schräg nach hinten verlagert und nur mit Mühe vom zarten Rot-Orange der Wüste zu unterscheiden.

„Sieht benutzt aus." Wieder dieses nervige Geräusch vom Rücksitz. Am liebsten hätte er David bei den Beduinen gelassen. Sie wollten auf seine Tauschangebote leider nicht eingehen. Penetranter Archäologe gegen zwei Sack Datteln und ein Kamel. Ein unschlagbarer Deal. Sie hatten ihn abgewiesen und darauf bestanden, dass sie am folgenden Tag verschwanden. Der Brand war schnell unter Kontrolle, es war niemand verletzt worden, er verstand die Aufregung nicht. Das Feuer hätte genauso gut durch eine umgestoßene Kerze entstehen können. Die Nomaden hatten es als schlechtes Vorzeichen oder irgendein unheimlicher JuJu-Scheiß gesehen. Also musste er David mitnehmen.

Es war schwer genug Andi zu beruhigen. Davids Nähe war Salz auf ihre Wunden. Liam entgingen die vorwurfsvollen Blicke nicht. Dabei waren diese nicht einmal nötig. Andi geißelte sich eigenhändig bis aufs Blut.

Er raffte es nicht. Dann hatte er eben ein paar minimale Blessuren abbekommen. Wen juckte das? Im Eifer des Gefechts hatte er es nicht bemerkt. Sie hätte ihm jedes

Körperhaar einzeln versengen können, das wäre es wert gewesen. Wenn er in der Sekunde, in der sich ihre Lippen vereinigten, gestorben wäre, er wäre glückselig abgetreten. Ihr Körper war eine Offenbarung. Die weiche Alabasterhaut, der volle Mund, der sinnliche Duft ihrer erblühenden Lust. Er bekam jetzt noch eine Gänsehaut davon. Andere Körperteile blieben auch nicht von einer Reaktion verschont. Ihre äußere Schönheit war ein Spiegel ihrer Seele. Wen störte da das bisschen Zündeln? Irgendwie war es ein Kompliment für ihn, dass sie die Kontrolle unter seinen Lippen verlor. Es war verrückt. Er würde einen keuschen Kuss von ihr, jeder Flatrate-Karte für die besten Bordelle der Welt vorziehen. Hätte man ihm das vor ein paar Wochen erzählt, hätte er nur ein müdes Lächeln für diese haarsträubende Theorie übrig gehabt und den Fusel aus der Reichweite des Sprechers entfernt. Andi war der Farbtopf, der sein Leben in allen Farben des Regenbogens erblühen ließ.

„Wir sollten es wagen“, sagte sie und lächelte ihm zu.

Er war dankbar, dass sie das Wort ergriff. Noch einen Moment in den Erinnerungen der letzten Nacht zu schwelgen, hätte unweigerlich zur Folge, dass sich sein Blut aus seinem Gehirn in Gefilde zurückzog, wo es Spaß haben konnte. „Das sehe ich auch so.“

Nach einem knappen gegenseitigen Zunicken stiegen sie aus. Sie hatte über der Schrift gebrütet und schließlich diesen Ort genauer bestimmt.

„Ich denke nicht, dass …“

Davids Einwürfe wurden von den zufallenden Autotüren abgewürgt.

Liam hielt es für ausgeschlossen, dass Andi sich irrte. Sie hatte bereits festgestellt, dass die Schrift eine Art Landkarte darstellte. Zudem hatte sie die Koordinaten wieder und wieder kontrolliert. Er vertraute auf sie und ihr Talent. Voll und ganz.

„Bleib hinter mir“, forderte er Andi auf und schob sie

zurück.

Je näher sie dem Steintor kamen, desto mehr Details offenbarten sich. Rund um die Öffnung waren Schriftzeichen eingeritzt. Keine Figuren, Gemälde oder Verzierungen. Wo war der Prunk?

„Jemand war hier oder ist hier“, sagte Andi und stellte sich neben ihn.

Das Prickeln in seinem Nacken wurde zu einem unangenehmen Stechen.

„Die Wüste verleibt sich alles ein, was nicht regelmäßig gepflegt wird. Der Eingang wäre binnen einer Woche zugeschüttet.“

Er nickte. Dieses Phänomen hatte er auch schon beobachtet. Die Landschaft veränderte sich über Nacht. Die Dünen boten keine Orientierungspunkte. Wandernde Kolosse mitten im Nirgendwo.

Er hielt seine Nase in den Wind. Ein muffiger Geruch stieg aus dem Torbogen empor, aber keine Anzeichen von ungebetenen Gästen. Andis verstörend guter Duft nach Yasmin und Davids schlechtes After-Shave blockierten seine Sinne.

„Das sieht sumerisch aus. Andi warum hast du nicht gesagt, dass …“ David war ihnen hinterhergekommen.

„Falsch. Die Bögen sind zu weich, die Buchstaben zu verschnörkelt.“ Andi nahm den Türbogen in Augenschein.

Rotfuchs eins, Schnarchkappe null. Liam zwinkerte David zu und hob den Daumen.

„Das ist merkwürdig. Die Schrift ist auf Papyrus niedergeschrieben. Die ersten Papyrus-Funde sind auf 400 Jahre vor Christus datiert. Die Steine hier sind wesentlich älter. Mindestens fünftausend Jahre.“

„Dann war es eine Fälschung“, sagte David und verschränkte die Arme vor der Brust. „Wenn ich einen Blick darauf hätte werfen können, wäre uns der Weg hierher erspart geblieben.“

Wie ein bockiges Kind. Liam schüttelte den Kopf und ignorierte sein Gequake.

„Nein. Die Abhandlung war nur eine Art Eselsbrücke, denke ich. Das Seltsame ist, dass nicht mehr Schriftzeugnisse existieren."

Rotfuchs zwei, David immer noch null. „Wer auch immer hier war, jetzt ist er fort. Ich kann nicht das Geringste wittern." Liam hielt Andi seine Hand hin. Er konnte ihre Aufregung und Neugier deutlich spüren. Ihre Augen nahmen diesen speziellen Glanz an. Lächelnd griff sie zu. Er genoss das Gefühl, sie anzufassen. Es fühlte sich richtig an. Als seien seine Finger einzig dazu gemacht, die ihren festzuhalten.

„Du bleibst oben und hältst Wache", sagte er ohne sich umzudrehen zu David.

„Ich brauche eine Waffe."

„Benutz einfach die, die du unter deinem Shirt versteckst." Idiot.

Sie stiegen die Stufen hinab. Stets war er darauf bedacht, ihr einen Schritt voraus zu sein.

„Wenn wir danach essen gehen, zählt das als Date", flüsterte er ihr zu und schob eine lose Strähne hinter ihr Ohr. Sie trug ihre Haare in einem Pferdeschwanz, die feurigen Locken verweigerten ihr den Gehorsam.

„Eine Verabredung in einem muffigen Erdloch mitten in der Wüste. Du weißt, was ein Frauenherz begehrt." Sie grinste ihn spielerisch an.

„Würdest du ein Candle-Light-Dinner in Paris der Geschichte hier vorziehen?"

„Nein. Nicht in tausend Jahren", erwiderte sie und lachte. Sie tauchten immer tiefer in die dunklen Gewölbe ein, aber von Furcht fehlte jede Spur in Andis Zügen. Mit alten Katakomben konnte man ihr keine Angst machen. Das war sein Mädchen.

„Wo sind die Beile und Falltüren?", fragte er leise, um den Hall seiner Stimme zu reduzieren.

„Sofern du dir einen Hut und ein Lasso besorgst, nenn ich dich Indiana Jones. Solange dem nicht der Fall ist, bleibe ich bei Liam“, sagte sie ernst.

Doch er konnte das Grinsen deutlich heraushören.

„Dieses Gemäuer ist faszinierend.“

Er beobachtete, wie sie mit der Hand über die Steine fuhr. Zärtlich und sanft glitten ihre Finger darüber.

„Und alt. Unglaublich alt. Ich lag mit meiner Zeiteinschätzung völlig falsch.“

Wenn ein Unsterblicher die Worte unglaublich alt benutzte, war die Sache klar. Dinosauriermäßig alt. „Woher weißt du das?“ Liam suchte nach Symbolen oder Schriftzeichen, fand jedoch nichts außer rauen Fels.

„Die Erde spricht mit jedem. Die meisten hören es nicht, denn sie redet leise.“ Sie schüttelte den Kopf und zog die Stirn kraus.

Er sah die Gänsehaut auf ihren Armen. „Was ist los?“

„Ich wollte es am Eingang nicht sagen. Oberhalb der Tür stand etwas, was ich als Tempel der Nephelim interpretierte. Auch damit habe ich mich geirrt.“

Die Ehrfurcht, mit der sie sprach, verhieß nichts Gutes. Liam trat neben sie und legte einen Arm um sie. Ihre Haut fühlte sich kalt an und ein Beben durchfuhr ihren Körper.

„Das ist ein Grab.“ Sie flüsterte die Worte, dennoch hingen sie verheißungsschwer über ihnen. Ein Grab der Nephelim? Offiziell gab es nur einen toten Nephelim. Ghladran. Doch eine kleine, nervige Stimme in Liam gab ihm zu verstehen, dass es unwahrscheinlich war, wegen eines Verstoßenen einen derartigen Aufwand zu veranstalten.

„Stopp.“ Liam blieb abrupt stehen und hielt sie am Arm fest. Ein schwacher Lichtschein am Ende des Tunnels weckte seine Aufmerksamkeit und stellte seine Drachensinne scharf. Bedächtig legte er einen Finger auf die Lippen und ging voraus.

„Was ist das?“, fragte sie laut.

Er drehte sich zu ihr um und verdrehte die Augen. „Was war an dieser Finger-auf-den-Mund-Geste unverständlich?“, sagte er leise.

Sie zuckte mit den Schultern und spähte an ihm vorbei.

Dieses Weib kostete ihn noch den letzten Nerv. Sie mussten dringend die Liste der Dinge, vor denen sie Angst haben sollte, überarbeiten. Trockenvögeln mit dem bestgekleideten Drachenkrieger der Welt – in Ordnung. Dunkle Gänge mit ungewissen Bewohnern – nicht in Ordnung.

Trotz ihrer schwachen Proteste schob er sie hinter sich und ging voraus.

Der Lichtschein tänzelte über die Steinwände. Fackeln. Etwas an dem Geruch kam ihm bekannt vor. Es war eine unterschwellige Note. Schwer und würzig lag er in der Luft. Bevor er ihn genauer zuordnen konnte, lief Andi an ihm vorbei und betrat den erleuchteten Raum vor ihnen.

„Bei den Göttern …“ Er griff nach ihrem Arm, doch sie entwand sich blitzschnell. Unfassbar. Er folgte ihr und scannte die Umgebung. Rasch überprüfte er alle Ecken und Winkel. Nachdem er sich vergewissert hatte, dass die Luft rein war, wandte er sich um.

„Mach das noch mal und ich lege dich übers Knie. Das ist mein ernst.“ Er wollte bedrohlich klingen, scheiterte jedoch kläglich. Die Vorstellung ihres drallen Hinterns brachte …

„Das ist unglaublich.“ Ohne seine Worte zu beachten, drehte sie seinen Kopf. „So etwas habe ich noch nie gesehen.“

„Ich auch nicht“, gab er zu und stützte seine Fäuste an die Hüften. Massive Säulen ragten in regelmäßigen Abständen auf und stützten die tief hängende Decke. Der Raum an sich wäre schon beeindruckend genug gewesen. Doch der Inhalt war weitaus …

„Das müssen Hunderte sein, Liam.“

Steinsarkophage reihten sich aneinander, ließen nur kleine Gänge frei. Die Fackeln warfen bedrohliche Schatten auf die Zwischenräume, tauchten den Boden in schwarze Löcher.

Sie löste sich von ihm und ging zielstrebig auf eine Wand zu.

„Die Zeichen sind überall. Dieses Symbol steht für Anfang.“ Sie tippte auf einen rot bemalten Stein.

Das Grab der Nephelim. Trocken stellte er fest, dass sie ihm tot genauso unangenehm waren, wie lebendig. Und plötzlich wurde es wahr. Früher glaubten sie alle, die drei Mitglieder des Rates der Nephelim wären die alleinigen Herrscher ihrer Welt. Doch ihre Vermutung, dass es einst ein Volk der Nephelim gab und dieses von eben den Dreien ausgelöscht worden war, stellte sich offensichtlich als richtig heraus.

Die Atmosphäre war aufgeladen und leer zugleich. Die Staubschicht auf den Särgen verriet, dass die Steinplatten lange nicht bewegt worden waren. Die Fackeln brannten keinen Tag.

„Mach weiter.“ Er sollte sie nicht zur Eile treiben, aber er wollte keine unnötige Zeit verschwenden.

„Es ist eine Geschichte. Es erinnert mich an die religiösen Texte der Menschen in anderen Höhlen.“

Er schritt die Gänge ab. Auf jedem Sarkophag prangte ein Name. Namen, welche er noch nie zuvor gehört hatte. Manche hätte er nicht einmal aussprechen können.

„Der Gebende und nicht Nehmende.“ Ihre Worte kamen abgehackt, stockend als offenbarte sich der Sinn erst, nachdem sie die Laute ausgesprochen hatte. Sie ging die Wand entlang und zeigte auf die Symbole, die sie gerade las. „Der, der immer da war, und immer sein wird.“

„Ein Gott?“, fragte er vom anderen Ende der Halle aus.

„Nein. Der Gott. Das ist seltsam.“

Ein Gott? Das würde allem widersprechen, was die übernatürlichen Völker über ihre Herkunft zu wissen glaubten. Es gab mehrere Götter, laut ihres Glaubens. Die Nephelim waren ihre direkten Nachfahren auf Erden. Ende der Geschichte. „Lies weiter." Er wollte raus. Und das besser früher als später.

„Über dem Gott befinden sich Elementarzeichen. Feuer, Wasser, Erde, Luft. Sie entsteigen seinem Hals. Eine Anspielung auf einen universalen Schöpfer", murmelte sie.

Nur dank des Drachengehörs und den hohen Mauern des Gewölbes konnte er sie klar verstehen. Von einem Gott ausgekotzt. Na prima. Es gab schönere Vorstellungen.

„Das ist ein phylogenetischer Stammbaum, Liam. Von Gott ausgehend gabelt sich der Weg zu den Nephelim und … das kann ich nicht lesen. Darüber befinden sich Dryaden, Elfen und … das kann ich ebenso wenig lesen. Das Ende bilden … hm. Das könnte Blut darstellen. Und das andere sieht aus wie … frühzeitliche Pornografie?"

„Satyrn und Sukkubi beziehungsweise Inkubi", ergänzte Liam. Dass diese beiden Spezies am weitesten entfernt vom Göttlichen waren, wunderte ihn nicht. Satyrn hätten nicht aus dem Mund der Götter entsteigen sollen. Eine andere Körperöffnung bot sich da eher an.

„Das ist die Abstammung der übernatürlichen Rassen", murmelte Andi.

„Zumindest einem Teil davon." War klar, dass der Drachenclan bei solchen Aufzeichnungen vergessen wurde. Sie gaben ja nur in regelmäßigen Abständen ihr Leben, damit die anderen überlebten. Wozu Farbe verschwenden?

„Die nächsten Bilder sind zu verwischt. Ich kann nichts Genaues erkennen. Aber der Gott ist verschwunden und das Zeichen der Nephelim ist jetzt größer dargestellt."

„Aber es ist die Rede von einem Volk der Nephelim, oder?"

„Eindeutig. Es sind alles Völker."

Liams Laune sank in den Keller. Lügen. Nichts als Lügen. Und das über Jahrtausende hinweg. Kein Wunder, dass dieser Ort geheim gehalten wurde. „Ihre Abstammung ist göttlich, ja?“

„So wie alle anderen. Alle Rassen stammen von dem Gott ab, der hier abgebildet wurde. Die einen mit mehr Abstand, die anderen mit weniger.“

Liam stellte sich neben sie, um den Stammbaum in Augenschein nehmen zu können. Mit Schriftzeichen konnte er nichts anfangen, Bildchen konnte er vielleicht interpretieren. Und tatsächlich. Das verstand sogar er. Unten der Gott, oben die Nephelim, darüber alle anderen.

„Aus dem Volk wurde eine Dynastie. Hervorgegangen sind vier Throne“, sagte sie leise und wies auf eine Symbolformation über ihren Köpfen.“

„Ghladran, Marvae, Asmodeus und Charismon.“ Die ihnen bekannten, angeblich gottähnlichen Wesen. „Was bedeutet der schwarze Kreis über ihnen?“

„Das ist eine verdunkelte Sonne. Sie steht für das Böse.“ Warum fragte er auch? War klar. „Darunter steht das Zeichen für Sklave und daneben sind die Völker versammelt.“

So, wie sie vermuteten. Jahrelanges Töten und Kämpfen aus verzerrten Gründen. Sie kämpften für das Gute. Pah! Lakaien. Mehr waren sie nicht. Die Drachenclan Krieger zogen ohne zu Fragen ihre Waffen und gehorchten blindlings einer Macht, die sie eigentlich gar nicht kannten. Dieser Macht schworen sie die Treue, in dem Glauben, das Richtige zu tun.

„Es tut mir leid, Liam.“ Die Ehrfurcht in ihrer Stimme war einem sorgenvollen Unterton gewichen.

„Nicht deine Schuld. Du bist nur der Bote.“

„Der wird bekanntlich als Erstes erschossen.“

Kopfschüttelnd legte er eine Hand um ihre Taille und zog sie an sich. Obwohl er es geahnt hatte, lag die Wahrheit schwer auf seinen Schultern. Er brauchte ihre Nähe.

Sie vermittelte ihm, dass er nicht allein war. Alles würde sich ändern, nichts würde bleiben, wie es war.

„Einer starb", sagte sie nach einer Weile und folgte einer schwarzen Linie, welche von einem der vier Throne wegführte.

Da kam Liam eine Idee. Er ließ sie so abrupt los, dass sie erschrocken aufkeuchte. „Entschuldige, Rotfuchs." Er drehte sich auf dem Absatz um, küsste sie auf die Stirn und eilte davon.

„Was suchst du?", rief sie ihm hinterher.

„Wenn in diesem Grab alle Nephelim liegen, die je das Zeitliche gesegnet haben, muss auch Ghladran hier sein."

Die Schlacht fand vor seiner Geburt statt. Aber jeder kannte die Geschichte. Und als Drachenkrieger erst recht. Es hieß, Ghladran wurde von den anderen des Rates getötet. Eine Leiche gab es nicht, da es sich ja um Halbgötter handelte.

Bingo. Liams Herz setzte einen Schlag aus. Sollte er es öffnen? Zweihundertneunzig Jahre lang hatte er in dem Glauben gelebt, die Nephelim seien unantastbare, göttliche Wesen. Den Sarg zu öffnen, kam einer Entweihung und Gotteslästerung gleich.

Scheiß drauf, er kam sowieso in die Hölle. Die Steinplatte saß fester, als gedacht. Er stemmte sich mit aller Kraft dagegen. Sie bewegte sich in Zeitlupe. Das raue Knirschen des Steins hallte laut im Gewölbe wider.

„Der Körper ist mumifiziert."

Himmel noch eins! „Schleiche dich niemals an einen Grabräuber ran, Frau", raunte er Andi zu, die wie aus dem Nichts aufgetaucht war und neben ihm stand. Ohne zu zögern, fasste sie hinein und riss eine Lage des Stoffes ab.

„Jupp. Das ist eindeutig ein Körper. Zwischen vierhundert und sechshundert Jahre alt. Würde vom Alter her passen."

Ghladran starb im fünfzehnten Jahrhundert. „Das ist

gut“, sagte Liam finster und schob die Platte auf ihren Platz.

„Was ist daran gut? Du hattest mit allem recht. Die Nephelim sind Lügner und Betrüger. Der Rat eine Farce.“

Sie sah nicht das Offensichtliche.

„Hier liegt eine Leiche. Also kann man sie töten.“ Blieb nur noch die Frage wie.

Sie trat zur Wand und hob den Zeigefinger. „Mich beschäftigt eine andere Frage mehr. Wenn die Nephelim die Völker knechten wollten und gelinde gesagt ohnehin schon immer an einem Machtkomplex litten, warum töteten sie Ghladran?“

Erneut verblüffte ihn ihre Auffassungsgabe. Sie verknüpfte ihre Allgemeinbildung, über den Fall Ghladrans, was jedes Kind wusste, mit dem Wissen, welches sie von Liam in den letzten Tagen erhalten hatte.

Eine berechtigte Frage, die den Nagel auf dem Kopf traf. Liam folgte ihr zurück zur Wand.

Sie flüsterte einige Worte, ging in die Knie, stand auf, lief umher.

Es war faszinierend ihr bei der Arbeit zuzusehen.

„Ein Geheimnis. Er wollte es verraten und die Macht für sich beanspruchen.“ Sie machte eine schwammige Handbewegung.

„Klingt einleuchtend“, stimmte er ihr zu. Es würde zu dem Pack passen. Die eigenen Verfehlungen vertuschen, indem man sie einem anderen anhängte. Feige. Niemals hätte er gedacht, dass er so etwas mal denken würde, aber Ghladran hatte mehr Ehre besessen als der Rest des Rates, er stand wenigstens zu seiner Verderbtheit. Das hatte ihn zwar nicht besser gemacht, jedoch nicht mehr so unausstehlich.

„Nur ein Bruder kann sie stoppen“, sagte Andi leise.

„Was?“

„Du wolltest wissen, wie man sie töten kann. Hier steht,

dass nur jemand vom gleichen Blut sie vernichten kann. Aber auch das nur wenn … ich weiß nicht, was das heißen soll.“ Sie ließ sich auf die Knie sinken und legte eine Hand auf die Mauer, als ob sie um die Antwort bitten würde. „Ich denke, es ist ausgeschlossen, dass sie sich alle drei selbst umbringen.“

Liam ging die Wand entlang. Sie war bunt und strahlte in prächtigen Farben. Viel zu schön, für die düstere Geschichte, die sie erzählte. Beim Stammbaum fiel ihm eine Rune auf. „Ich habe den Drachenclan entdeckt“, rief er.

Sie riss sich von ihrer Bildersequenz los und kam zu ihm. „Wo?“

„Diese Rune. Dieselben befinden sich auf meinem Katana.“ Die Drachenrune war ihr ältestes Symbol. Er hatte keine Ahnung, woher es kam. Liam betrachtete die Stelle der Rune genauer. „Bedeutet die Position der Rune das, was ich denke, was sie bedeutet?“

„Ja.“

O Scheiße. Na, wenn das mal keine Neuigkeiten waren. Der Drachenclan stand auf einer Ebene mit den Nephelim. Nicht darunter, nicht darüber. Absolut gleich.

„Ihr habt dieselbe Abstammung.“

„Das ist nicht möglich. Die Nephelim haben Fähigkeiten, die unsere weit übersteigen.“ Vor allem auf der mentalen Ebene waren sie unschlagbar. Siegfried und Roy ließen weiße Tiger durch Las Vegas schweben. Die Nephelim konnten mittels eines einzigen Blickes ganze Völker auslöschen.

„Hast du das je beobachtet?“

„Was meinst du damit?“

„Na, hast du jemals gesehen, was sie tun? Oder beruht diese Annahme auf Geschichten und Mythen?“

Er dachte angestrengt nach. „Ich hab sie nie jemanden töten sehen.“ Sogar Baltes musste der Clan selbst Herr werden. „Mercy hat ihre Anwesenheit in ihrem Kopf gespürt, als sie den Rat das erste Mal traf.“

„Sie könnten mentale Fähigkeiten haben. Die sind nicht selten. Wie stark ausgeprägt diese sind …"Andi zuckte mit den Schultern und blickte ihn fragend an.

Konnte das wahr sein? Würde zum Hochstapler-Image passen.

„Euch können sie nichts tun. Jedenfalls nicht so einfach."

„Wie meinst du das?"

Sie zeigte auf die Wand. „Ihr seid vom gleichen Blut. Zweieiige Zwillinge. Gänzlich verschieden, aber doch verwandt."

Dieser Gedanke war in etwa so angenehm, wie die Vorstellung einer gemeinsamen Dusche mit David. Grotesk und wirklich widerlich.

„Eure beiden Spezies bilden die Spitze der Hierarchie. Nicht getrennt. Ihr habt einen natürlichen Schutz gegeneinander. Nur hier gibt es einen Unterschied." Sie ging einige Schritte. „Das ist älter. Jünger als Tausend Jahre." Sie ließ ihre Finger über die staubige Wand gleiten, als sie sich auf die Zehenspitzen stellte.

„Spontan würde ich sagen, wir sehen bei Weitem besser aus und haben nicht so einen großen Dachschaden wie der Rat."

„Ihr seid verwundbarer", sagte sie geistesabwesend.

Das musste sie ihm nicht erzählen. Nachdem er vor ein paar Monaten von Kugeln durchsiebt worden war, war ihm seine Verwundbarkeit mehr als bewusst.

„Die Nephelim haben einen Schutz. Ihr aber auch. Nur eurer ist nicht so gut ausgebaut. Die Schlange kann der Tod ereilen, aber sie kann nicht verführt werden. Mit Schlange ist der Clan gemeint."

Reizend. Schuppig, kriechend und mit gespaltener Zunge.

„Mehr steht da nicht." Sie trat einen Schritt von der Wand zurück.

Er dachte einen Augenblick nach. „Also kann der Rat

uns töten, jedoch nicht mit mentalen Fähigkeiten?"

„Gut, Liam!" Überrascht strahlte sie ihn an. „In dir steckt ein richtiger Archäologe."

Er würde zwar lieber in der Archäologin stecken … nicht jetzt, Mann!

„Sie müssen einen Weg gefunden haben, sich gegen die Einzigen zu schützen, die ihnen gefährlich werden könnten. Den Clan."

Die Mundpropaganda war effektiv. Schlau. Jeder hatte Respekt und Angst vor dem Rat. Niemand wagte es, sie anzuzweifeln. Sie hatten freie Hand. „Lass mich das zusammenfassen", bat er sie. Seine Gedanken verwirrten ihn zunehmend. „Die Nephelim waren ein Volk, sind durchgedreht und haben alle Mitglieder ihres eigenen Volkes abgeschlachtet."

Sie nickte.

„Dann haben sie sich zu viert auf den Thron der Welt erhoben, Ghladran wollte ihn für sich allein, deshalb betrachtet er jetzt die Radieschen von unten."

Erneutes Nicken.

„Der Drachenclan ist von ebenso göttlicher Abstammung, wie die Nephelim. Sozusagen evolutionäre Geschwister, mit unterschiedlich ausgeprägten Fähigkeiten."

Nicken.

Jetzt wurde es kompliziert. „Ein Nephelim kann nur durch die Hand eines Bruders sterben, in unserem Falle, dem Drachenclan. Wir sind nicht unverwundbar, dafür aber immun gegen ihre mentalen Kräfte."

„Genau."

„Also könnte ich ihnen einfach die Kehle aufschlitzen?", fragte er, auch wenn er wenig Hoffnung hatte.

„Nein. Wie ich eben sagte, haben sie einen besonderen Schutz. Sie haben vorgesorgt. Wie sie das geschafft haben, weiß ich nicht. Oder ob das schon immer so war."

„Wie kann man sie töten?" Die Frage aller Fragen. Friedliche Verhandlungen standen außer Frage. Die

Wahrheit fügte sich wunderbar in das Bild, das Mennox vermutete. Sie waren machthungrig gewesen. Nach der Welt der Übernatürlichen wollten sie Macht über die Welt der Menschen. Dabei gingen sie über Leichen.

„Es steht hier, das weiß ich. Ich habe es nur noch nicht gefunden. Gib mir dein Handy“, forderte sie ihn auf. Ohne zu zögern, reichte er es ihr. „Du wirst keinen Empfang haben.“

„Ich will Bilder machen.“

„Das wirst du schön sein lassen!“ David stand am Eingang der Halle, die Hände in die Hüften gestützt.

„Was an den Worten *bleib oben und halte Wache* hast du nicht verstanden?“ Liams Laune sank in den Keller. Er hatte soeben erfahren, dass sie echt am Arsch waren. Verrückte Psychos mordeten ungestört durch die Gegend und sie hatten vermutlich nicht die geringste Chance, sie aufzuhalten. Es gab keinen schlechteren Zeitpunkt, Liam auf die Nerven zu gehen.

„Wir gehen. Andrea, komm.“ Er ignorierte Liam und marschierte auf sie zu.

Liam stellte sich vor sie und baute sich zu seiner vollen Größe auf.

„David beruhige dich.“ Andi klang mittlerweile ähnlich genervt, wie er. Gut! Sehr zu seinem Amüsement hörte er bereits die Klick-Laute der Handykamera. Sie scherte sich einen Dreck um seine Verbote. Herrlich.

„Die Nephelim? Bist du wahnsinnig Mädchen? Wieso kannst du das überhaupt lesen? Das ist Hochverrat!“ Davids schrille Stimme bohrte sich stechend in Liams Schläfen.

„Wie viel hast du gehört?“ Liam versperrte ihm weiterhin den Weg. Der Kerl würde Andi zu nichts zwingen.

„Genug um zu wissen, dass uns das nicht das Geringste angeht.“

„Lass es mich dir erläutern David“, bat Andi hinter seinem Rücken. Sie wollte ihn beiseiteschieben, er spürte ihre Finger an der Hüfte. Er würde nicht weichen. Dieser Spinner hatte eine Waffe versteckt.

„Du musst mir nichts erklären. Ich verstehe diese Zeichen ebenso gut wie du. Vergiss nicht, wer dich das alles gelehrt hat. Aber das geht zu weit!“

Ach da lag der Hase im Pfeffer. Davids Ego war gekränkt.

„Sie hat dich längst überflügelt David. Ich glaube, das weißt du.“

„Was weiß ein hinterwäldlerischer Barbar wie du von …“

„Liam, nein!“ Andi packte seine Arme.

Zwecklos, er hatte David bereits am Kragen. „Ich habe dich schon einmal dazu aufgefordert, mir einen Grund zu geben. Du solltest deine nächsten Worte überdenken, es könnten deine letzten sein.“ Liams Puls hämmerte gegen seine Schläfen. Dieser Tag wurde zusehends mieser.

David sah ihn mit großen Augen an.

„Liam bitte.“ Andis verzweifelter Tonfall kroch seine Wirbelsäule hinauf und legte sich wie ein eisiger Schauder über seinen Rücken. Entgegen all seinen Instinkten und wider jedes Bauchgefühl ließ er David langsam herunter.

„Das ist nicht der Weg“, flüsterte sie und küsste seine Hand. Diese simple Geste reichte aus, um ihn wieder klar denken zu lassen. David war ein nerviger Trottel, aber unschuldig. *Der Tod ist selten verdient und unwiderruflich.* Andis Worte.

„Danke Andrea. Jetzt komm, lass …“

Sie drehte sich so ruckartig um, dass David vor Schreck einige Schritte nach hinten taumelte. „Nein, David“, ihre Stimme war fest und entschlossen. „Diese Sache ist wichtig. Wichtig für uns alle. Ich werde Liam helfen. Ich werde mit ihm gehen. Wenn dir das nicht gefällt, dann geh. Ohne mich.“

Am liebsten hätte er seinen Rotfuchs gepackt, hochgehoben und durch die Luft gewirbelt. Stolz wallte in seiner

Brust auf. Endlich. Endlich konnte sie sich gegen David emanzipieren, sich wehren, eigene Gedanken zulassen. Davids entgeistertes Gesicht setzte dem Ganzen noch das Sahnehäubchen auf. Herrlich. Hatte er gesagt, sein Tag wurde immer mieser? Dieser Umstand war soeben überwunden.

„Das ist unser Tod“, sagte David leise und schüttelte den Kopf.

„Wenn dem so ist, dann unterzeichne ich mein Todesurteil selbst, niemand sonst.“ Mit diesen Worten drehte sie sich um, ging zurück zur Wand und stemmte die Arme in die Hüften.

Liam warf David einen Kuss zu und gesellte sich zu ihr. Er spürte ihren holprigen Herzschlag und ihren unregelmäßigen Atem. „Das hast du gut gemacht, Rotfuchs. Ich bin stolz auf dich“, flüsterte er in ihr Ohr und legte von hinten die Arme um sie.

„Das bin ich auch“, erwiderte sie sanft.

„Lass ihn keine Macht mehr über dich haben. Er …“

„Macht!“

Ihr spitzer Schrei ließ ihn fast zusammenzucken. Sie schlug sich die Hand auf die Stirn.

„Idiotin. Aber natürlich.“ Sie löste sich von ihm und stürzte auf die Wand zu.

„Falls du in den letzten Minuten ein Tourettesyndrom entwickelt hast, erklärt das dein Verhalten. Falls nicht …“

„Du hast es mir gesagt. Jemand wird kommen und ihnen in den Hintern treten. Die Prophezeiung!“

Bevor er antworten konnte, erfüllte ein so lauter Glockenschlag den Raum, dass Sand von der Decke rieselte.

„Was zum Geier war …“

„Pass auf!“ Instinktiv schob er sie in den Schutz einer massiven Steinsäule. Schüsse erklangen, wurden durch die Halle um ein Vielfaches verstärkt.

Satyrn. In einer eingeübten Choreografie zog Liam sein Katana.

David schrie auf, als einer der Angreifer ihn mit einem Messer erwischte.

Der metallische Geruch nach Blut legte sich schwer auf Liams Zunge. Wieso ausgerechnet jetzt? Er riss den Satyr von David runter, schleuderte ihn gegen einen Steinsarg und trennte ihm den Kopf ab. Alles in einer einzigen Bewegung. Aus den Augenwinkeln sah er, dass David rückwärts kroch und sich den Arm hielt. Er würde es überleben.

„Liam!“ Andis schriller Schrei ließ ihn herumfahren.

„Bleib, wo du bist und mach weiter! Lies es laut vor Rotfuchs“, rief er und rannte auf den Eingang zu. Auf dem Weg erledigte er rasch zwei weitere Saytrn. Sie waren unkoordiniert, hatten stumpfe Messer und alte Revolver. Dennoch. Erinnerungen blitzten in seinem Gedächtnis auf. Blut, Schüsse, Dunkelheit. Das passierte nicht nochmal. Er würde Andi nicht verlieren. Nicht um alles in der Welt würde er das zulassen. Sie strömten durch die Tür, wie Ameisen. Einer hinter dem anderen. Rote Augen funkelten ihn blind vor Hass und Blutgier an, schürten die Feuer seiner Wut.

„Eine Macht … eine Macht wird erwähnt.“ Andis zittrige Stimme bohrte sich in seinen Kopf. Ihre Angst schlug borstige Haken in sein Hirn, trieb ihn aber gleichermaßen an. Bitteres Satyrblut spritzte ihm ins Gesicht und über die Arme. Wo kamen die alle her? Seit er in Ägypten war, hatte er nicht einen von den Plagegeistern gesehen, geschweige denn gewittert. Das konnte unmöglich ein Zufall sein. Er enthauptete noch einen Satyr, als einer der Bastarde ihn seitlich rammte. Der prallte von ihm ab, wie ein Flummi. Nach all den Jahren dachten sie immer noch, sie hätten eine Chance.

„Weiter Rotfuchs.“ Er musste sie nach oben schaffen. Bisher hatte er sechs Angreifer gezählt. Wer wusste, wie viele hinterherkamen.

„Der Schutz. Der Schutz der Nephelim gegen ihre Brüder kann von dieser Macht aufgehoben werden", rief Andi. Ihre Stimme lenkte die Aufmerksamkeit der Satyrn auf sie. Gerade rechtzeitig zerrte er das Vieh am Kragen zurück und stach ihm durch die Kehle. Während er das tat, warfen sich synchron zwei von ihnen erneut auf ihn. Sie bissen, kratzten und schlugen auf ihn ein.

„Ein Schwert. Es ist durchdrungen von Macht. Damit könnt ihr sie töten. Aber welche Macht?"

Nachdem Liam sich der beiden Plagegeister entledigt hatte, blieb ihm keine Zeit sich auszuruhen. Es kamen mehr und mehr.

„Rotfuchs, ich will dich ja nicht unter Druck setzen …" Er rannte auf eine Reihe Satyrn zu und riss sie mit seinem Körpergewicht zu Boden. „Aber hier wird's langsam ungemütlich." Mit einem einzigen Hieb durchtrennte er drei Hälse auf einmal.

„Mehr steht da nicht."

Er nutzte die Gelegenheit und warf einen Blick zurück. Sie kauerte gut geschützt hinter der Säule. David stand auf und zielte mit seiner Pistole auf einen Satyr. Er zögerte. Einen Moment zu lange. Satyrn witterten Unsicherheit und Angst gleichermaßen. Es wirkte wie ein perverses Aphrodisiakum. Metallisches Geklapper ertönte, als David seine Schusswaffe fallen ließ. Liam wollte zu ihm, wurde aber von bleichen Händen zurückgerissen. Mit einem wilden Schrei schüttelte er sich, wie ein Hund und schwang sein Katana einmal um seinen Kopf. In letzter Sekunde hob er den Arm zwischen David und die stumpfe Waffe des Satyrs. Das Messer bohrte sich in seinen Unterarm bis auf den Knochen und blieb darin stecken. Wütend umfasste er den Hals des Bastards und stach ihm sein Schwert durch den Nacken.

„Das … die …" David wich vor dem verwesenden Kadaver zurück.

„Das Wort, nach dem du suchst, heißt danke." Atemlos drehte Liam sich um, zog die rostige Klinge aus seinem

Arm. Der Boden der Halle war blutdurchtränkt. Hier und da zuckte ein Körperteil, aber vorerst waren die Angreifer besiegt.

„Liam!“ Andi kam hinter dem Pfeiler hervorgestürmt und warf sich in seine Arme. Sie scherte sich nicht darum, dass er aussah wie das Ding aus dem Blut-Sumpf. „Es tut mir leid, dass ich dir nicht geglaubt habe. Diese Viecher sind abscheulich.“ Sie bebte am ganzen Körper und presste sich an ihn, als wolle sie sichergehen, dass er noch da war. Dank ihr würde auch der blutigste Tag ein gutes Ende finden.

„Schon okay. Du hast zum ersten Mal Satyrn live und in Farbe gesehen“, flüsterte er und streichelte über ihr Haar. Sie nahm sein Gesicht zwischen ihre Hände und drückte ihm einen Kuss auf dem Mund. Er war flüchtig, beinahe keusch. Er bedeutete Liam die Welt. „Wenn das der Lohn ist, muss ich öfter blutbespritzt in deinen Armen landen“, sagte er und stupste sie mit seiner Nase an.

Ein gequältes Stöhnen ließ sie herumfahren.

„David?“

„Ihm geht es gut. Hat nur einen Kratzer abbekommen.“ Leider.

„Das weiß ich“, sie fixierte David, „du wusstest von ihnen oder? Und hast mir nichts gesagt? Sie für Hirngespinste erklärt?“ Sein Rotfuchs fuhr die Krallen aus. Die energische Stimme, das resolute Auftreten, das passte viel besser zu ihr. Obwohl sie zur Abwechslung mal richtig lag, bezüglich der Dinge, vor denen sie Angst haben sollte. Mit Satyrn war nicht zu spaßen.

„Es ist es schwer genug für dich“, erwiderte David, während er sich mühevoll aufrappelte. „Wozu dich unnötig belasten?“

Erneut erklang Fußgetrappel von der Treppe. So gern er Andi dabei zusah, wie sie David verbal den Haien zum Fraß vorwarf, es wurde höchste Zeit.

„Ich gehe vor. Ihr beiden dicht hinter mir.“

7. Kapitel

„Ich werde Euch sofort die Unterlagen raussuchen. Einen Moment Geduld bitte“, sagte die Bibliothekarin zu Callista und verschwand im Hinterzimmer.

Die Vorzugsbehandlung der Drachenkrieger hatte seine Vorteile. Sie konnte zwar nicht unbehelligt im Kino einen Film ansehen, dafür musste sie auch nie in einer Warteschlange stehen oder um etwas zweimal bitten. Callista lehnte sich mit dem Rücken gegen den Tresen der Bibliothekszentrale und musterte die Umgebung. Die Übernatürlichen-Bibliothek in Silversprings war mit Abstand die größte des Landes. Was ohne Zweifel dem Umstand geschuldet war, dass sowohl der Drachenclan als auch der Rat der Nephelim in der Stadt ansässig waren. Obwohl sie auf Zweiteres hätte verzichten können. Ihre Clangefährten belastete diese ganze Verrats-Geheimnis-Ratssache mehr als alles andere. Das spürte sie an der aufgeladenen Stimmung im Anwesen. Es wurde weniger gelacht als früher. Es war Wochen her, dass sie zusammen zu Abend gegessen hatten. Jeder igelte sich ein und schmorte im eigenen Saft, gekrönt mit einer gehörigen Portion Selbstmitleid. Es widerte sie an. Ja klar war es ätzend, dass sie dem Rat auf den Leim gegangen waren. Shit happens. Ihr Gewissen blieb rein, egal, was in vergangenen Stunden geschehen war. Sobald Liam endlich die benötigten Beweise hatte, würden sie einen Weg finden, den Halbgöttern ihren Olymp madigzumachen.

Callista stellte schmunzelnd fest, dass sie bewundernde Blicke erntete. Es tat gut, respektiert zu werden. Die Bevölkerung machte keinen Unterschied zwischen ihren Clangefährten und ihr, als einzige Frau. Zu Recht. Sie stand den Jungs in nichts nach. Tief durchatmend blickte sie auf die hohe Decke. Früher war sie oft in diesen Hallen unterwegs gewesen. Die Erzählungen über die Helden vergangener Tage, Mythen und Sagen. Es faszinierte sie.

Doch kaum war sie alt genug, ein Schwert zu halten, verloren die Geschichten ihren Glanz. Jetzt konnte sie die Heldin sein, warum nur davon träumen? Sie konnte schon im Alter von zwölf Jahren einen Apfel mit einer rostigen Flinte vom Baum schießen. Wie gefühlt hundertmal am Tag, zog sie ihr Handy aus der Manteltasche und linste auf den Bildschirm. Keine Nachricht von Liam. Trotz der Kabbeleien liebte sie ihn wie einen Bruder. Er war neben ihr der Jüngste, dadurch verband sie von Anfang an viel. Ihn nach Ägypten zu schicken, war die blödeste Idee, die Mennox je hatte. Nicht, weil sie ihm nicht zutraute, diese Sache gewissenhaft zu erledigen. Sogar Liam erkannte gelegentlich den Ernst der Lage. Er war ihr Clangefährte und gleichzeitig Arbeitspartner. Sie gingen jeden Abend pünktlich um 23 Uhr los, fuhren am *Drive Thru* vorbei, tranken einen Milchshake und machten sich auf die Jagd. Seit er weg war, musste sie mit Venor oder Darian vorliebnehmen. Das war wie die Auswahl zwischen Limone und Limette. Beides bitter und nicht die Spur lecker. Venor hüllte sich konstant in ein unerträgliches Schweigen und Darian erzählte stundenlang, wie toll Mercy war. Klar, das Orakelmädchen war nicht schlecht, sie hatte sie auch lieb gewonnen, aber Callista konnte es nicht mehr hören. Vielleicht störte es sie deshalb so sehr, dass Liam etwas an der Archäologin zu liegen schien. Wenn er ebenfalls anfing, über die ewige Liebe zu philosophieren, würde sie um den Gnadenschuss betteln. Umgehend. Mit einer der Gründe, warum sie in einer muffigen Bibliothek herumlief, obwohl sie echt Besseres zu tun hätte.

Scheiß-Gewissen. Ihre Äußerungen über Andrea waren Liam sauer aufgestoßen und Calli hatte zu spät bemerkt, dass sie zu weit gegangen war.

Syphilis Witze, Vergleiche mit räudigen Straßenkötern oder Schlimmerem okay, Bemerkungen über die Archäologin tabu. Sie wollte Liam nicht kränken. Das war nie ihr

Ziel. Andererseits war es zu absurd, um wahr zu sein. Liams Hobbys waren überschaubar. Vögeln, jagen, trinken und vögeln. Beim Jagen und Trinken unterstützte sie ihn tatkräftig, das andere konnte er allein tun. Normalerweise verschwendete er keine Gedanken an eine Frau, welche er schon hatte. Liam litt an chronischem, postkoitalem Desinteresse. Seine Prioritäten waren klar gesetzt. Zumindest bis jetzt. Immer wenn sie dachte, dass etwas für sie Bestand hatte, veränderte sich die Lage und alles ging zum Teufel. Das wollte sie nicht schon wieder erleben.

Vielleicht entdeckte er seine ernsthafte Seite? Bei dieser Vorstellung musste sie lachen. Besucher warfen ihr erstaunte Blicke zu, tadelten sie jedoch nicht. Eine Theorie abstruser als die andere.

„So, bitte sehr." Die Verwalterin legte ihr die bestellten Unterlagen fein säuberlich geordnet auf den Tisch. Diese Dinge waren für ausgewählte Augen bestimmt. Zum Glück besaß sie die, Gehe-über-Los-allround-Drachenclan-Eintrittskarte. „Den Rest finden sie in der Ahnenforschungsabteilung gleich um die Ecke. Drittes Regal von links."

„Danke." Callista klemmte sich den mittelgroßen Papierberg unter den Arm und schlenderte los. Zeit für einen Imbiss. Da sie das Abendessen verpasst hatte, zog sie einen zermatschen Hotdog aus der Tasche. Fettig, glitschig und einfach nur lecker.

„Essen ist in der Bibliothek verboten", rief ihr die Bibliothekarin leise nach.

„Ich werd's weitersagen", sagte sie kauend und winkte ihr über die Schulter zu.

Recherche-Arbeit nervte. Aber es war notwendig. Wenn Liam mit der Hybriden-Tante rumhing, musste er wissen, was genau sie war. Irgendwann sah man vor lauter Lügen die Wahrheit nicht mehr. Seine zweite Bitte hingegen war gelinde gesagt total abgedreht. Mach mein Zimmer feuerfest. Was zum Teufel sollte das? Ein Glück meldete sich ihr schlechtes Gewissen postwendend. Demnach verpackte sie seine Habe, schob die Möbel zusammen und tapezierte die Wände. Mit Mercys Hilfe war die Sache rasch erledigt. Und nur dank Mercys Intervention hatte Liam jetzt keine Kätzchen an der Decke. Callista hatte die Idee grandios gefunden. Er wäre Tag und Nacht von Muschis umgeben. Voll auf seiner Linie.

Vorhänge, Bettwäsche und Mobiliar waren schwieriger. Mercy und Lillian übernahmen schnell die Leitung ihrer Umbaumaßnahmen. Mercy aus Hilfsbereitschaft, Lillian aus einem unbändigen Nestbautrieb heraus. Erst letzte Woche wollte die Frau ihres Anführers ihr pinkfarbene Bettwäsche aufschwatzen. Callista. Pink. Zwei Dinge, die sich wirklich nichts zu sagen hatten.

Sie fischte das gesuchte Exemplar aus dem Bücherregal und klemmte es ebenfalls unter den Arm. Am seltsamsten war jedoch die Tatsache, dass Liam verlangte, seine Zeitschriften- und DVD-Sammlung zu entsorgen. Sein Heiligtum. *Amerikas next Prachtarsch*, *Strip langsam* und *In Diana Jones* zierten seine Regale, solange sie denken konnte. Liam war eben beides. Ein Jäger und ein Sammler. Vor allem wenn es um Sex und Weiber ging.

Sie wischte sich den Mund mit dem Hotdog-Papier ab und stopfte es in ihre Manteltasche. Zeit, hier zu verschwin…

„Uff …“ Sie taumelte ein paar Schritte zurück. Bücher und Unterlagen fielen ihr auf die Füße und sie brauchte eine Sekunde, um zu realisieren, was passiert war. Ein Mann, nein, ein Adonis stand vor ihr. Sie waren ineinandergelaufen, auch er hatte seine Bücher fallen lassen.

O Scheiße … Sie musste selten zu einem Mann hochblicken, aber dieses Exemplar überragte sie um fast einen Kopf. Bei ihrer Größe eine echte Herausforderung. Im ersten Moment dachte sie, es handle sich um einen ihrer Clangefährten und hatte eine blöde Bemerkung auf den Lippen. Doch er war keiner von ihnen. Obwohl seine Statur stark die eines Kriegers gleich. Er hatte kinnlanges, rabenschwarzes Haar, edel geschwungene Brauen, einen sexy Drei-Tage-Bart. Er machte Liam als Schönheitsideal ihrer Welt ernstlich Konkurrenz. Dem Geruch nach war er elfischer Abstammung. Zumindest kam es dem am nächsten. Sein Duft war … anders. Roher, wilder, erotischer. In all den Jahren hatte sie kaum Interesse an Männern gezeigt. Dieser Umstand beruhte auf Gegenseitigkeit. Welcher Kerl wollte eine Frau, die ihn mit einem Arm hochheben und einmal durch den Raum werfen konnte? Sie hatten Angst vor ihr. Und wer wollte schon einen Weichkeks zum Mann? Sie jedenfalls nicht. Der Elfen-Adonis lächelte sie freundlich an, entblößte eine Reihe strahlend weißer Zähne.

„Wow."

„Danke", erwiderte er und verbreiterte das Grinsen. „Gleichfalls."

Innerlich fluchend ging sie in die Hocke, um die Bücher aufzusammeln.

„Ich helfe dir." Als er sich zu ihr beugte, konnte sie durch den Ausschnitt seines Hemdes einen Blick auf seinen Oberkörper erhaschen. Er machte Liam definitiv Konkurrenz.

„Hier." Er packte zwei Stofftragetaschen aus und stopfte ihre Unterlagen hinein.

„Danke." Daran hätte sie auch denken können.

„Nichts zu danken", sagte er, als sie sich erhoben. „Man bekommt ja nicht alle Tage die Gelegenheit den Star des Drachenclans persönlich zu treffen."

„Star?" Sie streifte sich eine Haarsträhne hinter die Ohren und lächelte ihn an. Was machst du da? Bist du ein pubertierender Teenie? Störrisch wischte sie sich die Haare zurück ins Gesicht. So.

„Du solltest mal die Fanpages zu dir auf *Facebook* sehen.

Du hast die meisten Likes. Das zählt heutzutage mehr, als ein Cover des *People Magazins.*“

Zu ihrer Überraschung ging er neben ihr her und begleitete sie zum Ausgang. Darum hatte sie nicht gebeten.

„Na ja, Facebook gehört nicht zu meinen Standard-Surf-Seiten.“ Die Newsletter von *Heckler & Koch* oder *Sig Sauer* interessierten sie mehr, als irgendwelche Wasserstoffblondinen, die sich in Duckfaces übten.

„Was nutzt der Ruhm, wenn man sich nicht darin sonnen kann?“

Sie riskierte einen Seitenblick. Baggerte er sie an? Sie hatte in so was einfach keine Übung. Er war kein Speichellecker, vielmehr meinte er es ernst. Als er die Glastür für sie aufhielt, fing sie seinen Blick auf. Große, braune Augen, dicht bewimpert. Beeindruckend.

Normalerweise erteilte sie sofort eine Abfuhr. Aber normalerweise machten sie auch keine heißen Elfenkerle an. Draußen war es mittlerweile dunkel und ein leichter Regen setzte ein. Die Tropfen perlten von ihrem Ledermantel ab. Ihn schien die Feuchtigkeit ebenso wenig zu stören.

„Also, was führt dich in die …“

„Stopp!“ Reflexartig schnellte ihre Hand nach vorn gegen seinen Brustkorb. Mann ist der hart …

„Was ist los?“, fragte er verwirrt, schob ihren Arm jedoch nicht weg.

„Scht.“ Eine feine Nuance in der Luft ließ ihre Kriegerinstinkte erwachen. „Bleib hinter mir.“

Sie wäre lieber allein gewesen, ohne Zivilist. Egal, wie heiß er war, jetzt musste sie auf ihn aufpassen und das war eine Last. Außerdem behinderte sein betörender Duft ihre Arbeit und beanspruchte ihre Nase für sich. Die Nässe tat den Rest dazu. Trotz aller Umstände, auf ihre Sinne war Verlass. Satyr. Der Geruch war so tief in ihr verankert, dass selbst der Hauch genügte, um ihre Instinkte an die Oberfläche zu bringen. Sie ging um die

Ecke, umfasste ihr Schwert und wappnete sich für den Kampf. Sobald ihre Finger das weiche Leder des Griffes umschlossen, veränderte sich alles. Es war wie ein Schlüsselreiz. Statt zu sabbern, wie der Hund bei der Glocke, schwang sie ihr Katana. Ihre Sicht wurde fokussierter, konzentrierte sich auf das Wesentliche. Und das war der junge Mann vor ihr in den Armen eines Satyrs. Widerliche, armselige Bastarde!

Die Welt wurde sanft aus den Angeln gehoben, verlangsamte sich, bis alles nahezu zum Stillstand kam. Die Geräusche verschwanden, einzig ihr kontrollierter Atem und der stetige Herzschlag pochten in ihren Ohren. Die Regentropfen fielen in Zeitlupe vom Himmel. Dann war es auch schon vorbei. Mit einem gezielten Schlag trennte sie dem Satyr den Kopf ab. Sie hielt sich nicht mit unnötigen Kämpfen auf. Wenn sie ein Ziel hatte, erreichte sie dieses auf kürzestem Weg. Seit den Angriffen vor ein paar Monaten waren sie alle vorsichtiger geworden. Keine Spur von weiteren Angreifern. Gelassen steckte sie das Schwert zurück in die Scheide und drehte sich um. Schade, dass der Adonis dabei war. Das hübsch konstruierte Bild würde gleich in sich zusammenfallen, wenn er vor Angst kauernd auf dem Boden hockte.

„Achtung.“ Bevor sie sich zu ihm wenden konnte, eilte er an ihr vorbei und ging neben dem jungen Mann in die Hocke. Den abgetrennten Satyr-Kopf warf er achtlos weg. Offensichtlich hatte er keine Probleme damit, sich schmutzig zu machen.

„Er hat viel Blut verloren. Ich glaube die Arterie am Arm wurde durchtrennt.“ Mit flinken Händen untersuchte er das Opfer. „Sein Puls ist schwach.“

„Nimm das“, sagte sie eilig und riss einen Stofffetzen von ihrem Top ab. Er ergriff es, ohne zu zögern, wobei ihr der Blick auf ihren Bauch jedoch nicht entging. Brüste und Waschbrett. Ja so was gab es auch.

„Das reicht nicht“, erwiderte er kopfschüttelnd, nachdem er den Arm abgebunden hatte. „Komm her.“

Sie nahm selten einen Befehl entgegen, aber hier machte sie eine Ausnahme. Rasch kniete sie sich neben ihn in die Blutlache. „Was soll ich tun?“

„Gib mir deine Hand.“ Sie tat wie ihr geheißen und musste ein Seufzen unterdrücken, als er ihre Haut berührte.

„Spürst du das Pulsieren?“ Er schob ihre Finger in die Wunde des Mannes, ließ sie nicht los, sondern führte sie zielsicher.

„Ja.“ Das Blut sprudelte an ihrem Finger vorbei.

„Drück drauf.“

Der Blutstrom versiegte unter dem Druck, den sie ausübte. Wie romantisch. Sie hielten Händchen in einem Arm. Gebannt sah sie zu, wie er einen Faden aus seiner Jacke löste und einen Knoten band. Mit der freien Hand fischte sie nach ihrem Handy und rief den Notruf aka Venor an.

„Satyr vor der Übernatürlichen-Bibliothek. Ein Verletzter. Er braucht einen Krankenwagen.“ Das war alles, was sie sagte. Einer der wenigen Vorteile Venors stiller Art. Er verstand auch knappe Anweisungen.

„Ich werde die Arterie flicken. Er könnte zwar den Arm verlieren, aber besser als tot.“

Sie nickte und schaute ihm bei der Arbeit zu. Zum Glück war er elfischer Abstammung. Sie waren geborene Heiler. Ohne ihn wäre sie aufgeschmissen.

„Du kannst deine Hand wegnehmen. Das sollte halten.“

„Ich kenne nicht einmal deinen Namen“, sagte sie.

„Ich heiße Keleth.“

„Callista.“

„Ich weiß.“

Keleth. Er sah ihr in die Augen und … ihr Handy vibrierte. Eine SMS von Liam. Himmel, er hatte echt ein beschissenes Timing.

Wir haben den Beweis. Mennox hatte recht, wir sind am Arsch. Längere Geschichte, ruf bitte alle in einer Stunde zur Telefonkonfi. BB.

Na toll. Das würde die Stimmung im Anwesen ordentlich zu Boden drücken. Der Clan hatte ohnehin daran zu knabbern.

„Ich muss los.“ Die Bibliothek lag außerhalb, daher war Eile angesagt.

„Schon in Ordnung. Es war nett dich kennenzulernen“, sagte er milde und reichte ihr die Büchertasche.

„Gleichfalls.“ Sobald sich der Wirbel gelegt hatte, würde sie ihn finden. Diese Begegnung ging ihr zu sehr unter die Haut, als dass sie Keleth ignorieren könnte.

Auf dem Rückweg kam ihr der Krankenwagen entgegen. Er unterschied sich nicht von einem Wagen der Menschen. Nur der Inhalt war ein anderer. Um schneller laufen zu können, schwang sie sich die Tasche auf den Rücken. Moment, sie war viel leichter als vorhin.

„Verfluchter Dreck!“ Er hatte ihr aus Versehen die falsche Tasche mitgegeben. Statt ihrer Unterlagen hatte sie jetzt eine Tasche voller Medizinbücher. Na Super. Sie kehrte auf dem Absatz um, doch es war zu spät. Zwischen den Sanitätern, allesamt Elfen verlor sich sein Duft. Er war schon weg.

„Mist!“ Das war ein grober Fehler. Er konnte mit ihren Büchern nichts anfangen, dennoch war sie sauer. SMS von Liam, heißer Typ, verblutender Mann und erledigter Satyr waren zu viel für sie. Das sollte nicht so sein. Mürrisch machte sie sich auf den Weg.

*

Als Andi die Duschabtrennung öffnete, entstieg der Kabine eine dichte Dampfwolke und brandete gegen die Decke. Ein Beduinenzelt war romantisch, das fließende Wasser einer Hoteldusche hingegen war nicht zu verachten. Sie wischte mit einem Tuch über den großen Spiegel und betrachtete ihr Gesicht darin. Es war eine andere Andi, als noch vor ein paar Tagen. Die Locken stellten zwar nach wie vor eine mittelschwere Katastrophe dar und die Sommersprossen zierten ihre Wangen, aber dennoch war sie verändert. Verrückt. Zum ersten Mal in ihrem Leben drückten keine Schuldgefühle ihre Schultern nieder. Keine Angst benebelte ihren Geist. Es war, als wären alle negativen Energien von ihr abgefallen. Rein. Sogar das Atmen fiel ihr leichter. Die Frau im Spiegel lächelte sie an. Andi sah ihre Zukunft vor sich, wie ein offenes Buch mit leeren Blättern. Sie hatte den Stift in der Hand. So wie es sein sollte. Die Arbeit mit Liam hatte ihr offenbart, dass mehr in ihr steckte, als eine amoklaufende Irre mit einem Feuerfetisch. Sie war von Wert und hatte aktiv dazu beigetragen, die Wahrheit ans Licht zu bringen. Sie stand auf der richtigen Seite. Auf der guten Seite. Die Schuld würde niemals verblassen, dessen war sie sich bewusst. Aber ihre Seele würde heilen. Wenn sie es mit Liams Hilfe schaffte, ihre verkorkste Psyche in den Griff zu bekommen, würde sie das mit ihren Kräften ebenfalls schaffen. Immerhin hatte sie jetzt einen Anreiz, für den es sich lohnte. Liam zeigte Geduld und bedrängte sie nicht. Dennoch war er ein Mann mit Bedürfnissen und sie eine Frau, die diese Bedürfnisse zu gern stillen würde. Er mochte sie, das konnte sie deutlich spüren. Alles an ihr. Manchmal beobachtete sie ihn dabei, wie er verträumt ihr Haar ansah oder daran roch, wenn sie an ihm vorüberging. Niemand hatte ihr jemals so viel Aufmerksamkeit geschenkt. Er hörte ihr zu, fragte sie um Rat, nahm sie ernst, ehrte sie, dankte ihr. Es war ein unglaubliches Gefühl, begehrt zu werden. Seine Blicke auf ihrem Körper brachten ihr Herz zum Stolpern. Sie würde das schon hinbekommen. Vielleicht unter der Dusche? Das Wasser würde ihren Kräften Einhalt gebieten. Hoffte sie zumindest. Unglaublich, wie Liam ihr Leben verändert hatte. Bei diesem Gedanken trübte sich ihre Stimmung. In den kommenden Monaten oder sogar Wochen würde sich das Leben der Übernatürlichen drastisch verändern. Ihre gesamte Gesellschaftsordnung fußte auf Unwahrheiten. Falls Liam ihre Entdeckungen publik machte, würde das Chaos ausbrechen. Wahrscheinlich kämen die Wohlhabenden an die Spitze. Nach Macht kam Geld. Der Drachenclan sollte herrschen, dachte sie, während sie versuchte, die wilden Locken zu bändigen. Wenn die anderen so waren wie Liam, wäre es eine gerechte Welt. Er war zwar impulsiv, aber trotz allem zügelte er sich, was David betraf. Ein ungeduldigerer Mann hätte David schon längst den Hals umgedreht. Liam nicht.

Dem Rang zufolge teilte der Clan sich mit den Nephelim eine Stufe. Anführen lag in ihren Genen. Nur durch eine Lüge waren sie in die Knechtschaft gezwungen worden, fristeten ihr Dasein als Untertanen, machten die Drecksarbeit, obwohl sie regieren sollten. Alles unter dem Mantel der Treue und des Pflichtgefühls. Sie konnte sich nur schwer vorstellen, was das alles für Liam bedeuten musste. Sie würde ihm beistehen, wie er ihr beistand. Ein Kampf stand bevor, das war klar. Es war kaum vorstellbar, dass der Rat sich jemals freiwillig zurückzog. Niemand, der so lang auf einem Thron saß, gab diesen kampflos wieder auf. Mit Blut gewonnen, mit Blut verteidigt. Krieg war furchtbar, doch sie würde für die gerechte Sache fechten. Gemeinsam mit Liam.

„Bist du in Ordnung?“, rief es durch die Tür.

Sie wickelte sich in ein Handtuch und ging ins Schlafzimmer. Der Frotteestoff bedeckte gerade so viel, dass seine Fantasie noch auf Touren kommen konnte. Und sein Blick war einfach unbezahlbar. „Ja. Ich habe nur das Wasser genossen.“ Nicht so sehr wie seine Nähe, aber es war ein guter Trost.

„Nur du schaffst es in beigefarbenem Frottee scharf auszusehen“, sagte er rau und legte die Arme um ihre

Hüften. Einen Moment hoffte sie, der Stoff würde sich lösen, doch er hielt stand. Schade.

„Die Welt steht kurz vor dem Untergang und deine Gedanken drehen sich um Handtücher“, neckte sie ihn.

„Ich muss Sie in diesem Falle belehren, Frau Professorin“, murmelte er und lehnte seine Stirn gegen die ihre.

Sie spürte, wie seine Hände ihren Rücken hinunterglitten.

„Erstens drehen sich meine Gedanken nicht um Handtücher an sich, sondern um das, was in besagten Handtüchern steckt. Zweitens steht meine Welt in diesem Augenblick vor mir. Solang ich dich festhalte, ist mir der Rest herzlich egal.“

Ihr Herz setzte für einen Herzschlag aus und sie atmete tief seinen Duft ein. „Das ist das Schönste, was mir je ein Mann gesagt hat“, flüsterte sie und umfasste seinen Nacken. Sie mochte diese Stelle an ihm. Sein Hals war fest und weich zugleich. Jede Bewegung bewirkte ein Spiel seiner Muskeln.

„Das will ich hoffen, dafür musste ich mich gerade richtig anstrengen“, rief er und lachte. Seine Brust bebte und sie konnte nicht anders, als ebenfalls zu lächeln. „Und das, obwohl ich ein Halbgott bin.“

O ja, das gefiel seinem Ego. „Du bist kein Halbgott. Nur mit ihnen verwandt.“ Sie und pikte mit einem Finger in seinen Bauch.

„Stimmt.“ Er senkte den Kopf und schmiegte sich an ihre Wange. Heißer Atem liebkoste ihr Schlüsselbein. „Dennoch werde ich dir noch ganz andere Ausrufe entlocken.“

Sie schluckte trocken. „Das Anrufen einer Gottheit. Ich erinnere mich.“ Ähnliches hatte er kurz, nachdem sie sich kennengelernt hatten, gesagt. Mittlerweile glaubte sie ihm jedes Wort.

Sanft küsste er ihren Hals und zog sich zurück. „Eins nach dem anderen.“ Es schien ihn einiges an Kraft zu kosten, seine Atmung stockte für einen Moment.

Eins nach dem anderen. Ein gutes Motto. Erst jetzt bemerkte sie, dass trotz der Dusche Schweißperlen ihren Rücken hinabsickerten. Sie hatte das Zimmer erwärmt. Keinen Grund auszuflippen. Liam war aufmerksamer als sie dachte. Aber sie war froh, dass er seine Begierde hintenanstellte. Obwohl sie sich nichts sehnlicher wünschte, als sich ihm hingeben zu können. Alles zu seiner Zeit.

Nachdem er einen Schritt zurückgetreten war, breitete sich eine unangenehme Stille aus. Unausgesprochene Erwartungen hingen in der Luft. Sie wusste, was ihn beschäftigte. „Ich werde mit dir nach Maine fliegen“, sagte sie lächelnd, um es ihm einfacher zu machen.

Sofort hellte sich seine Miene auf. „Meine göttlichen Fähigkeiten scheinen auf dich abzufärben, meine kleine Gedankenleserin.“

„Komme ich mit, weil du mich beschützen willst oder weil mein loses Mundwerk eine Bedrohung darstellt?“ Die Frage verließ ihren Mund, bevor sie darüber nachdenken konnte.

„Weder noch. David geht zu seinem Schutz mit. Du hingegen gehst mit mir, damit ich dich für mich allein haben kann“, erwiderte er und setzte dieses eine Lächeln auf, das ihre Welt aus den Angeln hob.

„David würde nichts verraten. Dazu weiß er zu wenig.“

Liam seufzte theatralisch. „Nein. Er würde nichts sagen. Aber die Satyrn waren hinter uns allen her. Es dient seiner Sicherheit.“

Sie wusste, es ging ihm gewaltig auf die Nerven, David zu schützen. „Danke.“ Sie umfasste seine Hände. Sofort verschränkten sich ihre Finger.

„Er wird ausquartiert, ins Gartenhäuschen“, murmelte er und hob ihr Kinn.

Sein Kuss war zart. Als fragten seine Lippen vorsichtig um Erlaubnis. Sie genoss es, wenn ihre Münder eins wurden, sich perfekt aneinanderschmiegten, sein unbeschreiblicher Geschmack sich auf ihrer Zunge ausbreitete und in ihrem Kopf explodierte. Er nahm sie ein. Ihren Körper, ihre Gedanken, ihre Seele. Sie war bereit ihm alles zu geben. Doch bevor sie sich an dem herrlichen Gefühl laben konnte, rückte er von ihr ab.

„Ich muss noch etwas erledigen. Außerdem ist es in diesem Hotel nicht sicher genug."

„Oh. Okay." Verwirrt trat sie zurück. War das die Rache, dass sie an vorherigen Unterbrechungen Schuld trug?

„Ich bin bald wieder bei dir."

Die Distanz ließ die Raumtemperatur um gefühlte zehn Grad fallen. Zumindest kam es ihr so vor.

„Ich habe das Zimmer neben dir, bin also in der Nähe."

Kein gemeinsames Zimmer? „In Ordnung."

Er gab ihr einen Kuss auf die Wange, drehte sich um ging.

Sie stand einen Augenblick im Raum und wusste nicht, was soeben geschehen war. Nachdem sie zweimal tief durchgeatmet hatte, zog sie sich an. Sie war doch sonst nicht so eine Egoistin. Er musste dem Clan Bescheid sagen, allerlei Dinge regeln, ihren Rückflug organisieren. Liam war trotz der Umstände ein Mann von Ehre. Er stellte seine privaten Vergnügungen nicht über das Wohl der anderen. Nein. Die neue Andi analysierte nicht jedes Detail und stürzte sich nicht in selbstmitleidige Grübeleien. Alles war in Ordnung. Er würde später zu ihr kommen. Ganz bestimmt.

Mit diesem Gedanken beschloss sie, David aufzusuchen. Er hatte sie mehrfach gebeten, ihn nach dem Abendessen zu besuchen. In der Höhle war sie ziemlich schroff zu ihm gewesen. Das war nicht ihre Absicht. Die Ereignisse hatten sie überrollt. Das Adrenalin hatte ihre Zunge auf eine Weise gelockert, die sie nun bereute. Davids Sorge war kein Fehler, den sie ihm ankreiden sollte. Vor Liam hatte sie nur ihn gehabt.

Auf dem Flur zögerte sie. Vielleicht nur kurz an Liams

Tür vorbeischauen? Sofern er am Telefonieren war, würde sie gleich wieder gehen. Vorsichtig überquerte sie den Gang und lauschte in die Stille von Liams Zimmer.

„Wenn du mitmachst, kostet das einen Fünfziger mehr“, sagte eine weibliche Stimme hinter ihr.

Andi zuckte merklich zusammen und fuhr herum. Ach du Scheiße … Sie hatte schon allerlei über die Liebesdämonen ihrer Welt gehört, aber noch nie stand sie einer Sukkubus gegenüber. Sie erkannte die Dämonin an ihren unnatürlich grün schimmernden Augen, die sie in diesem Augenblick abschätzig musterten.

„Eine ganze Menge mehr“, setzte die Sukkubus nach und rümpfte die Nase.

Andi kam sich in ihrer Gegenwart schrecklich plump vor. Die Sukkubus war zwar kleiner als sie, doch ihre Proportionen waren wohlgeformt. Das eng anliegende Abendkleid umspielte ihre Kurven, betonte ihre üppigen Brüste und gab durch einen langen Schlitz den Blick auf perfekte Beine frei. Ihr Haar war flüssiges Ebenholz, welches sich in sanften Wellen über ihre Schultern ergoss. Dieser Frau hatte sie nichts entgegenzusetzen.

„Was ist los Süße? Zunge verschluckt?“ Die Sukkubus warf den Kopf nach hinten. „Es geht den meisten so, wenn sie mich zum ersten Mal sehen.“

„Ähm …“

„Jaja. Spar dir das. Der Krieger hat mich allein gebucht. Von der Putzfrau war nicht die Rede.“

„Bitte?“ Ihr Verstand setzte aus, befand sich im Leerlauf. Was hatte die Sukkubus da gesagt?

„Na fein, dann eben ein hässlicher Groupie oder was auch immer du darstellst, Mädchen. Er hat mich geordert. Mich.“ Die Augen der Sukkubus nahmen einen gespenstischen Glanz an. „Liam ist der Schönste von allen. Er ist sehr wählerisch, und er hat sich für mich entschieden. Eigentlich kein Wunder.“

Sprach diese selbstverliebte Kuh gerade davon … „Du

bist eine Hure“, platzte es aus ihr heraus. Natürlich. Sukkubi und Inkubi schlugen gern Kapital aus ihren Bedürfnissen. Liam bestellte sich eine Nutte aufs Zimmer? Während sie daneben schlief?

„Nur kein Neid, Süße. Und jetzt geh mir aus dem Weg. Ich will meinen Mund heute noch zu was anderem außer Reden nutzen.“ Grob stieß sie Andi beiseite.

Ein Missverständnis. Das musste ein Verständnis sein. Sie ging ein paar Schritte rückwärts und presste den Rücken an die Wand. Wie betäubt beobachtete sie, wie die Sukkubus ihr Dekolleté ordnete und klopfte.

„Es ist offen. Komm rein, ich habe lange genug auf dich gewartet“, erklang Liams Stimme von innen. Deswegen wollte er weg von ihr? Das wollte er erledigen? Eine Hure zu vögeln war wichtiger? Die Tür fiel hinter der Sukkubus klappernd ins Schloss.

Das Geräusch riss sie aus ihrer Trance. Sie rannte zurück auf ihr Zimmer, wühlte in ihrer Tasche nach dem Zweitschlüssel des Mietwagens und lief Richtung Treppenhaus. Er war nicht geduldig, liebevoll, süß und spontan. Nicht einmal annähernd. Sie flog die Stufen förmlich hinunter, registrierte die Welt um sich herum nicht mehr richtig. Das Pochen war unterhalb ihrer Haut. Sie fühlte es. Das Kribbeln wurde stärker. Es wollte aus ihr heraus. Jetzt. Sofort!

Nein. Das Hotel war voller Menschen. Krampfhaft verbarg sie alle Emotionen unter einem dicken Mantel, schluckte die Bitterkeit runter, die ihre Zunge zu verätzen drohte. Ein Kloß in ihrem Hals erschwerte das Atmen. Sie kämpfte mit jeder Muskelfaser. In der Tiefgarage spürte sie den größer werdenden Druck. Etwas Gewaltiges schürfte sich schmerzhaft an die Oberfläche. Sie sprang ins Auto, raste los, versuchte nicht daran zu denken, was sie vor Liams Tür gesehen und gehört hatte, zählte Laternen, Schilder, andere Autos. Das Hotel lag nicht zentral, also gab es bald nichts mehr zu zählen. Sie fuhr weiter, bis die Lichter der Stadt kaum noch zu erkennen waren. Sie hatte keine Ahnung, wo sie war, es war ihr egal. Weg. Nur weg. Weg, weg, weg. Ihre Haut wurde immer enger. Es fühlte sich an, als würde sie jeden Augenblick von innen heraus aufgerissen.

Kurz vor dem Siedepunkt hielt sie an und stieg aus. Die kühle Luft wehte ihr entgegen, sie registrierte es nur am Rande ihres Bewusstseins. Sie rannte blindlings in die Dunkelheit. Vertrocknete Büsche, Felsen und Dreck. Das war alles in ihrer Nähe. Gut so! Die Anspannung wuchs mit jedem Schritt, den sie tat. Als ihre Lungen brannten, blieb sie stehen. Atemlos sank sie auf die Knie, spitze Steine gruben sich in ihre Kniescheiben. Der Schmerz war nichts im Vergleich zu der Qual in ihrer Brust. Wütend schlug sie die Hände in den Sand. Und dann schrie sie. Sie schrie, bis ihre Ohren klingelten, schrie, bis die Stille um sie herum klirrend zersprang. Schmerz, Enttäuschung und eine unbändige Wut brachen aus ihr heraus, wie Lava aus einem spuckenden Vulkan.

Wie konnte er ihr so etwas antun? Steinchen knirschten unter ihren Fingern. Warum tat er das? Warum? Sie hämmerte so fest auf den steinigen Boden, dass die Haut aufplatzte. Dieser elende Bastard! Noch vor ein paar Stunden hatte sie ihn in den höchsten Tönen gelobt. Und jetzt? Sein wahres Gesicht bereitete ihr Übelkeit. Nein. Ihre eigene Dummheit und Blindheit gegenüber den Fakten ließ sie Galle schmecken.

Ihre Kehle war rau und tat weh. Das Schreien half nichts. Ihre Brust schien vor Gefühlen überzuquellen. Wieso brannte noch nichts? Die vertrockneten Büsche standen nach wie vor intakt um sie herum. Der Schmerz erschwerte ihre Atmung. Dann beschloss sie etwas Neues. Weit und breit gab es nicht eine Menschenseele. Im schlimmsten Fall würde sie einen Skorpion knusprig braten. Damit käme sie klar. Mühsam rappelte sie sich auf und wischte sich die blutige Hand an der Hose ab.

Mit geschlossenen Augen hob sie die Arme und riss ihre inneren Barrieren bewusst nieder. Es sollte kein Rest mehr bleiben, der ihre Empfindungen wegsperrte. Alles sollte an die Oberfläche. Schmerz, Trauer, Schuld, Enttäuschung. Jede Seelenregung, die ihre Brust einschnürte. Es raubte ihr kurz den Atem. Ein erhebendes Gefühl ergriff Macht, kroch in jeden Winkel ihres Körpers und ihrer Gedanken. Warme Ströme wallten zu ihren Schultern hoch und Rauch kitzelte ihre Nase. Die Wut nährte die Flammen um sie herum, der Schmerz steigerte die Hitze. Von allen Seiten drängte sich die heiße Luft gegen sie, verbrannte sie jedoch nicht. Ihre Fingerspitzen berührten fast das Feuer, das Kribbeln war an diesen Stellen besonders stark. Die Emotionen gingen wellenartig von ihr aus. Mit jeder Welle wurde mehr Energie freigesetzt. Jedes Stück, das sie losließ, erleichterte ihr das Atmen. Sie tat das, bis der letzte Rest ihrer Empfindungen aus ihr geschwemmt wurde. Zögernd öffnete sie die Augen. Die Flammen überragten sie um ein Vielfaches, wurden aber mit jedem Atemzug den sie tat kleiner.

Tränen benetzten ihre Wangen, gaben Zeugnis über ihren Schmerz. Doch eigentlich war da kein Schmerz mehr. Sie ging erneut auf die Knie und krallte die Hände in ihre Brust. Leere. Eine unaussprechliche Leere erfüllte sie. War es das? Hatte sie zu viel gegeben? Ihre Muskeln wurden weich, konnten ihr Gewicht nicht aufrecht halten. Ihr Oberkörper schlug hart auf dem Boden auf, sie fiel ins Nichts.

8. Kapitel

„Andi?“ Zaghaft klopfte Liam an die Tür. Er sollte sie nicht stören, aber sie hatte erschreckend wenig gegessen, und er wollte sichergehen, dass sie ausreichend frühstückte. Als keine Antwort kam, beschloss er, sie mit einem Kuss zu wecken. Hoffentlich trug sie nicht wieder diesen Enten Pyjama, dann würde er sich kaum beherrschen können. Auf Zehenspitzen schlich er hinein. Seltsam. Niemand da. Er öffnete die Badezimmertür. Ihr unglaublicher Duft schwebte in einer feinen Wolke in der Luft. Ebenfalls leer. Vielleicht war sie früh aufgestanden? Nach der Telefonkonferenz am Abend hatte er noch mal bei ihr vorbeisehen wollen, die Stille ihres Zimmers hatte ihn jedoch davon abgehalten. Er hatte ihr den Schlaf gegönnt. Sie hatte viel durchgemacht. Ihre Tasche stand am Fenster, also konnte sie nicht weit sein. Oder sie war bei David. Mit ihm hatte er ohnehin noch ein Hühnchen zu rupfen. Besser gesagt zwei. Er marschierte über den Flur und betrat Davids Raum, ohne anzuklopfen.

„Großer Gott!“

David fuhr erschrocken herum.

„Feinripp?“ Ernsthaft?“ Sein Modeempfinden schmerzte angesichts Davids fragwürdiger Unterbekleidung.

„In manchen Kulturen ist es üblich, zu klopfen, bevor man ein Zimmer betritt“, murmelte David und schlüpfte in seine Jeans. Nicht weniger unförmig, als die Unterwäsche, aber wenigstens bedeckte sie seine Storchenbeine. Wo kauften diese Leute bloß ihre Kleider? Das war keine Stangenware, das war die Ware, die man normalerweise in Altkleidersäcken fand. Würde er David auch nur im Geringsten interessieren, hätte er ihm ein paar ausgesprochen schicke Boutiquen empfehlen können. „Warum hast du mich gestern Abend warten lassen?“Hühnchen Nummer eins. Widerwillig hatte er zugestimmt, sich mit dem Trottel zu treffen. Wenn er mit Andi an seiner Seite in die Staaten zurückkehrte, musste er es schaffen, sich mit ihm in einem Zimmer aufhalten zu können, ohne ihm den Schädel einschlagen zu wollen. „Ich habe auf dich gewartet." Eine Stunde, die er mit Andi hätte verbringen können. Nicht zu glauben, dass er auf seinen Kopf gehört hatte und nicht auf seinen … Bauch.

„Ich habe mich über der Arbeit verloren. Deiner Arbeit."

„Ich arbeite mit Andi. Nicht mit dir." Wie oft denn noch? Dieser Depp konnte einfach nicht ertragen, von ihr in den Schatten gestellt zu werden. Dabei konnte er sich noch geehrt fühlen, in besagtem Schatten stehen zu dürfen. „Und diese Sache mit der Sukkubus. Wusstest du nicht, was du mit dem Ding zwischen deinen Beinen anstellen solltest oder warum hast du sie zu mir geschickt?" Hühnchen Nummer zwei. Gut, wenn David sich entschuldigen wollte, war es ein akzeptabler Anfang. Die Sukkubus war das feinste Exemplar, das er je gesehen hatte. Dennoch gänzlich unattraktiv in seinen Augen. Auch sein bester Kumpel eine Etage tiefer juckte die Sukkubus nicht. Das erste Mal in seinem Leben hatte er eine willige Frau weggeschickt. Er. Weggeschickt! Calli würde ihm das in tausend Jahren nicht glauben. Obwohl er in Deckung hatte gehen müssen, als sie das Zimmer verließ. Auf Zurückweisung reagierten Sukkubi aggressiv. Der Dämon in ihnen brach dann durch die aufgehübschte Oberfläche und fletschte die Zähne. In ihrem Fall bewarf sie ihn mit verdammt spitzen Stilettos. Sie tat ihm fast leid. Die künstlichen Wimpern, der übertriebene Lippenstift, das falsche Haarteil, die lackierten Fingernägel und die aufdringlichen grünen Augen hatten ihm die Entscheidung jedoch ziemlich leicht gemacht. Dieser Umstand lag sicher nicht an sexueller Unlust. Zwei Wörter, deren Kombination in Liams Wortschatz nach wie vor nicht existent war. Bei Andi musste er seine Libido an eine massive Eisenkette legen und sich so sehr beherrschen, dass es wehtat. Sobald er in ihr schönes Gesicht sah, blitzten Bilder ihrer verschlungenen Körper in seinen Gedanken auf. Am liebsten hätte er sie gepackt, ihr die Kleider vom Leib gerissen und sie über den nächsten Tisch gebeugt. Die Hände in ihrem Nacken würde er den Kopf nach hinten biegen und ihren Prachthintern gegen seine Lenden pressen. Bei allem, was heilig war, er hatte es echt nötig. Trotzdem regierte die Vernunft. Normalerweise rannte er erfolgreich vor dieser davon, aber jetzt blieb er absichtlich stehen und ließ sich fangen. Ein brennendes Zimmer würde ihrem neu gewonnen Selbstbewusstsein nicht guttun.

„Ich habe keine Ahnung, wovon du sprichst", murmelte David und packte seinen Kulturbeutel. „In Ägypten herrschen andere Sitten. Das solltest du mittlerweile gemerkt haben. Prostituierten ist der Zugang zu Hotels in dieser Gegend nicht gestattet."

Wie er sprach, hatte er die Sukkubus tatsächlich nicht in Augenschein genommen. Wäre nicht das erste Mal, dass eine Sukkubus sich mit einem Krieger als Trophäe schmücken wollte. Für einen Krieger des Drachenclans machten die Biester es sogar umsonst.

„Wo ist Andi?." Er ließ das Thema ruhen.

David hielt inne und sah ihn entgeistert an. Erst jetzt hatte er seine volle Aufmerksamkeit. Das war nicht gut.

„Bei dir", erwiderte David langsam. „Ich habe sie seit gestern Abend nicht mehr gesehen."

„Verdammte Scheiße!" Eine Entführung? Nein, die Satyrn hätten kurzen Prozess gemacht. Ebenso wenig wäre sie, ohne jemandem Bescheid zu geben, gegangen. Ihre Sachen lagen noch in ihrem Zimmer. Liams Hirn raste eine Meile die Sekunde. Wo war sie? Etwas Schlimmeres als Wut, Hass oder Zorn schlängelte sich durch seine Venen, verätzte alles auf dem Weg zu seinem Kopf. Angst. Verzerrte Szenarien überfluteten seinen Geist.

David nestelte an seinem Handy rum. „

Sie hat ihr Telefon nicht dabei“, sagte Liam unwirsch und fuhr sich mit den Händen über die Haare. Er hätte sie nicht allein lassen sollen. Scheiß auf David. Scheiß auf die Telefonkonferenz.

„Wir müssen sie suchen.“

„Wen suchen?“ Andis Stimme war hinter ihm. Er wirbelte herum und die Steinbrocken auf seinen Schultern fielen polternd zu Boden. „Andi!“ Ohne nachzudenken, lief er zu ihr, schloss sie in seine Arme und hob sie hoch. „Dir geht es gut“, murmelte er in ihr Haar. Sie war am Leben, heil und unversehrt. Gut, sie roch merkwürdig nach Rauch, doch damit konnte er umgehen. Erst jetzt bemerkte er, dass sie steif in seiner Umarmung hing. Vorsichtig ließ er sie runter. „Alles in Ordnung?“

„Ja“, war die einfache Antwort. Sie mied seinen Blick, während er einen Zweig aus ihren feurigen Locken fischte. „Und das hier?“

„Haarschmuck.“

Ihr Humor war tadellos, aber der Unterton in ihrer Stimme eine Spur zu feindselig. „Ist was passiert?“ Das war eine rein rhetorische Frage. Natürlich war etwas geschehen. Etwas hatte sie erschreckt oder wütend gemacht. Die Distanz zwischen ihnen gab dafür grausiges Zeugnis. Sie breitete sich immer weiter aus. Wurde zu einer unüberwindbaren Kluft. Liams Handy vibrierte in seiner Manteltasche. „Herrgott noch mal. Das ist die Fluggesellschaft. Ich bin gleich zurück.“

Kaum auf dem Flur knallte sie die Tür vor seiner Nase zu. Was zum Teufel? Er würgte das Gespräch ab und wollte schon wieder hineinstürmen, um sie zu fragen, was in den letzten zehn Stunden vorgefallen war, als er ein leises Schluchzen vernahm. Sein Blut bildete Eisklümpchen. Andis Schluchzen.

„Liebes, Schätzchen, Andi. Was ist los?“ Er hörte Davids besorgte Stimme durch die Tür. Drachengehör sei Dank. David tröstete sie. Gab ihr Halt. All das, was Liam zustand. Er ballte die Fäuste so fest, dass seine Knöchel knackten. Wer auch immer dahintersteckte, dass seine Frau weinte, er würde ihm alle Knochen im Leib brechen und danach den Boden mit dem Saftsack aufwischen. Das Handydisplay in seinen Fingern gab splitternd nach. Er lauschte weiter.

„Versprich mir, dass du es für dich behältst." Andi klang gedämpft, als lehne sie gegen Davids Brust. Bei ihren letzten Worten riss er sich von der Tür los und ging einige Schritte den Flur entlang. Er würde sie nicht belauschen. Ihr Vertrauen müsste er sich verdienen, nicht erschleichen. Sie würde es ihm sagen, wenn sie dazu bereit war. Er hatte Sandkrümel auf dem Fußboden gesehen, demnach war sie draußen gewesen. Die Wüste war ein gutes Stück entfernt, also war sie mit dem Auto unterwegs gewesen. Am Nachmittag von einer Horde wild gewordener Satyrn angegriffen zu werden reichte anscheinend nicht, um ihr den süßen Arsch auf Grundeis gehen zu lassen. Musste sie erst ernsthaft verletzt werden, um zu begreifen, dass die Welt kein beschissener Ponyhof war? Leute liefen an ihm vorüber und unterhielten sich.

„Ich habe es deutlich gesehen letzte Nacht, ich dachte, das Polarlicht sei grün. Von einem Roten habe ich nie gehört."

„Wir sind in Ägypten, hier sollte man das nicht sehen können. Faszinierend."

Verwirrt blieb Liam stehen und schaute dem älteren Paar nachdenklich hinterher. Aurora Boreales in diesen Breiten? Rot? Unsinn. Es sei denn …

Zwei Stunden später saß Liam im Wagen auf dem Weg nach Kairo. Die Fahrt war unangenehmer als der Weg nach Luxor, während Andi bewusstlos auf dem Rücksitz gelegen hatte. Wenn er es genau betrachtete, könnte sie genauso gut schlafen. Es würde ihr eisiges Schweigen vielleicht auch erträglicher machen.

Kaum war er zurück im Hotel angelangt, hatten sie und David in trauter Zweisamkeit am Eingang auf ihn gewartet. Das Bild hatte ihn Galle schmecken lassen. Er hatte mit ihr sprechen wollen, aber sie war an ihm vorbeimarschiert und hatte kommentarlos hinten Platz genommen. Demnach war er in den Genuss gekommen, die stundenlange Autofahrt neben David zu verbringen. Prächtig. Die Einigkeit, mit der die beiden auftraten, schmeckte ihm nicht. Ständig warfen sie sich verständnisvolle Blicke zu. Andi war sauer, David selbstgefällig. Etwas bereitete ihr Sorgen, etwas bescherte David eine erschreckend strahlende Laune. Miese Kombination.
Was er in der Wüste vorgefunden hatte, setzte dem Ganzen sie beunruhigende Stachelkrone auf. Es dauerte nicht lange und er war auf ein auffälliges Polizeiaufgebot gestoßen. Ratlose Gesichter säumten einen riesigen Krater verkohlten Steins. Es sah aus, als wäre ein Meteorit eingeschlagen. Die Erde war schwarz verbrannt, die Felsen teilweise geschmolzen, kein Busch im Umkreis war mehr intakt. Eine unfassbar große Kraft war dort am Werk gewesen. Andi. Etwas hatte sie aufgewühlt, so sehr, dass sie an einen sicheren Ort gefahren war, um … tja, ein Outdoor Barbecue zu veranstalten?

„Da vorn ist es. Halt an“, sagte David und wies auf einen Parkplatz.

„Was wollen wir hier noch mal?“, fragte er nach hinten, in der Hoffnung, eine Antwort von Andi zu bekommen. Fehlanzeige. Im Rückspiegel sah er ihr ausdrucksloses Gesicht. Keine Regung, seit Stunden.

„Die Symbole in der Höhle haben mich an eine Malerei erinnert“, antwortete David gelassen.

„Ich dachte, du hast die Zeichen noch nie gesehen, Andi?“ Selbst als er seine Frage an sie richtete, erntete er Schweigen. Langsam wurde er sauer. Er hatte ihr gottverdammt nichts getan, was ihr Verhalten rechtfertigen würde.

„Das sind meine Ausgrabungen. Nicht Ihre“, entgegnete Milchgesicht und stieg aus dem Wagen. Liam folgte ihm zähneknirschend. Sie befanden sich in einer ähnlich verlassenen Gegend wie in Assiut. Bis auf die Picknicktische, Touristensammelpunkte und Cola Automaten.

„Eine Touristenattraktion?“ Das konnte nur ein Scherz sein.

„Nur im oberen Bereich. Der Hintereingang ist für die Öffentlichkeit gesperrt. Aber das gesamte Areal ist wegen Restaurierungsarbeiten zurzeit geschlossen.“

Sie gingen auf den Eingang zu. Liam lernte aus seinen vorherigen Fehlern. Er scannte jeden Zentimeter um sie herum. Nichts. Am Türbogen blieb er stehen, ergriff Andis Hand und zog sie zu sich.

„Was ist los mit dir Rotfuchs?“ Zeit für eine Offensive.

„Der Gang ist zu schmal für uns beide. Wir müssen hintereinandergehen“, erwiderte sie tonlos und entwand sich seinem Griff.

„Wir reden nachher, ob du willst oder nicht, diese Schweigenummer ist ätzend“, sagte er laut. Sollte Milchgesicht doch hören, was sie zu bereden hatten. Er hatte es satt, sich vertrösten zu lassen. Egal, was passiert war, es gab für alles eine Lösung. „Du wirst mir sagen, was für ein Arsch dir derartig die Laune verhagelt hat und ich entscheide dann, welche Körperteile ich ihm zuerst ausreiße“, murmelte er und machte sich auf den Weg hinunter.

„Ich erinnere dich daran.“

Liam würde nichts aus ihr rausbekommen. Mennox philosophierte oft darüber, wie wenig er Lillian manchmal verstand. Jetzt wusste er, wie es seinem Anführer erging. Andi war ein Buch mit sieben Siegeln, tief im Tal der Ahnungslosen. Zumindest heute. Er spürte ihre Anwesenheit im Rücken und ging weiter. Die Luft war nicht modrig oder abgestanden, wie in der Gruft. Das sollte nichts heißen. Solange Andi bei ihm war, war Vorsicht das oberste Gebot. Der Gang mündete in eine kleine Kammer. Nicht so groß, wie das Grab vom Vortag aber besser ausgeleuchtet. Langsam betrat er den Raum. Die Wände waren kahl und leer.

Ein raues Grollen erklang und Metall schlug dumpf auf Metall. Liam wollte sich schützend über Andi beugen, doch seine Brust traf auf kalten Stahl. Was zum …

„David! Das war nicht abgesprochen! Was soll das?", rief Andi und wich ein paar Schritte von den Gitterstäben zurück, die sie voneinander trennten.

„Das würde ich auch gern wissen", sagte Liam. Er hasste es, eingesperrt zu sein. Erst recht, wenn er von Andi getrennt wurde.

„Du hast selbst gesagt, wir müssen ihn loswerden."

„Abhängen oder das Flugzeug unbemerkt wechseln. Nicht ihn einsperren!"

Was? Er umfasste die Gitter. Sie waren massiv in den Fels eingelassen.

„Wir werden ihn nicht abhängen können. Da drin sind Wasser und Verpflegung für drei Tage. Übermorgen kommt Jeff zur Routinekontrolle. Er wird ihn finden, freilassen und wir haben achtundvierzig Stunden Vorsprung."

Sie stand mit bebender Brust vor David. Los, sag ihm, was für ein Riesen-Arschloch er ist. Gib's ihm, Rotfuchs. Doch es geschah nichts. David griff nach ihren Schultern und redete immer weiter auf sie ein.

„Es ist das Beste für uns."

„Ich hätte wissen müssen, dass das nur eine Ausrede ist. David du hast mich angelogen."

„Du hättest nie zugestimmt."

Stille.

Nur Liams pochender Herzschlag dröhnte in seinen Ohren. „Das war deine Idee."

Unmöglich. Gestern Abend noch wollte sie mit ihm nach Maine fliegen. Liam schlug wütend gegen die Gitter-

stäbe.
Sie nickte langsam.
„Lass sie in Ruhe, du Bastard. Deine Tricks sind so fade wie deine Frisur. Du kannst mich nicht von ihr fernhalten!“ Liam hatte seine Stimme nicht mehr unter Kontrolle. Durch die niedrig hängende Decke wurden seine Worte unnatürlich verstärkt, hallten in jedem Winkel der Kammer wider.
„Das hast du dir selbst zuzuschreiben, Krieger. Andi hat sich entschieden.“ David lächelte ihn an, und bei Liam fiel der Groschen.
„Lügner! Du hast entschieden. So wie du immer für sie entscheidest!“ Wut fraß sich seine Venen entlang, ließ sein Blut Blasen werfen. Von Anfang an war dieser Typ unberechenbar. Wie konnte er so dumm sein, Davids Einfluss auf Andi zu unterschätzen?
„Es ist das Beste …“
„Du weißt nicht, was das Beste für sie ist!“, rief Liam donnernd und riss an den Gittern.
„Stopp!“ Andi trat zwischen sie und brachte sie beide zum Verstummen. „Ich bin anwesend. Hört auf über mich zu reden, als wäre ich ein kleines Kind“, sagte sie ruhig und schlug die Augen nieder.
„Sag ihm, dass ich recht habe“, beharrte David. Liam wollte gerade zu seinem Konter ansetzen, da schnitt sie ihm das Wort ab.
„Es stimmt. Ich will, dass du dich von mir fernhältst.“ Jeder Satz brannte sich in seine Brust wie ein glühender Speer.
„Was?“ Er wollte nicht so erbärmlich klingen. Die Welt fing bedrohlich an, zu schwanken. „Wenn das wegen gestern Abend war, ich hätte nicht gehen dürfen. Das weiß …“
„Ich habe die Hure gesehen. Die Sukkubus.“ Die Resignation in ihrer Stimme ließ einen bitteren Geschmack auf seiner Zunge entstehen.

„Andi, Rotfuchs.“ Er wollte durch die Gitter nach ihr greifen, aber sie wich zurück. „Das war nicht so, wie …“

„Es aussah?“

Toll. Das Einzige, was ihm zu seiner Verteidigung einfiel, war der abgedroschenste Spruch des Universums. Das ist nicht so, wie es aussieht Liebling. Ich bin mit offener Hose auf das Hausmädchen gefallen und zufällig zwischen ihren Schenkeln gelandet. „Ich habe sie nicht angerührt“, erwiderte er ruhig und fing ihren Blick auf. Zum ersten Mal an diesem Tag konnte er eine Emotion darin erkennen. Wut. Grundgütiger sie war wirklich sauer. In ihren sonst so warmen Augen herrschte eine eisige Kälte und ihre Gesichtszüge waren härter als ein Diamant.

„Lügner.“

Ein Wort, ein Dolch, der sich tief in sein Herz bohrte.

„Ich werde nichts sagen, zu niemandem. Darauf hast du mein Ehrenwort. Aber unsere Wege werden sich trennen.“

„Nein. Andi, tu mir das nicht an. Ich habe dich erst gefunden.“ Es war ihm egal, dass David hinter ihr dümmlich grinste. Es war ihm auch egal, dass er wie der größte Loser redete. Sie durfte ihn nicht verlassen. „Das alles wegen eines blöden Missverständnisses?“

„Missverständnis?“ Andi wurde beunruhigend leise. Er kannte diesen Zustand. Leise war nie gut.

„Nein Liam, nicht wegen eines Missverständnisses.“ Sie trat dicht vor die Gitterstäbe. „Das alles wegen eines beschissenen Ficks, Liam. War sie es wert? Konntest du es ihr ordentlich besorgen?“ So still sie vorher gesprochen hatte, so schrill klang ihre Stimme jetzt. „Ich habe dir vertraut!“ Tränen rannen über ihre Wangen. „Und du bestellst dir eine Nutte aufs Zimmer wie eine Pizza?“

„Ich habe nichts dergleichen getan. Ich liebe dich!“

Ihre Wut gipfelte in Fassungslosigkeit. Ihr Mund klappte auf und sie riss die Augen auf. Noch nie hatte er diese

Worte zuvor benutzt. Er umgarnte Frauen, flüsterte ihnen Komplimente ins Ohr, verschenkte teures Spielzeug. Ich liebe dich hatte er nie gesagt. Diese Grenze überschritt er nicht.

„Du bist ein Frauenheld. Du hattest Sexpartnerinnen, wie Sand am Meer. Ich kenne die Geschichten über dich. Oder irre ich mich etwa?“

„Das war mal“, sagte er leise. Lügen brachte er nicht fertig. So viele Unwahrheiten schwebten zwischen ihnen. Er wollte jetzt ehrlich sein. „Bei dir ist es anders. Glaub mir. Ich habe, seit wir uns kennen, nicht einmal eine andere angesehen.“ Zaghaft berührte er ihre Hand mit dem Daumen. Sie zog sich nicht zurück. „Bleib bei mir. Wir klären das.“ Und danach würde er David ein für alle Mal das Genick brechen. Gut, er würde es wie einen Unfall aussehen lassen, aber überleben würde er es nicht.

„Er lügt. Komm Andi. Das reicht!“ David packte sie an den Schultern und zog sie von ihm weg.

„Nein! Andi, komm schon! Wehr dich gegen ihn. Er hat das geplant! Siehst du das nicht? Selbst wenn du mich nicht willst, lass nicht zu, dass er das mit dir macht.“

Sie sah ihn an und er meinte, etwas in ihrem Blick aufflackern zu sehen. Stimmte sie ihm zu?

„Rotfuchs, ich liebe dich!“

Sie bewegte die Lippen, es drang kein Laut heraus. Nein, nein, nein. Er zog an den Gittern, rüttelte an dem Stahl, schlug dagegen. Eine unbändige Wut ergriff Besitz von ihm, schaltete jeden klaren Gedanken aus. Er brüllte, dass die Wände bebten. Sinnlos. Sie hatte ihn verlassen.

*

Andi lief über den Flur ihres Hotels, ohne die Menschen um sie herum wahrzunehmen. Sie fühlte sich wie ein Zombie. Nichts zu fühlen, war angenehm. Der Moment, kurz, nachdem sie all ihre Energie in die Erde abgegeben hatte, war im Nachhinein betrachtet das Wohltuendste der letzten Tage. Nichts denken, spüren, sehen und hören. Absolute Stille in absoluter Dunkelheit. Besser ging es nicht. Kein Liam, der ihr eine sonnige Welt vorgaukelte, um an Informationen zu gelangen. Kein David, der ihr in den Ohren lag, wie recht er hatte. Jetzt fühlte sie sich einfach nur beschissen. Höflich ausgedrückt. Liam hatte ihr seine Liebe gestanden. Es klang aufrichtig. Eine weitere Lüge, um sie zu umgarnen. Zu entkräftet, Wut zu empfinden, blieb nur der Schmerz über ihren Verlust. Sie war in Liam verliebt. Eine Tatsache. Er hatte sie betrogen und belogen. Die Liebe war noch da. Zumindest von ihrer Seite aus. Die Zeit würde ihre Wunden heilen. Und die Liebe würde verschwinden. Irgendwann. Der Vorsprung würde helfen, vor ihm zu fliehen. Falls er überhaupt Interesse daran hatte, sie zu finden. David hatte sie mit der Ausgrabung überrascht. Das war nicht geplant. Obwohl ein kleines Männchen in ihrem Kopf sie während der Fahrt nach Kairo darauf hingewiesen hatte, dass David keine Ahnung von den Symbolen hatte. Aber sie hatte das logische Denken ausgeschaltet und ihrem Freund und Vertrauten das Ruder überlassen. Besser für alle. Sie beschäftigte sich mit der Wissenschaft. Damit tat sie keinem weh und wurde im Gegenzug nicht verletzt. Eine Höhlenmalerei beeinflusste sie nicht dahingehend, dass sie sich Hals über Herz verliebte, nur um dann mit einer Hure zu …

„Pass doch auf, wo du hinrennst, Mädchen!" Die Stimme brannte wie Alkohol auf einer frischen Wunde. „Oh. Du schon wieder." Die schwarzhaarige Sukkubus stand vor ihr. Heute in einem roten Glitzertop und einem schwarzen Gürtel, den sie anstelle eines Rock trug.

Andi blickte in die arroganten Augen der Sukkubus und ballte die Fäuste. Sie war älter und stärker als das Busenwunder. Sukkubi waren nicht mächtig. Das wusste jeder. Was hielt sie davon ab, dieser dusseligen Kuh die kleine

Nase zu brechen?

„Nun guck nicht so. Ich bin gnädig gestimmt und gebe dir einen Tipp. Da du auch hier bist, teilen wir uns wohl das Los. Obwohl es mir schwerfällt, zu glauben, womit du deinen Lebensunterhalt verdienst."

Hielt sie Andi für eine Hure?

Die Sukkubus zog eine Rolle Geldscheine aus der Tasche und wedelte damit vor ihr in der Luft. „Dafür musste ich schuften, wie ein Tier. Was waren das noch Zeiten, als ein Augenaufschlag genügte. Der bornierte Engländer war eine harte Nuss. Aber ich habe mein Geld bekommen."

„Bornierter Engländer?" Sie versuchte, ihr zu folgen, doch ihre Worte ergaben keinen Sinn.

„Der Engländer, aus dessen Zimmer du gekommen bist. Stell dich nicht dumm Mädchen. Falls er dich auch gebucht hat, lass dich im Voraus bezahlen. Er wechselt gern den Ort, ohne was zu sagen. Meine Agentur hat seine Nummer zurückverfolgt und sein Handy hier geortet. Man sollte uns nicht unterschätzen." Ein hämisches Grinsen zierte ihre Schlauchboot-Lippen.

„David hat dich engagiert?"

„Ich weiß nicht, wie er heißt. Aber selbst ein hässliches Entlein, wie du, sollte wissen, woran sie ist. Vor allem jemand wie du. Warum er dich dazugeholt hat, keine Ahnung. Er schien ohnehin nicht das hellste Licht am Kronleuchter zu sein."

„Du hast nicht mit Liam geschlafen?" Ohne nachzudenken, packte sie die Sukkubus an den Schultern und schüttelte sie. Die penibel geordneten Strähnen fielen in ihr Gesicht.

„Lass mich los!", fauchte diese. „Ich wollte nicht! Er war zu … ich wollte nicht. Es war meine Entscheidung. Und jetzt geh mir aus Weg, du rothaariges Biest." Mit diesen Worten marschierte sie an Andi vorbei. Er hatte die Wahrheit gesagt. Die Sukkubus war zu stolz, um es zuzugeben. Oh nein …

Was für ein Spiel wurde hier gespielt? Das ständige Hin und Her machte sie allmählich wahnsinnig. Wem sollte sie glauben? Liam oder David? Die Antwort lag auf der Hand. Sich selbst. Sie hörte die Tür in ihrem Rücken und huschte in einen Korridor. David ging zum Abendessen. Sie hatte also zwanzig Minuten, bis er feststellte, dass sie nicht da war.

„Mist.“ Sie hatte keinen Schlüssel. Als die den Gang entlang spähte, sah sie eine Putzkolonne. Der älteste Trick der Welt. Würde das Zimmermädchen darauf reinfallen? Sie musste sicher sein. Na toll. Mit einem flauen Gefühl im Magen zog sie sich bis auf Slip und BH aus und stopfte ihre Kleider in einen Mülleimer hinter sich.

„Entschuldigung? Hallo?“ Sie versuchte, möglichst unschuldig und armselig zu wirken. Letzteres gelang ihr meistens mit Bravur. Ein Zimmermädchen kam auf den Flur und eilte sofort auf sie zu. Peinlich berührt verdeckte Andi ihre Unterwäsche. Das Rotanlaufen unterstrich ihre Schauspieleinlage.

„Ich habe mich ausgesperrt. Und na ja …“ Sie wies an sich hinunter und warf der Frau einen jammervollen Blick zu.

Diese murmelte ein selbstverständlich, schloss die Tür auf und huschte davon.

Drinnen zog sie sich ein Shirt und eine Hose von David über und ging auf die Suche. Sie reisten wie immer mit ihren gesamten Habseligkeiten. Wenn David etwas vor ihr versteckte, hatte er es dabei. Der große, grüne Koffer! Mit einem kräftigen Ruck zog sie das Monstrum unter dem Bett vor. Es war der Einzige, deren Inhalt sie nie gesehen hatte. Andererseits hatte sie auch nie gefragt. Er war mit gleich drei Schlössern gesichert. Ohne Bolzenschneider würde sie diese nicht aufbekommen. Und mit einer Haarnadel wollte sie gar nicht erst anfangen. Sie kniete sich hin und dachte nach. Einen Hebel? Nein.

Aufschlitzen? Nein. Sie rüttelte am kühlen Metall und dann kam ihr die Idee. Metall. Feuer. Glücklicherweise war sie ein wandelndes Zippo. Aber sie hatte ihre Kräfte noch nie absichtlich oder gezielt eingesetzt. Bis auf den gestrigen Vorfall. Was wenn es erneut so endete? Einen Versuch war es wert. Sie formte mit den Händen eine Höhle um das Schloss. Gestern Abend war es kinderleicht gewesen. Die Energien hatten hinausgedrängt, wollten endlich frei sein. Heute war es anders. Vorsichtig tastete sie sich vor und ließ zuerst ein klein wenig Hitze in ihre Finger fließen. Das Metall glühte nach kurzer Zeit rot und verformte sich. Hastig zog sie einen Kugelschreiber und bog das Schloss auf. Es war zäh, wie Gummi. Volltreffer. Stolz wallte in ihr auf. Wer hätte gedacht, dass ihr Fluch zu etwas nutze war, außer unschuldige Menschen umzubringen? Jetzt, da sie den Dreh raus hatte, ging es bei den anderen Schlössern schneller. Nach ein paar Minuten lag der Koffer offen vor ihr. Den mittlerweile geschmolzenen Kugelschreiber warf sie hinter sich. Aufzeichnungen ihrer Arbeit, Anträge für Forschungsgelder, ein wenig Bargeld. Nichts was es wert gewesen wäre, auf diese Art geschützt zu werden. Vom Ehrgeiz gepackt räumte sie den Koffer aus. Als sie ihn anhob, um auf die Rückseite zu sehen, fiel ihr auf, dass er noch viel zu schwer war. Ein doppelter Boden! Sie suchte eine Ecke am Grund und fingerte an den Enden herum. Der Stoff des Koffers gab knirschend unter ihren Fingernägeln nach. Sie riss ihn achtlos auf. Sollte David ruhig wissen, dass sie ihm auf der Spur war. Er hatte Dreck am Stecken, das stand fest. Es ging lediglich um das Ausmaß besagten Drecks.

Zum Vorschein kamen Unterlagen. Insgeheim hatte sie mehr erwartet. Waffen, Drogen, Tausende von Dollar. Irgendetwas Verdächtiges. Das hier war nur Müll. Missmutig schob sie ein paar Papiere auf die Seite. Moment …

„Das darf doch nicht wahr sein!“ Sobald sie den ersten Papierstapel beiseitegeräumt hatte, fand sie ihren Pass. David war in ihr Büro eingebrochen? Nein, er war die ganze Zeit über bei ihnen gewesen. Er hätte unmöglich … Dann dämmerte es ihr. Die Typen vom Dach. Er hatte sie geschickt? Ihr wurde schlecht. Liam hätte sterben können, bei dem Versuch sie zu schützen. Wieso tat David das? Zu diesem frühen Zeitpunkt hatte Liam keine Gefahr dargestellt. Vom Rat war nicht die Rede gewesen. Den säuerlichen Geschmack in ihrem Mund ignorierend, wühlte sie weiter. Was verbarg sich noch in Davids Kiste der Schande? Belege, Quittungen, Reiserouten, ihre gesamten Adressen. Er hatte ihr gemeinsames Leben penibel festgehalten. Jeder Schritt war dokumentiert. Sogar ihre Handyabrechnung mit allen gewählten Rufnummern. Bei den Kontoauszügen stockte sie kurz. Das konnte nicht stimmen. Sie nagten nicht am Hungertuch, sie verdiente eine Menge. Aber das hier? Die neunstellige Ziffer überstieg ihr Vermögen um ein Vielfaches. Woher kam Davids Reichtum? Tiefer im Koffer fand sie eine Lage mit Bildern. Andi als Teenager, erster Tag auf dem College, Doktorandenfeier, Weihnachten. Es mussten Hunderte von Fotografien sein. Die Ältesten in Schwarz-Weiß, andere so alt, dass sie nur vergilbte Schemen erkennen konnte. Sie machte sich nicht die Mühe, nach ihren Eltern zu suchen. Zu diesem Zeitpunkt gab es noch keine Kameras. Es wäre zu schön gewesen, eine Erinnerung an sie zu haben. Sie legte die Dokumente ihres Lebens auf die Seite und grub weiter. Die Sache wurde zunehmend seltsamer. David hatte nie romantische Gefühle gezeigt. Nie! Warum bastelte er sich einen Schrein zu ihren Ehren? Ihre Hände kamen bei einer Akte zum Stehen.

Samuel Davis.

Ihr erster richtiger Freund. Ihr erster Versuch, sich von David abzunabeln. Sie hatte damals zum ersten Mal in

Amerika gewohnt, die Freiheit genossen, das Leben gefeiert. Mit dem Ergebnis, dass sie Samuel fast umgebracht hätte. Sie blätterte um. Kostenpunkt zehntausend Dollar. Sonstige Ausgaben. Dahinter befanden sich unzählige Scheckdurchschläge. Alle an Samuel gerichtet. Mit Davids Unterschrift darunter. Blumen fünfunddreißig Dollar, Kinoabend siebzig Dollar, Per Tutti (Abendessen) einhundertzwanzig Dollar. Sie erinnerte sich an die Lilien, die Sam ihr geschenkt hatte, den Kinoabend im großen Theater und den romantischen Italiener um die Ecke. Kondome zehn Dollar.

Sie konnte nicht anders, als trocken zu würgen. Ihr Magen machte sich selbstständig. Gerade noch rechtzeitig schaffte sie es zur Toilette. Magensaft verätzte ihren Hals, während sie ihr Abendessen erbrach. Zum Glück war es nicht viel. Eine Inszenierung? Jedes Date, jeder Blick, jeder Kuss. Alles nur gespielt? War das möglich? David hatte zu dieser Zeit regelmäßig seinen Unmut geäußert. Das Leben ohne David sei zu gefährlich. Sie solle bei ihm bleiben. Nicht so lange ausbleiben. Wollte David sie einsperren? Erschöpft rappelte sie sich auf und ging zurück. Mit zitternden Händen hob sie die Akte auf und las weiter. Gefahrenzulage (entspricht Endsumme bei erfolgreichem Abschluss) zweihundertfünfzigtausend Dollar. Sam hatte es in Kauf genommen, dass sie ihn verletzte. Es war sogar geplant gewesen. Auf der anderen Seite hatte sie seine Verletzungen nie gesehen. …Ein Kissen war angekokelt gewesen … und David sofort bei ihr. Daran erinnerte sie sich. Mehr nicht. Wütend schleuderte sie die Blätter durch das Zimmer. Nur damit sie bei ihm blieb? Er machte sich ihre Schuldgefühle bewusst zunutze, um sie an sich zu binden. Und der einzige Mann, der sie wohl je aufrichtig liebte, saß eingesperrt in einem Erdloch. Sie war ja so eine Idiotin. Die Enttäuschung über Davids Verrat trieb sie voran. Jetzt wollte sie alles wissen. Jedes Detail. Egal, ob es wehtat oder nicht. Schluss mit den

Lügen.

Matthew und Cilia Pherson. Der Name ihrer Eltern prangte auf einer anderen Akte. Nein. Bitte nicht. Wenn sie sich zuvor nicht bereits ihres Mageninhalts entledigt hätte, spätestens an dieser Stelle wäre der Zeitpunkt gekommen. Mit zitternden Fingern öffnete sie den Ordner. Eine vergilbte Zeitungsseite kam zum Vorschein.

Tragödie … keine Überlebenden … Brandstifter … Ethanolgeruch am Tatort.

Sie überflog die Seiten. Was? Brandstiftung. Das Wort hallte in ihrem Kopf wider. Neben dem Artikel war eine handschriftliche Notiz vermerkt.

Ermittlungen abgeschlossen. Andi bei mir.

Ethanol war ein wirksamer Brandbeschleuniger und schon im 18. Jahrhundert zu bekommen. Sie erinnerte sich an den Geruch. Er war auch in Davids Auto an dem Abend mit Sam. Hatte David das Feuer gelegt? Nein. Es stand außer Frage, David legte das Feuer. Das Feuer, das ihre Eltern umgebracht hat. Das Feuer, das sie jede Nacht in ihren Träumen verfolgte. Das Feuer, das sie dazu gebracht hatte, sich selbst zu hassen.

Bei den Göttern. Die Erkenntnisse sickerten langsam immer tiefer in ihr Bewusstsein. Sie war keine Mörderin. Tränen liefen über ihre Wangen, fielen dumpf auf die Akte in ihren Händen. Der Schmerz verebbte und die Trauer nahm überhand. Jahrelang hatte sie sich jede Trauer verwehrt. Sie war davon ausgegangen, eine Mörderin zu sein und hatte sich das Anrecht, um ihre Eltern zu weinen, verwehrt.

Unschuldig. Sie war unschuldig.

Ein Geräusch auf dem Flur ließ sie hochblicken. Sie hatte nicht mehr viel Zeit.

Drei Leichen. Da dieser Vorfall vor knapp dreihundert Jahren stattgefunden hatte, waren keine genauen Ermittlungen möglich gewesen. Keine DNA-Analyse oder Massenspektrometer. Konnte das sein? Er hatte ein Kind getötet, um zu vertuschen, dass sie am Leben war. David wollte sie von Anfang an. Er hatte alles bis ins Detail geplant. Aber warum? Entschlossen wühlte sie tiefer. Ein gebundenes Ringbuch fiel ihr auf. Der Einband war teilweise eingerissen. Ein muffiger Geruch schlug ihr entgegen. Durchschläge. Die Einträge gingen weit zurück. Damals gab es noch keine Schecks. Es waren … Verträge? Nein. Das Papier war brüchig und sehr alt. Jede Seite war datiert und mit einem Betrag und einem Verwendungszweck versehen. Geld. Sie überflog die Zeilen. David bezog jeden Monat ein festes Gehalt. Ein Riesengehalt, um genau zu sein. Als Zweck standen nur zwei Buchstaben. A. P. Ihre Initialen. Er wurde bezahlt, um sie zu versorgen? Als sie den Absender sah, riss sie die Augen auf. Nein! Sie konnte die verschnörkelte Unterschrift nicht lesen, aber das Symbol des Rats der Nephelim prangte darunter mitsamt deren silbernem Siegel. Nicht David kam für ihre Ausbildung auf, sondern der Rat? Die verkommensten Wesen ihres Planeten? Vom Bösen finanziert. Auf der nächsten Seite erschien eine größere Summe fünfhunderttausend Dollar, ausgezahlt am Todestag ihrer Eltern. Sie erinnerte sich an die rußverkohlten Trümmer ihres Elternhauses. Sie war nie wieder dorthin zurückgekehrt. Soviel sie wusste, stand mittlerweile ein Hochhaus an dem Ort. Sie hatte nie gefragt. Wann immer sie mit David nach London zurückgekehrt war, hatten sie in einem kleinen Appartement gewohnt. Weit weg von schmerzhaften Erinnerungen. Sie schnaubte. Alles gelogen! David beschützte sie nicht. Er hatte ihre Eltern für Geld getötet, um sie zu bekommen.

Vormundschaft und Schutzhaft
Betreffend Andrea Pherson, Dryade-Hybrid.
Der Unterzeichner verpflichtet sich, vollständige Entwicklungsberichte zu den vorgegebenen Terminen fristgerecht einzureichen. Des Weiteren wird versichert, dass das Subjekt zu jedem Zeitpunkt

unter Beobachtung steht und dem Rat jederzeit und ohne Angabe von Gründen überantwortet werden kann. Finanzielle Unterstützungen zur Durchsetzung der Bedingungen werden gewährt. Überstellt an David Arronson, Dryade.

Nachtrag des Unterzeichners: Das Vertragssubjekt untersteht in allen, das persönliche Leben betreffenden Fragen, unter der alleinigen Aufsicht des Unterzeichners.

Vertragssubjekt? War sie damit gemeint? Er besaß sie, und sie gehörten dem Rat. Ihre Gedanken schlugen Purzelbäume. Der Rat wusste von ihren Fähigkeiten. Sie wollten … ja was? Sie zu einer Killer Maschine ausbilden? Sie auf einen Operationstisch schnallen, und wie einen Alien sezieren?. Ihr Dasein basierte auf einer Lüge. Ihre Kräfte waren nie derartig bösartig, wie sie von David dargestellt wurden. Ja, in gewissen Situationen setzte sie Dinge in Brand. Aber keine Häuser. O Gott, das Zelt bei den Beduinen ging mit Sicherheit auch auf sein Konto. Sie besaß mehr Kontrolle, als David ihr zugestehen wollte. Er hatte ihre Eltern getötet, sie an den Rat verkauft und von Liam entfremdet.

Wut stieg in ihr auf. David wollte Feuer? Er bekam Feuer. Ein Funke genügte, um die alten Blätter in Flammen aufgehen zu lassen. Sie gehörte niemandem. Nur sich selbst. Kein Vertrag, Dokument oder Kontoauszug hatte Macht über sie. Sie beobachtete, wie sich das Feuer unbarmherzig durch den Koffer fraß. Es würde nicht lange dauern, bis die Sprinkleranlage losging. Die Flammen würden nur das verzehren, was ohnehin nicht existieren sollte. Sie würde zu dem einzigen Mann in ihrem Leben gehen, der ihr die Wahrheit sagte. Angst schnürte ihre Kehle zu. Nicht er auch noch. Nein, Liam war ein Krieger. Ihn zu töten, würde David nicht schaffen. Aber nur die Götter wussten, was er imstande war, Liam auf den Hals zu hetzen. Blieb abzuwarten, ob Liam ihr verzeihen konnte.

9. Kapitel

„Was hast du?“ Baltes ging ungeduldig hinter seinem Sohn auf und ab. Das dauerte alles zu lange. Perfektionismus hin oder her, jeder Tag, der verstrich, ohne dass sie weiterkamen, war absolute Verschwendung. Zwei volle Tage grübelte Keleth bereits über Papieren und Stammbäumen.

„Keleth!“, rief er erbost, als er ihm nicht antwortete.

„Der Clan sammelt Informationen über Hybriden“, erwiderte Keleth ungerührt und sah ihm in die Augen.

„Was?“ Unfähig seine Stimme zu mäßigen, brüllte er los. „Das ist nicht möglich! Wie können diese Bastarde Bescheid wissen?“ Eine uralte Wut ergriff Macht von ihm. Er schlug so fest auf den Tisch, dass die Platte krachend nachgab.

Keleth hob seine Akten hoch und legte sie auf die andere Seite. „Sie wissen nichts von uns, von mir oder dem, was wir vorhaben. Wenn du fertig bist, das Labor zu zertrümmern, erkläre ich es dir.“

Baltes riss der Geduldsfaden. Mit einem animalischen Knurren packte er seinen Sohn am Kragen, hob ihn vom Stuhl und schleuderte ihn rücklings auf die Tischplatte. Mit der Hand an seiner Kehle beugte er sich tief über ihn. „Vergiss nicht, mit wem du sprichst.“ Natürlich war er von seinem Blut. Aber das änderte nichts an der Tatsache, dass er alles aus dem Weg räumte, was zwischen ihm und seiner Rache stand.

„Töte mich. Na los. Du hast mir das Leben gegeben, also nimm es mir. Es ist dein gutes Recht. Wenn du allerdings weiterkommen willst, brauchst du mich. Vater.“

Die Boshaftigkeit in seinen rot glühenden Augen beeindruckte Baltes. Keleth könnte sich wehren. Mit ihm kämpfen. Es wäre unklar, wer aus der Auseinandersetzung als Sieger hervorgehen würde. Doch er hielt sich zurück. Aus Respekt? Nein. Seine dämonische Seite drang aus all seinen Poren. Ein Kampf würde unweigerlich mit dem Tod für einen von ihnen enden. Er ließ ihn los und trat zurück, damit Keleth sich aufrappeln konnte.

Dieser richtete seinen Kittel und setzte sich hin. „Die Akten, die ich der Kriegerin gestohlen habe, waren stümperhaft recherchiert, nicht sortiert und voll mit allgemeinen Informationen. Nichts Konkretes."

„Callista hat nichts bemerkt?" Der zweifelnde Unterton verfehlte seine Wirkung auf Keleth nicht.

„Dass ich sie traf, war purer Zufall. Ich roch sie am Eingang der Bibliothek. Unverkennbar. Mir war klar, dass sie in einer offiziellen Angelegenheit unterwegs war. Sie gehen zu lassen, wäre eine Dummheit gewesen. Also habe ich für ausreichend Ablenkung gesorgt, ihr die notwendigen Blicke zugeworfen und eine Vertrauensbasis geschaffen. Ab da war es in etwa so einfach, wie einem Kind die Süßigkeiten wegzunehmen."

Baltes Mundwinkel zuckten nach oben. Diese Sache war nicht im Mindesten leicht zu bewerkstelligen. Als einzige Frau war Callista besonders misstrauisch. Keleths Stolz ehrte ihn. Er musste zumindest ein paar Dinge in der Erziehung richtig gemacht haben.

„Sie wissen genauso viel wie wir. Wenn nicht sogar weniger." Sein Gemüt hatte sich beruhigt, er nahm neben Keleth Platz. „Warum forschen sie nach Hybriden?" In den Zeitungen der Übernatürlichen stand nichts von ungewöhnlichen Vorfällen.

„Es hat etwas mit dem Krieger Liam und dem, was er in Ägypten tut zu tun."

Dass Liam abgereist war, hatte er bereits am Tage seines Abflugs gewusst. Seine Späher hatten ihn informiert. Fähigere Mitarbeiter als Satyrn. Und er sagte ihnen stets nur das Nötigste. Niemand wusste, wo er war oder was er tat. Niemand bis auf Keleth. „Wissen wir mittlerweile, was er in Ägypten macht?" Er konnte sich die Antwort denken.

„Nein. Aber der Plan, dass der Clan sich gegen den Rat stellt und sie sich gegenseitig töten, ging offenbar nicht auf.“

„Daran musst du mich nicht erinnern.“ Keiner dieser Bastarde glaubte ihm. Idioten. Er zeigte Gnade und offenbarte ihnen die Wahrheit, die Worte Ghladrans, und sie beachteten es nicht. Statt sich endlich zu erheben, verkrochen sie sich.

„Liam sucht etwas. Er hat eine Frau dabei. Andrea Pherson.“

Er hob fragend eine Braue.

„Die Kriegerin hatte eine Familienakte. Ich denke, sie ist ein Hybrid. Was genau weiß ich nicht.“

„Ist sie seine Gefangene?“

„Auch das weiß ich nicht.“

„Woher hast du diese Informationen?“

„Ich habe mir Callistas Handy angesehen. Sie steht in regem Kontakt mit dem Krieger Liam.“

„Zeig es mir.“

„Ich habe es ihr zurückgegeben. Sie wäre mir auf die Schliche gekommen, wenn ich es behalten hätte.“

Er lehnte sich zurück und dachte einige Momente nach. In Keleth steckte mehr, als auf den ersten Blick erkennbar. Er war sogar in der Lage gewesen, Callista zu täuschen. Zugegeben sie war die Jüngste und verhältnismäßig Unerfahrenste, aber eine Kriegerin. Sofern sie den Unterschied bei Keleth nicht wittern konnte, konnte es niemand. Er war absolut gefühlskalt, immer zielorientiert, kannte keine Gnade und besaß eine bestechende Intelligenz. Wie der Vater so der Sohn.

„Was will der Clan mit der Frau in Ägypten?“, fragte Keleth, ohne ihn anzusehen.

„Sie ist keine Gefangene“, murmelte Baltes. „Dazu ist der Clan viel zu liberal.“ Gefangene zu nehmen, passte nicht zu ihrem beschissenen Heiligenschein.

„Sammelt der Clan Verbündete?“

„Auch das halte ich für unwahrscheinlich. Sie fechten ihre Kämpfe selbst aus. Ihre Bürde schultern sie allein, egal ob sie verlieren oder nicht.“ Er war lange Zeit ein Teil dieser Gemeinschaft gewesen, und wusste, wovon er sprach. Er kannte sie, ihre Art, ihre Ziele und ihre Einstellungen.

„Es ist irrelevant, was sie mit ihr vorhaben. Der Knochen kommt zum Hund. Wir müssen nur zupacken“, sagte er langsam.

„Wenn Liam sich gebunden hat, könnte die Sache hässlich werden.“

Die Spitze ging nicht an ihm vorbei. Das Desaster mit dem Orakel und Darian lag nicht weit zurück. Krieger taten vieles aus Liebe und mehr noch aus Schmerz und Angst. Es war schnell klar, dass Darian seine Frau nicht aufgeben würde. Baltes hatte den Schritt trotzdem gewagt. Ihre Schicksale waren miteinander verwoben.

„Liam bindet sich nicht. Ganz sicher nicht. Und selbst wenn, hat uns das nicht zu interessieren. Wir werden uns die Hybride holen.“ Endlich war das Glück mal auf seiner Seite. Wurde ja auch Zeit.

„Ich werde mich darum kümmern“, sagte Keleth verhalten.

Baltes sah zu seinem Sohn. Das Zögern bedeutete nichts Gutes.

„Der Rat beobachtet den Clan. Ihre Telefone, das Gebäude, keine ihrer Bewegungen bleiben unbemerkt. Sie wissen es nicht.“

„Der Rat persönlich?“ Das konnte nicht stimmen. Die drei Mitglieder verließen ihren weißen Palast niemals. Jedenfalls nicht auf einer körperlichen Ebene.

„Es sind ausgebildete Übernatürliche. Viele von ihnen. Loyal, nicht besonders stark, aber gut bewaffnet und nicht dumm.“

„Eine Armee. Das bedeutet, der Rat wusste, dass der Clan sich irgendwann gegen sie wendet.“ Es war erstaunlich. Alles, was Ghladran vorausgesagt hatte, trat ein. Wenn der Clan mit ihrer falschen Loyalität brach, war der Rat machtlos. Laut seinem Führer war dies der erste Schritt zum Ende der Welt. Der Untergang.

„Auch wir werden beobachtet", sagte Keleth düster.

„Was?"

„Ich habe sie vor einer Woche bemerkt. Ein schwarzer SUV. Er folgt mir. Der Rat weiß Bescheid."

Das war zu erwarten. Nephelim und Drachenkrieger waren zu eng miteinander verbunden. „Du warst in den Ratskammern?" Es gab keine andere Möglichkeit, woher sein Sohn das alles wissen konnte.

„Ja."

„Dann wissen sie, dass du am Leben bist."

„Der Rat hat uns bisher nicht verraten, er wird es auch in Zukunft nicht tun."

„Was macht unser zweites Vorhaben?"

„Alles läuft nach Plan. Wir warten auf einen günstigen Zeitpunkt."

Falls die Hybride sich als Reinfall entpuppte, hatte er noch ein Ass im Ärmel. Wenn dieser Plan aufging, würde der Clan erfahren, was wahre Schmerzen bedeuteten.

*

Von wegen Wasser und Verpflegung für drei Tage. Liam raufte sich die Haare und lief in seinem Gefängnis auf und ab. Das war milde ausgedrückt. Ein staubiges, nach vergammelten Kartoffelchips riechendes Drecksloch. Wieder und wieder hatte er den winzigen Raum überprüft. Keine Fenster, keine Lüftung. Nur dieser eine Ausgang.

„Wie gut, dass du dein Smartphone nicht in seine Einzelteile zerlegt hast, Liam. Super Leistung", sagte er und schüttelte den Kopf. Wütend ging er erneut auf die Gitterstäbe los. Seine Hände und Unterarme waren bereits blutverschmiert, die Knöchel aufgerieben. Egal, wie viel Kraft er einsetzte, sie bewegten sich keinen Millimeter. Alles, was er an Wut und Aggression im Bauch hatte, ließ er an dem rostigen Metall aus. Rüttelte und zerrte daran. Mit sich hebender und senkender Brust lehnte er die Stirn gegen die Gitter. Wozu wollte er überhaupt hier raus? Sein Rotfuchs hatte ihn verlassen. Er machte ihr keinen Vorwurf. Ihre Reaktion war verständlich. Ihr lag etwas an ihm, das war sein einziger Trost und gleichzeitig war es der Sargnagel ihrer gemeinsamen Zukunft. Wäre er ihr gleichgültig, hätte sie nicht so reagiert. Aber jetzt? Sein Ruf war gelinde gesagt nicht der beste. Eine Mischung aus den gängigen Bad Boys der Welt. Andi hatte eine Sukkubus gesehen und eins und eins zusammengezählt. Dennoch war er enttäuscht. Er hätte gedacht, sie würde ihn besser kennen. Selbst Schuld. Vielleicht eine verspätete Version von Karma? In der Vergangenheit hatte Liam das Brechen von Herzen zu einem Volkssport erhoben. Die Tränen, die wegen ihm vergossen wurden, reichten aus um den Atlantik neu zu füllen und mit der Frustschokolade hätte man den Welthunger stoppen können. Jetzt war er an der Reihe. Den Schmerz, den er anderen zugefügt hatte, spürte er nun am eigenen Leib. Es war ein Scheißgefühl. Nicht diese abgenutzten Plattitüden wie *das Herz weint*. Nein. Was Liam fühlte, war wirklicher, körperlich spürbarer, Höllenqualen verursachender, Brechreiz erzeugender Schmerz. Es fing mit einem Druck auf seinem Brustbein an, breitete sich aus und gipfelte in stechendem Kopfweh. Er hatte seinen Rotfuchs verloren. Durch eine Intrige von Milchgesicht, aber dennoch verloren. Sie hatte den Mann verlassen, der er war, bevor er sie kannte.

Früher oder später würde ihm die Flucht aus diesem Verlies gelingen. Es wäre leicht, sie zu finden, oder würde ihr Vorsprung vielleicht doch ausreichen? War er in der Lage, ihren Wunsch zu respektieren, obwohl er auf einer

Lüge fundierte? Ausgeschlossen. Sofern es eines gab, was ihm keine Ruhe lassen würde, war es die Tatsache, dass David auf freiem Fuß war. Liam würde ihn jagen, wie ein Tier, dem zu verstehen geben, dass er immer von ihm beobachtet wurde. Erst wenn die Wahrheit ans Licht kam, konnte er frei atmen. Falls sie ihn danach immer noch hasste und jegliche Gefühle, die sie für ihn hatte, unwiederbringlich verflogen waren, dann würde er sie aufgeben. Das wäre zwar sein Tod, doch solang es ihr gut ging, war das ein akzeptabler Preis. Immerhin hatte er nach all den Jahren erfahren dürfen, was es hieß, jemanden aufrichtig zu lieben. Wenn er jetzt sterben würde, es hätte sich gelohnt. Jede Sekunde.

Tief durchatmend hob er den Kopf. Zuallererst musste er aus dem Loch rauskommen. Mit roher Gewalt kam er offensichtlich nicht voran. Er fuhr mit den Händen den Rahmen entlang, suchte nach einer Schwachstelle. An den Beschlägen hielt er inne. Das könnte klappen. Was er brauchte, war ein starker Hebel. „Entschuldige", sagte er mitfühlend zu seinem Katana, als er es aus der Scheide zog. „Es ist nicht nett, dass ich dich für das hier entweihen muss, aber du bist das Härteste weit und breit. Bis auf … na ja du weißt schon."

Der Stahl dieser Waffe war bruchsicherer als alle Materialien, die er kannte. Es würde nicht brechen. Geschickt verkeilte er die Klinge unterhalb des Gelenks, um die Tür auszuhebeln. Langsam fing er an, das Katana hoch und runter zu drücken. Knirschende Geräusche hallten durch den Raum und Staub rieselte von der Decke. Das Schwert rutschte tiefer und er stemmte sich mit seinem Gewicht dagegen.

„Komm jetzt … du blödes … drecks… beschissenes …" Ein Knall und der obere Beschlag brach klirrend entzwei. Das war zwar nicht sein Plan, aber er war einen Schritt weiter gekommen.

Bedächtig wischte er seine Waffe am Mantel ab und

schob sie in die Scheide. Nicht ein Kratzer war darauf zu erkennen. Er rieb die Hände aneinander und packte das Ende der Tür. Sie hing nur noch an einem Scharnier, daher bedurfte es lediglich eines kräftigen Rucks und das Tor war Geschichte.

„Warum nicht gleich so?"

Er musste sich die Selbstgespräche dringend abgewöhnen. Für Callista wäre diese Marotte ein gefundenes Fressen.

Als er die ersten Stufen genommen hatte, ließ ihn ein Geräusch innehalten. Ein Auto. Direkt vor dem Eingang. Lautlos ging er rückwärts in den Raum zurück. Eigentlich konnte das nur David sein. Oder jemand anderer, der kam, um ihm den Garaus zu machen. Hoffentlich war es Milchgesicht.

„Liam? Liam, es tut mir leid!"

Andis Rufe hallten vom Parkplatz zu ihm durch. Sie war zurückgekommen! Gut, sie machte einen Höllenlärm, zog allerlei Aufmerksamkeit auf sich, aber sie war zurückgekehrt. „Es tut mir leid. Ich bin eine Idiotin, eine richtig, richtig blöde Kuh, eine … keine Ahnung." Ihre Stimme war Balsam in seinen Ohren.

Als sie die Stufen herunterkam, stellte er sich ihr in den Weg und sie rannte gegen seine Brust. Ihr Gesicht war so dicht vor seinem, dass er die feinen Härchen ihrer Augenbrauen erkennen konnte. Große, braune Augen schauten ihn an, Tränen schwammen darin.

„Entschuldige. Das war von David geplant. Alles!"

Liam schloss die Arme um sie und vergaß die Zeit. Es war egal. Nicht einmal dieser milchgesichtige Depp interessierte ihn jetzt. Sie umfasste ihn, hielt ihn fest. Wut, Ärger und Enttäuschung verpufften wie ein Wölkchen im Wind. Er hatte sie zurück.

„Er wollte mich von dir fernhalten, von Anfang an. Und ich habe ihm geglaubt. Verzeih mir." Er spürte die feuchte Stelle auf seinem Hemd. Ihr Körper bebte unter ihrem Schluchzen.

„Schon gut Rotfuchs. Das war nicht deine Schuld.“ Er streichelte ihr über den Kopf.

„Verlass mich nicht. Tu mir nicht an, was ich dir angetan habe. Bitte.“ Das letzte Wort flüsterte sie nur noch.

„Ich fürchte jetzt hast du mich am Hals. Damit wirst du leben müssen.“

Sie grub die Finger in seine Schultern, drückte sich von ihm weg, um ihn anzusehen.

Er konnte den Blick nicht von ihrem Gesicht abwenden und studierte jedes Grübchen, jede Kleinigkeit ihres bezaubernden Antlitzes. Die kurze Zeit, in der er dachte, sie hätte ihn für immer verlassen, war das Schlimmste, was er je hatte durchmachen müssen.

„David war es. Alles!“ Ihre Augen wurden schmal und sie krallte sich fester in seine Brust. „Die Typen vom Dach, der Einbruch, meine Pässe, das Beduinenzelt!“ Sie schüttelte den Kopf.

Das mit dem Zelt war ihm von Anfang an seltsam vorgekommen.

„Er hat meine eigene Angst gegen mich verwendet. Ich bin nicht gefährlich.“

„Meine Rede“, entgegnete er lächelnd.

Andi war fast eine Heilige. Eine scharfe Heilige zwar, aber meilenweit entfernt von böse.

„Nein, du verstehst nicht, was ich meine“, sagte sie aufgeregt. „Ich bin keine Mörderin. Samuel, die Nomaden das war alles David. Meine … Eltern.“ Die Euphorie schwand aus ihrem Gesicht.

So weit war David also gegangen, um sie an sich zu binden.

„Er wollte mich. Schon immer.“

Liam umfasste sie fester und gab ihr Halt. Dieser Bastard würde leiden für das, was er seinem Rotfuchs angetan hatte. Schließlich hatte er praktisch seine Schwiegereltern auf dem Gewissen.

„Samuel, er war angeheuert, er war nie in mich verliebt.“

So ein Trottel. Ihm entging der traurige Unterton in ihrer Stimme jedoch nicht. Kurzerhand gab er ihr einen schnellen Kuss auf den Mund und leckte über ihre Lippen. Die zarte Röte in ihrem Gesicht war Dank genug. Er würde dafür sorgen, dass sie bald vergaß, wer Samuel war. Sein Rotfuchs lehnte den Kopf gegen seine Hand und schloss die Augen. David war wirklich besessen von ihr. Er konnte es verstehen. Diese Frau hatte das Zeug, einen Mann zu bezaubern. Doch bei David war das etwas anderes. Er wollte sie auf eine perverse, ungesunde und ihm den Tod bringende Art. Für Stalker hatte er noch nie viel übrig gehabt. Aber es bestand ein Unterschied zwischen psychischer Folter und Gefangenschaft und dem Einbrennen des Namens in den Vorgarten. „Wir werden David finden. Er wird für das bezahlen, was er getan hat“, versprach er ihr und küsste ihren Scheitel.

„Liam, das war nicht alles.“ Sie richtete sich auf. „Der Rat hat ihn bezahlt. Es waren Unsummen. Von Beginn an.“

Sein Herzschlag setzte für einen Moment aus. „Das bedeutet, sie wissen von dir.“ Diese Erkenntnis nahm ihm schier die Luft zum Atmen. Also war der Rat schon fast dreihundert Jahrhunderte korrupt. Jahre, in denen sie ungestört gemordet und ihre böse Ader kultiviert hatten. Es ekelte ihn an.

„Was will der Rat von mir?“

„Der Rat, der Vollpfosten hat eine Vorliebe für unnatürliche Übernatürliche. Sie sammeln die Begabungen der Unseren, wie ein Junge Baseballkarten. Sie wollen möglichst viele auf ihre Seite ziehen, denken wir.“

„Wann schnappen sie mich?“

Diese Frage brachte ihn aus dem Konzept. „Wenn ich und all meine Clangefährten aufhören, zu atmen. Davor werden sie dich nicht einmal zu Gesicht bekommen. Das, mein Rotfuchs, verspreche ich dir." Er würde sie beschützen. Egal, welche Konsequenzen das hatte. Außerdem war es unwahrscheinlich. Der Rat wusste von ihr und hatte bisher nichts unternommen. Warum also jetzt auf einmal?

„Du musst sie anrufen. Jetzt."

„Wen?", fragte er verwirrt.

„Den Clan. Die anderen." Plötzlich wurde sie aufgeregt und durchsuchte seine Manteltaschen. „Nachdem ich seine Sachen abgefackelt habe, bin ich zurück."

„Du hast sein Zimmer in Brand gesetzt?" Er konnte sich das Grinsen nicht verkneifen. Schöne Vorstellung.

„Ja." Sie schaute kurz auf und zwinkerte ihm zu. „Kissen, Teppiche und dergleichen gehen immer noch in Flammen auf. Nur vor kompletten Häusern scheint mein Feuer haltzumachen." Sie wühlte weiter und er hob die Arme, um sie nicht zu behindern. „Ich habe die Papiere noch mal durchgesehen, um sicherzugehen, dass ich kein Detail vergesse. Er hat mich umfassend überwacht. Alles. Ich bin sicher, das tun sie bei jedem. Ihr seid bestimmt keine Ausnahme. Wo ist dein Handy?"

„In meiner hinteren Hosentasche", raunte er in ihr Ohr. Sie umfasste ihn und steckte je eine Hand in seine Taschen.

„Die sind leer."

„Als hätte es dir nicht gefallen."

„Liam!" Sie zog sich zurück und boxte ihm spielerisch gegen die Schulter.

„Mein Handy ist über den Jordan gegangen", sagte er. „Wir haben abhörsichere Leitungen. Ich denke nicht, dass …"

„Hier hast du meins. Das wird zwar ausspioniert, aber die Katze ist ohnehin aus dem Sack."

„Ja. Doch sie wissen nicht, wie viel du weißt. Falls wir überwacht werden, wäre es klüger, ihnen nicht auf die Nase zu binden, dass wir den Durchblick haben."

„Stimmt." Ihre Atmung beruhigte sich, das aufgeregte Zittern verebbte und sie sah ihm in die Augen. „Nimmst du mich noch mit nach Maine?"

„Und wenn ich dich eigenhändig dorthin tragen müsste." Er zog sie an sich. Mit ihr an seiner Seite schaffte er alles. Der Rat, Baltes, David. All ihre Probleme wurden klein und verschwanden schon fast hinter dem Horizont ihrer aufgehenden Zweisamkeit. Er war vollständig.

„Ich liebe dich auch, Liam."

Das Gefühl, als sie ihn verlassen hatte, kam schlagartig zurück. Statt Schmerz ließ Glück seine Brust pochen. Er beugte sich hinab und küsste sie. Das tun zu können, wann immer er wollte, war der Himmel auf Erden. Sofort öffnete sie ihre Lippen, ließ ihn hinein. Liam genoss die süße Hitze ihres Mundes. Ihre Finger fanden den Weg zu seinem Nacken, packten ihn fest, zogen ihn weiter hinunter. Sie war bereit. Jetzt. Mit einem Mal wurde Liam heiß und kalt zugleich. Er hatte sich oft vorgestellt, wie es sein würde ihren geschmeidigen, weichen Körper unter dem seinem zu spüren. Eins zu werden mit der Frau, die er liebte, war … ihm fielen keine Worte dafür ein. Liam löste sich für einen Moment von ihrem Mund. Der stockende Atem ihrer aufkeimenden Lust blies warm über seinen feuchten Lippen.

„Ich will dich", flüsterte sie atemlos.

Das reichte aus. Ein tiefes Knurren entstieg seiner Kehle und ihre Augen wurden groß. Eine Flut der Begierde spülte über ihn hinweg und sog ihn auf einer Welle der Lust mit sich. Mit einem Ruck riss er sein Hemd auf und entledigte sich des Stoffes. Er genoss die kühle Luft. Sie leckte sich die Lippen und betrachtete seinen Oberkörper. Ohne sich eine weitere Minute länger zurückhalten zu können, fasste er mit einer Hand um ihren Hals, die andere vergrub er in ihrem Haar und führte ihren Mund zu seinem.

Ihr Kuss war heiß. Heißer als alles, was er jemals erlebt

hatte. Feigen, Orangen, belgische Schokolade. Ein dekadent sinnliches Aroma ließ seine Geschmacksknospen explodieren; zusammen mit dem Duft ihrer frisch erblühten Lust, ein umwerfender Cocktail. Ihre Finger glitten an seinen Seiten rauf, hinterließen eine kribbelnde Spur auf seiner Haut. Er umfasste den Saum ihres Shirts und zog es ihr über den Kopf. Beim Anblick ihres entblößten Oberkörpers und dem schwarzen Spitzen-BH schoss sein Blut ohne Umschweife in tiefere Regionen. Dort, wo es definitiv mehr Spaß haben konnte. Er küsste ihren Hals hinab, das hatte ihr im Zelt besonders gefallen. Sie griff in seine Haare, hielt sich daran fest, warf ihren Kopf in den Nacken und bog sich ihm entgegen. Offensichtlich gefiel es ihr immer noch. Er fühlte sich, wie eine Jungfrau. Alles an dieser Situation und an ihr war neu und aufregend. Jeder Zentimeter ihrer weichen Alabasterhaut war eine Offenbarung für ihn. Er machte sich nicht die Mühe ihren BH zu öffnen. Das Leben war zu kurz für lästige Hakenverschlüsse. Kurzerhand schob er das Körbchen runter und erkundete ihre Brüste mit der Zunge. Ihre harten Spitzen leuchteten im selben rosa, wie ihre üppigen Lippen. Mit seinen Liebkosungen entlockte er ihr ein zartes Wimmern und sie packte seinen Schopf noch fester. Als er mit der Zungenspitze ihre Brustwarze erreichte, ließ sie ihn los. Er spürte das Zittern ihres Körpers. Etwas Rohes, Sinnliches vibrierte unter ihrer Haut, spornte ihn zusätzlich an. Dann öffnete sie seinen Gürtel, und ihm wurde bewusst, dass seine Hose seit geraumer Zeit ein paar Nummern zu klein zu seien schien. Ihre Fingerspitzen glitten über seinen Bauch, zeichneten die Muskeln nach. Er umfing ihre Knospe mit den Zähnen und sog sie in seinen Mund. Ihr helles Keuchen wurde von den Wänden zurückgeworfen und fuhr ihm in die Lenden. Ihre Hände erreichten ihr Ziel. Grundgütiger …

*

Grundgütiger ... Er war größer, als sie gedacht hatte. Dick, hart und pulsierend lag sein Schaft in ihrer Hand. Endlich war sie imstande, ihm das zu geben, wovon sie bereits im ersten Moment geträumt hatte. In dieser Höhle konnte sie nichts entzünden, außer ihre Leidenschaft. Ihre Körper konnten eins werden, sich verbinden und nie mehr trennen. Das versinnbildlichen, was sie in ihrem Kopf und ihrer Seele lange fühlte. Verbundenheit. Sie spürte seine beschleunigte Atmung an ihrem Oberkörper. Götter, wie sie ihn begehrte. Jetzt, sofort, hier an dieser Stelle. Sie wollte ihn in sich spüren. Lust benebelte ihren Geist, der Reflex aufzuhören, wenn es am Schönsten ist, verstummte allmählich. Alles war in Ordnung. Liam sog erneut eine ihrer Brustwarzen in den Mund, dann war es um sie geschehen. Gedanken lösten sich auf, die Welt blieb stehen. Ihr Herz klopfte hart in ihrer Brust, geriet völlig aus dem Takt. Sanft bewegte sie ihre Hand. Sie fing seinen Blick auf, als er von ihr abließ, um ihre Hose zu öffnen und erschrak. Seine Iris splitterte in tausend blauen Facetten. Jeder Splitter leuchtete in einer anderen Farbe. Der Himmel am Morgen, der tiefe Ozean, die Gischt, welche sich an einem Eisberg brach. Es war das Beste, was sie je gesehen hatte. Er riss ihr die Sachen vom Leib, aus den Augenwinkeln sah sie die Überbleibsel ihrer Unterwäsche in hohem Bogen davonfliegen. Nackte Schenkel trafen auf nackte Schenkel. Wann hatte er sich ausgezogen? Egal. Seine harten Lenden pressten sich gegen ihren Bauch. Erneut küsste er sie. Wilder, ungehemmter, grober. Seine Zunge drang in ihren Mund, rang mit der ihren, ergriff Besitz von ihr. Sie schlang die Arme um seinen Hals und er verstand ihrem Wink. Mit einer Hand hob er sie hoch, als wöge sie nichts. Ihr Po scheuerte mittlerweile an der kalten Felswand, doch es war ihr gleich. Die Hitze, die ihr Körper ausstrahlte, wärmte sie beide. Sie überkreuzte die Beine, grub die Fersen in seinen festen Hintern.

„Schau mich an", sagte er dunkel. Sein animalischer Ton brachte ihre Atmung aus dem Takt. Sie folgte seiner Aufforderung, ohne zu zögern. Zu umwerfend war das Farbenspiel seines Blickes. Es überwältigte sie.

„Ich liebe dich", murmelte sie, während sie sich an seiner Wange rieb. Er schloss die Augen und ließ sie runter. Langsam, mit Bedacht. Sie spürte die Spitze seiner Eichel, wie sie forsch ihre feuchten Lippen teilte. Reflexartig hielt sie die Luft an. Stück für Stück versenkte er sich in ihr, dehnte sie, bis sie dachte, es müsste sie vor Lust zerreißen. Ihre Schenkel lagen dicht an ihm und sein Oberkörper verkrampfte sich.

„Gott, du fühlst dich …" Liam atmete hörbar aus und bog ihren Kopf zu sich. Sie stützte die Arme auf seinen Schultern ab und bewegte sich vorsichtig. Er war gewaltig, berührte sie an Stellen, dessen Existenz ihr nicht bewusst war. Farben explodierten hinter ihren geschlossenen Lidern, formten sich zu wilden Mustern, liefen ineinander über, bildeten neue Farbkreationen. Es war verrückt. Er drehte sich mit ihr im Arm um, sodass er mit dem Rücken zur Wand stand. Ohne den Kuss zu unterbrechen, umfasste er ihren Po.

„Alles okay?", sagte er an ihre Lippen. Unfähig ein Wort zu erwidern, nickte sie. Seine Haut spannte unter ihren Fingern, als bereite er sich auf einen Sturm vor. Dann stieß er in sie, fest an sich gepresst. Sie schrie laut auf. Er bedeckte ihren Mund mit seinem und machte weiter. Schneller und tiefer nahm er sie. Andi spürte ein warmes Kribbeln an den Innenseiten ihrer Oberschenkel entlang klettern. Jeder Stoß intensivierte das Gefühl, bis sie es kaum noch aushalten konnte.

„Atme Andrea. Du musst weiteratmen", sagte er von Keuchlauten unterbrochen an ihr Ohr. Sie beugte sich ihm entgegen, wollte mehr. Das Kribbeln verband sich mit einer ekstatischen Hitze, was in einem unkontrollierten Zucken gipfelte. Druck baute sich auf, wurde stärker, fordernder. Sie biss ihm in die Zunge, unfähig ihre Empfindungen zu kontrollieren. Das war Schmerz und Wollust zugleich, Licht und Dunkelheit, Feuer und Eis. Sie presste die Schenkel gegen seine Hüften, um seinen unerbittlichen Stößen entgegenzukommen.

„Komm für mich mein Rotfuchs." Diese heiseren Worte reichten aus, um Sie über die Klippen der Erregung, hinein in die heißen Wellen ihres Orgasmus zu stürzen. Er überrollte sie mit der Wucht eines Tsunami. Ihre Muskeln verkrampften, zogen Liams Männlichkeit tiefer in sie.

Mit einem dunklen Brüllen stieß er ein letztes Mal zu. Sein Körper erbebte und sein Schaft schwoll, als er kam, auf die gefühlt doppelte Größe an. Liam umfasste ihre Taille, drückten sie auf seine Oberschenkel, während er sich in ihr ergoss. Das Zittern hörte auf und er ließ sich mit ihr auf den Sandboden nieder. Schwer atmend und verschwitzt verharrten sie einen Moment.

Sie genoss das Gefühl, so nah bei ihm zu sein, ihn zu spüren. Jede Muskelbewegung, jeder Schlag seines Herzens übertrug sich auf sie.

„Du bist wunderbar." Er gab ihr einen salzigen Kuss und zeichnete mit den Fingern die Kontur ihrer Lippen nach.

„So bekommt man einen Drachenkrieger also außer Atem", neckte sie ihn.

„Ja. Eine von vielen Möglichkeiten." Zufrieden bettete sie den Kopf auf seiner Brust. „Nimm das." Er griff nach seinem Hemd und legte es ihr um.

„Du hast genau zwei Minuten, deinen perfekten Luxuskörper zu bedecken, sonst falle ich erneut über dich her."

Sie lachte und nahm den ihr angebotenen Stoff. „Ich habe das Gepäck im Wagen", sagte sie und schlüpfte in seine Sachen. Geistesgegenwärtig hatte sie die beiden Taschen in den Kofferraum geworfen, bevor sie mit quietschenden Reifen das Weite gesucht hatte.

„Behalt das an. Ich mag es, wenn du nach mir riechst." Seine Stimme klang leise und tief. Er wirkte zufrieden.

„Was jetzt?" Sie machte es sich auf seiner Brust bequem. Sein Körper war wie für sie gemacht. Er schlang die Arme um sie und kraulte ihren Nacken.

„Unser Flug ist weg. Doch ich habe gute Beziehungen. Wir fliegen in die Staaten und du bleibst bei mir. Du wirst den Clan mögen. Wir wohnen alle unter einem Dach. Wenn du es aber möchtest, kaufe ich uns ein Haus. Oder eine Wohnung. Was immer du willst."

Darüber hatte sie noch nicht nachgedacht. Wo sah sie ihre Zukunft? Eigentumswohnung in der City oder Häuschen auf dem Land. „Ich würde die anderen gern kennenlernen, sie sind deine Familie. Wo wir leben, ist mir egal. Hauptsache wir sind zusammen."

Er drückte sie fest an sich und nahm einen tiefen Atemzug. „Ich liebe dich mein Rotfuchs."

Sie konnte das Lächeln nicht zurückhalten. Den Rest ihrer Tage in seinen Armen zu verbringen, würde sie niemals ermüden. In seinen starken, makellosen … Moment. Ruckartig hob sie den Kopf und tastete seine Arme ab. Danach Hals, Gesicht, Ohren.

„Verrätst du mir, was du da tust?", fragte er langsam und folgte ihren Bewegungen mit hochgezogenen Brauen.

„Du hast keine Verbrennungen!" Kopfschüttelnd beugte sie sich vor und roch an seinem Schopf. „Nicht mal die Haare sind angekokelt!"

„Sicher?", fragte er, als sie zurückweichen wollte.

Ohne zu zögern, roch sie erneut an ihm. Nichts außer dem herrlichen Duft nach Holz, Schweiß und eben Liam. „Sieht alles gut aus", sagte sie und nahm einen letzten, tiefen Atemzug.

Seine Brust bebte, als er leise lachte und ihr Dekolleté küsste. „Ich kann mich über die Aussicht auch nicht beschweren."

Er war unverbesserlich. Lächelnd rückte sie von ihm ab, um in seine Augen zu blicken. Das helle Blau leuchtete ihr entgegen. Schalk und Erregung lagen darin. Sie liebte diesen Ausdruck. „Weiß du, was das bedeutet?“

„Dass du einfach unglaublich tolle Möps…“

„Liam!“ Lachend stieß sie ihm in die Rippen. „Ich habe dir nicht wehgetan.“ Hastig blickte sie sich um. „Keine Rußspuren. Nichts.“ Freudentränen trübten ihre Sicht. Sie hatte gerade weltbewegenden, Gezeiten umkehrenden, einfach phänomenalen Sex mit dem tollsten Mann des Universums, der den Boden anbetete, auf dem sie lief. Und das Beste daran, sie konnte es genießen! Gut, in einer möblierten Wohnung voll mit leicht entflammbaren Möbeln wäre sie weiterhin nur mit Vorsicht zu genießen, aber zumindest war ein Anfang getan. Der erste Schritt Richtung normales Leben. Eine kleine Stimme in ihrem Kopf flüsterte ihr zwar immer noch Warnungen zu, aber sie war zu glücklich, um die Tatsache näher zu beleuchten, dass es vielleicht nur daran lag, dass sie ihre Energie in der Wüste am Abend zuvor rausgelassen hatte und jetzt schlicht und ergreifend zu ausgepowert war, um jemandem zu schaden.

„Komm wieder her, Rotfuchs.“ Breit lächelnd zog er sie auf seine Brust zurück und streichelte über ihr Haar. „Ich habe dir von Anfang an gesagt, dass du nicht gefährlich bist. Du solltest öfter auf mich hören.“

„Eine Schwalbe macht noch keinen Sommer.“

„Aber sie könnte den Frühling ankündigen“, setzte er nach, bevor sie weitersprechen konnte.

In solchen Momenten wuchs ihre Bewunderung für diesen Mann ins Unermessliche. Plötzlich konnte sie es nicht erwarten, mit ihm nach Hause zu fliegen. „Stimmt es eigentlich, dass unter der Garage ein alter Folterkeller liegt?“

„Wenn Calli kocht, ist die Folterkammer gleichbedeutend mit dem Speisesaal. Wie kommst du auf so was?“

„Es kursieren viele Mythen über euch und euer Anwesen.“ Die absurden Theorien, wie mutierte Helfer-Affen-Butler behielt sie für sich.

„Es ist ein geräumiges Haus. Jeder hat seinen eigenen Bereich. Und ich glaube ein Kinosaal ist cooler, als ein Raum der Schmerzen. Obwohl du ja deine Leidenschaft für Fesseln schon geäußert hast. Du wirst dich wohlfühlen.“

Die Erinnerung an das Handschellen-Thema ließ ihre Wangen warm werden. Obwohl es damals nur als Scherz gemeint war, erregte sie der Gedanke. Gefesselt in Liams Obhut, seinem Willen ausgeliefert. Es gab wahrlich Schlimmeres. Trotz ihrer aufflammenden Begierde blieb eine Frage. „Der Rat wird mich verfolgen. Ich werde nicht frei sein.“ Einerseits hatte sie sich nach all den Jahren daran gewöhnt, nicht selbstbestimmt leben zu können. Dennoch hatte sie gehofft, mit Liam würde es besser werden.

„Nein. Das denke ich nicht. Sie haben dich bis jetzt nicht gewollt, warum sollte sich das ändern? Wir gehen der Sache mit dem Rat nach. Das wird viel Arbeit werden. Eine Auseinandersetzung ist wahrscheinlich. Es wird mehr als einen Kampf geben. Das schaffen wir schon.“ Er klang zuversichtlich, aber es entging ihr nicht, dass er sie bei dem Wort Kampf merklich fester in den Armen hielt.

„Wir müssen diese Waffe finden, von der auf der Wand die Rede ist“, sagte sie leise, wohl wissend, dass das nicht einfach werden würde. Ihre einzigen Hinweise waren vage Äußerungen.

„Ein normales Schwert. Das klingt zu banal, um wahr zu sein.“

„Es könnte eine bestimmte Art des Stahlfaltens sein.“

„Es passt zur Prophezeiung von Mercy. Sie sprach von einer Art Macht, welche die Altvorderen aufhalten würde.“

Sie erinnerte sich. Mercy war das Orakel, die Frau von Darian. Schade, dass sie nicht in der Lage war, dem Ganzen mehr Sinn zu verleihen.

„Wir finden einen Weg und überstehen das. Ich kann es fühlen. Ich habe dich gerade gefunden und jeder Gott, egal, ob einer oder viele, wäre nicht so grausam, dich mir gleich wieder zu entreißen."

Trotz der düsteren Bedeutung seiner Worte musste sie lächeln. Normalerweise hatte sie für Glaubensangelegenheiten wenig übrig. Sie glaubte an die Wissenschaft, an empirisch belegbare Fakten und die Wahrscheinlichkeitstheorie. Aber in diesem Punkt gab sie Liam recht. Sie konnte es ebenso spüren. Ein Gefühl, tief in ihrer Brust, in ihrem Kopf, in ihren Gedanken sagte ihr, dass sie ewig mit ihm zusammen sein würde. Das war mehr, als sie in ihren kühnsten Träumen zu hoffen wagte.

„Du bist frei, das ist die Hauptsache. Du kannst rausgehen, dir ein Hobby zulegen, an der Universität lehren. Ich habe im Vorlesungsverzeichnis nachgesehen, die Uni bei uns in der Nähe hat ein respektables Archäologieprogramm. Oder du gehst zu den Dryaden in die Stadt. Die Geschichtsschreiber suchen immer interessante Personen."

Ihr Herz tat einen kleinen Hüpfer. „Du hast im Vorlesungsverzeichnis geblättert?" Er kümmerte sich um sie. Noch nie hatte sich jemand so viele Gedanken um sie gemacht.

„Wenn es deinem Seelenfrieden dient, grabe ich im Garten ein großes Erdloch, in dem du spielen kannst. Du hast ja ein Faible fürs Ausgraben."

„Ich spiele nicht. Ich forsche." Sie stieß ihn in die Seite und er zuckte zusammen. „Bist du kitzlig?"

„Natürlich nicht", erwiderte er und schnalzte mit der Zunge.

Sie pikte ihn erneut und er gab ein grunzendes Geräusch von sich.

„Das hier ist für das Loch buddeln", sie kitzelte seinen Bauch. Sein Lachen hallte laut von der Decke wider. Bevor sie ihre Ambitionen vertiefen konnte, fing er ihre Arme auf und hielt sie fest.

„Spielverderber", sagte sie gespielt traurig.

„Ich spiele nur nach meinen Regeln Rotfuchs. Auch daran musst du dich wohl gewöhnen."

Es würde ihr einen Heidenspaß machen, ihn ihre Regeln zu lehren.

„Dieses Grinsen gefällt mir, dennoch schwant mir nichts Gutes."

„Kein Pelzbesatz", murmelte sie und umfasste seine Handgelenke. „Plüsch ist was für Mädchen."

„Stets für eine Überraschung gut", raunte er und zwickte mit den Zähnen in ihr Ohrläppchen. „Aber die Handschellen sind für deine Hände, nicht für meine."

Das würden sie ja sehen. Als sie ein leichtes Frösteln durchfuhr, richtete er sich mit ihr in den Armen auf.

„Wir sollten gehen. Dir ist kalt." Ohne auf ihre Einwände zu achten, reichte er ihr die Hose und sie zog sich an. Er verzichtete auf sein Hemd und sie konnte sich nur schwer von ihm losreißen. Die tief sitzende Jeans betonte seine wunderbar geformten Beckenknochen. Diesen Bauch musste sie dringend mit ihrer Zunge erforschen.

„Was ist das?", fragte sie verdutzt und ging einen Schritt auf ihn zu. Kurz oberhalb des Gürtels räkelte sich ein Drache mit gefletschten Zähnen auf seinen Hüftknochen. Der Drachenschwanz verlor sich im Bund. „Du hast nie gesagt, dass du tätowiert bist."

„Das ist kein Tattoo. Das ist mein Drachenmal. Es ist wie eine Art Muttermal. Jeder von uns trägt eines. Die Stelle variiert."

Sie konnte nicht anders, als ihn zu betrachten. Im Eifer des Gefechts war ihr das Mal nicht aufgefallen. Es würde ein Heidenspaß werden, ihn zu erkunden.

„Wenn du mich weiter so ansiehst, kann ich für nichts

mehr garantieren. Ich meine, es ist verständlich, ich habe erst nach zweihundert Jahren aufgehört, mich anzustarren. Und auch nur, weil ich Spiegel meide“, sagte er und grinste breit.

„Schade. Dabei hatte ich mich so auf den Spiegel über deinem Bett gefreut.“

Einen Sekundenbruchteil starrte er sie verdutzt an. „Woher weißt du von dem Spiegel?“

„Intuition“, flüsterte sie, schmunzelte und küsste ihn auf die Wange. Sie hätte für den Rest der Zeit mit ihm hierbleiben können, aber er hatte recht. Je eher sie das Land verließen, desto besser. Obwohl sie es mochte, wenn zur Abwechslung mal er es war, der die Kontrolle verlor.

„Mein kleiner, verdorbener Rotfuchs.“

„Du hast keine Vorstellung.“

Dem leisen Knurren folgte ein teuflisches Aufblitzen seiner Augen. Schneller als sie hätten folgen können, drückte er sie erneut gegen die raue Felsenwand und eroberte sie mit einem Kuss, der einen Eisberg zum Schmelzen brachte. Erstaunt stellte sie fest, dass er schon wieder bereit war. Sanft legte er beide Arme um ihren Rücken, um sie vor der steinigen Wand zu schützen. Sie genoss die Umarmung. Völlig vergessen sank sie immer tiefer in seine Wärme, ließ sich von seinem Kuss in höhere Sphären davontragen. Er ging langsamer vor, aber nicht minder leidenschaftlich. Er ließ sich Zeit. Es schien, als erforsche er jedes Grübchen und jedes Härchen ihres Körpers. Er küsste ihren Hals entlang, verweilte am Schlüsselbein und lehnte die Wange in die Kuhle an ihrem Hals. Seine Brust dehnte sich aus, als er tief einatmete. Ein kühler Luftzug streichelte über ihre Haut, als Liam ihr das Hemd wieder auszog. Ihre Finger wanderten derweil seinen Rücken hinunter. Sanft strich sie über die warme Haut, spürte die Wirbel und starken Muskeln. Sie tanzten unter ihren Handflächen. Mit jeder Berührung wurde sein Kuss fordernder. Ihre Hände waren der Treibstoff für seine Lust. Sie genoss die Macht, welche sie plötzlich über ihn hatte. Das Beben seines Oberkörpers, der unregelmäßige Atem, der zarte Schweißfilm. Das alles war sie. Sie allein brachte ihn dorthin, wo er jetzt stand. Ein erhebendes Gefühl. Vor allem, da er genau die gleiche Wirkung auf sie hatte. Was langsam begann, wurde schneller, härter und fordernder. Mittlerweile spürte sie die ausgeprägte Beule in seiner Jeans an ihrem Bauch. Das Machtgefühl verpuffte, sie wollte nur noch ihm gehören, wollte sich erneut hingeben.

„Ich muss dich jetzt haben, Rotfuchs."

Jedes Wort brannte auf ihrer Haut, hinterließ eine beißende Sehnsucht nach seinem Körper. „Dreh dich um", raunte er dicht an ihr Ohr, wartete jedoch nicht, bis sie sich bewegte. Die Hände an ihren Schultern drehte er sie um. Instinktiv stützte sie sich mit den Handflächen an der Mauer ab. Unfähig etwas zu sagen, schloss sie die Augen. Seine Hand umschloss ihre Brust, presste ihren Körper an seinen. Liam bog ihren Oberkörper zurück, sodass sie im Hohlkreuz gegen ihn lehnte. Sie ließ es geschehen. Ihr Körper war wie Wachs in seinen Händen. Feuchte Hitze breitete sich zwischen ihren Schenkeln aus, bezeichnete die Vorboten ihrer unbändigen Lust. Sie wollte ihn. Sie brauchte ihn. Fordernd presste sie ihre Hüfte gegen seine immer noch verhüllte Erektion. Dann ging alles schnell. Er riss an ihrer Hose, seine Gürtelschnalle klirrte metallisch, er drängte sein Bein zwischen ihre Schenkel, um sie zu spreizen. Endlich und ohne Vorwarnung stieß er in sie hinein. Sie stemmte sich mit aller Kraft gegen die Wand, um seinem Stoß entgegenzukommen. Ihr Körper musste sich nicht erneut an seine Größe gewöhnen. Feucht und bereit hieß sie seinen Schaft willkommen. Eine Hand lag tief auf ihrem Bauch, seine andere umschloss nach wie vor ihre Brust. Mit jedem Stoß stieß seine Hüfte fest auf ihren Po, er versenkte sich zur Gänze in ihr. Jeder Stoß trieb sie vorwärts, weiter zu auf die scharfen Klippen ihrer entfachten Ekstase. Doch sie beschritt diesen Weg nicht allein. Sein Griff wurde fester, seine Finger gruben sich tief in ihre Haut, als wolle er sie nie wieder aus dieser Umarmung freilassen. Ihr Keuchen hallte laut von den kargen Felswänden wider. Liams Atem brannte heiß auf ihrem Nacken. Sie spürte seine Gier, sein rohes Verlangen nach ihr. Das gab ihr den Rest. Urplötzlich und ohne jegliche Vorwarnung zuckte ihre Mitte und zog sich quälend langsam zusammen. Der Orgasmus überfiel sie mit einer solchen Gewalt, dass es ihr den Atem raubte. Im gleichen Moment spürte sie das Pulsieren seines Schafts, wie er sich zum letzten Stoß nochmals vergrößerte, nur um sich in einem ebenso kräftigen Orgasmus in ihr zu ergießen. So leidenschaftlich und großzügig Liam zuvor gewesen war, so fordernd und roh war er jetzt. Ihre Beine wurden weich. Obwohl er selbst heftig atmete, umfasste er sie und ging mit ihr im Arm auf die Knie. Sie legte den Kopf auf seine Brust und lauschte dem wilden Pochen seines Herzschlags. Niemand sprach ein Wort. Das war nicht nötig. Kein Wort könnte das, was in ihr vorging, auch nur annähernd beschreiben. Es war ein perfekter Augenblick.

10. Kapitel

Liam grinste so breit, dass seine Wangen anfingen zu spannen.

Andis Blick, als sie sich zum zweiten Mal an diesem Abend mit zitternden Beinen aufrappelte, war einfach göttlich, passte also hervorragend zu ihm. Da weder sie noch er vollständig nackt gewesen waren, ging das Anziehen diesmal schneller. Er musste lediglich die silberne Gürtelschnalle schließen. Aus den Augenwinkeln sah er, wie sie erneut den Drachen auf seiner Hüfte musterte. Es gefiel ihm, von ihr begehrt zu werden. Und es machte ihn rasend zugleich.

„Schau mich nicht so an, mein kleiner Rotfuchs. Du weißt, wo das hinführt."

Sie riss die Augen auf und öffnete den Mund, als wolle sie Widerworte geben, doch es kam nichts.

Laut lachend ergriff er ihre Hand und führte sie die Treppen hoch, raus aus ihrem staubigen Liebesnest. Unfassbar. Es war ihm nie besser gegangen als in diesem Moment. Seine Frau war perfekt. Unglaublich, wie lange er sich zurückhalten konnte. Dafür sollte ihm ein Orden verliehen werden. Wenn er gewusst hätte, was ihm entging, hätte er sich schon in den Höhlen von Charga über sie hergemacht.

Der Außenbereich war schwach beleuchtet und ein kühler Windhauch erfasste sein Gesicht. Der Ledermantel fühlte sich schwer auf seiner nackten Haut an. Aber sie in seinem Hemd zu sehen, war einfach zu verlockend.

Oben verdrängte ein anderer Geruch Andis zartes Lust-Bouquet. Es war, als würde er frontal gegen eine Wand laufen. Kalt und ernüchternd traf sie ihn mit voller Wucht. Er zog Andi mit beiden Händen zurück und legte die Finger auf ihren Mund.

Erschrocken sah sie zu ihm auf.

„Keinen Laut", flüsterte er. Erst, als sie nickte, ließ er

sie los. Ohne nachzudenken, hob er sie hoch, warf sie über seine Schulter und rannte los. Blitzschnell hatte er das Auto lokalisiert, öffnete die Fahrertür, setzte sie hinein, gab ihr eine Waffe und verriegelte die Tür. „Bleib im Wagen."

„Aber …"

„Ich riskiere nicht, dich zweimal an einem Tag zu verlieren. Bleib. Im. Wagen." In diesem Moment hatte er weder Zeit noch Geduld.

Nach einem Blick in ihre Augen drehte er sich um und zog sein Schwert. Er konnte nichts sehen, dafür umso besser riechen. Die Luft war warm und trocken. Optimale Bedingungen.

„Du hast gelogen, betrogen und gemordet. Meine Zeit verschwendet, mich in ein Erdloch gesperrt, mir die Nähe meiner Frau beinahe vermasselt und … Alter, du gehst mir gewaltig auf den Sack. Ich weiß, dass du da bist, also komm raus, du Feigling." Aufgeheizt durch seine eigenen Worte, registrierte er alles um sich herum. Schritte vor ihm ließen ihn den Griff seines Katanas fester umfassen.

David kam hinter dem Eingang zu den Ausgrabungen hervor. Der fahle Lichtschein der Außenbeleuchtung tauchte sein Gesicht in verhüllte Schatten.

„Ach bitte", sagte Liam, seufzte und schüttelte angesichts der Pistole in Davis Händen den Kopf.

„Du weißt nicht, was es bedeutet, sie zu besitzen."

Die Freakshow war eröffnet.

„Niemand besitzt Andi."

Liam entging keine von Davids Bewegungen, der mit der Waffe nicht auf ihn zielte, sondern merkwürdig schwankte. War er betrunken?

„Du bist uns im Weg! Andi ist mein Ein und Alles." David stolperte über einen Stein.

Jupp. Voll wie eine Haubitze. Na prima. Einen besoffenen Idioten umbringen, besaß noch weniger Ehre, als einen harmlosen Idioten umzubringen. Dieser Typ konnte einem den schönsten Tag madigmachen.

„Das versteht niemand. Niemand!“, jammerte David weiter. „Ihre Eltern haben ihr Potenzial nicht erfasst. Sie hatten keine Ahnung! Niemand konnte sich gut genug um sie kümmern. Sie fördern.“

„Du hast sie an den Rat verhökert. Nennst du das umsorgen?“ Liam wusste, dass diese Diskussion in etwa denselben Nährwert besaß, wie eine Finanzberatung von einem Stück Brot. Obwohl … Brot konnte schimmeln. Immerhin etwas. David hingegen war ein Versager auf ganzer Linie.

„Man muss eben etwas investieren, um zu profitieren.“

„Du hast echt eine Schraube locker.“

„Du wirst sie mir nicht wegnehmen. Sie gehört mir! Du weißt nicht, zu was ich fähig bin.“

Liam verdrehte die Augen. „Wenn du die fünf Satyrn meinst, die sich im Dunkel verstecken, denke ich, dass du zu absolut nichts fähig bist. Du brauchst immer wen, der für dich arbeitet und die Dinge erledigt, zu denen dir das Können, das Talent oder schlicht die Eier in der Hose fehlen.“

Davids Gesicht verfinsterte sich und er torkelte nach vorne. „Du wirst sterben“, rief er.

Sobald die Worte seinen alkoholgetränkten Mund verlassen hatten, hörte Liam Schritte. Allem Anschein nach wollten die Satyrn sich heranschleichen. Dilettantisch. Wann würden dümmliche Anfänger wie David endlich lernen, dass Satyrn so etwas wie Katzenminze für Liam waren? Kaum erreichte ihr bitterer Geruch seine Nase, fuhren seine Sinne die Krallen aus. Die Welt wurde langsamer und er war in seinem Element.

Er rannte an Milchgesicht vorbei und enthauptete den ersten Satyr, bevor dieser den Lichtschein der Laterne auch nur betreten hatte, der zweite folgte mit demselben Streich. Nebenbei sah er, dass David die Satyrn mit Waffen ausgestattet hatte. Das war nicht gut. Andi!

Er wirbelte um die eigene Achse und sprintete zum Auto zurück. Er erledigte zwei Satyrn dicht vor dem Wagen, Blut spritzte auf die Windschutzscheibe und er sah, wie Andi sich in den Sitz drückte. Sie verzog vor Ekel das Gesicht und … schaltete den Scheibenwischer ein?

Ein erstickter Schrei ließ ihn herumfahren. Ein Satyr baute sich vor David auf.

„Genau das passiert, wenn man denkt, Satyrn kontrollieren zu können“, rief er und schlenderte in aller Seelenruhe zu der Szene. Das musste der Letzte sein.

David winselte und versuchte krampfhaft, seine Pistole auf den Angreifer zu richten. Vergebens. Satyrn waren stärker, als man ihnen ansah. Es wunderte Liam nicht im Geringsten, dass sie über ihren Auftraggeber herfielen. Sie waren unberechenbar. Obwohl jede Faser in ihm sich nach dem Bild verzehrte, wie der Satyr Milchgesicht aufknöpfte, erledigte er ihn mit einem einzigen Hieb.

„Genug gespielt, David. Du bist alleine.“

Schneller, als er ihm zugetraut hätte, hob David die Waffe und zielte auf ihn. Mit einem lauten Knacken brach Liam ihm das Handgelenk, das Metall fiel mit einem dumpfen Schlag zu Boden. Liam trat die alte *Heckler & Koch* in das nächste Gebüsch.

David ging vor ihm auf die Knie und fing an zu schluchzen. Ach du liebe Güte. Dieser Mann besaß absolut keine Würde.

Noch bevor Liam entscheiden konnte, was er mit dem flennenden Bündel zu seinen Füßen anstellen sollte, hörte er die Wagentür.

„Was an *bleib im Wagen* hast du nicht verstanden? Schon wieder“, setzte er nach und drehte sich zu Andi um.

Doch was er sah, versetzte ihm einen kleinen Stich. Sie stand hinter ihm, breitbeinig, die Hände ausgestreckt, die Waffe auf David gerichtet.

Wenn sie jetzt die Nerven verlor, würde sie sich das nicht verzeihen. Das wusste er. „Ich verstehe, du möchtest … mit ihm reden." Er trat einen Schritt zur Seite. Sie würde schon nichts Unüberlegtes tun. Hoffentlich. Die Wut in ihrem Gesicht veränderte ihre Züge. Da war keine Güte und Herzlichkeit, da war Wut. Wer könnte es ihr verdenken? Er bemerkte die Hitze, die in sanften Wellen von ihr ausging. Wenn die Situation ähnlich wie in der Wüste eskalierte, wäre David binnen ein paar Sekunden gut gebraten.

David kroch auf sie zu. „Andi, meine Andi!" Er streckte seine zitternden Hände nach ihrem Bein aus.

„Du hast meine Eltern getötet. Und es mir angehängt!", rief sie und trat David gegen den Kiefer, dass Blut auf den trockenen Sandboden spritzte.

Was gäbe er für eine Tüte Popcorn. Eine Wahnsinnsshow.

„Du solltest mit einem Tritt auf die andere Seite ausgleichen, Liebling."

„Das habe ich für dich getan", wimmerte David, während er langsam aufstand und kräftig hustete.

„Für mich?" Sie lachte bitter auf. „Du widerlicher Bastard. Das hier ist für mich", sie schlug ihn mit dem Lauf der Waffe auf die Nase. Er taumelte, hielt sich jedoch auf den Beinen.

„Das ist für Liam." Jetzt traf sie die andere Seite. „Und das ist für meine Eltern." Die Nase.

Allmählich begriff Liam, dass sie drohte, sich in ihrer Wut zu verlieren.

David ging auf die Knie, Tränen und Blut ließen sein Gesicht noch jämmerlicher wirken, als es ohnehin schon war.

Sie lud die Waffe durch, entsicherte sie und zielte auf Davids Kopf. Ihre Hände waren absolut ruhig.

„Nein." Entschlossen stellte Liam sich vor sie. Der Lauf berührte seine Brust. „Wenn du das tust, wirst du zu dem, was er aus dir machen wollte. Eine Mörderin." Sie blickte zu ihm auf und blinzelte verwirrt.

„Du bist zornig. Zu Recht. Aber töte ihn nicht. Du musst anschließend damit klarkommen und glaube mir, das ist kein angenehmes Gefühl. Von mir aus prügle ihm die Seele aus dem Leib, kastrier ihn, zieh ihm die Haut in Streifen vom Gesicht. Ich helfe dir auch gern dabei“, er strich eine Haarsträhne aus ihren Augen, „aber lass ihn am Leben.“

„Er ist …“

„Ein blödes Arschloch, das den Tod verdient hat. Und genau deshalb wird er leben.“

Sie sah ihn an, ihre Wut wich Resignation. Wenn sie wüsste, wie schwer es ihm fiel, ihn davonkommen zu lassen, würde sie es eher verstehen. Die Götter, oder der Gott, oder wer auch immer waren seine Zeugen, er hasste David. Aber Andis Wohlergehen war ihm wichtiger, als die Befriedigung seiner Rachegedanken.

„Das hier ist viel Schlimmer als der Tod“, flüsterte er, „er wird allein bleiben, die einzige Gesellschaft werden seine Gedanken sein, die sich um dich drehen. Dich, die er nie wieder haben wird. Die unwiederbringlich aus seinem Leben verschwunden ist. Er wird daran denken, wie wir kleine Rotfüchse in die Welt setzen, die dich lieben und mich in den Wahnsinn treiben werden. Wie du unser Haus einrichtest und ich die Farben scheußlich finden werde, wie wir gemeinsam, als Familie, glücklich sind. Das ist Strafe genug.“

Schließlich ließ sie die Hand sinken und nickte. „Du hast recht“, sagte sie ruhig.

Er konnte nicht anders, als sie in den Arm zu nehmen. „Ich bin stolz auf dich“, murmelte er in ihr Haar. Dass er mal die Stimme der Vernunft darstellen würde, kam einem Weltwunder gleich.

Ihr Körper verkrampfte sich, sie hob den Arm und ein Schuss hallte durch das Tal.

Was hast du getan, Rotfuchs?

„Waffe …“, stammelte sie und taumelte nach hinten.

Liam wandte sich um, und ihm fiel ein Stein vom Herzen. David heulte laut auf, fasste sich an die Schulter und kippte nach hinten um. In der Hand eine Glock. Dieser Bastard! Er ging neben David in die Hocke, warf die Pistole weg und befühlte dessen Wunde.

„Lebt er noch?" Andi hielt ihm die Waffe hin. Er sicherte sie und steckte sie ein.

„Du hast die Schulter getroffen. Glatter Durchschuss." Er würde es überleben. Schon wieder. „Du hast mir das Leben gerettet." Gut, das stimmte nicht. Ein einzelner Schuss hätte ihm nicht einmal wehgetan. Daher ließ er es durchgehen. „Wir müssen dringend zielen üben Rotfuchs."

Sie schüttelte den Kopf. „Die Waffe zieht nach links. Ich habe auf seinen Kopf gezielt." Mit diesen Worten fasste sie seine Hand, drehte sich um und ging mit ihm zum Wagen. Offensichtlich war es an der Zeit, dieses Land zu verlassen. Endlich konnten sie nach Hause zurückkehren.

*

„Ist dir immer noch kalt?"

Andi lockerte ihre verkrampften Arme und versuchte, ohne Zähneklappern den Kopf zu schütteln. „N-Nein." Verdammt.

„Ich glaube ich muss dich in Polarfuchs umtaufen", erwiderte Liam leise glucksend und schüttelte sich aus seinem Hemd, während er mit den Knien den Wagen lenkte.

„Bald sehe ich aus wie ein Michelin-Männchen." Nachdem sie sich in die dritte Lage Stoff gewickelt hatte, ließ Andi den Oberkörper in den Sitz zurückfallen.

„Umso besser. Dann muss ich mir keine Schrotflinte kaufen, um dich vor Tausenden Verehrern zu retten."

Ihr Innerstes sträubte sich gegen diese Art von Kompliment. Es war ungewohnt. Doch seine Worte klangen absolut aufrichtig. Der Gedanke, dass ein Mann wie er, sie liebte, war so unfassbar, dass sie glaubte, jeden Moment aus dem Traum aufzuwachen.

„Sicher, dass du den Ledermantel nicht willst?", fragte er und warf ihr einen Seitenblick zu. „Deine Lippen sind so blau, wie die von Schlumpfinchen."

„Nein. Ich taue langsam auf." Sie wusste sein Angebot zu schätzen, ebenso fühlte sie sich durch die Besorgnis in seiner Stimme geehrt. Aber sein Katana steckte in diesem Mantel. Er hatte ihn zusammengefaltet auf den Rücksitz gelegt, bevor sie losgefahren waren, die Klinge so ausgerichtet, dass er von der Seite danach greifen konnte. Bei ihrem Glück schüttete sie noch Cola oder dergleichen über das weiche Leder.

„Ich gebe dir fünf Minuten, wenn du dann immer noch schnatterst, werde ich dich darin verschnüren."

„Ich war die vergangenen Jahre ausschließlich in Ägypten. Mein Körper hat sich an die Wärme gewöhnt. Es wird Tage dauern, bis ich mich akklimatisiert habe."

„Die Sommer in Maine sind fast so schön wie dein Lächeln Rotfuchs. Auf die Sonne wirst du nicht verzichten müssen. Nur auf die unaussprechlich lästige Hitze, die meinem Haar so gar nicht guttut."

Sie lächelte in den Kragen seines Hemdes. Es roch nach ihm und half die Kälte zu vertreiben. Sein betörender Geruch wärmte ihre Seele, durchdrang ihren Geist und … machte sie glücklich. Nicht zu glauben, wie sie in diesem Augenblick Glück empfinden konnte. Vor knapp zwanzig Stunden hatte sie vor den Trümmern ihrer Existenz gestanden. Noch immer köchelte eine unzähmbare Wut unter ihrer Haut. Niemals würde sie David seine unglaublichen Taten verzeihen. Er hatte nur Liams Einwänden sein Leben zu verdanken. Der Zorn über die jahrelange Manipulation führte sie an den Rand der Zurechnungsfähigkeit. Sie! Andi Pherson, die kopflastigste

Person überhaupt. Am wütendsten machte sie jedoch, dass David es beinahe geschafft hatte, sie von Liam zu entfremden. Der Einzige, der bisher ehrlich zu ihr war. Er gab Fehler zu, sagte offen heraus, was er dachte und log sie nicht an. Das war mehr, als David in fast dreihundert Jahren zustande gebracht hatte.

Das Autoradio meldete sich knisternd zu Wort. Der Wetterbericht. Schon wieder … Seit dem Flug war Liam, wie besessen vom Wetter in Maine. Alle paar Minuten schaute er auf sein Handy. Nachdem der Sprecher geendet hatte, schaltete das Radio auf CD-Spieler um und Liam trommelte mit den Fingern zum Takt der Banjo-Klänge auf dem Lenkrad.

Lächelnd lehnte sie den Kopf zurück. Sie teilte seine Vorliebe für diese Musikrichtung nicht unbedingt, aber es macht sie fröhlich ihn leise vor sich hinsingen zu hören. Das war so normal, so beiläufig. Sie hätten ein traditionelles Pärchen sein können, das von einem Urlaub zurückkam. Zu Hause würden Freunde auf ihre Rückkehr warten. Krieg, Verrat und die Last der Welt würden sie nicht zu Boden drücken. Sie wäre keine tickende Zeitbombe und er müsste nicht seine Haut riskieren, um ihr Leben zu schützen. Eine schöne Vorstellung. Die Dunkelheit zog an ihr vorbei, ließ ihre Augenlider schwer werden. Sie waren erst kurz nach Sonnenuntergang angekommen. Zu gern hätte sie mal wieder Wälder gesehen. Grüne Laubbäume, Büsche, Blumen. Zu lang hatten ihre Augen nichts als Wüsten erblickt. Sie konnte ein herzhaftes Gähnen nicht unterdrücken.

„Ruh dich aus. Wir brauchen noch eine Weile."

„Bist du denn nicht müde?", fragte sie und lehnte sich über die Mittelkonsole an seine Seite. Herrlich weiche Haut streifte ihre Wangen. Da er ihr sein Hemd überlassen hatte, trug er lediglich ein eng anliegendes Muskelshirt.

„Ich bin wach. Obwohl ich einen regelmäßigen Schönheitsschlaf von mindestens acht Stunden bevorzuge", antwortete er leise. „Außerdem will ich keine Sekunde mit dir verpassen."

Ihr Herz tat einen Hüpfer. Es war bewundernswert. Sein letzter Schlaf lag zwei volle Tage zurück. Sie war während des Fluges immer wieder weggenickt. Die einladenden Sessel des kleinen Jets waren einfach zu gemütlich gewesen. Es war das erste Mal, dass sie in einem Privatflugzeug unterwegs war. Liam meinte, die menschlichen Airlines hätten Probleme mit seinen Waffen. Ein großer, muskelbepackter und schwer bewaffneter Drachenkrieger kam nicht durch die Sicherheitskontrollen. Welch Wunder.

Der Pilot der Chartermaschine war nett und höflich. Ein Übernatürlicher, wie sie. Dennoch bewachte Liam sie mit Argusaugen. Er hatte sie auf seinen Schoß gezogen, ihr Haar gestreichelt, die Sommersprossen auf ihren Wangen gezählt. 14. Auf jeder Seite. Es brach ihr das Herz, ihn zurückweisen zu müssen. Die ganze Zeit spürte sie seine Erregung. Sie vibrierte auf seiner Haut, versüßte seine Berührungen, schickte ein erotisches Flüstern in ihren Kopf. Köstlich. Das Gefühl begehrt zu werden umschmeichelte ihre Sinne, liebkoste ihre Seele. Aber mit Tausenden Litern Kerosin unter ihrem Hintern, mitten über dem Atlantik und in zehntausend Meter Höhe wollte sie kein Risiko eingehen. Das war etwas anderes als schwer entflammbare Steine und Sand. Vor einem Flugzeugabsturz konnte er sie nicht retten. Also schluckte sie ihre Begierde hinunter und versuchte, auf unschuldige Gedanken zu kommen. Was angesichts seiner Nähe in etwa so leicht war, wie in einem *Dunkin Dounuts* Diät zu halten. Alles an ihm war die pure Verlockung. Sie hatte nicht viele Vergleichsmöglichkeiten, dennoch war er reine Ambrosia. Seit ihrer Vereinigung suchte er den Körperkontakt. Beiläufig, fast zufällig berührte er sie. Mal an der Hand mal am Rücken. Dann tat er es absichtlich. Er strich ihr eine Haarlocke hinters Ohr, gab ihr einen flüchtigen Kuss, legte die Arme um ihre Hüften. Es störte sie nicht, dass er immer und überall seinen Besitzanspruch geltend machte. Ganz im Gegenteil. Sie liebte es, jedem ihre Verbindung zu zeigen. Er schickte sogar die Stewardess weg. Eine aufgetakelte Blondine mit endlos langen Beinen und einer tadellosen Figur. Am Flughafen angekommen hatte sie ihn begrüßt und zur Privatmaschine geführt. Andi hatte keine Beachtung gefunden. Blondchen hatte gelegentlich mal einen Was-will-ein-Mann-wie er-mit-einer-Frau-wie-ihr-Blick zugeworfen. Mehr nicht. Liam war jedoch nicht dumm. Er hatte Königin Wasserstoff binnen Sekunden durchschaut und sie auflaufen lassen. Er hatte sich Andi geschnappt, ihren Rücken durchgebogen und ihr einen Hollywoodreifen Kuss gegeben. Sie musste immer noch grinsen, als sie daran dachte. Liam gehörte ihr allein. Sein Lächeln galt nur ihr, sein Gesicht leuchtete nur für sie und seine Wahnsinns Schenkel spannten sich nur unter ihren Fingern an.

„Dir macht es Spaß mich zu quälen, was?“, sagte er leise und umfasste das Lenkrad so fest, dass das Leder quietschte.

„Was?“ Verwirrt blinzelte sie in die Dunkelheit.

Er atmete tief durch. „Marzipan. Mit einem Hauch von Zimt. Aprikosen.“

Sie blickte zu ihm auf und fragte sich, ob der Schlafmangel jetzt seinen Tribut forderte.

„Deine Erregung. Ich kann sie riechen.“

„Oh.“ Einfallsreich, Pherson, wirklich einfallsreich.

„Denk an was anderes, auch wenn es schwerfällt, nicht an mich zu denken. Das weiß ich.“

Sie knuffte ihn sanft in die Seite, riss sich aber zusammen. Es war nicht fair, ihn mit der Nase auf etwas zu stoßen, das er im Moment nicht haben durfte.

Um sich abzulenken, ging sie im Geiste noch mal die Namen der Bewohner des Drachenclananwesens durch.

Er hatte ihr viel erzählt und nur ihrem guten Gedächtnis hatte sie es zu verdanken, dass sie sich erinnern konnte. Je länger sie an ihre Ankunft dachte, desto mulmiger wurde ihr. Liams ursprünglicher Auftrag lautete nicht, verlieb dich in die Professorin und bring sie mit nach Hause. Wie würden die anderen auf sie reagieren? Würde man sie akzeptieren? Liams Aussagen nach zu urteilen, lebten sie alle zusammen. Gemeinsame Abendessen, Filmabende, harmonisches Miteinander. Sie könnte zum ersten Mal eine richtige Familie haben.

„Werden sie mich mögen?“, fragte sie kleinlauter, als sie es vorhatte.

„Du denkst zu viel nach Rotfuchs.“ Er legte einen Arm um sie und zog sie dichter an sich. Seine Wärme durchfuhr sie, wie ein sommerlicher Regenschauer. „Ich habe dich durchschaut Daddy Cool. Du grübelst mindestens genauso oft wie ich, du kannst es nur geschickter tarnen.“ Sie lächelte an seiner Brust. Durch die lockeren Sprüche und flapsigen Antworten kaschierte er nur seine grüblerische Seite.

„Verrats keinem, du ruinierst meinen Ruf.“

„Versprochen.“ Es war ohnehin ein zu schönes Gefühl, ihn besser als irgendjemand sonst zu kennen.

„Sie werden dich vergöttern, selbst wenn du ein richtiges Ekelpaket wärst.“

„Wie tröstlich.“

„Dreh mir nicht die Wörter im Mund herum.“

Sein Brustkorb bebte, als er leise lachte. Dieses Geräusch machte ihre Welt vollkommen. Tauchte die größte Dunkelheit in die prächtigsten Farben.

„Sie werden dich lieben, weil ich dich liebe, Rotfuchs. So einfach ist das. Sie werden sehen, wie glücklich du mich machst und alles andere ist egal.“

Sogar die Tatsache, dass sie eine wandelnde Brandbombe war? Sie verkniff sich die Frage. Er reagierte immer auf dieselbe Art und Weise auf ihre Zweifel bezüglich ihrer Fähigkeiten. Mildes Lächeln, Kopfschütteln und ein abschließendes Augenrollen.

„Wie sind sie so? Erzähl mir von ihnen“, forderte sie ihn auf, um ihre Gedanken im Zaun zu halten.

„Mennox ist der Älteste. Er hat nicht ganz mein sonniges Gemüt und ist eher der ernste Typ. Ich denke, er trägt schon zu lange die Last der Verantwortung. Aber er ist loyal. Obwohl er ein Griesgram ist. Er würde dich niemals unfair behandeln. Lillian ist seine Frau und die Warmherzigkeit in Person. Sie sieht stets nur das Gute in einem, ist nie schlecht gelaunt und behält immer die Nerven. Die beiden sind schon ein seltsames Paar.“

Alles klar. Der stolze Griesgram und Mutter Theresa in Elfenform. Andi machte ein mentales Häkchen.

„Venor ist der Zweitälteste. Ich vermute einfach mal, er müsste nur mal ordentlich flach gele…“ Liam räusperte sich.

„Er müsste mal genagelt werden. Sprich es ruhig aus“, sagte sie und lachte. Es war niedlich, mitanzusehen, wie er sich bemühte.

„Schlauer Rotfuchs. Sind wir ehrlich. Er ist ein posttraumatischer Stresssymptomatiker. Die Sache mit Baltes hat ihn auf eine irreversible Art verändert. Erwarte keine Freundlichkeit von ihm.“

Sie nickte. So wie er sprach, verband sie mehr als eine gemeinsame Rasse. Sie waren eine Familie. Und Venor war die Aufgabe zugefallen, ein Mitglied eben dieser Familie zu töten. Das würde bei jedem Spuren hinterlassen.

„Darian war früher weitaus cooler als heute. Seitdem er Mercy gefunden hat, legt er eine ähnliche Ernsthaftigkeit an den Tag wie Mennox. Seine Frau passt zu ihm. Wie die Faust aufs Auge. Sie ist die Beruhigungspille für unseren Melancholiker. Max ist ihr kleiner Junge. Er ist eine Nervensäge mit einer ungesunden Vorliebe für meine Schokolade.“

Trotz der barschen Worte schwang ein liebevoller Ton

in seinen Erzählungen mit. Liam wäre ein guter Vater. Aber was für eine Art von Nachkommenschaft würde mit ihr als Mutter herauskommen? Sie hatte die Fähigkeiten verschiedener Kräfte in sich zu vereinen. Die Erde und das Feuer. Was, wenn ihre Kinder das erben würden? Niemals würde sie das jemandem zumuten wollen. Kinder kamen für sie nie infrage. Aus genau diesem Grund. Mit einer Fortpflanzung ging eine Verantwortung einher, die sie nicht übernehmen wollte. Würde er das verstehen?

„Dann wäre da noch Calli. Ein richtiges Miststück."

„Liam!"

Seine Brust bebte erneut, als er lachte. „Das ist normal. Wir sind die Jüngsten. Während die anderen über ihren alten Kriegsgeschichten brüten, haben wir Spaß. Sie hat mich schon weitaus Schlimmeres genannt."

Ein breites Grinsen zierte sein makelloses Gesicht. Es gefiel ihr nicht, dass eine andere Frau der Auslöser war.

„Sie hat mal Alleskleber in mein Haargel gemischt. Ich musste drei Monate lang einen verunglückten Sidecut tragen."

Das machte sie misstrauisch. „Was hast du angestellt?"

„Wieso ich?", fragte er empört, lächelte jedoch weiterhin.

„Tu nicht so. Du musst doch was getan haben, was diese Reaktion verursacht hat."

„Es ist nicht fair, dass du bereits Östrogen gesteuerte Banden mit ihr knüpfst."

„Sag schon", forderte sie ihn auf und überhörte den vorlauten Kommentar.

„Ich habe sie auf einer Partnerbörse angemeldet und ein paar Dates arrangiert."

„Wo ist der Haken?"

„Naja. Es war weniger eine Partnerbörse, als ein Swingertreff. Du hättest ihr Gesicht sehen sollen, als da drei Kerle nackt auf sie warteten." Der letzte Satz wurde von seinem tiefen Lachen unterbrochen. „Wie gesagt. Normal. Wir sind immer so."

„Gemein und fies?" Seine Erzählungen klangen wie die verschärfte Version von Geschwisterrivalitäten. Der kleine Knoten in ihrer Brust bezüglich Callista löste sich wieder. Es war irgendwie süß.

„Auf eine positive Art."

Ein dicker Regentropfen platzte auf der Windschutzscheibe. Er zuckte zusammen, wie vom Blitz getroffen. Sein weicher, warmer Körper versteifte sich und jeder Muskel grenzte sich scharf ab.

„Was?" Sie blickte hektisch nach hinten. Keine Verfolger. Er sagte kein Wort, doch sie spürte, wie er beschleunigte. „Liam was ist los?" Etwas stimmte nicht. Sein Blick war stoisch auf die Straße gerichtet. Sie rückte von ihm ab und setzte sich auf. Seine Lippen bewegten sich, aber es drang kein Laut heraus. Er lenkte den Wagen in einen schmalen Waldweg. Der Schotter knirschte unter den Rädern, feuerte ihren Herzschlag weiter an. Mittlerweile hatte ein mäßiger Regen eingesetzt.

Er hielt an, zog die Handbremse fest und stürzte aus dem Auto. Noch bevor sie ihm folgen konnte, stand er neben ihrer Tür und zerrte sie hinaus. Okay, wenn er so reagierte, musste etwas passiert sein. Sie waren in Gefahr. Aber wer bedrohte sie? Kräftige Hände umschlossen ihre Hüften und pressten ihren Leib gegen seinen. Wasser perlte über ihre Wangen, ließen ihr Haar auf ihrer Haut kleben. Er blieb stumm und seine Augen nahmen diesen besonderen Glanz an. Er war so dicht vor ihrem Gesicht, dass kleine Wasserperlen über seinen Nasenrücken liefen und auf ihre Lippen tropften.

„Ich habe Hunger, Rotfuchs. Es sind mittlerweile 19 Stunden und 34 Minuten, seit ich das letzte Mal in dir war."

Seine heisere Stimme verwandelte ihre Knie in Gummi.

„Ich brauche dich und ich bin nicht gewillt länger zu warten." Ihr Atem wollte nur stoßweise aus ihren Lungen entweichen. Die unverblümten Worte gaben Zeugnis seines Verlangens. Nach ihr. Das Gefühl, dass er sie so sehr wollte, war überwältigend. Sie schlang ihre Hände um seinen feuchten Nacken und küsste ihn. Die Kleider zwischen ihnen klebten nass aneinander, leiteten die Wärme des jeweils anderen weiter.

„Du bist das wunderbarste Geschöpf, das jemals erschaffen wurde", raunte er an ihrem Mund.

Noch während er sie mit einem Kuss in Flammen setzte, ging ihr ein Licht auf. Er war nicht besessen vom Wetterbericht. Er hatte auf den Regen gewartet. Wasser war stärker als Feuer. Er lief ein paar Schritte vom Wagen weg, mit ihr in den Armen. Sanfter, als sie es ihm zugetraut hätte umfasste er ihre Taille und legte sie unter sich. Weiches, feuchtes Moos klebte auf ihren Rücken, hieß sie auf ihrer Bettstatt willkommen. Er drückte mit den Knien ihre Schenkel auseinander und zog ihr die nassen Kleider aus. Die Kälte war verschwunden, zurück blieb Lust, die ihre Glieder zittern ließ. Seine Berührungen waren gezielter als in Ägypten. Es ging langsamer, doch er war nicht minder gierig. Sein Mund erkundete ihren Körper, verweilte aber nur einen Augenblick auf einer Stelle. Zu neugierig auf andere Stellen ihres Leibes, die nach der Eroberung durch seine Lippen lechzten. Kleine Rauchwölkchen verpufften auf ihrer Haut, hüllte sie beide in einen sanften Nebel aus verdunstetem Wasser. Strähnen seines Haares kitzelten ihre Wangen und sie schlang die Beine um ihn, unwillens, von sich weichen zu lassen. Liam zog sie weiter aus. Synchron mit den Kleidungsstücken, fielen auch ihre Hemmungen. Zurückhaltung war keine Option mehr. Nichts, was hätte in Flammen aufgehen können. Das einzig Lodernde war ihre Ekstase, welche das Blut in ihren Venen Blasen werfen ließ. Die körperliche Verbindung brachte ihre Liebe zu diesem Mann auf die ehrlichste Art zum Ausdruck, die es gab. Seine heißen Finger lagen auf ihrer Hüfte, sein Gewicht drückte sie in den

Boden. Mittlerweile prasselten die Tropfen auf Liams Rücken, durchnässten sie beide bis auf die Knochen. Empfindungen durchzuckten ihren Kopf, schufen winzige Momentaufnahmen ihrer Lust. Sie liebten sich hier im Wald, im strömenden Regen. Erneut spürte sie die Verbundenheit zwischen ihnen. Liam drang auf eine viel intimere Ebene in ihr Innerstes ein, als reiner Sex es je vermögen würde. Ihre Seelen tanzten einen wunderbaren Reigen, sie genoss jede Sekunde davon. Seine Zunge bahnte sich den Weg ihren Bauch hinunter, umspielte ihren Nabel, wanderte tiefer und … oh. Er zog eine feuchte Linie auf der Innenseite ihres Oberschenkels. Sofort kroch ein Schwarm feuriger Ameisen über ihren gesamten Körper, hinterließ eine kribbelnde Gänsehaut. Seine samtige Zungenspitze kroch auf ihre Mitte zu. Langsam, viel zu langsam näherte sich Liam dem Ziel. Ihr Kopf schaltete sich aus. Einzig und allein die Lust regierte. Mit zusammengepressten Zähnen griff sie fast grob in seinen Haarschopf, zog ihn zu sich. Ihr war egal, dass sie bettelte. Sie wollte ihn endlich spüren, hielt es keine Sekunde länger aus. Am Rande ihres Bewusstseins hörte sie ein tiefes Lachen, doch er gab nach und folgte ihrem Wink.

„Ich lie…“ Sie wollte ihm sagen, dass sie ihn liebte, ihn brauchte, ihn wollte. Aber die Worte blieben ihr im Hals stecken. Ohne Umschweife sog er ihren Kitzler tief in den Mund. Ihre Nervenzellen zersprangen in tausend kleine Splitter, gruben sich tief in ihren Körper und reizten Stellen ungeahnter Lust. Ihr spitzer Schrei schien ihn noch mehr anzuspornen. Sein Zungenschlag wurde kräftiger, seine Lippen zupften fester an der empfindlichen Haut. Sie spürte die Erde unter ihren Fingernägeln, als sie ihre Hände in die Erde zu ihren Seiten grub. Das war zu viel. Die Empfindungen schlugen höher und höher, drohten sie endgültig zu übermannen. Genug! Sie wollte ihn. Jetzt! Energisch zog sie seinen Kopf zurück, was sie einiges an Kraft kostete, denn es fühlte sich verteufelt gut an, was er da tat. Sie verfluchte ihre Ungeduld.

„Was ist?" Liam richtete sich auf, Regentropfen perlten über sein absurd schönes Gesicht, verliehen seinem gierigen Blick zusätzlichen Glanz.

„Ich bin dran", flüsterte sie und kroch auf seinen Schoß um ihn zu küssen. Sofort umschloss er sie mit seinen Armen und erwiderte ihren Kuss. Er war größer und schwerer als sie, aber er verstand den Wink und sank nach hinten zurück ins Moos, sodass sie seine Hüften mit den Beinen umklammern konnte. Während ihre Zungen miteinander rangen, fasste sie zwischen ihre erhitzten Körper um seinen prallen Schaft zu packen. Dick und heiß lag er in ihrer Faust. Sein Griff wurde schlagartig fester. Zunächst dachte sie darüber nach ein wenig mit ihm zu spielen, doch er hob ihre Hüfte an und dirigierte sie in die richtige Position. Die Spitze seiner Eichel lag nun auf ihren Schamlippen, drückte sie leicht auseinander. Unfähig es auch eine einzige Sekunde länger hinauszuzögern, legte sie die Hände auf seine Brust und ließ sich auf ihn sinken. Sein riesiger Schaft teilte ihre feuchten Lippen und dehnte ihr Innerstes. Erst als er vollständig in ihr verschwunden war, hielt sie für einen Moment inne. Liam nahm einen tiefen Atemzug und umfasste ihre Hüfte mit beiden Händen. Berauscht von der Hitze, die sich in ihr ausbreitete, wiegte sie sich vor und zurück. Liam warf den Kopf in den Nacken und wölbte seine Hüfte nach oben, um noch tiefer in ihren Schoß einzudringen.

„Schau mich an, Rotfuchs." Liams Stimme strich rau über ihren nackten Körper. Sie öffnete die Augen und sofort blieb ihr die Luft weg. Seine eisblaue Iris glitzerte im fahlen Licht des Mondes. Den Blick fest auf sie gerichtet, streichelte er sie.

„Ich liebe dich", raunte er, als seine Finger über ihren Bauch glitten. Sie genoss seine warme Haut und die rhythmischen Bewegungen ihrer Körper.

„Ich liebe dich auch“, flüsterte sie und schloss erneut die Augen.

„Nein, nein. Schau mich an!“, forderte Liam und stieß die Hüften nach oben.

Ohne nachzudenken, riss sie die Lider auf.

„Ich will sehen, wenn du kommst, mein Rotfuchs.“ Seine Worte fachten die Glut in ihrem Innern an. Keuchend lehnte sie sich vor, stützte ihre Hände auf seinen Oberkörper. Regen und Schweiß vermischten sich auf ihrer Haut. Liam legte eine Hand auf ihre Hüfte, die andere Hand glitt zwischen ihre Beine. Während er ihr Becken leicht anhob, um tief in sie zu stoßen, fing er an mit dem Daumen über ihren Kitzler zu streichen. Himmel hilf! Es war unglaublich. Sein großer Schaft dehnte ihr Inneres, massierte ihre Lippen und sein Finger drückte genau auf ihr Lustzentrum, schickte elektrische Blitze über ihre Haut. Sein Daumen bewegte sich im selben Takt, wie seine Hüften. Ihr Atem beschleunigte sich, Flecken tanzten vor ihren Augen, trübten ihre Sicht. Doch sie hielt seinem Blick stand. Immer wieder wölbte er seine Lenden nach oben, kräftige Schenkel spannten unter ihrem Po und zwei forsche Finger massierten, drückten und zwickten sanft ihre Perle. Die Kälte des Waldes, der Regen, die Aufregung. All das fiel von ihr ab. Alles, was zählte, war der Mann, mit dem sie verbunden war. Stahlblaue Augen fixierten sie.

„Gleich, Liam“, flüsterte sie kaum hörbar. Daraufhin beschleunigte er seine Stöße. Sie konnte sehen, wie sein Kiefer sich verkrampfte. Er war auch bald soweit. Aber er wartete auf sie, hielt sich zurück, bis sie so weit war. Die Sehnen an seinen Unterarmen traten scharf hervor, aber er tat ihr nicht weh, obgleich sich sein Griff verstärkte. Sie hieß jeden Stoß willkommen, bettelte sogar innerlich darum. Gleich … gleich … Jetzt! Endlich. Die süße Qual brach über ihr zusammen. Heißes Kribbeln wanderte ihre

Schenkel hinab, kroch in jeden Winkel ihres Körpers, erfüllte sie. Zeitgleich spürte sie, wie auch er sich verkrampfte. Sie spürte das Zusammenspiel ihrer Muskeln und seines Schaftes. Jedem Zusammenziehen ihrerseits folgte ein Zucken seinerseits, als er sich heiß in sie ergoss.

„Grundgütiger, Andi!"

11. Kapitel

„Wie sehe ich aus?“ Andis Finger zitterten, als sie ihre Hosen glatt strich und Liam erwartungsvoll ansah. Sein Mund verzog sich automatisch zu einem Lächeln. Ihr Gesicht war von dunklen Matschflecken gezeichnet, das Top war an den Seiten eingerissen und in ihrem zerzausten Haar befand sich eine beträchtliche Menge Laub.

„Bezaubernd“, erwiderte er und gab ihr einen Kuss auf die geröteten Lippen. Sollten ruhig alle wissen, was sie getan hatten. Liam war das schnuppe. Bei ihrer Lautstärke würde es ohnehin keinen Tag dauern, bis er Ohrenstöpsel verteilen musste.

„Ich bin zerknittert, habe die halbe hiesige Flora in der Frisur und die Fauna in meiner Unterwäsche. Der Matsch klebt auf meiner Haut wie Kaugummi und ich bin schmutzig. So kann ich doch nicht …“ Sie fuchtelte mit den Händen in Richtung der großen Flügeltür vor ihnen.

Liam schob einen Finger unter den Bund ihrer Hose und zog an ihrem Gürtel.

„Ich kann keine Tierchen entdecken. Aber ich sollte noch mal genauer nachsehen.“

„Liam!“ Lachend stieß sie ihn zurück und schüttelte den Kopf. „Halte deine Gedanken für ein paar Stunden im Zaun.“

„Stunden?“, fragte er empört. „Du hast Glück, dass wir nebeneinanderstehen können, ohne dass ich dir die Kleider vom Leib reiße, Weib!“ Er zog sie an seine Brust, hielt sie fest umschlossen. „Oder dich hier und jetzt hinter den Baum da zerre und unchristliche Dinge mit dir tue.“

Ihr Atem stockte, er spürte spitze Fingernägel auf seiner Schulter. „Sie könnten uns sehen. Dort ist nicht viel Schutz. Vielleicht müsste ich dir den Mund zuhalten, während ich in dich hineinstoße, um deine Schreie zu dämpfen.“ Der Geruch ihrer aufkeimenden Lust brandete auf seinen Geruchssinn, wie eine Sturmflut gegen die Kaimauer. Ein kurzer Atemzug genügte, um ihn Sterne sehen zu lassen. „Ich würde mir nicht einmal die Mühe machen dich komplett auszuziehen. Ich würde nur die wichtigsten Stellen freilegen.“ Langsam ließ er die Fingerknöchel über ihre aufgerichteten Brustspitzen gleiten. Ihre Erregung übertrug sich auf ihn, von seinen eigenen Worten angespornt umschloss er ihre Hüften. Er rieb sich an ihr, presste seine Erektion an ihren Bauch, damit sie genau spüren konnte, welche Wirkung sie auf ihn hatte.

„Dir gefällt die Vorstellung jemand könnte uns erwischen oder?“ Seine Frage war rhetorischer Natur. Ihr Geruch sprach Bände. Ihre Pupillen weiteten sich und eine bezaubernde Röte schlich sich auf ihre Wangen. „Du verruchtes Ding“, flüsterte er und küsste sie erneut. Bei allem, was heilig war, er war süchtig nach dieser Frau, seiner Frau. Er brauchte sie zum Leben, sehnte sich nach ihr, verzehrte sich nach ihrer Nähe. Braune Augen loderten auf und verschlangen ihn mit einem Blick, in dem Liebe und Leidenschaft um die Vorherrschaft rangen. Ihr warmer Körper schmiegte sich an seine intimsten Stellen, ihre Hüften fingen an zu kreisen. Verdammte Scheiße! Er würde seinen Plan mit dem Baum wohl doch in die Tat umsetzen müssen.

„Nehmt euch ein Zimmer“, sagte eine Kinderstimme und ließ Andi zusammenfahren, als hätte sie den Sensenmann persönlich im Nacken. Sogar Liam wich erschrocken einen Schritt zurück.

„Hallo Nervensäge“, begrüßte er Max, das Mündel von Mercy und Darian. Obwohl er zu einer ungünstigen Sekunde auftauchte, freute Liam sich den Jungen zu sehen. Calli meinte, er mochte Kinder wegen seines infantilen Gemütes. Er fand die Zwerge lediglich herrlich ehrlich und erfrischend. Bei einem Kind wusste man immer, woran man war.

„Jaja", murrte dieser und quetschte sich zwischen den beiden hindurch. „Überall dieses Rumgeknutsche. Das ist eklig." Mit diesen Worten ging er ins Haus.

„Das war Max?", fragte sie und schaute perplex zur Tür, als gäbe sie ihr Antworten. Immer noch zittrig ordnete sie ihre ramponierten Kleider und atmete einige Male tief durch.

„Der hat wohl einen präpubertären Hormonschub." Wo blieb bitte das Willkommen? Liam hatte niemandem erzählt, dass sie auf dem Heimweg waren. Er rechnete mit Umarmungen, Freudenschreien und einem Opferlamm! Nicht einem brummigen Halb-Teenager.

Er war wieder da, er! Der einzig normale in dem ganzen Laden, ohne ihn war da drin bestimmt Totentanz.

Andi boxte ihn in die Schulter und blickte ihn böse an. „Und du! Lass das. Stell dir vor, einer von den anderen wäre vorbeigekommen? Oder Mennox! Ein toller Einstand. Das Erste, was er sieht, wäre, wie du mich auf der Veranda vernaschst!"

„Er ist über sechshundert Jahre alt, Rotfuchs. Er hat Schockierenderes in seinem Leben gesehen. Wer weiß? Vielleicht könnte er das ein oder andere lernen." Er grinste sie an, doch sein Lächeln erstarb unter ihrem bohrenden Blick. Er verdrehte die Augen. „Schon gut", sagte er und legte eine Hand auf den Türknauf. Sehr zu seiner Freude ergriff sie seine andere Hand und verschränkte ihre Finger mit den seinen. Er liebte es, wenn sie durch solche Kleinigkeiten ihre Zugehörigkeit zu ihm ausdrückte.

Mit einem tiefen Atemzug öffnete er die Tür und betrat mit seiner Frau die Vorhalle. Seine Schritte machten feuchte Geräusche auf dem Marmor. Ups.

„Ich hasse dich!", erklang ein hochfrequentes Schimpfen von der Treppe her. Die Stimme hallte stechend.

Andi lugte neugierig um ihn herum. Er folgte ihrem Blick und … ach du Scheiße!

Lillian, oder besser gesagt Lillian mit einem Medizinball unter dem weißen Leinenkleid, kam im Watschelgang die Stufen herunter.

„Du hast nicht gesagt, dass sie Zwillinge erwartet“, flüsterte Andi.

„So wie sie aussieht, beherbergt ihr Uterus eine ganze Football-Mannschaft.“ Sie hatte einen Bagel in der Hand, ihre Finger hinterließen Blaubeerspuren am gläsernen Geländer.

„Liebling! So war das nicht gemeint!“

Das Theatre absurdum nahm seinen Lauf. Mennox eilte mit gequälter Miene hinter ihr her, stets bedacht einen gehörigen Sicherheitsabstand zu wahren.

„Wie war es denn gemeint?“, rief Lillian im Kreischton und drehte sich ruckartig zu ihrem Mann um. Ihr Bauch vereinnahmte den gesamten Raum zwischen ihnen. Daher also der Abstand.

„Du hast das falsch verstanden, Mäuschen.“

Mäuschen? Liam hatte schon einiges den Mund seines Anführers verlassen hören. Mäuschen war eine Premiere. Lillians sonst gütige Gesichtszüge glichen der einer Raubkatze. Mennox war der Imbiss.

„Was an b*ist du sicher, dass du das noch essen solltest*, ist nicht zu verstehen? Wenn mir danach ist, dann verspeise ich die Plastikbirnendekoration im Speisesaal!“

„Du bekommst zum Nachtisch die Untersetzer! Alles, was du willst, nur bitte beruhige dich. Das ist nicht gut für das Baby“, Mennox versuchte, so einfühlsam wie möglich zu sprechen. Doch Lillian wurde erst richtig warm. Ein beeindruckendes Schauspiel.

„Wer hat letzten Winter deinen Ledermantel um den Bauch weiter gemacht und versprochen es keinem zu sagen? Hm?“

Herrlich. Liam musste so laut lachen, dass umgehend zwei böse funkelnde Augenpaare auf ihn gerichtet waren.

Er hob entschuldigend die Hände. „Hey, da gibt es einen netten Übergrößenshop die Straße runter. Da wäre euch beiden mit geholfen."

Lillian quetschte den Bagel so fest zusammen, dass blaues Gelee hervorquoll und Mennox verdrehte gequält die Augen.

Dann spürte Liam einen Schlag auf den Hinterkopf.

„Au!" Perplex schaute er zu Andi.

„Grab dein Taktgefühl aus Krieger!", sagte sie.

War er im falschen Film?

„Hast du mir gerade eine gelangt?", fragte er halb amüsiert, halb schockiert.

„Du musst Andrea sein, oder besser gesagt Andi", sagte Lillian fröhlich und eilte auf sie zu.

Mennox breitete die Hände aus und schüttelte fassungslos den Kopf, als er hinter seiner Frau hertrottete.

Lillian war offensichtlich äußerst emotionsflexibel im letzten Schwangerschaftsdrittel.

„Herzlich willkommen. Es freut mich, dich kennenzulernen." Andi lächelte aufrichtig und erwiderte die kurze Umarmung.

Wie sie die Arme um die ehemals zierliche Elfe bekam, war Liam schleierhaft. Seiner Gesundheit zuliebe verkniff er sich eine weitere Bemerkung. Obwohl er einen tollen Spruch zu Captain Ahab auf den Lippen hatte.

„Es freut mich, auch dich kennenzulernen, Lillian. Es ist ein wunderschönes Haus." Da Lillian die gesamte Inneneinrichtung gestaltet hatte, war das Lob angebracht. Liam grinste breit. Andi hatte binnen Sekunden einen Draht zu ihr gefunden, etwas, das Mennox offensichtlich seit Längerem versucht hatte.

„Du siehst hungrig aus", erwiderte Lillian und drückte Andi gedankenverloren den zermatschten Bagel in die Hand, nur um aus ihrer Tasche einen Zweiten herauszuziehen.

Andi verzog nicht die Miene, als sie das Blaubeergemetzel entgegennahm. Er würde das nicht einmal mit einer

Kneifzange anfassen. Blaubeeren gingen nie wieder aus Textilien heraus. Und Gucci oder Prada vertrugen das erst recht nicht.

„Früher hatte ich auch mal eine Taille“, sagte Lillian sehnsuchtsvoll.

„Tja, die wird zusammen mit meiner Bikini-Figur auf Fidschi Urlaub machen“, sagte Andi und biss eine Ecke des Bagels ab. In diesem Moment liebte er sie noch mehr, wenn das möglich war.

Lillian lachte glockenklar.

„Es freut mich, dass ihr beiden wohlbehalten angekommen seid.“ Jetzt endlich umarmte sie Liam kurz. „Ich bin froh, dich zu sehen.“ Ihr ernster Tonfall schickte eine Welle von Schuldgefühlen in seinen Kopf. Während er in Ägypten war, hatte er sich zu wenig gemeldet. Viel zu versessen auf die Antworten, die er suchte, hatte er Lillian schon fast vergessen.

„Ich freue mich auch Lillian. Obwohl ich nicht erwartet habe, so viel von dir zu sehen.“ Diesmal handelte er sich gleich zwei Schläge auf den Hinterkopf ein.

Mennox gluckste leise, während er Liam auf die Schulter schlug und ihm zunickte.

„Ich freue mich, dass du an einem Stück heimgekommen bist.“ Sein Anführer wischte sich eine Strähne des schwarzen Haares aus dem Gesicht und lächelte Andi zu. „Danke, dass du auf ihn aufgepasst hast. Und willkommen beim Drachenclan.“

Liam sah, wie Andi sich entspannte.

Mennox’ Worte taten gut. Deshalb verzieh Liam ihm auch seine Bemerkung. Andi wollte gerade Luft holen, um zu antworten, als Lillian sie lautstark unterbrach.

„Du schon wieder! Lässt du ihm das so einfach durchgehen?“ Lillian drehte sich um und zeigte auf ihren Mann.

„Och Schatzi!“

Lillian rauschte erneut an ihm vorbei, wobei es mehr ein Watscheln war. Mennox folgte ihr missmutig. Seine klagenden Bitten hallten ihnen noch lange hinterher.

„Das waren also der Griesgram und die Heilige?", fragte Andi ungläubig und stopfte sich das Bageldesaster in die Hosentasche. „Guck nicht so. Die Hose ist ohnehin ruiniert."

Bevor er etwas erwidern konnte, polterte Darian die Treppe herunter. „Hast du was mitgebracht? Blumen? Schokolade?", rief er und kam schlitternd zum Stehen.

„Wie wäre es mit einem Hallo? Schön dich zu sehen, endlich bist du wieder da, du hast mir gefehlt?"

„Jaja. Hallo Liam, hallo Andi." Sein Blick schweifte von ihm zu Andi. „Wow." Der Ausdruck seines Kameraden gefiel Liam ganz und gar nicht. Auch das *Wow* war nicht nach seinem Geschmack. Demonstrativ legte er einen Arm um Andi und zog sie dicht an sich.

„Es freut mich dich kennenzulernen", erwiderte sie lächelnd.

„Also? Hast du was dabei?"

„Nein verdammt. Was soll der Humbug?" Schritte hallten von der Treppe zu ihnen. Darians Gesicht verfinsterte sich.

„Ich habe ein Täfelchen Schokolade aus dem Flugzeug." Andi zog eine rote Verpackung aus der Hosentasche. „Klebt ein bisschen Blaubeere dran, aber sonst ist es noch gut."

„Vollmilch! Hervorragend! Danke dir Andi!"

Liam verstand nicht, was vor sich ging. Träumte er? Waren schlichtweg alle wahnsinnig geworden?

Mercy kam in die Vorhalle und strahlte sie an. „Überraschung!", rief Darian in ohrenbetäubender Lautstärke und hielt ihr das versiffte Schokoladentäfelchen hin.

Wow. Romeo war ein Anfänger dagegen. Wer brauchte Rosen, wenn er auf zerdrückte Süßwaren zurückgreifen konnte.

„Oh Darian. Danke!" Mercys Augen weiteten sich vor Freude und ehrlicher Überraschung. Nahezu mit ehrfürchtiger Miene nahm sie ihr Geschenk entgegen.

„Sie weiß schon, dass es sich nicht um Brillant-Ohrringe handelt, sondern um echt eklige, zerdrückte Hosentaschen-Schokolade, oder?“ Liam konnte sich die Frage nicht verkneifen. Postwendend knuffte Andi ihn in die Seite. War heute ein spezieller Tag für Frauen? Oder warum freute sich Mercy, wie ein Kind zu Weihnachten. Trotz ihres Ellenbogenhiebs blickte Andi ebenso zweifelnd, wie er.

„Es ist nahezu unmöglich, ihr etwas zu schenken. Immer weiß sie es vorher schon. Als ich die Treppe runterkam, ist mir diese Idee gekommen“, sagte Darian stolz und legte einen Arm um Mercy.

Liam kam nicht umhin festzustellen, dass die Zeit nicht spurlos an ihr vorübergegangen war. Die besonderen Augen waren nicht mehr von Kontaktlinsen verdeckt, sondern strahlten in den verschiedensten Violetttönen. Ebenso war ihre Körperhaltung verändert. Sie ging aufrecht, den Rücken durchgedrückt und hatte einiges an Muskelmasse aufgebaut. Das war kein weinerliches Häufchen Elend mehr. Sie war eine Kriegerin geworden. Darians Untergang, wie Liam vermutete.

„Hallo Liam.“ Mercy kam auf ihn zu und drückte ihn an sich. „Die Schokolade ist im dritten Regal über dem Kühlschrank, hinter den Vollkornkeksen. Dort sucht Max nie.“

Dieser kleine Vielfraß. Kaum war Max im Anwesen angekommen, hatte er sich an Liams Vorrat vergriffen.

„Du bist Andrea. Es freut mich, dich zu sehen.“

Andi nickte ihr zu, runzelte jedoch gleich die Stirn.

Auch Liam schaute verblüfft zu der Frau seines Kameraden. In ihrer Stimme hatte eine merkwürdige Distanz mitgeschwungen.

„Du hast da was im Haar“, bemerkte sie und wies mit dem Finger auf Andis Schopf.

Andis Augen weiteten sich und sie wurde knallrot.

„Wir wurden … aufgehalten“, sagte sie leise.

„Naja eigentlich waren wir im Wald vögeln, ihr ist es nur peinlich.“

„Liam!“, herrschte Andi ihn an.

„Was denn? Die machen’s doch selbst wie die Karnickel“

„Liam!“ Diesmal war es Mercy, die ihn anfuhr wie eine Harpyie.

Die Frauen dieses Hauses waren viel zu zartbesaitet.

Darian gluckste amüsiert und schlang die Arme um seine Frau. „Komm mein Hase. Wir spielen Versteck die Karotte.“ Der ärgerliche Ausdruck in ihrem Gesicht verflog und sie ließ sich kichernd von ihm fortziehen.

„Das war also der Melancholische?“, fragte Andi und stemmte die Hände in die Hüften. „Du hast mir nur Mist erzählt!“

„Ich schwöre dir, ich bin genauso überrascht wie du. Falls Venor jetzt hier im Tütü vorbeitänzelt, wäre ich mittlerweile auch nicht verwundert.“ Er erkannte seine Kameraden kaum wieder. Die Traurigkeit, die auf dem Anwesen gelegen hatte, kurz bevor er abgereist war, schien verschwunden. Alle waren ausgeglichen, mit sich und der Welt absolut im Reinen zu sein.

„Komm her“, flüsterte sie und zog ihn am Kragen zu sich runter. Lächelnd wollte er sie küssen, doch sie legte einen Finger auf seine Lippen. „Wenn du noch mal so unverfroren unser Liebesleben rausposaunst, sorge ich dafür, dass du lange mit nichts prahlen kannst.“ Er wusste, dass die Drohung nur halb ernst gemeint war. Zu milde war ihre Stimme, zu weich ihre Züge. Auch ihr Geruch trug keine Anzeichen von Wut.

„Liam!“ Callistas Tritte donnerten über den Marmor, ließen Andi zusammenzucken. „Na endlich!“ Seine Kameradin sprang ihm in die Arme und er krachte rückwärts gegen die Tür. Callista war fast so groß wie er und bestand ausschließlich aus Muskeln. Keinesfalls ein

Leichtgewicht. Sie schlang die Beine um ihn und er drückte sie reflexartig an sich. Es tat gut, sie wiederzusehen. Obwohl er sich oft mit ihr kabbelte, verband sie beide doch sehr viel.

„Du hast zugelegt mein Freund. Was isst du? Halbe Kühe?“, fragte sie und lachte, als sie an ihm runterrutschte.

„Und das von Königin Milchshake-Sucht persönlich.“

Sie lächelte ihn breit an, entblößte eine Reihe makellos weißer Zähne. Sie trug ihr Haar mittlerweile länger, als er es gewohnt war. Blau-Schwarze Strähnen reichten bis an ihr Kinn, umschlossen ihre Wangen sichelförmig.

„Du bist also der Professor. Krass!“ Calli schlug Andi gegen die Schulter, woraufhin dieser einen Fuß zurückstellte, um nicht nach hinten zu stolpern.

Beschützend legte er einen Arm um sie. „Vorsicht Calli.“ Woher kam das Knurren? Von ihm?

„Falls er das öfter tut, solltest du über einen Maulkorb nachdenken“, zwitscherte Calli ungeachtet seiner Drohung in Andis Richtung.

„Ich mag es, wenn er beißt“, sagte Andi tougher, als er ihr es zugestanden hätte. Die beiden Frauen waren auf Augenhöhe. Liam gefiel es.

„Du gefällst mir“, sagte Calli und nickte ihr anerkennend zu.

Andi erwiderte die Geste, doch Liam bemerkte einen seltsamen Glanz in ihren Augen. Außerdem war sie ein beträchtliches Stückchen näher zu ihm herangerutscht. Grundgütiger … sie war eifersüchtig! Gut, auf Calli eifersüchtig zu sein, entbehrte jedweder Grundlage, dennoch fühlte er sich geehrt. Sie wollte ihn, genauso wie er sie wollte. Das Gefühl war berauschend, ließ seine Brust eng werden. Ohne weiter auf Calli zu achten, wandte er sich seiner Frau zu und umfasste ihr Gesicht. „Nur du, Rotfuchs. Immer nur du“, murmelte er an ihren Mund. Eine Woge der Lust überschwemmte seinen Körper. Er hatte schon oft Leidenschaft oder Verlangen verspürt. Aber dieses Mal liebte er. Zusammen mit dieser starken Emotion bildete sich eine völlig neue Ebene der Sehnsucht nach weiblicher Nähe. Nach ihrer Nähe.

Das Intermezzo im Wald war nicht genug, um seinen Hunger nach ihr zu stillen.

Räuspern.

Liam ignorierte es und gab Andi einen Kuss. Weiche Lippen legten sich auf seine und ihr Geschmack brachte seine Geschmacksknospen zum Explodieren.

Erneutes Räuspern. „Auch wenn du spitz wie Nachbars Lumpi bist, Mennox erwartet uns."

„Du störst", erwiderte Liam knapp, ohne sich von Andi zu lösen.

„Du nervst. Also ist ja alles beim Alten", sagte Calli fröhlich. „Weltuntergang, Rat, Drachenclan, böses Juju und so weiter."

„Lass uns erst mal ankommen. Eine Stunde." Andi wollte zurückweichen, er ließ sie nicht. Die Welt würde nach diesem Kuss genauso untergehen, wie davor.

Calli murmelte noch ein paar Flüche, entfernte sich aber.

„Ich liebe dich, mein Rotfuchs", sagte er zwischen zwei Küssen. Er war süchtig nach ihren süßen Lippen und der Wärme ihres weichen Körpers. Ihre kläglichen Versuche sich aus seiner Umarmung zu befreien, verebbten unter seinen Berührungen. Sie legte ihre Hände um seine Hüften, zog ihn dichter heran. Sofort beschleunigte sich ihr Herzschlag, schlug rau gegen seine Brust. Der unglaubliche Duft ihrer Erregung flutete seine Sinne.

„Komm ich zeige dir unser Zimmer", flüsterte er ihr zu.

„Du musst zu den anderen."

Liam ignorierte ihre brüchigen Worte, ihr Köper sagte etwas anderes. Die leicht geröteten Wangen, die feuchten Handflächen und der sehnsüchtige Blick auf seine Lippen gaben ihm recht.

„Liam!"

Na fein. Er blieb stehen, zog sie vor sich und legte die Hände um ihren Bauch. „Du willst hierbleiben? Schön." Mit gespreizten Fingern drückte er sie an sein Becken. „Ich könnte dich auch einfach über das Geländer da beugen", raunte er leise, während er an ihrem Nacken knabberte. „Dir die Kleider vom Leib reißen." Er schob einen Finger unter den Bund ihrer Jeans. Ihr Atem ging nur noch stoßweise. „Und dann …"

„Lass uns gehen!"

Eins zu null für ihn. Er verkniff sich das triumphierende Grinsen. Diesmal war er es, den sie an der Hand mitführte.

*

„Ich hasse euch!" Andi sah die Haarlocke zwischen ihren Fingern an. „Alle miteinander." Obwohl die heiße Dusche Balsam für ihre übermüdeten Knochen gewesen war, verloren ihre Haare gerade ihren gottverfluchten Verstand. In einem Haus voller Supermodels, wie ein explodierter Eichhörnchenschwanz auszusehen, war inakzeptabel. Entschlossen griff sie nach dem schwarzen Haarband auf der Spiegelkonsole und brachte ihre Mähne halbwegs unter Kontrolle. Nach mehreren Versuchen das Gebilde auf ihrem Kopf, wie eine Frisur aussehen zu lassen, blieb nichts als die Kapitulation. Sie konnte sich nicht daran erinnern, jemals so lange vorm Spiegel gestanden zu haben. Äußerlichkeiten hatten in ihrem Leben bisher keine Rolle gespielt. Doch sobald sie mit Liam das Anwesen des Drachenclans betreten hatte, änderte sich diese Einstellung schlagartig. Der Empfang war warm. Sie wurde herzlich aufgenommen, nicht schief angesehen oder argwöhnisch beäugt, wie sie es erwartet hatte. Bis auf Mercy. Die Frau von Darian hielt Distanz. Andi hatte an Liams Gesichtsausdruck erkannt, dass mit Mercy etwas nicht stimmte. Ihre bemerkenswert violetten Augen ließen sie nicht los. Die wirbelnden Ströme schienen in ihr Bewusstsein einzudringen. Sie war ein Orakel, klar. Aber das Gefühl, dass jemand mehr über ihre Zukunft wusste, als sie es sich auszumalen vermochte, war ihr unheimlich. In dem Moment, da sich ihre Blicke getroffen hatten, durchfuhr sie eine Ahnung. Mercy hatte etwas gesehen. Was? Spielte ihre Nervosität ihr einen Streich? Es konnte nichts Schlimmes gewesen sein. Andi gab sich keinen Illusionen hin. Falls Mercy den Verdacht hegte, Andi würde das Anwesen in ein Holzkohlemuseum verwandeln, würden sie die Brandgefahr schleunigst wieder vor die Tür setzen. Nicht nur Mercys Distanz verursachte die Bauchschmerzen, unter denen Andi litt. Es war die überwältigende Schönheit aller Bewohner dieses Hauses. Den Gedanken hier mithalten zu können, schüttelte sie rasch ab. Unmöglich. Dennoch wollte sie wenigstens nicht wie ein Bauerntrampel aussehen. Liams flapsige Antwort für den Grund ihrer Verspätung setzte dem Debakel die lächerliche Krone auf.

Am liebsten wäre sie im Boden versunken, als er ihren Ausflug in den Wald erwähnt hatte. Und das nicht nur wegen der Unmengen von Laub und Moos auf ihren Kleidern. Er war damit herausgeplatzt, als wäre es das Normalste der Welt. Sie schämte sich zwar nicht, aber angesichts der Umstände kam sie sich schrecklich egoistisch vor, so viel Spaß zu haben, während sie in Lebensgefahr schwebten. Sex mit Liam entbehrte darüber hinaus jedweder Logik. Es war schlichtweg nicht möglich, was er mit ihr tat. Der Regen hatte ihre Zweifel mitsamt ihrem Verstand weggespült. Es hatten nur noch sie beide existiert. Zwei warme Körper, welche sich nach ihrem Gegenstück verzehrten, die keine Ruhe finden konnten, bis sie wieder vereint sein durften. Die Erinnerung daran vertrieb die düsteren Gedanken an ihre körperlichen Mängel. Trotz allem liebte Liam sie. So, wie sie war. Bekleidet mit einem weißen Handtuch trat sie aus dem Badezimmer. Ihr Blick fiel auf die zerwühlten Laken auf dem Bett. Liam hatte sich sehr gründlich verabschiedet, bevor er zu Mennox zum Briefing gegangen war. Mehrmals. Obwohl ihr Vorspiel primär aus Versicherungen seinerseits bestanden hatte, dass das Zimmer absolut feuerfest sei. Dafür habe er gesorgt. Einerseits war es süß von ihm, andererseits ein Eingeständnis ihrer Unberechenbarkeit. Fertig angezogen stand sie vor den kläglichen Überresten ihrer Habseligkeiten. Zwei Reisetaschen. Wobei eine davon ausschließlich mit hektisch zusammengesuchten Arbeitsmaterialien vollgestopft war. Ein unbehagliches Gefühl machte sich in ihr breit. Wohnte sie hier? Konnte sie ihre Kleider einfach so auf die Bügel hängen? Zögerlich ging sie zu dem leuchtenden Bedienungspad an der Wand. Nachdem Liam sich das zweite Mal verabschiedet hatte, hatte er ihr die vielen Knöpfe und Schalter erklärt. Es gab nichts, was nicht automatisch gesteuert wurde. Leise summend glitt die Schrankwand auf. Jetzt war die Frage nach den Gottheiten geklärt. Liam betete definitiv zum allmächtigen Modezar. Eine Hälfte des Schranks quoll über vor Sakkos, Hosen, Shirts, Pullover und mehr Accessoires, als sie zählen konnte. Auf der anderen Seite klaffte ein großes Loch. Offensichtlich für sie bestimmt. Ihre wenigen Sachen würden sich darin verlaufen. Vielleicht konnte sie die Fächer für ihre Bücher verwenden. Sobald sie ihr Londoner Apartment räumen ließ, musste sie sich ohnehin einen Lagerraum anmieten. Die wichtigsten Daten hatte sie auf zwölf USB-Sticks, immer griffbereit. Ihre Literatursammlung sprengten regelmäßig die Freimengen an den Flughäfen. Nachdem David vier Taschen am Check-Inn Schalter in Heathrow hatte umpacken müssen, hatte er ihr strikt verboten, je wieder ein gebundenes Wort mitzunehmen. Als ihre Gedanken zu ihrem früheren Freund abzurutschen drohten, schüttelte sie sich und griff nach den ordentlich aufgereihten Herrenoberteilen im Schrank. Es gab keinen Grund, sie dermaßen zu quetschen. Für den Augenblick würde ihr ein kleines Fach genügen. Bedächtig hing sie die Kleiderbügel auf die Stange. Ein Rascheln lenkte ihre Aufmerksamkeit auf die Seitentasche eines Jacketts, das sie in den Händen hielt. Sie vergaß auch immer, Notizzettel oder Kaugummipapier wegzuwerfen. Dieser Umstand führte regelmäßig zu weißen Klumpen in der Waschmaschine und unschönen Konsequenzen an schwarzer Kleidung.

Claire.

Andi stockte der Atem. Das war kein Müll. In filigraner, unverkennbar weiblicher, Schrift prangte der Name vor ihr auf einem blassrosa Zettelchen. Darunter eine Telefonnummer.

Marie.

Diesmal sogar einparfümiert. Ihr drehte sich der Magen um. Von der Neugier gepackt kontrollierte sie die anderen Taschen.

Sidney. Hillary. Catherine.

Eine schier endlose Flut schriftlicher Dateangebote ergoss sich in ihre Hände. Sie wusste über seine Vergangenheit Bescheid. Jemand mit Liams Aussehen blieb keine Nacht freiwillig alleine. Sie bezweifelte, dass er diese Nummern jemals angerufen hatte. Achtlos zusammengeknüllt, weggeworfen. Es machte keinen Unterschied, ob er mit ihnen telefoniert hätte oder nicht. Weggeworfen hätte er sie ohnedies. Dennoch. Reichte es denn nicht, dass sie sich gegen die hausinternen Gefahren behaupten musste? Gut, sie vertraute Liam. Theoretisch. Mercy und Lillian stellten keine Bedrohung dar. Sie waren liiert und Liam umarmte sie eher brüderlich neutral. Kein Problem. Die einzige Singlefrau war Callista. Ebenso war sie die Einzige, die ihm dieses besondere Lächeln auf die Lippen zauberte, was sonst nur Andi vermochte. Ihr gemeines Hirn fing an, zu vergleichen. Beine bis zum Himmel,

Haut, wie Alabaster, definierte Muskeln an Körperstellen, die Andi nicht einmal bewegen konnte. Kein Schmuck, keine Schminke. Bei diesen dichten, schwarzen Wimpern auch nicht vonnöten.

Aber nein. Sie war, wie eine Schwester für ihn. Red dir das nur ein. Halt die Klappe oder ich stopfe sie dir!

Ärgerlich packte sie die Zettel zurück und räumte den Schrank ein. Wo war ihr Selbstbewusstsein hin? Früher störte es sie einen feuchten Dreck, was andere von ihr hielten. Wem es nicht gefiel, sollte eben woanders hingucken. Ihr Erfolg, der bestechende Pragmatismus und ihr Talent. Darauf baute sie. Warum verpuffte das nun? Wieso fühlte sie sich, wie die Putzfrau in der Modelagentur? Vielleicht steckte mehr dahinter. Würde sie in die Familienidylle passen? Mochten die Krieger sie? Mit jeder Minute wurde ihr unwohler, fühlte sie sich fehl am Platz. Dann fiel ihr auf, dass sie tatsächlich allein war. Seit Jahren endlich ohne Aufpasser. Lag es daran? Oder die Müdigkeit wandelte sich allmählich zu Melancholie.

Frische Luft. Das würde ihren Kopf klären. In der Eingangshalle hatte sie eine große Glasfront bemerkt. Sie zog sich an und ging auf leisen Sohlen zur Tür raus. Fürs Erste wollte sie so wenig Aufmerksamkeit auf sich ziehen, wie möglich. Immerhin war sie eine Fremde. Wild entschlossen, die dunklen Gedanken im Zimmer zu lassen, stieg sie die Stufen hinab. Da niemand zu sehen war, befand sie, dass alle noch in der Besprechung waren. Liam hatte sie mitnehmen wollen, aber sie hatte eine Dusche nötig gehabt. Und vor allem brauchte sie etwas Zeit sich an Gesellschaft zu gewöhnen. Erleichtert stellte sie fest, dass es sich tatsächlich um einen Balkon handelte. Kaum tat sie einen Schritt in die Dunkelheit hinaus, durchfuhr sie ein eisiger Schauer. Die Kälte kroch ihr unter die Kleidung. Anfang Februar in Neuengland war kein Zuckerschlecken für ihre sonnenverwöhnte Haut. Die laue Brise des Abends glich spitzen Nadeln, die sich in ihre

Wangen bohrten. Unterstrichen vom feuchten Nachhall des Regens. Wenigstens war sie jetzt wieder wach. Schwarze Umrisse türmten sich vor ihr auf. Wälder, wie sie vermutete. Grüne Nadelwälder, murmelnde Bäche, saftige Auen. Ganz anders als Ägypten. Viele vermochten die Schönheit der Wüste nicht zu sehen. Sie liebte die weichen Dünen, die nie zweimal am selben Ort zu finden waren. Der Wind, der auf den niedrigen Wellen ritt, sie landeinwärts trieb. Heimweh. Das war es. Die Hitze, die süßlichen Gerüche auf den Märkten, die bunten Farben in den Souks. Ihr fehlte sogar der lästige Sand. Es würde vergehen. Dessen war sie gewiss. Mit Liam an ihrer Seite war sie überall zu Hause. Dennoch war es ein seltsames Gefühl. Als ihre Zähne aufeinanderschlugen, beschloss sie ihren Ausflug vorzeitig zu beenden. Sie warf einen letzten Blick auf den verhangenen Nachthimmel und wandte sich um.

„O nein." Die Glastür bewegte sich keinen Millimeter.

Du bist nicht nur zu einem weinerlichen Bündel Selbstmitleid mutiert, du hast auch deinen Verstand im Flugzeug vergessen. Reiß dich endlich zusammen!

Sie analysierte ihre Lage. Lautes Klopfen und um Hilfe rufen würde ihrem Stolz nicht gefallen. Über das Geländer runterklettern, kam nicht infrage. Wer wusste schon, wie tief es da hinunterging. Bewegungen auf der Galerie im Inneren des Hauses ließen sie in ihren Überlegungen innehalten. Liam kam mit Callista und Darian im Schlepptau um die Ecke. Die Besprechung war zu Ende. Perfekter Zeitpunkt. Aus einem Impuls heraus huschte sie zur Seite. Vorsichtig lugte sie aus ihrem Versteck. Sie lachten miteinander. Darian schlug Liam auf die Schultern, Callista umarmte ihn. Vor seiner Zimmertür zögerte Liam. Seine Kameraden redeten auf ihn ein.

Einerseits wollte sie auf schnellstem Wege in seine Arme, andererseits wollte sie unter keinen Umständen den Kampf gegen eine Glastür verlieren. Offensichtlich hatten sie Liam überredet. Sie gingen gemeinsam weiter. Das Anführer-Pärchen wohnte nicht in diesem Stockwerk, das hatte Liam ihr vorhin erzählt. Um ihre Finger vor dem Kältetod zu bewahren, rieb sie die Handflächen aneinander. Denk nach. Los!

Liam würde sich nicht lange aufhalten lassen, vielleicht eine halbe Stunde. Die Aussicht dreißig Minuten in der Kälte zu stehen, ließ ihre Schultern sinken.

Eine weitere Gestalt auf der Galerie weckte ihre Aufmerksamkeit. Das musste Venor sein. Sein Gang wirkte hart und unnachgiebig wie seine Körperhaltung. Der lange Ledermantel wehte hinter ihm her, als er die Stufen hinabstieg. Laut Liam war er der Stillste von allen und nicht so sehr auf Kontakt bedacht.

Bevor ihr Stolz Amok laufen konnte, fasste sie sich ein Herz und klopfte sachte gegen die Scheibe.

Venor hielt abrupt inne und fixierte sie mit Argusaugen. Sie erschrak.

Wie ein Raubtier blickte er sie scharf an. Jedoch nur für einen Moment. Sie konnte förmlich sehen, wie seine Freund-Feind-Kennung auf Hochtouren arbeitete und binnen eines Sekundenbruchteils eine Entscheidung getroffen hatte. Erleichtert stellte sie fest, dass er sie wohl als den aktuellen Gast des Hauses erkannte. Wenn nicht, so vermutete sie, würde sie bereits tot am Boden liegen. Die Sinne eines Kriegers waren nicht zu unterschätzen. Dieses Kriegers im Speziellen, wie es ihr schien. Mit großen Schritten kam er auf sie zu und Sie fühlte sich mit jedem Stück, das er näher kam, kleiner. Er war ein Riese. Ihr Herz schlug jetzt im Gleichklang mit ihren klappernden Zähnen.

Kaum hatte er die Tür geöffnet, hielt sie ihm die Hand entgegen. „Hallo. Ich bin Andi. Du musst Venor sein. Es freut mich, dich kennenzulernen“, plapperte sie schnell.

Venor verzog keine Miene. Eisern blickte er auf sie. Sein Gesicht war markant. Die Nase kerzengerade, der

Mund umrandet von einem zarten Dreitagebart. Er passte äußerlich nicht zu den anderen. Dennoch war er ein schöner Mann, das musste sie sich eingestehen. Die kurzen Haare standen ihm. Mit Liams blondem Schopf sähe er lächerlich aus. Seine hohen Wangenknochen lockerten seine harten Züge auf. Er war streng, auf eine edle Art. Hinter den abweisend wirkenden Gesichtszügen steckte mehr.

„Ich habe mich ausgesperrt", sagte sie in der Hoffnung, eine Reaktion zu ernten. Nichts. „Und ich vermute, ich werde so lang reden, bis du meine Hand schüttelst."

Einem Drachenkrieger ein Ultimatum zu stellen, war keine kluge Idee. Aber er würde ihr nichts tun. Das war absurd.

„Hallo Andi." Endlich erwiderte er ihren Handschlag, wenn auch zögerlich. Seinem Tonfall war keine Emotion zu entnehmen. Mit aller Macht unterdrückte sie ein Quietschen. Sein Händedruck war nicht von schlechten Eltern. Ein kaum merkliches Zucken durchlief seine Handflächen, als er losließ. Dann geschah etwas Seltsames. Für einen Augenblick trafen sich ihre Blicke und es war, als verbünde sie ein unsichtbares Band. Trotz seiner dunklen Augen fühlte sie sich plötzlich verstanden und auf eine familiäre Weise angenommen. Es war, als ginge sein Blick unter ihre Oberfläche. Aber nicht auf eine unangenehme Art. Es war angenehm, vertrauenserweckend. Venor schaute an Andi vorbei und blickte in das Tal hinter ihnen. Er nickte bedächtig, lehnte die Tür an und ging zum Geländer. Unschlüssig, was sie tun sollte, folgte sie seinem Wink. Es war angenehm, neben ihm zu stehen, stellte sie fest. Keine überspielte Höflichkeit. Keine lieben Worte. Nur Gesellschaft.

Wortlos zog er seinen Ledermantel aus, entnahm das Katana und reichte ihr das Kleidungsstück. „Sie sind alle aufgeregt und froh, dass Liam wieder da ist. In ein paar Minuten hat sich der Trubel gelegt, dann kannst du hochgehen, ohne entdeckt zu werden“, sagte er leiser als zuvor.

„Ich wollte mich nicht blamieren.“ Sie schlüpfte in den Mantel und entsandte ein kurzes Dankgebet für die Restwärme, die er hinterlassen hatte.

Seite an Seite standen sie am Geländer und blickten in die Dunkelheit. Vielleicht war es keine gute Idee, ausgerechnet mit ihm als Erstes allein zu sein. Was sollte sie zu ihm sagen? Liam hatte ihnen das Wichtigste berichtet. Außerdem wollte sie die Konversation nicht in stürmische Gewässer lenken. Das Gespräch würde schnell mit dem Eisberg namens Rat der Nephelim kollidieren und ein grausiges Ende finden.

„Furcht ist eine Luxusemotion“, sagte er unvermittelt. „Kaum einer kann sie sich leisten.“ Seine Aussage verwirrte sie. Sie hatte keine Angst vor ihm. Trotz Liams Warnungen empfand sie seine Gesellschaft nicht als eigenartig oder abschreckend. Er hatte viel durchgemacht, von einem gefühllosen Monster war er jedoch weit entfernt. Nur weil er seine Gefühle nicht an die große Glocke hing, hieß das nicht, dass er keine hatte. Sie kannte diesen Umstand aus eigener Erfahrung. Auch sie hatte lernen müssen Emotionen zu verbergen, einzumauern und dabei innerlich auseinandergerissen zu werden.

„Ich fürchte mich nicht vor dir“, erwiderte sie laut, um ihren Worten Nachdruck zu verleihen.

„Ich weiß. Aber vor den anderen.“

Oh. Ihr Versteckspiel war ihm nicht entgangen. In einem Punkt irrte sich Venor dennoch.

„Ich habe keine Angst, dass mir etwas geschieht. Ich befürchte, jetzt, da wir in Liams Zuhause sind, umgeben von euch, stellt er fest, dass ich nur ich bin.“ Für eine Sekunde stand sie wie vom Donner gerührt da. Wieso erzählte sie ihm das? Einem wildfremden Mann, der wahrlich schwerwiegendere Sorgen hatte, als ihre postpubertären Selbstzweifel. „Es tut mir leid, Venor. Ich wollte nicht …“

„Ein Drachenkrieger verschenkt sein Herz nicht vorschnell und grundsätzlich nur einmal.“

Sprachlos nahm sie einen tiefen Atemzug. Was? Erst langsam begriff sie, was er meinte.

Jeder hätte diese Worte sagen können. Doch ihm glaubte sie anstandslos. Und plötzlich wurde es wahr. Liam würde sie nicht fallen lassen für ein besseres Modell. Es war, als hätte Venor mit einem Satz einen Damm zum Brechen gebracht, der all ihre Freude zurückgehalten hatte. Er war pragmatisch, simpel und ehrlich. Genau das, was sie gebraucht hatte.

„Liam kontrolliert gerade seinen Geheimvorrat weißer Schokolade. Du kannst gehen.“ Er wandte sich jetzt erstmals zu ihr um und schaute sie an. Etwas hinter seinem steifen Blick regte sich, blitzte kurz auf, bevor es in den Tiefen seiner Seele verschwand.

Sie konnte nicht anders, als ihn anzulächeln. „Danke Venor, vielen Dank.“ Allen Mut zusammennehmend, schloss sie locker die Arme um ihn.

Er erwiderte die Umarmung nicht, aber das machte nichts. Sie hatte das innere Bedürfnis, ihn festzuhalten, ihn wissen zu lassen, dass sie aufrichtig dankbar war. Dann spürte sie, wie er den Kopf neigte, um ihr Platz in der Kuhle unter seinem Hals zu bieten. Dieser Körperkontakt hatte nichts Anstößiges. Keine sprühenden Funken wie bei Liam. Nur ein Mann, der, wie es Andi schien, lange nicht mehr den Körper eines Menschen auf eine vertraute Weise gespürt hatte. Er gab ihr die Bestätigung, nach der sie suchte. Sie gab ihm ein bisschen Halt in einer bröckelnden Welt. Niemand würde ein Wort über dieses Treffen verlieren. Nicht aus Scham oder Schuld. Sondern aus Respekt. Das konnte sie deutlich spüren.

Sie löste sich von ihm und gab ihm seinen Mantel zurück.

„Zieh dich um, wenn du oben bist. Du riechst nach

mir, das wird Liam nicht gefallen." Damit drehte er sich um, stellte sich vor das Geländer und stützte die Hände darauf ab.

Sie beobachtete ihn noch für einen Augenblick. Wer hätte gedacht, dass sie sich ausgerechnet mit ihm zuerst anfreundete.

Kaum im Haus kam die Müdigkeit zurück. Diesmal ohne Melancholie. Die Last war von ihren Schultern abgefallen. Heute Nacht würde sie das erste Mal mit ihrem Mann in einem richtigen Bett schlafen und am Morgen gemeinsam aufwachen. Ihre Tritte hallten laut über den Marmor, als sie lächelnd die Treppen hochlief. Zu Hause.

12. Kapitel

„Hat die Sonne Ägyptens dein Resthirn geröstet?" Wütende Augen blitzten in der Dunkelheit zu Liam auf. Bei jedem anderen hätte er die feindselige Haltung ernst genommen. Nicht bei Calli.

Die Hände in die Hüften gestemmt, stand sie vor ihm. Bereit, ihm bei der falschen Antwort die Krallen ins Gesicht zu schlagen. Das schwarze Tanktop spannte über ihrem Bauch. Während seiner Abwesenheit musste sie trainiert haben, wie ein Berserker. Andererseits war sie jung. Das volle Potenzial eines Drachenkriegers entwickelte sich stetig weiter.

„Du hast mir auch gefehlt", erwiderte Liam lächelnd und zog die Kriegerin an seine Schulter. Den Kuss auf die Schläfe konnte er sich nicht verkneifen. „Also, göttliche Callista, wieso bewachen wir die öffentliche Übernatürlichen-Bibliothek?" Die Straßen waren belebt, gut ausgeleuchtet und es gab kaum dunkle Hinterhöfe.

„Wir sind keine Halbgötter", sagte Calli. Lachend schupste sie ihn von sich.

„Die Genetik lügt nicht", trällerte er fröhlich. „Es wird endlich offiziell. Wir sind überirdisch toll." Warum aus dem ganzen Schlamassel nicht etwas Positives ziehen? „Manche mehr, manche weniger", fügte er betont mitleidig hinzu.

Erneut erntete er ein bösartiges Funkeln. Sie hatte den Siedepunkt bald erreicht.

„Hey, wir sind alle Gottes Geschöpfe. Als ich erschaffen wurde, bewies er seinen Sinn für Schönheit und Intelligenz. Bei dir zeigte er Sinn für Humor. So gleicht es sich aus."

„Schon mal zwei Liter Blut durch die Nase gespendet?" Ihre Finger ballten sich zur Faust und angesichts ihrer Muskeln, wollte er sein Gesicht heute nicht damit bekannt machen.

„Okay." Zur Entschuldigung hob er beide Hände und warf ihr seinen hoffentlich süßesten Hundeblick zu. Normalerweise würde er den Schlagabtausch nicht so einfach aufgeben, in seiner Euphorie ließ er sie jedoch gern gewinnen. Obwohl er einen genialen Spruch mit ihrer Stimme und einer Kreissäge auf Lager gehabt hätte. Mit seiner Laune stand es bestens. Ja, der Rat war noch da, bedrohte den Frieden ihrer Welt. Baltes kochte irgendwo sein Süppchen, dessen war er sich gewiss, auch wenn Mennox diese Tatsache absichtlich ignorierte. Aber er hatte Andi. Zu Hause in Sicherheit, wo sie auf ihn wartete. Zum ersten Mal in seinem Leben freute er sich auf die Abende in seinem Zimmer. Früher war er dort lediglich zum Schlafen. Spaß hatte er überall gehabt, nur nicht in den einsamen Stunden im Anwesen. Bis jetzt. Jeder Blick seines Rotfuchses belebte seine Seele. Ebenso die Gebiete unterhalb der Taille. Ihr perfekter Körper, wie er sich unter ihm wand und nach mehr gierte.

„Sobald du mit deinem Sex-Flashback fertig bist, würdest du dich bitte zusammenreißen?"

Liam musste zweimal blinzeln, bis er wieder auf der Straße war, auf der sie standen.

„Wenn ich wüsste, was wir hier tun, könnte ich dir helfen. Da du mir das jedoch nicht sagst, verweile ich in spannenderen Gefilden", gab er zurück und untersuchte zum fünften Mal die Gebäude vor sich.

„Ich such jemanden", antwortete sie unwirsch und kaute auf ihrem Daumennagel. Das machte ihn misstrauisch. Diese Geste war neu.

„Wen?"

„Verdammt. Er ist nicht da." Sie drehte sich um und ging an ihm vorbei.

„Zum Teufel, wer denn?" Die Tatsache, dass sie um eine Antwort herumschlich, weckte seine Neugier.

„Ein Kerl, elfische Abstammung. Mehr weiß ich nicht." Sie klang zerknirscht. „Ich war jetzt jeden Abend in der

Bibliothek, er kommt einfach nicht. Es ist zum verrückt werden."

Moment. Er hielt sie am Unterarm fest. Sie waren seit so vielen Jahren gemeinsam unterwegs, er kannte seine Kameradin in- und auswendig. „Wir stalken einen Kerl?" Unfähig seine Begeisterung zurückzuhalten, grinste er sie breit an.

„Unsinn. Ich … er ist ein Zeuge. Wieso interessiert dich das so brennend?"

„Ich fass es nicht." Er stellte sich vor sie und sah ihr in die Augen. „Du stehst auf ihn!" Sie blinzelte, nahm einen tiefen Atemzug und … Ach du Scheiße! Calli wurde rot. Volltreffer!

„Blödsinn."

„Komm, wir kaufen Benzin und brennen deinen Namen in seinen Vorgarten. Das wollte ich schon immer!"

„Hörst du dir gelegentlich zu?", fauchte sie und drehte den Kopf weg.

„Das machen Stalker so."

„Ich stalke ihn nicht, du Idiot!"

„Du bist verknallt! Wie hast du ihn kennengelernt? Wie sieht er aus?"

„Liam ich schwöre dir halt deine … na fein. Ich hoffe, ihn wiederzusehen. Na los, mach dich darüber lustig."

Sie blickte an ihm vorbei ins Leere.

Ein schlechtes Gewissen machte sich in ihm breit. Calli war kein Unschuldslamm. Er dachte an einen Kerl vor drei Jahren. Mehr als eine Bettgeschichte war er aber nicht gewesen. Das hatte sie selbst gesagt. Ihr schien es ernst zu sein. Das erste Mal. „Dazu gibt es keinen Grund", sagte er. „Manchmal vergesse ich, dass du … na ja, eine Frau bist." Nachdem die Worte über seine Lippen gekommen waren, wurde ihm flau im Magen. War seine Kameradin einsam? Er hatte stets nur die Freundin und Kriegerin in ihr gesehen. Ihr Gefühlsleben war ihm unbekannt. Jetzt, da er wusste, was es bedeutete, zu lieben und nicht allein zu sein, verstand er, wie hart das Single-Leben eines Kriegers war. Seine Vergangenheit lag trist und öde hinter ihm. „Ich freue mich, wenn er dir gefällt. Warum auch nicht. Du bist wunderschön, klug und charmant.“ Liam biss sich auf die Zunge, bis es wehtat.

„Das weiß ich. Danke.“

Ihm entging ihr Lächeln nicht. Sie wusste, dass seine Sticheleien nie böse gemeint waren. Dennoch würde er ab sofort den Filter zwischen Hirn und Mund einschalten. Sie zu ärgern, war okay, verletzten nicht. „Hast du ihn hier getroffen?“

„Ja. Ich habe Akten abgeholt. Wir unterhielten uns. Ein Satyr kam dazwischen. Danach hat er dem Opfer geholfen. Ein geschickter Heiler ohne Angst.“

Der Typ hatte wirklich Eindruck geschunden.

„Dann kam dein Anruf und ich musste weg.“ Sie warf die Hände hoch. „Keine Ahnung, wo er wohnt.“

„Du findest ihn. Bisher konnte sich niemand lange deiner Sturheit widersetzen.“

„Ich will’s hoffen. Komm, wir gehen.“

Es störte ihn plötzlich nicht mehr, vor der Bibliothek zu stehen. Für seine Kameradin würde er sich auch ein paar Stunden langweilen. Aber sie machte sich bereits auf den Weg. „Langsam, damit unsere zwei Topspione nicht die Spur verlieren.“

Genervt verlangsamte er seine Schritte.

„Das ist so lächerlich“, sagte sie leise und verschränkte die Arme vor der Brust. „Die beiden könnten uns keine Meile verfolgen, wenn wir es darauf anlegen würden.“

„Mennox pocht auf eine friedliche Lösung. So lange müssen wir sie in Ruhe lassen.“ Es passte Liam genauso wenig. Kaum hatten sie einen Fuß aus dem Auto gesetzt, lauerten Agent Null und Doppelnull ihnen auf. Sie kamen vom Rat. Ohne Zweifel.

„Der Rat ahnt, dass wir ihnen nicht mehr trauen. Wieso warten wir noch? Wir sollten der Bevölkerung von ihren

Taten erzählen."

„Und dann?" Er verstand sie, aber sie bedachte die Konsequenzen nicht. „Der Rat kann uns nichts tun. Den anderen schon. Hast du daran gedacht?" Zudem wussten sie immer noch nicht, womit genau sie getötet werden konnten. „Nur wir sind in der Lage, sie laut Rotfu… Andis Aussagen, zu töten. Wenn wir unvorsichtig sind, könnte der Krieg verheerende Folgen haben. Für alle."

„Wir brauchen die Waffe", murmelte Calli. „Es wird Zeit, dass die weißen Deppen abdanken."

Bald. Andi würde das schaffen. Sie würde herausfinden, woher die Waffe stammte. Bevor er gegangen war, hatte sie mit Mennox gesprochen. Ihr Anführer hatte ihr den Schlüssel zum privaten Teil der Bibliothek gegeben. Eine große Geste. Er liebte seine Sammlung und erlaubte nur ausgewählten Personen, einen Fuß in sein Allerheiligstes zu setzen. Andi hatte ihr gemeinsames Schlafzimmer binnen zwei Minuten in ein Büro verwandelt. Es störte ihn nicht. Er genoss es, ihr bei der Arbeit zuzusehen. Die feine Linie zwischen ihren Augenbrauen, wenn sie angestrengt nachdachte, war zum Küssen. Ebenso ihr leises Gemurmel, wenn sie etwas übersetzte und mit sich selbst redete. Oder wenn sie in fremden Sprachen fluchte. Es war göttlich. Die Geschwindigkeit, mit der sie ein Buch lesen konnte, beeindruckte ihn. Sie überflog die Seiten und speicherte den Inhalt ab, als wäre ihr hübscher Kopf ein Hochleistungsrechner. Intelligent und wunderschön. Als Gott sie erschuf, wollte er angeben. Würde sie irgendwann aufwachen und feststellen, dass er nur er war? Keine Doktortitel, Ehrenämter oder einen IQ jenseits von Gut und Böse. Reichte ihr das? Reichte er ihr?

Ein herber Schlag auf die Brust riss ihn aus seinen Gedanken.

„Riechst du das?"

Die Frage war überflüssig. Im Augenblick, als er dem Tagtraum entrissen wurde, schlug ihm der bittere Geruch des Feindes ins Gesicht. „Wo?“ Sofort schob er die Schwärmereien und Selbstzweifel beiseite. Jetzt war er ein Krieger auf der Jagd.

„Hinter uns“, sagte sie, ohne sich umzudrehen.

Jede Körperfaser bis zum Bersten gespannt, schaute er seitlich zu Boden, um aus den Augenwinkeln die Gasse zu kontrollieren. „Ich nenne das Ironie des Schicksals. Unsere Spione haben sich Freunde gesucht.“ Erstickte Schreie und Fußgetrappel bestätigten seine Ahnung. Sie hatten sich mittlerweile von den belebten Fußgängerzonen entfernt.

„Wie viele?“, fragte Callista.

„Zwei.“

Unschlüssig hielten sie inne. „Sie arbeiten für den Rat. Verdienen vielleicht den Tod.“ Callistas Stimme wehte leise zu ihm rüber.

„Sie sind Abschaum. Uns zu verraten oder gar zu töten, wäre ein Hochgenuss für sie“, flüsterte er, wohl wissend, dass es eine prekäre Situation war, zurück.

Calli nickte. „Sie haben den Tod verdient.“

Metallisches Knirschen erklang, als sie synchron ihre Schwerter zogen und sich umdrehten. Trotzdem würden die Verräter nicht durch die Hand eines Satyrs sterben. Untätig zuzusehen kam nicht infrage. Die Kriegerseele stand der Gerechtigkeit in diesem Falle im Weg. Den Bestien das Morden zu gestatten, würde eine Wunde hinterlassen, welche kein Verband schließen konnte.

Seite an Seite liefen sie los, bereit ihrer Bestimmung zu folgen. Steine knirschten unter ihren Stiefeln, die schwarzen Mäntel flogen.

Er nahm Calli nur noch schemenhaft wahr. Mit jedem Schritt wurde der Gestank ihrer Beute beißender. Das letzte Mal, als er einen Satyr erledigt hatte, tat er es um seine Gefährtin zu schützen. Er hatte die Angreifer mit brachialer Gewalt getötet. Rasend vor Wut, den roten Schleier vor Augen, aus Angst um seine Frau. Diesmal war es anders. Er verspürte keine Furcht. Aber die Wut blieb dieselbe. Einem dieser Dämonen anheimzufallen, hatte keine Kreatur auf dieser Welt verdient.

Sie kamen gerade rechtzeitig. Blut bedeckte den Asphalt, bildete spiegelnde Pfützen. Zwei Satyrn, zwei Opfer. In diesem Bereich waren sogar Monster in der Lage fair zu teilen. Schneller als er es von Calli gewohnt war, rannte sie an ihm vorbei. Mit katzenhafter Eleganz sprang sie auf einen Satyr, rollte sich auf seinem Rücken ab und schleuderte ihn mit der so gewonnen Kraft in hohem Bogen durch die Luft. Noch bevor er auf dem Boden aufschlug, durchtrennte sie mit einem sauberen Schnitt seine Kehle. Wow.

Der zweite Satyr schien seine Misere zu bemerken. Zu spät. Liam beobachtete ihn in aller Ruhe. Nach dieser Showeinlage konnte er ihn nicht einfach enthaupten. Er wartete, bis seine Beute sich aufgerappelt hatte und davonlaufen wollte. Langsam holte er aus, beugte das vordere Bein um mehr Schwung zu holen und warf das Schwert nach vorne. Funken stoben empor, als Metall auf nackten Stein traf.

„Angeber“, rief Calli neben ihm.

Er hatte sein Ziel nicht verfehlt. Kalter Stahl nagelte den Satyr an der Häuserwand fest, wie ein Zahnstocher die Fliege. Liam hatte das Rückgrat durchtrennt. „Nur kein Neid.“ Gelassen schlenderte er zu seiner Waffe. Die roten Augen seines Feindes verblassten im Angesicht des Todes. Ausdruckslose Pupillen schauten leer zu ihm auf. Er umfasste den Knauf und zog die Klinge aus der Steinwand.

„Pass auf!“

Reflexartig hob er das Katana und fuhr herum.

Einer der Spione stand hinter ihm, ein Messer in den Fingern. Liams Schwert durchbohrte seine Seite. So ein verfluchter Idiot. Wieso griff er ihn an? Sie hatten ihnen das Leben gerettet und zum Dank gingen sie mit Brotmessern auf ihre Retter los?

„Du Bastard“, brüllte der andere und wollte sich auf ihn werfen.

Calli schüttelte den Kopf, während sie ihn abfing. Mit beiden Händen um seinen Hals brach sie ihm kurz und schmerzlos das Genick.

„Was tust du?“ Liams Frage hallte hohl von den Wänden wider.

Calli steckte ihr Katana in die Scheide und zog eine Braue hoch. „Soll er wegrennen und rumerzählen, der Drachenclan läuft mordend durch die Stadt? Denn genau das würde dieser Abschaum tun. Er wollte dich angreifen.“

„Scheiße.“ Er hatte aus Instinkt heraus gehandelt. Im Angriffsmodus gab es keine Diplomatie.

„Das waren Dryaden.“ Stille. Darian wurde im letzten Jahr ebenfalls von Dryaden und Elfen angegriffen. Der Rat sammelte weiterhin fleißig Abtrünnige. Eine Armee. Es widerte ihn an, Unschuldige zu töten. Selbst wenn sie ihn mit Messern bedrohten. In ihrer Unwissenheit lag die Unschuld. Sie alle waren das Opfer eine Lüge. Sie glaubten an das, was Generationen vor ihnen bereits geglaubt hatten. Wie könnte man ihnen das vorwerfen?

„Die Mühe hätten wir uns sparen können. Diese Idioten. Sie hatten nichts zu befürchten. Wieso?“, fragte seine Kameradin fassungslos.

„Sie trauen uns nicht. Womöglich dachten sie sogar, wir hätten gemeinsame Sache mit den Satyrn gemacht. Weiß der Geier, was der Rat ihnen eingetrichtert hat.“

Calli spuckte eine Kaskade wüster Flüche. In diesem Punkt blieb sie unverändert. „Was jetzt?“ Genervt trat sie gegen den Arm des am Boden liegenden Mannes. „Die sind hin. Der Rat wird misstrauisch, sofern sie nicht zum Appell erscheinen.“

„Sie tot liegen zu lassen, würde natürlich überhaupt keine Aufmerksamkeit wecken.“ Andi würde binnen Sekunden eine pragmatische Lösung für dieses Dilemma einfallen. Denk nach Liam. Los! „Wir schaffen sie beiseite. Keine Polizei." Auch wenn sie Mitch, ihrem Mann unter den Menschen, vertrauten, konnten sie dieser Tage kein Risiko eingehen. „Die Gräber, aus denen die getürkten Opfer der Rebellengruppe stammten, müssten doch frei sein oder?" Liam sah Callistas Gesichtszüge entgleisen.

„Och nö. Nicht schon wieder."

*

„Ich faxe die nötigen Papiere heute noch ins Büro", sagte Andi ins Telefon, während sie auf einem Papierstück herumkrakelte.

„Ist alles notiert, Doktor Pherson."

„Lucy, ich habe dir oft genug gesagt, nenn mich Andi." Dank der vergessenen Zeitverschiebung zwischen der Ostküste Amerikas und England, hatte Andi die arme Frau um zwei Uhr morgens aus dem Bett geklingelt. Selbst jetzt war sie die Höflichkeit in Person.

„Ja natürlich Dok... Andi." Unverbesserlich.

„Ich rufe noch mal an, dann werden wir über deine Optionen in Amerika sprechen." Da sie ihrer Arbeit von nun an in Silversprings nachgehen würde, musste sie hier einen Platz für Lucy finden. Sie war eine fabelhafte Sekretärin und mehr als talentiert.

„Vielen, vielen Dank. Gute Nacht."

„Schlaf gut."

Andi ließ sich im Stuhl zurückfallen und streckte die Arme weit nach oben. Das war der letzte Anruf auf ihrer To-do-Liste für heute. Die Banken waren schnell informiert. Zum Glück hatten Notdienste rund um die Uhr offene Leitungen. Sie hatte alle Konten und Kreditkarten sperren lassen. Liam kümmerte sich um ein wasserdichtes Konto, welches nicht vom Rat ausspioniert werden konnte. Sie hatte das Geld ehrlich verdient, warum sollte sie darauf verzichten? Ihre persönlichen Sachen waren schon ein wenig komplizierter. Sie kam nicht umhin Möbelpacker zu engagieren, Termine abzuklären und Inventarlisten per E-Mail zu verschicken. Aus ihrer gemeinsamen Wohnung mit David wollte sie nichts haben. Die Dinge waren zu behaftet mit schlechten Erinnerungen. Ihre Büroräume in London hingegen mussten per Container verschifft werden. Daran führte kein Weg vorbei. Es wunderte sie, dass David Lucy nicht kontaktiert hatte. Sie arbeitete zwar für Andi, das interessierte ihren ehemaligen Mentor jedoch selten. Jetzt, da ein paar Tage ins Land gegangen waren, glitten ihre Gedanken öfter zu David ab. Wie erging es ihm? Was tat er? Wo hielt er sich auf? Ihr Zorn war noch nicht verflogen, aber sie verspürte keine Mordlust mehr, wenn sie an ihn dachte. Ganz im Gegenteil. Sie hatte ihr Glück mit Liam gefunden. David war allein. Einerseits hatte er das Schicksal verdient, das ihn ereilt hatte. Andererseits war er lange Zeit ein Teil ihres Lebens gewesen. Das konnte sie nicht verdrängen. Er würde klarkommen müssen. Sie ging nie wieder zu ihm zurück, das stand fest. Mitleid hin oder her. Manche Dinge konnten einfach nicht verziehen werden, egal wie sehr es schmerzte. Liams Handy hüpfte brummend über den Tisch. Er hatte ihr sein Zweithandy geborgt.

Was machst du Rotfuchs?

Es vergingen kaum zwanzig Minuten ohne eine SMS von ihm. Meistens waren es oberflächliche Fragen. Es war, als wolle er sichergehen, dass sie noch da war. Wenn sie ehrlich war, gefiel es ihr. Die ständige Tipperei hielt sie zwar von der Arbeit ab, dennoch war es gut zu wissen, dass er an sie dachte. Und vor allem, dass er wohlauf war. Nun da sie wusste, gegen welche Bestien er tagtäglich anzutreten hatte, blieben die Sorgen nicht aus.

Dasselbe, wie vor zehn Minuten. Ich bin jetzt fertig mit telefonieren. Ich denke an dich. Kuss.

Die Antwort würde bald kommen. Entspannt lehnte sie sich zurück und genoss die Ruhe. Mennox hatte ihr gestattet, sich zeitweise in seiner privaten Bibliothek niederzulassen. Er hatte eine faszinierende Sammlung zusammengetragen. Die Ausstattung war exquisit. Jedes Museum würde ihn darum beneiden. Die großen Glasvitrinen mit den ältesten Werken besaßen eine automatische Luftfeuchtigkeitsregelung, die Beleuchtung war angepasst und die Temperatur absolut konstant. Weiße Lesetische mit beleuchteten Glasplatten standen verteilt im Raum, damit die teuren Stücke nie weit getragen werden mussten. Andi fühlte sich geehrt, dass der Anführer des Drachenclans ein so hohes Vertrauen in sie setzte. Zumal das Büro an seine und Lillians Wohnung angrenzte. Er hatte zwar einen separaten Zugang zum Korridor, aber die Nähe war unbestreitbar. Sie hatte sich mittlerweile einen guten Überblick über das Anwesen und die Wohnverhältnisse verschafft. Im Erdgeschoss befanden sich die Küche, ein Salon, die geräumige Bibliothek, ein Billardzimmer und ein großes Wohnzimmer. Die erste Etage wurde von Callista, Darian und Mercy und Liam bewohnt. Mennox und Lillian hatten ihr Domizil im obersten Stockwerk. Nur wo Venor wohnte, wusste sie nicht. Generell bewegte sich der stille Krieger, wie ein Geist durch das Haus. Er tauchte so unvermittelt auf, dass sie schon mehrmals erschreckt die Luft angehalten hatte, als er plötzlich vor ihr stand. Er erschien zu den gemeinsamen Abendessen nur sporadisch, aber sofern er daran teilnahm, aß und unterhielt er sich normal. Wenn auch leiser als die anderen. Erneut meldete sich das Handy.

Kannst du noch aufbleiben? Wir sind fertig mit der Arbeit und auf dem Rückweg. Eine Stunde etwa. Ich habe eine Überraschung für dich.

Sie grinste. Sie konnte sich vorstellen, um was es dabei ging.

Ich kann ja schon mal ohne dich anfangen.

Normalerweise hätte sie sich eine derartige Antwort verkniffen. Zu groß war die Gefahr, dass sie ihn ablenkte. Doch er war fertig, also gab es keinen Grund für Zurückhaltung. Es dauerte kaum dreißig Sekunden, bis er zurückschrieb.

Du schaffst mich Weib! Wieso quälst du mich?

Offensichtlich musste sie Liam zeigen, was Qual bedeutete. Nicht umsonst hatte das Handy schließlich eine Fotofunktion. Mit wildem Herzschlag öffnete sie den Reißverschluss ihrer Sweatjacke, bis die schwarzen Spitzen ihres BHs zum Vorschein kamen. Ihre Brustwarzen waren mittlerweile so erregt, dass sie gut durch den Stoff zu erkennen waren. Dann schob sie die Fingerspitzen darunter und schoss mit der anderen Hand ein Foto. Andi konnte sich nicht erinnern, jemals etwas so Anzügliches per SMS verschickt zu haben.

Minuten vergingen ohne eine Antwort. Andi kontrollierte dreimal den Posteingang. Nichts. Hatte sie die richtige Nummer gedrückt? Oder erfreute sie nun wildfremde Leute mit erotischen Eigenporträts? Nein, die Ziffern stimmten. Sie spielte mit dem Gedanken, ihn anzurufen, als ein Anruf einging. Doch es war nicht Liam.

„Was auch immer du ihm geschrieben hast, ich danke dir!“, rief Callista durch die Leitung. Ihre Stimme zitterte unter lautstarkem Lachen.

„Äh …“

„Er ist gegen ein Schild gelaufen! Der Klügere gibt übrigens nach, das Schild liegt am Boden.“

Andi hörte Liam im Hintergrund wettern.

„Gut gemacht Andi! He was soll das?“ Rascheln und weitere Flüche erklangen so laut, dass Andi das Telefon vom Ohr weghalten musste. Was trieben die beiden da?

„Hallo?“, fragte sie zaghaft.

„Ich bin in einer Stunde zu Hause und dann gnade dir Gott!“ Liam klang nicht böse, dennoch bekam sie umgehend eine Gänsehaut. Dunkel und voller Lust bebte seine

Stimme am anderen Ende der Leitung.

„Ich wollte nicht, dass du dir wehtust.“ Es war die Wahrheit. Die Vorstellung, wie er gegen ein Schild rannte, amüsierte sie zwar, eine Beule am Kopf wäre es jedoch nicht wert gewesen. „Ich konnte ja nicht ahnen, dass du auf Verkehrszeichen losgehst“, sagte sie zu ihrer Verteidigung.

„Das Schild hat angefangen“, war die leise Antwort. Callistas Stimme quietschte im Hintergrund. Hatte er sie etwa im Schwitzkasten?

„Andi?“

„Ja?“

„Ich liebe dich. Auch wenn du mich quälst.“

„Und ich liebe dich“, erwiderte sie lächelnd.

„Ich hoffe du kannst mit der Revanche leben.“ Heiße Schauder liefen über ihren Rücken und ihre Mitte pochte in Vorfreude auf seine Rache.

„Eine Stunde.“

„Ich werde auf dich warten.“

Mit bebender Brust setzte Andi sich auf. Dabei wollte sie doch ihn aus dem Konzept bringen. Nicht umgekehrt. Der helle Glockenschlag der Wanduhr riss sie in die Realität des Arbeitszimmers zurück. Acht Uhr abends. Zufrieden mit ihrem Tagespensum las sie ihre Papiere auf. Sie hatte eine Überraschung für Liam auf Lager. Am Nachmittag hatte sie ein Gespräch mit Myrell. Mercy hatte sie zur Hexe des Hauses gebracht. Wie sich herausstellte, hatte es Darians Frau anfangs auch an Kontrolle über ihre Fähigkeiten gefehlt. Bei einem Orakel war die Magie natürlich wesentlich komplizierter zu lenken. Da Andi ihre Fertigkeiten mittlerweile halbwegs führen konnte, gab es nicht mehr viel, was Myrell tun konnte. Die Tipps stellten sich jedoch als nützlich heraus. Die Übungen ließen ihre Ängste schwächer werden. Der Härtetest wäre jedoch nur mit Liam möglich.

Andis Eindruck über Mercy hatte sich geändert. Sie redeten miteinander, lachten, hatten Spaß. Mercy erzählte ihr lustige Anekdoten des Clans. Vielleicht war sie einfach nur introvertierter als der Rest der Anwohner. So gesehen, eine kluge Eigenschaft. Eine wildfremde Person zu knuddeln, könnte ungesunde Folgen haben.

Nachdem Andi ihre Papiere geordnet hatte, packte sie alles in Aktenordner. Mennox hatte ihr zwar angeboten, hier zu arbeiten, aber sie wollte ihn und seine Frau nicht stören. Sie hatte die Kopien, die sie brauchte, die Fotoausdrucke aus Ägypten sowie die Prophezeiung noch mal im genauen Wortlaut. Zudem hatte Mercy ihr von einem blauen Buch in der unteren Bibliothek berichtet, welches merkwürdig geleuchtet hatte, als sie es berührte. Wie sich herausstellte, handelte es sich dabei um die Geschichte des Clans. Andi nahm Mercys Anmerkung hierzu ernst. Orakel waren mächtige Magie-Wesen. Ihre Intuition trog sie selten. Also hat sie kurzerhand sämtliche Seiten daraus kopiert und eingesteckt. Damit konnte die Suche losgehen. Vollbepackt, wie ein Muli ging sie zur Tür.

„Ich habe Angst", erklang Mercys leise Stimme auf dem Flur, als Andi die Tür öffnete.

„Das ist bestimmt nur eine Phase. Du hast drei Monate Vorhersagen im Akkord geliefert. Du bist erschöpft", antwortete Lillian.

Andi vermutete, dass sie vor Lillians Wohnung standen. Unterhielten sie sich davor, um zu verhindern, dass Andi mithörte? Das ging daneben.

„Es sind zu viele Variablen geworden. Ich kann keine klaren Bilder erkennen, wenn doch, sehe ich danach etwas Gegensätzliches, völlig durcheinander."

Mercys Visionen waren kaputt? Das war nicht gut. Nach allem, was sie mitbekommen hatte, war Mercy ihre Alarmanlage. Wenn sie nichts mehr voraussagen konnte, tappten sie im Dunkeln.

„Seit wann ist das so?" Lillian klang besorgt.

„Ein paar Wochen. Ich habe auch Andi nicht kommen

sehen. Das ist beunruhigend.“

Deshalb verhielt sie sich abweisend. Kein Wunder. Andi war der Beweis, dass ihre Visionen nicht geregelt kamen. Das war ein privates Gespräch. Sie sollte nicht lauschen. Aber wenn sie die Tür jetzt zuziehen würde, würden sie es hören.

„Nun Liebes. Damit hat keiner gerechnet.“

„Die Überraschung des Jahrhunderts.“

Jaja, das hässliche Entlein und der starke Krieger.

„Ich frage mich, was sie in Liam sieht“, sagte Mercy nachdenklich.

„Sie sind unterschiedlich, das stimmt. Andi ist hochgebildet, belesen, hat drei Doktortitel. Und Liam …“ Lillian brach ab.

„Ist eben Liam.“

Was? Andis Verstand setzte kurz aus. Glaubten sie etwa, dass Liam nicht klug genug sei?

„Hat er sich bereits gebunden?“

Binnen weniger Sekunden beschleunigte sich ihr Puls auf ein ungesundes Tempo. Es wurde Zeit, reinen Tisch zu machen. Ohne nachzudenken, trat sie auf den Flur und zog die Tür lautstark hinter sich zu. Was zu weit ging, ging zu weit.

„Ja.“ Mit eisernen Schritten eilte sie auf die Frauen zu. „Er hat sich gebunden. An mich.“ Es war eine Sache, wenn sich jemand über sie das Maul zerriss. Liam würde niemand derartig denunzieren. Sie wusste, wie grauenhaft ein Leben voller Vorurteile war.

Lillian verlor jedwede Gesichtsfarbe und Mercy sah peinlich berührt zu Boden.

„Ich habe eine Frage“, sagte Andi ruhig. Sie wollte keine Szene machen, nur etwas aufzeigen „Wann habt ihr mal ein ernstes Gespräch mit Liam geführt?“

Schweigen.

„Das dachte ich mir. Liam hat fast genauso viele Bücher gelesen wie ich. Er prahlt nur nicht mit seinem Wissen." Er gab mit anderen Dingen an. Doch das behielt sie jetzt für sich. „Er hat in Ägypten mehr geleistet, als ich jemals zustande bringen würde. Er ist mutig, hingebungsvoll und absolut ehrlich. Er tut alles für jene, die er liebt. Alles!", sie nahm einen tiefen Atemzug, „ihr bedeutet ihm die Welt. Er hat ununterbrochen von euch gesprochen. Er liebt euch. Und ich weiß, dass es ihn verletzt, wenn er nicht ernst genommen wird. Und mich verletzt es, wenn ihr denkt, ich sei aus niederen Motiven mit ihm zusammen."

„Es tut mir leid", sagte Lillian mit feuchten Augen.

„Mir auch. Das war so nicht gemeint", stimmte Mercy zu, „aber du hast recht. Wir sehen ihn nicht mit deinen Augen, aber vielleicht wäre das mal nötig."

„Wir lieben ihn." Lillians Stimme klang wieder einigermaßen gefestigt. Gut, eine Schwangere zum Weinen bringen, war nicht Andis Absicht.

„Wir freuen uns für euch. Wirklich."

Mercy nickte zu jedem Wort von Lillian.

Kurz glomm in Andi der Verdacht auf, dass sie zu weit gegangen war. Die Frauen schienen ihr jedoch nicht zu grollen.

„Schon gut. Ich wollte euch nicht so anfahren."

„Das verstehen wir", antworteten sie im Chor.

„Nicht nur die Krieger beschützen uns. Wir stehen ebenso für sie ein", sagte Lillian.

„Ich muss los. Das bleibt unter uns, okay?", fragte sie zögerlich. Es war genug Trubel in diesem Haus. Es gab keinen Grund, jemanden einzuweihen.

„In Ordnung."

Andi verabschiedete sich von den beiden und stieg die Stufen hinunter. Sie würde für ihren Krieger kämpfen. Zum ersten Mal seit ihrer Ankunft fühlte sie sich wirklich zugehörig.

13. Kapitel

Zwanzig Minuten. Sollte sie was Besonderes anziehen? Es gab ein oder zwei Teile, die Liam noch nicht an ihr gesehen hatte. Darunter ein ziemlich verruchtes rotes BH-Hemdchen. Ihre Haare klebten feucht auf ihren Schultern, als sie aus dem Badezimmer ins Schlafzimmer trat. Plötzlich spürte sie einen Körper hinter sich, doch bevor der Schrei ihren Mund verlassen konnte, legte sich eine Hand darüber. Eine andere fand den Weg zu ihrem Bauch. Sie war gefangen in einem warmen Schraubstock, unfähig sich zu bewegen.

„Ich bin's, Rotfuchs." Erleichterung und Lust bildeten einen fließenden Übergang. Er nahm die Finger weg und umfasste stattdessen ihren Hals, so wie er es immer tat. Ihr Kopf arbeitete auf Hochtouren. Zeit für den Härtetest. Liams Stimme brodelte vor Begierde. Wenn sie es heute unter Kontrolle hielt, gäbe es keine Gefahren mehr, die sie nicht meistern konnte.

„Du hast mich zu Tode erschreckt!" Ihr Atem überschlug sich. Dank seines würzigen Dufts, der ihre Sinne weich bettete, entspannte sie sich jedoch schnell.

„Gut so. Strafe muss sein."

„Du hast nur ein Schild geküsst", neckte sie ihn. „Ich stand kurz vor einem Herzinfarkt." Mit gewölbtem Rücken rieb sie sich an ihm. „Hat dir das Bild nicht gefallen?"

Ein dunkles Grollen ließ ihre Nackenhaare zu Berge stehen. „Du wolltest mich ärgern. Und jetzt bin ich dran."

Ihr Herz flatterte wie ein Kolibri auf der Nektarsuche.

„Du tust, was ich dir sage."

Der Befehlston war neu, er gefiel ihr.

„Schließ die Augen." Einen Moment spielte sie mit dem Gedanken, den Gehorsam zu verweigern. Was würde er mit ihr tun? Nervosität mischte sich mit ihrer Neugier. Sie tat wie geheißen.

Er entfernte sich nicht von ihr.

Dann spürte sie Seide auf ihren geschlossenen Lidern. Eine Augenbinde. Sofort konzentrierten ihre Sinne sich auf andere Dinge. Sie hörte und spürte, wie er neben sie trat. Er ließ sie zu jeder Zeit wissen, dass er noch bei ihr war. So nah, dass sie seinen Atem auf ihrem Schlüsselbein spüren konnte. Endlich befreite er sie von ihrem Frotteekleid. Der Stoff fiel zu Boden. Jetzt war sie seinen Launen ausgeliefert. Derartig entblößt und mit verbundenen Augen. Sie staunte über sich. Früher eine unangenehme Situation, in diesem Moment das Erotischste, was sie je erleben durfte. Vorerst geschah nichts. Sie wusste, dass er sie nur betrachtete. Wie gern hätte sie seine wahnwitzig blauen Augen gesehen. Wann immer er den Blick auf ihren Körper heftete, nahmen sie einen besonderen Glanz an, insbesondere wenn seine Lust die Oberhand gewann. Sie spürte einen kurzen Luftzug, als er sich wieder hinter sie stellte. Dank ihrer Größe, reichte sie ihm bis zum Kinn. Sein Bart kitzelte ihre Schläfe. Abermals umfassten sie seine warmen Hände, hielten sie fest umschlossen. Er war noch immer vollständig bekleidet. Die kalte Gürtelschnalle presste sich gegen ihr Steißbein, stachelte die Gier nach seiner Haut an. Mit den Fingerspitzen fuhr er die Konturen ihrer Brüste nach, erkundeten jede Wölbung. Mit jedem Stückchen Haut, welches er erreichte, wuchs die Ausbuchtung in seiner Hose. Reflexartig drückte sie ihren Po dagegen, rieb sich daran, ließ ihn wissen, dass sie ihn wollte.

Ein Biss in die Stelle zwischen Nacken und Schulter entlockte ihr einen spitzen Schrei. Grundgütiger.

„Ich liebe deine Haut. Sie ist perfekt." Mit gezielten Bewegungen glitten seine Fingerspitzen über ihren Bauch. Unfähig zu antworten, lehnte sie sich an ihn. Ließ sich von seiner Gegenwart umhüllen.

„So warm." Seine Worte strotzten vor erotischer Energie, die Andi ohne Umschweife unter die Haut ging. Seine Hände wanderten tiefer, waren jetzt an ihrem Nabel.

„So zart.“ Als seine Finger in ihre Scham eintauchten, krallte sie ihre Fingernägel in seine Hüften, musste sich irgendwo festhalten. Aus einem Impuls heraus verbreiterte sie ihren Stand, um ihm Einlass zu gewähren.

Quälend langsam schob er einen Finger in sie. „So bereit für mich.“

Gott ja, das war sie. Gedanken wirbelten ziellos umher, einzig vom Verlangen nach seinem Körper gesteuert. Sie wollte sich umdrehen, ihn umarmen. Aber er hielt sie fest.

„Bitte Liam.“ Nur ein heiseres Flüstern, geschüttelt von brüchiger Atmung. Er antwortete nicht, doch sie spürte seinen beschleunigten Herzschlag. Heißer Atem strich über ihren Nacken. „Bitte.“ Sie drückte ihre Hüfte gegen seinen Schritt, ließ das Becken kreisen, wollte ihn locken. Er packte sie fast grob, drehte sie um und presste seine Lippen auf die ihren. Sofort umschlang sie ihn mit den Armen. Stöhnend nahm sie die Süße seines Mundes in sich auf. Kein zartes Anklopfen. Jetzt regierte die pure Ekstase. Forsch eroberte er ihre Zunge, forderte sie zu einem Zweikampf auf. Ihre Fingerspitzen fuhren unter sein Hemd. Ein Beben durchfuhr seinen Körper und das Geräusch von reißendem Stoff erklang. Endlich traf ihre nackte Haut auf die seine. Während er sie ununterbrochen küsste, umfasste er ihren Po und hob sie hoch und legte sie aufs Bett. Weiche Decken drückten auf ihren Rücken. Die Matratze senkte sich, als er sich mit ihr darauf niederließ. Sie gehörte ihm. Mit jeder Faser ihres Leibes und jedem Atemzug ihrer Seele. Sanft schob er ihre Arme über den Kopf nach oben. Kaltes Metall legte sich um ihre Handgelenke. Klick! Erschrocken riss sie die Augen auf, nur um festzustellen, dass diese ja immer noch verbunden waren. „Liam!“ Ein dunkles Lachen rollte über sie hinweg.

„Ohne Pelzbesatz.“

Jetzt wurde ihr auch klar, warum er sein altes, gusseisernes Bettgestell so schätzte. Sie hatte sich schon darüber gewundert. Es passte nicht zu seiner modernen Einrichtung. Ihr wurde bewusst, wie hilflos sie war. Er konnte jede Fantasie an ihr ausleben, ohne dass sie sich hätte wehren können. Gefesselt und blind, ihm völlig ausgeliefert. Sie genoss jede Sekunde, denn sie wusste, er würde nie etwas tun, was ihr nicht ebenfalls allerhöchste Wonnen bereiten würde. „Was hast du vor Liam?“, flüsterte sie in die Dunkelheit. Sie spürte seine Hände zu ihren Seiten.

„Dies und das“, antwortete er leise, während er ihr Schlüsselbein mit Küssen überzog.

„Genauer?“

„Nö.“ Er war an ihrem Dekolleté angelangt. „Und wenn du nicht aufhörst zu fragen, werde ich dich knebeln. Glaub mir. Ich tu es!“

Andi schluckte trocken. O ja, das würde er tun. Heftig atmend biss sie sich auf die Zunge.

„Braves Mädchen.“ Sein feuchter Mund umschloss ihre rechte Brustwarze. Metall schlug klirrend auf Metall. Sie wollte ihn spüren, ihn anfassen, die Finger in seinem Haar vergraben.

„Es ist ärgerlich, wenn man nicht berühren kann, wonach man sich verzehrt, richtig?“ Sein Barthaar kitzelte ihre Brust, als er unverkennbar lächelte. Das war die Rache für das Foto. Hätte sie gewusst, was das bei ihm auslöste, hätte sie mehr Bilder geschossen. Ein ganzes Album voll!

Ein raues Aufkeuchen verschluckte ihre Antwort, als er zart an ihrer Brustwarze knabberte. Die süßeste Qual, die es gab. Es tat nicht weh, aber mit jedem Moment wurde das Bedürfnis nach ihm drängender. Seine Zunge hinterließ eine feuchte Spur auf ihrer Haut, als er immer tiefer auf ihrem Bauch entlangglitt. Unterhalb von ihrem Bauchnabel setzte er ab. Das Bett gab nach, während er sich aufrichtete. Bevor seine Körperwärme von ihrer Haut schwinden konnte, war er zurück. Nackt. Sie fühlte seine harten Schenkel, wie sie ihre Beine auseinanderdrückten. Bereitwillig gab sie nach, hieß ihn zwischen ihren Beinen willkommen. Seine Arme stützten sich zu ihren Seiten ab. Gleich würde sie ihn spüren. Andi kannte diesen Moment, kurz bevor er in sie eindrang. Himmlisch! Doch es geschah nichts dergleichen. Sie spürte, wie er langsam ihren Körper hinabglitt. Intuitiv wollte sie nach ihm greifen, ihn zurückziehen. Metall klirrte laut, als die Handschellen gegen die Bettpfosten schlugen.

„Noch nicht, Rotfuchs“, murmelte Liam und strich mit den Fingern über die Innenseiten ihrer Oberschenkel. Diesmal lag keine Häme in seinen Worten. Dunkel rollten sie über ihren erhitzten Körper. Erneut bebte das Bett, Liam verlagerte sein Gewicht. Sie versuchte zwischen den Nebeln der Lust, die sie umgaben, einen klaren Gedanken zu fassen. Es war schwierig auszumachen, wo genau Liam gerade war. Irgendwo zwischen ihren Beinen. Mehr konnte sie nicht ausmachen. Was tat er da? Was gäbe sie, um seine Augen sehen zu können.

Seine Lippen legten sich auf ihre Haut. Endlich spürte sie ihn wieder. Seine Schultern streiften ihre Unterschenkel. Er musste auf dem Bauch liegen. Er küsste sich ihr Bein hinauf. Mit jedem Kuss wanderte er näher zu ihrem Lustzentrum. Dann hörte er auf. Warum? Mach weiter! Sie ballte die Hände zu Fäusten, riss an ihren Fesseln. Jetzt war das andere Knie an der Reihe. Wieder zog er eine Linie aus Küssen an der Innenseite ihrer Oberschenkel. Kurz vor ihrer Mitte ließ er von ihr ab. Gott, tu es endlich! Sie wollte schreien, sich herumwälzen. Doch aus ihrem Mund wollte kein zusammenhängender Satz mehr kommen. Undefinierbare Laute der Lust erfüllten den Raum, sie kamen alle aus ihrer Kehle. Endlich spürte sie seine nasse Zunge. Mit kreisenden Bewegungen leckte er ihre Schamlippen entlang. Sog gelegentlich an ihnen. Sie würde jeden Augenblick explodieren, dessen war sie sich sicher. Ihre Haut war empfindlicher denn je. Jede Berührung zog eine heiße Kaskade unkontrollierter Zuckungen nach sich. Seine Zungenspitze bahnte sich den Weg zu ihrem Ziel. Vorsichtig umkreiste er ihren Kitzler, zupfte mit den Lippen daran. Un-fass-bar!

Liam war ein hervorragender Küsser. Aber diese Zungenakrobatik war nicht von dieser Welt. Es war, als wüsste er ganz genau, was ihr gefiel. Hier ein sanftes Stupsen, dort ein gezielter Biss. Als er mit den Zähnen an der sensiblen Haut schabte, war es um Andi geschehen. Sie wurde nicht von den Wellen der Lust davongetragen. Nein, eine regelrechte Sturmflut rollte über sie hinweg. Riss gewaltsam jeden Gedanken mit sich. Ihr gesamter Körper verkrampfte sich zu einem Orgasmus, der sie bis in die Zehenspitzen erschütterte. Hitze schoss in ihre Glieder.

„Bitte Liam. Bitte, bitte, bitte!“ Sie wusste nicht, worum sie bettelte. Alles, was sie wollte, war er. Ihren Mann, ihren Liebhaber, ihren Freund. Vereint sein mit der Person, die sie über alles liebte. Ihr heiseres Flehen schien ihn endlich zu erweichen. Er ließ von ihrem Zentrum ab und zog ihr die Augenbinde vom Kopf. Gleichzeitig bog er die Handschellen auf. Schlüssel wurden überbewertet. Ihre Hände streckten sich, wie ferngesteuert zu ihm. Sie hob ihren Oberkörper dem seinen entgegen, grub die Fingernägel in seine Schulterblätter. Er sog zischend die Luft zwischen den Zähnen ein und begrub sie unter sich. Er war überall. Sein Mund, seine Zunge, seine Hände, sein Körper. Jede Zelle ihrer Haut war zum Bersten gespannt. Rückenmuskeln tanzten unter ihren Fingerkuppen. Sie spürte seine heiße pulsierende Spitze. Bereit in sie einzutauchen, ihre Welt in tausend bunte Splitter zu sprengen. Gekonnt packte er ihre Hüften, drehte sie um und spreizte ihre Schenkel mit den Knien. Verblüfft über den plötzlichen Stellungswechsel hob sie ihr Becken. Warme Finger fuhren die Wölbung ihres Pos nach, rückten sie in die richtige Position. Wenn sie eines über Orgasmen mit Liam sagen konnte, dann, wo einer war, gab es noch viele andere.

*

„Du missbrauchst mich als Packesel, Frau“, sagte Liam, während er Andi die Tür zum großen Besprechungsraum aufhielt.

„Jetzt sind wir quitt. Vergangene Nacht hast du mich …“

„Schon gut.“ Liam fiel ihr bewusst ins Wort. Die Erinnerung an die letzten Stunden brachte sein Blut in Wallung. „Ich bin gern dein Muli.“ Ein schneller Kuss auf den Mund, und er schob sie vor sich her in den Raum.

„Leg bitte auf jeden Stuhl eine Mappe“, instruierte sie ihn und ging nach vorne, um die Leinwand auszurollen. Es war beeindruckend, wie viel sie in den wenigen Tagen geschafft hatte. Wenn sie etwas anpackte, dann machte sie es richtig, das stand fest. Nach und nach trudelten alle Bewohner des Hauses ein und nahmen ihre gewohnten Plätze ein. Liam konnte sich ein Lächeln nicht verkneifen. Ihre Anzahl hatte sich fast verdoppelt. Neben den fünf Kriegern fanden auch Lillian, Mercy, Myrell und jetzt Andi ihren Sitzplatz am großen Konferenztisch. Die Stimmung war angespannt, es wurde nicht viel gesprochen. Alle warteten gespannt auf Andis Vortrag. Vor allem die Antworten, die sie hoffentlich lieferte.

Sie saß über ihren Laptop gebeugt am Ende des Tisches und stellte den Beamer ein.

Schlagartig fühlte er sich, wie an der Uni. Und das Beste: Er schlief mit der sexy Dozentin.

Sie warf ihm einen Reiß-dich-zusammen-Augenaufschlag zu.

Breit grinsend griff er in seine Tasche und zog einen kleinen, silbrig schimmernden Schlüssel heraus.

Sofort zierte eine herrliche Röte ihre Wangen und sie schüttelte den Kopf.

Als alle anwesend waren, erhob Andi die Stimme.

Liam wunderte ihr strenger Tonfall, den kannte er nicht. Offensichtlich war sie im Hörsaal-Modus.

„Guten Abend“, sagte sie mit einem leichten Kopfnicken, welches synchron erwidert wurde.

Er schob unnütze Gedanken beiseite.

„In den Mappen vor euch findet ihr die Unterlagen, die ihr braucht.“ Rascheln. „Auf der ersten Seite seht ihr die Fotos aus Ägypten noch mal in Farbe ausgedruckt.“

Liam erinnerte sich lebhaft.

„Der Stammbaum?“, fragte Mennox und studierte die Abbildungen.

Liam hatte ihnen nur die Theorie erläutert. Ohne die dazugehörigen Bilder.

„Genau.“

Es war nach wie vor ungewohnt für ihn, sich auf dieselbe Stufe mit den Nephelim zu stellen. Die Hierarchie, wie er sie kannte, hatte sich verschoben. Sie waren wie das Ying und Yang. Wenn es ihm schon schwerfiel, sich daran zu gewöhnen, wie schwer musste es dann den Übrigen fallen.

„Ich habe mich die letzten Tage überwiegend mit der Frage beschäftigt, wie man die Prophezeiung von Mercys Mutter für den Rat der Nephelim mit dem Grabmal in Verbindung bringen könnte.“

Andi aktivierte den Beamer und zeigte ausgewählte Passagen in Großaufnahme.

„Der genaue Wortlaut lautete: Eine Macht, reiner als alles bisher Dagewesene wird kommen und die Altvorderen aufhalten. Es wird Frieden geben, wenn die Opfer gerächt wurden.“

Eine angespannte Stille folgte. Es war zwar bereits einige Monate her, aber diese beiden Sätze würde keiner vom Drachenclan wohl jemals vergessen können. Waren sie

schließlich der Auftakt für diesen ganzen Betrugsskandal.
„Nach eingehender Untersuchung bin ich zu dem Schluss gekommen, die Prophezeiungen lassen sich nicht mit dem Grabmal in Verbindung bringen“, ergänzte Andi leise.

Jeder wartete gespannt auf das große Aber in der Geschichte. Es musste ein Aber geben. Bitte!

„Mercys Mutter erwähnte eine Macht. Von dieser ist hier nirgends die Rede.“ Mit einer Fernbedienung ging sie die verschiedenen Symbole an den Wänden ab. Liam sah den Glanz in ihren Augen. Sein Rotfuchs hatte ein Ass im Ärmel.

„Aus Neugier und Frustration, weil ich hiermit nicht weiterkam, habe ich mich der Historie des Drachenclans gewidmet. Mercy erzählte mir von einem Buch, das ihr letztes Jahr in die Hände fiel.“

Alle Köpfe wandten sich zu Darians Frau um.

„In meinen ersten Tagen, als ich in der Bibliothek auf Myrell wartete, habe ich es entdeckt. Das Große in Samt eingeschlagene Buch“, erklärte Mercy.

„Stimmt. Wir haben danach über Ghladran gesprochen“, fügte Darian an.

„Es war kein Zufall, dass Mercys Aufmerksamkeit ausgerechnet von diesem Werk geweckt wurde“, sagte Andi laut.

Ein Klick auf die Fernbedienung, und eine Seite aus dem besagten Stück leuchtete auf.

„Das Inhaltsverzeichnis?“, fragte Mennox zweifelnd.

„Die genaue Passage ist egal. Es geht um die Schmuckränder der Blätter. Sie sind überall gleich.“

Liam kannte das Buch fast auswendig. Jede Seite wurde von Schnörkeln und feinen Linien umrandet. Für ihn waren das jedoch keine Buchstaben oder Symbole gewesen, sondern reine Dekoration.

„Mir fiel sofort die Ähnlichkeit zwischen den Verzierungen in der Grabkammer auf.“ Sie rief ein weiteres

Foto auf. Die Leinwand zeigte jetzt zwei Bilder.

Tatsächlich! „Die sind spiegelverkehrt", sagte Liam und legte den Kopf schief, um besser sehen zu können. „Man kann sie zusammenfügen! Ach du Scheiße …"

Jeder im Raum drehte den Kopf auf die Seite, wie er es eben getan hatte.

Andi strahlte ihn an.

Stolz erfüllte seine Brust.

Sie tippte auf ihrem Laptop und rückte die Abbildung zurecht, dass es auch ohne Halsakrobatik sichtbar wurde.

„Du kannst das Lesen?", fragte Mennox.

„Ja." Trotz ihres offensichtlichen Triumphs blieb ihre Stimme ernst. Kein gutes Zeichen. „Jede Seite erzählt dieselbe Geschichte. Sie rekelt sich einmal um den Text herum und fängt hier wieder von vorn an." Mit einem Laserpointer markierte sie die Stelle. „Die Sprache ist veraltet und kompliziert formuliert. Kurz gesagt geht es um den Aufstieg der Nephelim."

Stille legte sich über den Raum, erstickte selbst die Brummlaute der Monitore. Gefühlte Minuten vergingen, bis Liam sich ein Herz fasste und das Wort erhob. Es folgte nichts Positives, das konnte er sich vorstellen. „Was bedeutet das Andi?"

„Sie werden zu dem, was sie vorgeben zu sein."

„Göttlich?" Mennox´ Stimme war leiser als zuvor. Die unterschwellige Wut darin blieb jedoch unverkennbar.

„Unbesiegbar. Unverwundbar. Unantastbar."

„Wie?" Venors Frage kam blitzschnell.

„Sie lösen sich von ihrer körperlichen Form. Mehr steht da nicht. Ich denke, es handelt sich um eine Art Aufstieg in eine Astralebene auf mentaler Basis. Aber das ist reine Theorie."

„Also höchstwahrscheinlich zutreffend", fügte Mennox hinzu.

Andi wurde ernst genommen. Hier war kein Platz für Zweifel.

„Kein Schwert, kein Pfeil und keine Axt können sie verwunden“, fügte sie hinzu.

„Wann beginnt der Aufstieg?“, fragte Callista und rutschte angespannt auf ihrem Sessel umher.

„Er hat bereits begonnen.“

Ein Krachen schallte durch den Raum. Liam und die anderen waren sofort in Alarmbereitschaft. Alle Blicke waren jetzt auf Venor gerichtet. Er hielt die kläglichen Überreste seines Smartphones in der Hand. Der Bildschirm war quer in der Mitte zersplittert. Das war ein Novum. Venor zeigte nie Anzeichen von Gewalt oder Aggressionen. Offen zur Schau gestellte Gefühle, suchte man bei ihm vergebens.

„Wie kann man sie stoppen?“, fragte Liam, um die Aufmerksamkeit von seinem Kameraden abzulenken. Jedem stand ein Wutausbruch zu, ohne dabei von Fragen durchbohrt zu werden. Auch Venor, obwohl ihm das Telefon ein wenig leidtat. Das letzte Mal, als er selbst ein Handy zertrümmert hatte … doofes Thema.

„Gar nicht.“ Andi sagte es leise, aber deutlich. „Nur der Tod kann sie aufhalten.“

Mennox atmete hörbar aus.

„So viel zu meiner friedlichen Lösung.“

Liam wusste, dass dem Anführer eine Menge daran lag, einen Krieg zu vermeiden. Ein Kampf forderte Unmengen unschuldiger Opfer. Jetzt war es offiziell. Sie mussten die Nephelim töten.

„Es gibt aber eine gute Nachricht.“ Die Gesichter schnellten hoch zu Andi. „Ich habe die Waffe identifiziert.“

Nur mit Mühe konnte Liam einen Triumphschrei unterdrücken. Am liebsten hätte er seinen Rotfuchs gepackt und durch die Luft gewirbelt. Das war seine Frau!

„Die in der Prophezeiung erwähnte Macht hängt mit der Waffe im Grabmal zusammen. Nachdem ich die Symbolik im Grab, mit der im Buch verglichen habe, kam mir die Idee. Die Macht ist eine Person und die Waffe ist der Drachenclan."

Liam stutzte kurz und ordnete seine Gedanken.

„Das verstehe ich nicht", sagte Lillian und legte die sonst glatte Stirn in Falten.

„Ganz einfach", mischte sich erstmals Myrell ein. Die Hexe hatte bisher ruhig auf ihrem Stuhl gesessen und einen Pullover in einer scheußlichen Farbe gestrickt. „Die Nephelim sind Magiewesen. Sie leben mithilfe magischer Energie. Unsere Körper können die uns umgebende Magie anzapfen und kanalisieren. Jedoch nur eine bestimmte Menge. Darin liegt der Machtunterschied. Die Nephelim können ungeheure Mengen an energetischer Kraft in sich aufnehmen und umsetzen. Doch ihre Ressourcen sind begrenzt, durch ihren Leib und dem damit verbundenen Aufenthaltsort. Wenn sie sich loslösen, existieren sie oberhalb des Irdischen. Sie werden selbst zu Energie. Wie ich die Situation einschätze, können sie dies bereits seit einer kurzen Zeit. Das heißt, sie sind in der Lage die Ebenen zu wechseln."

Jetzt dämmerte Liam die Lösung des Rätsels. „Nur ein Drachenkrieger kann einem Nephelim schaden. Sobald sie sich von der Materie abgesondert haben, besitzen sie keine Körper mehr, die wir angreifen können. Deswegen werden sie unbesiegbar."

„Genau." Andi lächelte ihm zu. „Das Wesen, nach dem wir Ausschau halten müssen, verfügt über ein so hohes magisches Potenzial, dass es den Rat von der Magie abschneiden kann und ihn somit zwingt, stofflich zu bleiben.

„Und dann töten wir den Rat", ergänzte Mennox.

„Wie diese Person das bewerkstelligen kann, ist uns schleierhaft. Ebenso wie wir sie finden können. Doch es erklärt auch, warum der Rat Übernatürliche sammelt", sagte Andi. „Einen kleinen Vorteil haben wir jedoch. Der Rat sucht nach den falschen Übernatürlichen. Nicht jeder

Übernatürliche besitzt die Fähigkeit, energetische Kraft zu kontrollieren. Myrell und ich haben uns lange unterhalten und sind zu einem Schluss gekommen. Der Rat weiß nicht, was wir wissen. Sie suchen nach einer Macht, also einer Person. Aber sie wissen nicht, dass es ein reines Magiewesen sein muss. Obwohl ich zwei Affinitäten in mir vereine, könnte ich niemals derartige Mengen an Energie kanalisieren."

Liam sah zu Mercy.

„Bevor ihr fragt, ich kann es nicht", antwortete diese und schüttelte eifrig den Kopf.

„Das ist nicht ganz korrekt", erwiderte die Hexe. „Du hast das Potenzial, die energetische Kraft zu absorbieren. Das wissen wir. Das Problem ist die Erschöpfung. Du würdest nicht lange genug durchhalten."

Liam wusste, dass Mercy ungern an ihren Ausraster im letzten Jahr erinnert wurde. Sie hatte der Komplizin von Baltes mittels Magie den Garaus gemacht und danach für mehrere Tage im Koma gelegen. Keine Option also.

„Immerhin", erhob Mennox das Wort. „Wir wissen, wonach wir suchen müssen."

„Ach ja?" Callista lehnte sich über den Tisch. „Es könnte doch jeder sein, nicht?"

„Elfische oder Dryadische Herkunft scheidet aus. Genau wie Orakel. Die einen sind zu schwach, die anderen zu schnell erschöpft", erklärte Andi.

„Können Hexen das bewerkstelligen?", fragte Callista an Myrell gerichtet.

„Nein. Nicht allein zumindest. Wir können uns verbinden, aber dazu brauche ich einen mächtigeren Partner, als ich es bin", sagte die Hexe und strickte weiter an der stoffgewordenen Katastrophe. Zum Glück war Liam Weihnachten nicht zu Hause. Das würde nur über seine Leiche den Weg in seinen Kleiderschrank finden.

„Was bleibt dann noch übrig?"

„Genau danach suchen wir", antwortete Mennox,

„nach dem Unentdeckten. Orakel sind selten. Hybride noch seltener. Beide sitzen hier bei uns am Tisch. Ich denke, es gibt etwas, an das wir nicht gedacht haben."

„Das vermute ich auch. Es gibt immer wieder Hinweise auf unbekannte Rassen. Sie halten sich jedoch stets bedeckt, aus Angst vor Verfolgung", stimmte Andi zu. Nachvollziehbar. Sie nahm ihren Platz an Liams Seite ein. Sie hatte alles gesagt, was sie wusste.

Sofort fasste er ihre Hand und drückte sie zärtlich. „Das hast du gut gemacht", flüsterte er ihr zu und küsste sie auf die Schläfe.

Endlich kam Licht in das Dunkel. Es war notwendig, sich in der Bevölkerung umzuhören. Mennox hatte recht. Ein Orakel und eine Hybride saßen am Konferenztisch. Vor einem Jahr hätte er das nie für möglich gehalten.

14. Kapitel

„Wer schickt dich?“ Baltes’ Stimme wurde hohl von den Wänden des Verlieses zurückgeworfen. Ein spezieller Raum für ausgedehnte Spiele. Unwissende bezeichneten es auch als Folterkammer. Dabei wussten sie nicht, worin wahre Folter bestand. Im stechenden Schmerz der Niederlage, dem quälenden Gefühl der Ungerechtigkeit. Jeder Atemzug blanker Hohn des Folterknechts. Sämtliche Fasern des Körpers schreiend vor Qual.

Feuchtes Röcheln riss ihn zurück in die Gegenwart. Lächelnd verringerte er den Zug des Lederriemens, welcher um den Hals seines Opfers lag. Blaue Striemen kamen zum Vorschein und das Schweinchen hustete einen feinen, roten Sprühnebel.

„Mich schickt niemand! Glaub mir bitte.“

Baltes hatte die Frage zum dritten Mal gestellt. Langsam wurde er ungeduldig. Bedächtig ging er zu einem Tablett mit den exquisitesten Werkzeugen. Vielleicht sprach er tatsächlich die Wahrheit. Die vermeintliche Ratte war klein, schwächlich gebaut und verfügte über keine nennenswerten Fähigkeiten. Bei der leichtesten Folter knickte er ein, weinte, flehte und bettelte um sein erbärmliches Leben. Es war zauberhaft zu beobachten, wie dicke Tränen seine blutigen Wangen hinunterliefen. Weder der Rat noch der Clan würden eine Made wie ihn schicken. Oder doch? Weil sie genau wussten, dass er ihn nicht ernst nehmen würde?

„Wieso hast du versucht, Informationen aus unserem Hauptrechner zu stehlen?“, fragte Baltes ruhig, während er die Skalpelle inspizierte. Stets darauf bedacht, dass der Wurm alles gut sehen konnte.

Keleth hatte ihn umgehend informiert, als die Alarme losgingen. Es dauerte keine fünf Minuten, bis sie wussten, von wo er agiert hatte.

„Ich dachte, du wärst jemand anderes. Wir … wir suchen dieselbe!"

Jetzt wurde er hellhörig. „Woher willst du wissen, was wir suchen?" Sein Vorhaben konnte nicht durchgesickert sein. Unmöglich.

„Ich habe die … die Suchanfragen gesehen. Im Onlineverzeichnis der Bibliothek. Ich k … kenne mich aus!"

Baltes' hasserfüllter Blick galt nicht mehr seinem Opfer. Keleth stand an der gegenüberliegenden Wand und beobachtete das Geschehen, blieb aber stumm.

„Jeder kann nachvollziehen, was du da eingibst?" Wut köchelte unter seiner Haut. „Bist du von Sinnen?", rief er dröhnend, dass das Würmchen vor Schreck zusammenzuckte. Einen derartigen Fehler hätte er von seinem eigenen Blut nicht erwartet. Umso bitterer schmeckte die Enttäuschung.

„Ich kümmere mich sofort darum", sagte Keleth. Falls der Clan ihre Suche noch nicht entdeckt hatte, war es pures Glück. Davon besaß Baltes nicht besonders viel. Keleth drehte sich mit steifem Nicken um und verschwand nach draußen.

„Nun zu dir", herrschte er den Wurm an. Er war nicht mehr in der Stimmung für Spiele.

„Ich erzähle dir alles über Hybriden, was ich weiß."

Anscheinend war er nicht so dumm, wie Baltes dachte. Er wusste, was in den richtigen Momenten zu sagen war, um sein Leben ein paar Minuten zu verlängern.

„Woher hast du dein Wissen?"

„Die Hybride ist mein. Seit fast dreihundert Jahren. Sie ist meine Bestimmung. Mein Besitz wurde mir hinterrücks gestohlen."

„Herzerweichend", antwortete Baltes gelangweilt und ließ das Skalpell zwischen den Fingern umherwirbeln.

„Wie steht die Hybride zu dir? Ist sie deine Bettgespielin? Deine Frau?" Es würde ihn nicht wundern. Seinen Informationen nach machte Liam vor nichts Halt, wenn er etwas wollte. Allem Anschein nach hatte er Gefallen an

der Gespielin dieses jammernden Wichts gefunden.
„Sprich nicht so von ihr!“

Noch bevor das Würmchen seinen Satz beendet hatte, war Baltes herum gefahren. „Ich rede mit dir, wie es mir beliebt!“ Wütend nahm er das schmale Messer und nagelte die Hand seines Opfers damit an der Stuhllehne fest. Erneut Tränen, Geschrei und Gezeter. Es würde ihm eine Lehre sein. Geduldig wartete Baltes, bis er sich beruhigt hatte, zog die Klinge jedoch nicht heraus. „Bist du ein Spitzel?“

„Nein. Ich bin Andreas Freund, wirklich. Ich sage die Wahrheit, bitte glau…“

„Schickt dich der Clan?“

„Nein. Niemand schickt …“

„Schickt dich der Rat?“

„Nein, ich schwöre …“

„Hast du Kontakt zu einem der beiden?“

„Ja. Dem Rat. Er übergab mir das Recht, über Andi zu entscheiden. Ich habe aber schon seit Jahren keine Anweisungen mehr erhalten.“

„Der Clan?“ Sein Interesse an dem kleinen Mann wuchs stetig.

„Er hat mich bestohlen. Ich hasse jeden Einzelnen von ihnen!“ Gute Grundvoraussetzungen, damit könnte Baltes arbeiten. Zudem schätzte er die Nähe zum Rat. Ja, sie waren verabscheuungswürdig, doch was sagten die Gelehrten noch gleich über den Feind des Feindes?

„In Ordnung.“ Langsam zog er das Skalpell aus dem Fleisch des Würmchens. Blut quoll hervor, tropfte in langen Fäden auf den Boden. „Du erzählst mir alles, was ich wissen will. Über den Drachenclan, den Rat und die Hybride. Verstanden?“

„Ich habe eine Bedingung.“

Baltes konnte sich das Lachen nicht verkneifen. Bedingungen! Kaum imstande einen klaren Satz zu sprechen und Forderungen stellen. Unglaublich. „Wie wäre es mit der Tatsache, dass ich dir die Haut nicht in Streifen vom Leib schneide?" Und das war noch das Gnädigste, was er mit ihm vorhatte. Er duldete keine Mitwisser. Nie mehr.

„Nein."

Baltes zügelte seinen Zorn. Ein Nein war inakzeptabel. Wenn er jedoch aus einem Impuls heraus handelte, würde er den kleinen Mann womöglich aus Versehen umbringen. Sinnlos. Es brächte kurzweiliges Vergnügen, keinen nachhaltigen Nutzen. Vor allem, da er jetzt schon aussah, als würde er jeden Moment den Löffel abgeben. Erschreckend, wie wenig er aushielt.

„Mach mit ihr, was du willst, aber danach gehört Andi mir. Mir allein!"

„Einverstanden", sagte Baltes langsam. Der Schlüssel zum Erfolg lag vor ihm. Mit seiner Hilfe käme er an die Hybride heran. Irgendwie. Keiner verließ das Anwesen des Drachenclans ohne zwei Krieger. Baltes hatte keine Verstärkung. Eine Rechnung, die nicht zu seinen Gunsten aufging. Keleth hatte zu wenig Kampferfahrung. Baltes wollte nicht riskieren, ihn zu verlieren. Er war zu wichtig. Außerdem sollten seine ehemaligen Kampfesbrüder leiden. Ein schneller Tod wäre bequem und viel zu gütig. Ihre Seelen sollten sich vor Qualen winden, um Erbarmen flehen.

*

Liam konnte sich nicht erinnern, jemals von einer Frau derartig beeindruckt gewesen zu sein. Endlich hatten sie einen Plan. Zugegeben, der war teilweise noch lückenhaft, aber sie hatten eine heiße Spur.

„Ich bin so stolz auf dich. Weißt du das?" Er stützte sich auf einem Ellbogen ab und legte seinen Kopf gegen Andis Arm.

„Ich denke, die fünfzigmal, die du es mir gesagt hast, haben maßgeblich zu meinem Wissen darum beigetragen.

Ich hör es jedoch immer wieder gern", sagte sie schmunzelnd und gab ihm einen Kuss auf den Scheitel. Sie saß im Schneidersitz auf ihrem gemeinsamen Bett, umgeben von Papierstapeln.

„Ich kann es dir auch zeigen, wenn du willst." Er zupfte an ihrem Ausschnitt. Sofort sah er eine Gänsehaut auf ihren Unterarmen.

„Liam. Ich muss das noch durcharbeiten." Er sollte sie nicht von der Arbeit abhalten. Aber sie roch so unglaublich gut. Zurückhaltung fiel da schwer. Sein Herz schien vor Gefühlen überzuquellen. Er brauchte sie mehr als die Luft zum Atmen.

„Na gut." In dem Moment, als er sich aufrichten wollte, zog sie ihn zurück.

„Ich liebe dich Liam." Die Liebe in ihrer Stimme unterstrich den sanften Kuss ihrer Lippen.

„Ich liebe dich auch." Seine Brust schmerzte fast vor Glück.

„Vorsichtig", rief sie lachend, als er beim Aufstehen einen Papierstapel umwarf. „Du Schussel."

„Frau, ich passe ohne Büromaterial gerade so in das Bett. Deine Rechnung geht also nicht auf." Er machte sich daran, das Chaos aufzuräumen.

„Du hast doch sonst keine Probleme mit der Feinmotorik." Der spitze Unterton ließ ihn grinsen. Er vergötterte sie mit all ihren Eigenarten. Die Art, wie sie die Hinterklemmdinger an seinen Stiften abbrach oder dass sie überall Bücher verstreute, wo sie auch war. Gestern fand er sogar eines in der Dusche.

„Wo ist das Handy? Ich wollte dir zeigen, wo man das GPS aktiviert. Wenn du morgen mit Lillian in die Klinik gehst, will ich, dass du es aktivierst." Eigentlich passte es ihm wenig, sie außer Haus zu lassen. Aber sie war keine Gefangene. Zumal Calli und Venor dabei waren. Zu viert war es relativ gefahrlos. Er ging bewusst nicht mit, wollte ihre Selbstständigkeit nicht im Keim ersticken. Sie sollte ein eigenbestimmtes Leben führen. Rausgehen, Freundschaften schließen. Die Frauenklinik lag in einem guten Viertel. Es würde ihr gefallen, das Haus einmal verlassen zu können.

„In der Nachttischschublade."

Ob sie noch mehr Fotos gemacht hatte? Neugierig öffnete er den Fotoordner des Smartphones. Nein. Keine neuen Bilder. Schade.

„Hast du alle Kontakte vom Clan gespeichert? Ich hatte eine veraltete Nummer von Darian."

Sie murmelte etwas Geistesabwesendes. Liam schüttelte den Kopf. Wenn sie so verloren in ihrer Arbeit war, gestalteten sich Unterhaltungen zuweilen schwierig. Er scrollte im Adressbuch runter. Beim Buchstaben D angekommen stockte ihm der Atem. David? Eisige Klümpchen bildeten sich in seinen Venen, ließen seinen Herzschlag stocken.

„Wieso hast du David eingespeichert?", fragte er leise.

Sie sah ihn zweifelnd an. „Du kontrollierst mich?"

Falsche Antwort.

„Seine Nummer? Im Ernst. Hast du mit ihm gesprochen?" Er sah die abgehenden Anrufe durch. Nichts. Immerhin. Es kostete ihn alle Kraft, die er besaß, nicht die Fassung zu verlieren.

„Nein. Habe ich nicht. Aber wenn, dann wäre das meine Sache."

Liam sah rot. Logische Gedanken lösten sich in Luft auf, hinterließen nichts als kalte Wut. „Was muss noch geschehen, damit dieser Bastard aus deinem Leben verschwindet? Hast du vergessen, was er getan hat?" Liams Hals kratzte bei jedem Wort, so laut brüllte er.

„Natürlich nicht", rief sie zurück. Mittlerweile war sie aufgestanden. „Was glaubst du eigentlich, mit wem du sprichst?"

„Der Mistkerl wollte mich töten. Wie kannst du auch nur daran denken, mit ihm zu sprechen?" Er konnte sich einfach nicht beruhigen. Er konzentrierte sich auf seine Atmung. Zwecklos. Seine Sicht flatterte. Wurde trüb, dann klar, dann wieder trüb. Er fühlte sich verraten. Von der Frau, die er liebte.

„Wie soll ich dreihundert Jahre meines Lebens löschen? Meine Gefühle für ihn gingen über Oberflächlichkeiten hinaus. Wir wohnten zusammen, aßen zusammen, lebten zusammen!“ Andis Wangen färbten sich rot und er hörte ihren wilden Herzschlag.

Aber er war zu aufgebracht, um jetzt klein beizugeben. „Ich würde jeden in Fetzen reißen, der auch nur eine Hand an dich legt! Egal, wie lange ich denjenigen kenne.“ Er hätte diesen Trottel umbringen sollen, als er die Gelegenheit dazu hatte.

„Ja. Natürlich. Denn das ist die einzige Möglichkeit, wie man mit so etwas umgeht“, erwiderte sie tonlos.

„Du wolltest ihn selbst erschießen. Schon vergessen?“

„Und ich danke dir bis heute, dass du mich zurückgehalten hast.“

Wieso sagte sie das? Wollte sie ihn absichtlich verletzten? Glückwunsch, das gelang ihr einwandfrei.

„Mir ist klar, warum du das nicht verstehst.“

Das Rauschen in Liams Ohren wurde zunehmend lauter. „Was soll das heißen?“

„Deine Vergangenheit ist ebenfalls allgegenwärtig. Überall. Marie, Sidney, Hillary.“

Was sollte das denn jetzt? „Ich kenne diese Frauen nicht.“ Seit er Andi kannte, gab es keine andere. Eigentlich dachte er, das Thema hätte sich in Ägypten endgültig erledigt. Traute sie ihm immer noch nicht?

„Natürlich. Du brauchst keine Gefühle, um im Leben klarzukommen. Ein weibliches Wesen zu benutzen erfordert keine Emotionen. Sobald du fertig bist, vergisst du sie.“

„Von was zum Geier sprichst du?“ Hatte er gerade einen mittelschweren Schlaganfall? Er war doch sauer auf sie. Nicht umgekehrt.

„Die Zettelchen in deinen Jacketts. Ich habe sie gefunden. Außerdem ist dein Ruf kein Geheimnis. Aber ich akzeptierte das. Das ist deine Vergangenheit. Du solltest ebenso …“

„Du hast in meinen Sachen gewühlt?“, fragte er fassungslos. Traute sie ihm denn nicht? Nicht einmal ein ganz klein wenig?

„Du hast dasselbe getan. Vergessen?“

„Ich habe nicht in deinen privaten Dingen herumgeschnüffelt. Du schon!“ Er schenkte keiner anderen Frau auch nur die leiseste Beachtung. Für ihn gab es nur Andi. Ihr mangelndes Vertrauen riss eine tiefe Wunde in sein Herz. Erneut.

„Ich bin nicht dumm Liam.“

Ach. Daher wehte der Wind. Mit einem lauten Knall brannten ihm die Sicherungen durch. „Ach so. Dann sag mir, hochgebildete Andrea, was siehst du in mir? War ich gut zu vögeln? Der unterbelichtete Krieger mit dem hübschen Gesicht und dem harten Schwanz. War er gut zu dir? Hat er es dir ordentlich besorgt?“ Seine Stimme überschlug sich, es war ihm egal. So lange schon lebte er mit diesen Vorurteilen. Sie ausgerechnet von ihr zu hören, schmetterte ihn zu Boden.

„Liam. Ich …“ Sie wollte auf ihn zugehen, er wich zurück. Ihre Nähe war zu viel für ihn. Es schmerzte zu sehr. „So etwas würde ich nie behaupten. Es ist beleidigend, wie du mit mir sprichst. Hörst du dir überhaupt zu?“

„Ich bin beleidigend? Ich? Klar, der kluge David würde nie in diesem Ton mit dir sprechen.“

„Vielleicht hast du damit sogar recht!“, rief sie.

Der letzte Tropfen, der das Fass zum Überlaufen brachte. Er wusste nicht mehr, wohin mit seinem Zorn. Blind vor Wut trat er gegen das Nachtkästchen. Splitternd barst es in hundert Teile.

Im gleichen Augenblick flog die Tür auf. Darian, Venor

und Mennox standen im Türrahmen. Kein Wunder. Ihr Geschrei musste durch das ganze Haus gehallt sein.

„Beruhige dich Mann“, sagte Darian leise und stellte sich vor ihn. Versperrte ihm den Zugang zu Andi. Unsinnig. Als würde er ihr jemals Gewalt antun. Selbst wenn sie ihn so sehr verletzte, dass er zweifelte, sich je wieder davon zu erholen. Er liebte sie. Deshalb tat es weh. Mennox und Venor flankierten Andi.

Liams Pulver war noch nicht verschossen. „Vielleicht sollte ich dich unter Drogen setzen? Oder deine Eltern abschlachten? Oder dich gefangen halten wie ein Tier, damit du dich wohlfühlst! Ach nein! Das hat David ja schon getan! Hat ebenfalls nicht geholfen!“

„Liam …“

„Das denkst du?“ Andi fiel Mennox ins Wort. Ihre spitze Stimme übertönte alle im Raum. „Ich bin doch auch nur geduldet, bis du eine andere gefunden hast!“ Sie wollte nach vorne, auf ihn zugehen.

Venor hielt sie am Arm zurück.

Ein animalisches Knurren entstieg Liams Kehle. Niemand fasste Andi an. Ein roter Schleier legte sich über seine Sicht.

„Lass sie lieber los, Venor“, sagte Darian.

Sofort hob Venor die Arme und trat zurück.

Nur schleppend kam Liam zu Bewusstsein, der rote Schleier legte sich. Er sah Andi in die feuchten Augen.

Sie weinte. Wegen ihm. Wegen ihr? Vermutlich wegen der Gesamtsituation. Rastlos fuhr er sich mit den Fingern durch die Haare.

„Haben sich jetzt alle wieder unter Kontrolle?“, fragte Mennox und richtete seinen Blick auf Liam.

„Wenigstens weiß ich nun, woran ich bin.“ Mit diesen Worten ging er an Darian vorbei hinaus. Unfähig, einen Augenblick länger im Zimmer zu bleiben. Er brauchte frische Luft.

*

„Das ist unser Röntgenapparat. Darauf bin ich besonders stolz.“ Andi folgte Lillians Wink und spähte in den Raum hinein. Am liebsten hätte sie die Führung durch die Frauenklinik abgesagt. Es war faszinierend, was Lillian hier auf die Beine gestellt hatte, doch Andis Gedanken spielten Verstecken mit ihrer Aufmerksamkeit. Das Einzige, woran sie denken konnte, war Liam. So wütend hatte sie ihn noch nie erlebt. Nicht einmal in Ägypten, als er in einem dreckigen Erdloch festgesessen hatte. Alles nur wegen einer blöden Telefonnummer. Nichts lag ihr ferner, als mit David erneut eine Beziehung aufzubauen. Es war zu viel geschehen. Natürlich dachte sie gelegentlich an ihn. Aber eine Versöhnung würde niemals infrage kommen. Wenn sie genauer darüber nachdachte, verstand sie Liams Ärger. Er nahm jede Mühe auf sich, um es ihr angenehm zu machen. Was tat sie zum Dank? Statt ihn zu beruhigen und das Missverständnis aufzuklären, hatte sie ihn wie eine Furie angegiftet. Schlimmer. Sie hatte ihn mit Vorwürfen konfrontiert, welche jedweder Logik entbehrten. Aus der Luft gegriffener Blödsinn. Gott, sie war eine Idiotin. David hätte sie nicht angebrüllt. Dazu hielt er sie viel zu sehr unter Kontrolle. Liam respektierte sie, ließ ihr Freiraum, zeigte ihr Möglichkeiten, wie sie ihr Leben eigenhändig gestalten konnte. Vielleicht war das der Grund, warum sie feindseliger reagiert hatte, als beabsichtigt. Sie hatte sich in die Defensive gedrängt gefühlt, ihr Unterbewusstsein zwang sie zu einer Reaktion.

Mühevoll unterdrückte sie ein Gähnen. Die Nacht war kurz gewesen. Stundenlang hatte sie auf dem Bett gesessen, gehofft, gebetet, dass Liam zurückkam. Doch sie blieb einsam. Nur sie und ihre Gedanken. Eine denkbar schlechte Kombination. Er fehlte ihr schrecklich. Nicht zu wissen, wo er war und wie es ihm ging, machte sie wahnsinnig.

„Oh. Entschuldige." Ohne darauf zu achten, wohin sie trat, war sie frontal mit Venor zusammengestoßen. Er und Calli leisteten ihnen Gesellschaft. Nicht zum Spaß, wie Andi vermutete. Niemand verließ das Anwesen allein. Dazu waren die Zeiten zu gefährlich. Dennoch machte es die Lage für Andi nicht entspannter. Calli warf ihr abwechselnd mitleidig aufmunternde Blicke zu. Sie hatte bestimmt mit Liam gesprochen.

„Hier ist die Teeküche", sagte Lillian und schob Andi in die kleine Kammer. „Wir kontrollieren kurz die Straße." Sie beobachtete, wie Venor mit Calli zur Haustür ging. Sie unterhielten sich leise und spähten durch die Tür nach draußen.

„Du siehst müde aus." Lillian schaltete den Wasserkocher ein.

„Ich habe nicht viel geschlafen", gab Andi zurück. Die Augenringe und der fahle Teint sprachen Bände. Warum sollte sie lügen?

„Niemand hat behauptet, dass es einfach ist, mit einem Krieger zusammen zu sein."

„Ihr habt den Streit alle mit angehört." Konnte sie nicht im Boden versinken? Wo waren Erdbeben, wenn man sie mal brauchte?

„Das hat man in Kanada gehört Liebes. Was denkst du, wer Mennox nach unten geschickt hat?", erwiderte Lillian und schüttelte den Kopf. Karamellfarbene Augen blickten sie wissend an.

„Er hätte mir nichts getan." Egal wie wütend er war.

„Nicht dir galt meine Sorge. Eher den italienischen Stilmöbeln." Andi spürte die Hitze auf ihren Wangen.

„Es tut mir leid, Lillian."

Lachend winkte diese ab und nippte an ihrem Tee.

„Das muss es nicht. Mennox und ich haben uns anfangs gestritten wie die Kesselflicker. Das ist normal."

Andi wagte zu bezweifeln, dass diese elegante Frau jemals etwas Unangemessenes tat. Dazu war sie viel zu kultiviert. „Habt ihr auch Mobiliar zertrümmert?“

„Drei Spiegel, einen Schrank, zwei Stühle, eine Porzellansammlung und mindestens zweihundert Gläser und Vasen.“

Andi verschluckte sich fast an ihrem Tee. Was?

„Die Spiegel und Vasen gingen jedoch auf mein Konto.“ Lillian zuckte mit den Schultern. „Frische Liebe ist impulsiv. Insbesondere mit jungen Kriegern.“

„Revierverhalten“, murmelte Calli und beugte sich zu den Keksen. Sie stand am Türrahmen gelehnt, Venor bezog Posten vor der Haustür. Ihn schienen die Frauengespräche nicht sonderlich zu interessieren

„Sieh es mal so“, fuhr Callista kauend fort. „Du bist der schmackhafte, neue Knochen. Liam hat Angst, dass ihm jemand diesen Leckerbissen wegnimmt. Also markiert er sein Revier. Nur statt dir ans Bein zu pinkeln, zertrümmert er Nachtschränkchen.“

Lillian schwieg und trank ihren Tee.

Etwas in ihren Augen sagte Andi, dass Callista nicht unrecht hatte.

„So sind Krieger eben. Zähne fletschen gehört zum Berufsethos.“

Lillian und Andi verschränkten synchron die Arme vor der Brust.

Callista lachte laut. „Nein, nein.“ Sie wedelte mit einem schlanken Finger in der Luft. „Männliche Krieger. Das Idioten-, Eifersuchts- und peinliches Verhalten-Gen liegt auf dem Y-Chromosom.“

„Stimmt. Du bist für deinen kühlen Kopf, deine feinen Manieren und das tadellose Taktgefühl ja weltbekannt“, erwiderte Lillian trocken und inspizierte die Deckenbeleuchtung.

„Du hast das gute Aussehen und die Intelligenz vergessen.“

Ein kleiner Stich durchzuckte Andi. Genau das hätte Liam auch gesagt. Die überspielte Arroganz war Teil seines Humors, den sie so sehr liebte. „Verlässt er mich?" Sie wollte nicht so erbärmlich klingen, aber ihre Stimme machte sich selbstständig. Ein riesiger Kloß bildete sich in ihrem Hals. Wollte sie die Antwort überhaupt hören? In einer Küche stehen, bei einer Tasse Tee und mit Freundinnen über Männerprobleme reden tat gut. Waren sie ehrlich zu ihr? Oder redeten sie die Lage nur schön? Die Vorstellung, ohne Liam zu leben, jagte tausend spitzer Haken in ihr Herz.

„Nein."

„Niemals."

Verblüfft ob der Einstimmigkeit sah sie auf.

„Wenn er dich nicht lieben würde, hätte er nicht so ein Fass aufgemacht wegen einer Handynummer", gab Callista Augen rollend zurück. „Er fühlt sich miserabel."

„Es ist ungewohnt für ihn. Er lebt zum ersten Mal mit einer Frau zusammen. Ich denke, ihr müsst euch nur zusammenraufen. Das braucht Zeit." Lillian lächelte aufbauend. „Heute Abend sieht die Welt wieder ganz anders aus."

„Krieger sind nicht nachtragend. Diese charmante Eigenschaft liegt auf dem X-Chromosom."

Jetzt musste sogar Andi lachen. Über ihre Sorgen zu sprechen, machte es einfacher, wie sie feststellte. Die Probleme wirkten nicht mehr unüberwindbar. Langsam klärte sich ihr Kopf. Sie würde ein ruhiges Gespräch mit Liam suchen, ihm die Sache erklären, Davids Nummer löschen und sich entschuldigen.

„Da ist jemand an der Tür", drang Venors Stimme zu ihnen. „Ein Zivilist. Keine Waffen erkennbar. Er ist allein."

Lillian lehnte sich interessiert nach vorne. „Eine Patientin?"

„Das bezweifle ich. Aber einen Arzt hat er nötig." Venor trat einen Schritt zurück, entsicherte seine Pistole und öffnete die Tür.

Andis Teetasse fiel klirrend zu Boden. Nein!

Callista stellte sich sofort vor sie.

„Andi? O Andi! Wie schön, dass du wohlauf bist!“ David stand im Türrahmen. Als er an Venor vorbeilaufen wollte, hielt dieser ihn am Kragen fest.

Ihr Mund verwandelte sich in die Sahara. „David.“

Ihn zu sehen, riss Wunden auf, von denen sie eigentlich dachte, sie seien am Verheilen. Schmerz wallte in ihrer Brust auf, ließ die Luft knapp werden.

„Der David?“, fragte Callista mit unverhohlener Verwunderung in der Stimme. „Na dann war Liams Reaktion wirklich übertrieben.“

Sie gab der Kriegerin Recht. Er sah schrecklich aus. Das Gesicht mit Prellungen und Abschürfungen übersät. Seine Lippen waren an mehreren Stellen aufgeplatzt und durch eine Augenbraue zog sich ein tiefer Schnitt.

„Soll ich ihn … wegschicken?“ Venor richtete den Blick auf Andi. Er betonte das Wort wegschicken. Seine Definition beinhaltete alles zwischen Umbringen und in ein Taxi setzen.

Sie war unschlüssig, was ihr lieber war.

„Sie verfolgen mich Andi! Sie sind hinter mir her, haben mich entführt, verprügelt und gefoltert!“

Callista rückte unauffällig näher an Andis Seite.

Lillian hielt sich im Hintergrund.

Andi entging jedoch nicht, wie sie Verbandszeug arrangierte.

„Er hat es auf dich abgesehen. Über mich will er zu dir gelangen.“ Davids Stimme hallte schrill durch den Flur.

„Wer?“ Callista zog ihr Katana zeitgleich mit Venor. Davids Augen weiteten sich. „Baltes! Ich konnte nur mit Glück entkommen. Dieses Monster ist verrückt!“

„Als hätten wir nicht schon genug Probleme“, murmelte Callista.

Andi schüttelte den Kopf. David sprach von verrückten Kerlen. Ironie des Schicksals.

„Wieso ist er hinter mir her?“, fragte sie leise. Die Worte lagen schwer auf ihrer Zunge.

„Es tut so gut, dich zu sehen. Ich habe dich …“

„Antworte“, sagte Venor laut, um ihn zu übertönen. Sein Gesicht hatte eine kalkweiße Farbe angenommen. Ausgerechnet er. Es wäre besser gewesen, sie hätten Darian mitgenommen. Venor war labil, was dieses Thema betraf. Baltes war ein rotes Tuch.

„Du bist eine Hybride. Er weiß es.“ Andi wurde schlecht. Zum Glück hatte sie die Mahlzeiten bisher verweigert. Bittere Flüssigkeit bahnte sich den Weg ihren Hals hinauf. Baltes wusste Bescheid. Was wollte er mit ihr? An den Rat ausliefern? Sie ballte die Hände zu Fäusten, um das Zittern in den Griff zu bekommen. Liam. Sie brauchte ihn. Jetzt mehr denn je.

„Wo hält er sich auf?“ Venors Stimme klang eiskalt.

David schaute zu dem Krieger hoch, dann zu Andi.

„Trau ihnen nicht mein Schatz!“ Er zappelte in Venors Armen. Trat nach ihm, schlug in die Luft. „Du bist in Gefahr! Lauf weg Andi!“

Callista löste sich von Andis Seite und ging auf David zu, das Schwert erhoben, bereit dem Gezappel ein Ende zu setzen.

„Töte ihn nicht.“ Andi war fassungslos. David tat ihr leid. Er war verfolgt, gejagt und gefoltert worden. Nur wegen ihr. Möglicherweise hatte er den Tod verdient, aber nicht heute. Vielleicht hatte er sich geändert.

Callista blieb stehen und schnaubte laut. „Antworte. Wo. Ist. Er?“ Die Kriegerin hatte sichtlich Mühe, sich zu beherrschen.

„Immer da, wo man zuletzt sucht.“ Eine tiefe Stimme ließ Andis Herz zwei Schläge aussetzen. Reflexartig und schneller als Andi mitverfolgen konnte, wirbelte Callista auf dem Absatz herum und riss sie grob in ihren Rücken. Aller spätestens jetzt hätte sich Andi gern übergeben. Baltes. Keine fünf Schritte von ihr entfernt. Sie hatte Fotografien gesehen. Das lange, schwarze Haar trug er zu einem glatten Zopf. Dunkle Augen in einem markanten Gesicht. Die Züge zu einem leichten Lächeln verzogen. Er war unverkennbar ein Krieger. Nicht nur die Tatsache, dass er absolut lautlos in das Haus eingedrungen war, so unauffällig, dass nicht einmal Venor es gehört hatte. Nein. Größe und Statur sprachen Bände. Als letzten Beweis hielt er ein silbernes Katana in den Händen. Die Waffe eines Drachenkriegers. Breitbeinig stand er hinter Lillian, zielte mit der Klinge auf ihren Hals. Stille legte sich über den Flur.

Andi traute sich nicht, auch nur einen Finger zu rühren. Gefangen in einer Schockstarre, konnte sie den Blick nicht von Lillian abwenden. Baltes hatte einen Arm um ihren runden Bauch gelegt, streichelte ihn, liebkoste ihn fast zärtlich. Stumme Tränen rannen Lillians Wangen runter.

„Nicht doch Lilly. Die Aufregung ist nicht gut für das kleine Wunder unter deinem Herzen“, raunte Baltes seiner Geisel ins Ohr.

Andi konnte sich nur vage vorstellen, wie viel Angst Lillian hatte. Nicht um sich selbst, sondern um das ungeborene Kind.

Venor trat neben Andi. Offensichtlich stellte David keine größere Gefahr dar. Er hatte ihn losgelassen und umklammerte jetzt den Griff seines Schwertes so fest, dass das Leder darunter ächzte.

„Lass sie los und dir passiert nichts.“ Venors Stimme klang ruhig und bedächtig, als wöge er jedes Wort vorsichtig ab, bevor er es aussprach.

Baltes lachte laut auf.

Andi gefror das Blut in den Adern. Kalt und emotionslos.

„Mir geschieht so oder so nichts. Ich bin älter als du. Und ich war schon früher stärker als du, Freund.“

Andi bemerkte, wie Callista in ihre Tasche fasste, leider

entging dies auch Baltes nicht.

„Eine Bewegung, Küken und ich filetiere deine First Lady!“ Ein dünnes Rinnsal Blut schlängelte sich über Lillians Hals, verlor sich im Ausschnitt ihrer Bluse. O Gott.

Callistas Gesicht erstarrte, sie hob die Hände, ließ ihr Schwert jedoch nicht los.

„Und du solltest daran denken, dass niemand hier feuerfest ist, Süße.“ Baltes sprach mit Andi. Sie schluckte trocken. Sie hatte in der Tat mit dem Gedanken gespielt, ihr Feuer loszulassen. Doch solang Baltes Lillian bedrohte, waren sie machtlos. Selbst wenn nicht. Sie bezweifelte, dass sie in der Lage war, ein Feuer unter Kontrolle zu halten und im Kampf einzusetzen. Papierfetzen in Flammen aufgehen lassen ging gut. Ein Inferno in Silversprings wollte sie tunlichst vermeiden.

„Sobald du Mennox’ Gefährtin ein Leid zufügst, wird es keinen Ort mehr geben, an dem du vor unserem Zorn sicher bist, Freund.“ Venors Stimme machte der Baltes Konkurrenz.

„Das trifft sich gut. Ich will sie nämlich gar nicht. Obwohl eine kleine Ausgabe von Mennox viel Vergnügen mit sich brächte.“ Erneut streichelte er Lillians Bauch. „Ich will sie.“

Sein Blick galt Andi. Kalter Schweiß lief ihren Rücken hinunter. Dieses Monster wollte sie. Nicht Lillian. Das war kein normaler Rachefeldzug. Er hatte etwas mit ihr vor. Aber was?

„Wir verhandeln an dieser Stelle nicht mit dir“, antwortete Venor und rückte unmerklich näher an ihre Seite. Alles in ihr schrie nach Liam. Sie brauchte ihn. Jetzt!

„Ich biete zwei Leben gegen eins. Das scheint mir ein fairer Tausch zu sein.“

„Beweg dich und du bist tot“, raunte Venor über seine Schulter nach hinten. Andi drehte sich um. David hielt inne und fixierte den Krieger.

„Sei nett zu dem Würmchen. Ohne sein Ablenkungsmanöver wäre ich nie hier reingekommen. Ach ja. Die Fenster zum Hinterhof offen zu lassen, war dumm. Und die Alarmanlage ist ein Witz." Der Triumph in Baltes' Stimme ließ sie erneut Galle schmecken. Ablenkungsmanöver.

„Warum wundert es mich nicht, dass du mit ihm gemeinsame Sache machst?", blaffte sie David an. Ihre Haut wurde taub, Geräusche klangen nur noch gedämpft zu ihr durch. Verraten und verkauft. Erneut. Diesmal war es endgültig. Jedes Mal wenn sie einen Funken Menschlichkeit in ihrem früheren Freund zu sehen glaubte, enttäuschte er sie. Ohne nachzudenken, drehte sie sich um, packte David am Kragen und schleuderte ihn zu Baltes. Woher sie die Kraft nahm, war ihr schleierhaft.

„Geh zu deinem Komplizen. Ich hoffe er tötet dich schmerzlos, obwohl das mehr ist, als du verdienst!" Zu denken, dass Baltes ihn verschonen würde, war absurd. Venor zog sie am Ärmel zurück. Ihre Brust hob und senkte sich unnatürlich schnell. Mit der Schnelligkeit eines Drachenkriegers zog Baltes eine Waffe und schoss. Ein spitzer Schrei entfuhr Andi und sie schlug die Hände vor den Mund.

„Nichts leichter als das", sagte Baltes gut gelaunt. „Siehst du, ich gehe auf Vorschläge ein."

Fassungslos starrte sie auf Davids leblosen Körper. Er hatte ihm in den Kopf geschossen. Blut sprudelte aus der Öffnung in seinem Schädel, bildete eine glänzende Lache auf dem Fußboden. Andis Hosen waren rot gesprenkelt. Sie war sauer, zornig, wütend. Aber die Leichtigkeit, mit der Baltes ein Leben auslöschte, schockierte sie dennoch. Sie trauerte nicht um David. Sie trauerte um den kompletten Verlust der Menschlichkeit. Baltes war genau das, was Liam ihr berichtet hatte. Lillian zitterte heftig in den Armen ihres Peinigers.

Er würde Lillian töten. Daran gab es keinen Zweifel.

Andis Hirn raste eine Meile in der Sekunde. Sobald er Lillian tötete, würde Venor Baltes erwischen. Sie kämen vermutlich mit dem Leben davon. Was für ein Leben wäre das, wenn Andi die Schuld tragen musste, für den Tod zweier Unschuldiger verantwortlich zu sein. Oder sogar drei. Mennox würde mit seiner Frau und seinem Kind sterben. Zumindest seelisch.

„Ich gehe mit dir." Es war, als ob Andi sich selbst zusehen konnte. Weit entfernt.

„Nein." Venor hielt sie rechts, Callista links.

Baltes schnalzte mit der Zunge und das Rinnsal an Lillians Hals vergrößerte sich.

„Doch." Vorsichtig drehte sie sich um, schaute den beiden ins Gesicht. Sie ließen Andi gewähren. „Ich könnte damit nicht leben."

Callistas graue Augen flehten Andi stumm an. Venors schüttelte unmerklich den Kopf.

„Sagt Liam, dass ich ihn liebe." Sie konnte nur noch flüstern. Auf dem Weg zu Baltes trübten Tränen ihre Sicht. Das war also das Ende. So würde Andrea Pherson vom Antlitz dieser Welt verschwinden.

„So ein gehorsames Mädchen", murmelte Baltes, als sie vor ihm stehen blieb. „Ich habe ein Mittel. Dein Verehrer sagte mir, es wirkt hervorragend bei dir. Sei ein Schatz und fass in meine Manteltasche." Andi bewegte sich wie in Trance. Mit jedem Schritt wurden ihre Beine schwerer, sie wollte das nicht. Sie wollte nicht mit Baltes gehen, sie wollte Liam nicht wehtun, indem sie nicht zu ihm zurückkehrte. Sie stand nun so dicht vor ihrem zukünftigen Peiniger, dass sie seinen Duft wahrnehmen konnte. Erschreckenderweise roch er nicht schlecht. Ihr wäre ein Geruch nach modrigem Wasser oder Schwefel lieber gewesen. Die zarte Note nach Rasierwasser empfand sie als deplatziert. Es passte nicht. „Na los. Linke Tasche", sagte Baltes leise und nickte mit dem Kopf. Andi leistete widerwillig Folge. Ihre Fingerspitzen ertasteten einen weichen Gegenstand. Vorsichtig zog sie ihn raus und war froh, dass ihre Hand der Körperwärme Baltes entkommen konnte. Es war ein braunes Ledermäppchen. Jetzt verstand sie es. *Ich habe ein Mittel. Dein Verehrer sagte mir, es wirkt hervorragend bei dir.* David. Er hatte Baltes das Betäubungsmittel gegeben, mit dem er Andi außer Gefecht gesetzt hatte, wenn es ihm sprichwörtlich zu heiß mit ihr geworden war.

Baltes drückte Lillian noch fester an sich und verlagerte seinen Schwertarm gekonnt, um eine freie Hand zu bekommen. Demnach brachte er Andi nicht um die Ecke, sondern hatte vorher noch seinen Spaß mit ihr. Ihre Knie drohten einzuknicken. Mit einem Augenzwinkern, das sie trocken würgen ließ, zog er den Reißverschluss des Ledermäppchens auf und nahm eine Spritze zwischen Daumen und Zeigefinger. Lass es einfach nur schnell vorbei sein!

Baltes dirigierte sie fast sanft vor seine Brust. Andi folgte blindlings. Das Katana lag noch immer an Lillians Hals. Jede Verweigerung könnte zur Katastrophe führen.

Aus den Augenwinkeln sah sie, wie er Lillian von sich stieß. Erleichterung durchflutete Andi. Es war wenigstens nicht umsonst. Baltes hielt Wort. Das war das Letzte, was sie sah. Schüsse, wüstes Gebrüll und Kampflärm drangen nur nebelhaft zu ihrem Bewusstsein durch. Stille.

15. Kapitel

„Das hat sie gesagt?“ Liam sah ungläubig in Mercys violette Augen.

„Mit diesen Worten“, antwortete sie ruhig und setzte sich auf Darians Schoß. Er könnte an dieser Stelle sitzen, seine Frau auf den Knien, einen Drink in der Hand und sich den Hals küssen lassen. Aber nein. Er saß allein auf der Couch im Billardzimmer, hatte einen ausgewachsenen Kater und musste die mitleidigen Blicke des jungen Paares sowie seines Anführers ertragen.

„Ich habe mich also zum Idioten gemacht“, sagte er und presste die Handballen auf die Stirn.

„Ja.“

„Absolut.“

„Jupp.“

„Ihr seid ein toller Beistand“, murmelte er in seine Handflächen.

„Keine Sorge“, erwiderte Mennox, während er auf der gegenüberliegenden Couch Platz nahm. „Jeder von uns macht sich in einer Beziehung früher oder später zum Volltrottel.“

Das stimmte. Calli hatte ihm erzählt, wie Mercy ihren Göttergatten mitten in der Nacht vor die Tür gesetzt hatte. Nackt. Und ihn volle zwei Tage nicht in ihr Zimmer gelassen hatte.

„Manche mehr, manche weniger“, sagte Mercy laut, als drei Augenpaare im Raum auf sie gerichtet wurden. In Liams Fall dann wohl mehr.

„Sie ist traurig. Nicht sauer. Das ist gut! Ein schlechtes Gewissen spielt dir gute Karten zu. Wenn sie sauer wäre, könntest du einpacken.“ Bevor Mercy etwas auf Darians Aussage erwidern konnte, legte er eine Hand über ihren Mund. „Schatz, das ist ein Männergespräch. Sofern du nicht die ersten zwanzig Buchstaben des Alphabets rülpsen, diesen Tisch da vorn anheben und im Stehen pinkeln kannst, lass uns Liam helfen."

Violette Blitze tobten in ihren Augen.

Darian zuckte zusammen und rieb sich seine Handflächen. „Du hast mich gebissen!"

„Ich sehe nach Max. Er braucht Hilfe in Mathe. Nachdem du ihm das letzte Mal geholfen hast, hat er eine vier geschrieben", antwortete sie und leckte sich die Lippen.

„Wenn du klug bist, Liam, hör nicht auf die beiden. Testosteron scheint bei Kriegern neurologische Aussetzer auszulösen." Mit diesen Worten verabschiedete sie sich. Doch nicht, bevor sie Darian kurz auf die Nase geküsst hatte.

„Das Alphabet rülpsen?" Mennox schwenkte seinen Whiskey.

„Nicht die beste Idee, ich weiß." Darian legte lässig seine Beine auf den niedrigen Tisch. „Sie kommt bis K!"

Normalerweise hätte er in Darians Lachen eingestimmt. Nicht heute. Gestern Abend hatte der Zorn in seinen Gedanken und in seinem Verhalten regiert. Kaum hatte er das Zimmer verlassen, hatte Reue die Herrschaft übernommen. Er wollte zurück zu Andi, sich entschuldigen. Aber er befürchtete, die Sache nur noch schlimmer zu machen. Also trank er sich ins Koma und tigerte vor ihrer Zimmertür auf und ab. Erbärmlich. Wie konnte er dermaßen die Beherrschung verlieren? Unverzeihlich. Er hatte sich nicht wehren können. Davids milchgesichtige Fratze schoss in seinen Kopf. Wieso war dieser Kerl ein feuerrotes Tuch für ihn? Laut Mercy hielt Andi ihn keineswegs für geistig zurückgeblieben. Sie war für ihn eingestanden, hatte ihn verteidigt. Und was tat er? Rastete wegen einer Kleinigkeit aus. Kein Wunder, dass sie so reagiert hatte.

„Mennox! Hilfe!"

Liam schnellte aus seinem Sessel hoch. Callis panischheiserer Schrei hallte durch das Haus. Callista wurde nie panisch. Genauso wenig schrie sie um Hilfe. Mennox stürzte zur Flügeltür. Liams Herz sank eine Etage tiefer, schlug dumpf auf dem Boden auf. Nein! Lillian hing in Callistas Griff, blass, blutverschmiert und mit tränenverquollenen Augen.

„Geht es dir gut?“ Keine Wut, kein Zorn. Die Stimme ihres Anführers klang nahezu dünn, als er seine Frau in die Arme schloss. Er befühlte sie, tastete sie ab. „Sag etwas Lillian.“ An ihrem Hals hielt er inne. Ein langer Schnitt zog sich darüber. Daher also das Blut.

„Ja. Es … ich bin in Ordnung.“ Sie legte den Kopf auf seine Brust. „Baltes. Er kam in die Klinik.“ Ihr Blick wanderte zu Liam und sie brach in Tränen aus.

Nein. Nein. Nein. Liam weigerte sich, eine Schlussfolgerung aus dieser Reaktion zu ziehen. Das passierte nicht. Er musste träumen. Das. War. Nicht. Real. Eine schwere Hand sauste auf seine Schultern, drückte ihn auf das Sofa. Darian. Er saß neben ihm.

„Liam?“ Callista ging vor ihm auf die Knie und fasste seine Finger. Ihre Haut fühlte sich so kalt an, wie sein Herz in diesem Augenblick. Blut verklebte ihre schwarzen Haare zu dicken Strähnen. Er schüttelte den Kopf. Wollt es nicht hören. Das Letzte was er zu der Liebe seines Lebens gesagt hatte waren im Streit gefallene Worte. So trennte man sich nicht. So ging man nicht auseinander. Genau genommen ging man überhaupt nicht auseinander. Man blieb zusammen bis ans Lebensende. Zusammen!

„Hörst du mich?“ Die Stimme der Kriegerin zitterte.

„Sag es.“ Er wollte es nicht hören. Jede Faser seines Körpers sträubte sich, aber seine Seele flehte um den Gnadenstoß.

„Er hat sie mitgenommen. Wir wissen nicht wohin.“

Mitgenommen?

„Sie ist nicht tot?“ Er hielt die Luft an und schaute in Callistas graue Augen.

„Nein. Baltes hält sie als seine Geisel. Er wird sie nicht

töten.“

Noch nicht. Unausgesprochene Wahrheit.

„David kam in die Klinik. Er hat uns abgelenkt. Nein.“ Callista schüttelte den Kopf. „Wir haben uns ablenken lassen. Waren zu selbstsicher.“

„Er bedrohte mich mit seinem Katana. Baltes wollte Andi. Sie hat sich für mich eingetauscht.“

Verrückt. Die Frau des Anführers des Drachenclans verletzt durch ein Katana.

„Schon gut.“ Mennox führte sie zu einem Stuhl. Darian kam zurück in den Raum. Er musste oben gewesen sein, um Mercy zu holen. Liam hatte seine Abwesenheit nicht bemerkt.

„Oh Gott!“ Sie schlug sich die Hand vor den Mund und breitete hektisch Verbandsmaterial auf dem Billardtisch aus.

Das sah Liam nur durch einen dicken Nebelschleier. Alles war dumpf, Informationen drangen nur langsam zu ihm durch.

„Es ist meine Schuld Liam.“ Callista biss sich auf die Unterlippe.

„Unsere Schuld“, korrigierte Venor. Schwer atmend stand er an der Tür. „Ich habe ihn noch drei Blocks verfolgen können. Dann verlor sich seine Spur. Ich vermute, jemand hat ihn abgeholt.“

Verloren. Das stimmte.

„Du blutest.“ Venor zog Calli am Arm hoch. Erst jetzt bemerkte Liam ihren blutdurchtränkten Mantel. „Wie oft hat er dich erwischt?“

„Weiß nicht. Eine oder zwei Kugeln im Arm.“ Sie wand ihren Arm aus Venors Griff. „Unwichtig.“

„Ich habe nichts gesehen“, stammelte Mercy. Sie rollte einen Verband auf, ihre Hände zitterten. „Ich sehe auch jetzt nichts.“ Dieser Trumpf fiel also ebenso weg.

„Was ist passiert? Der Reihe nach bitte“, fragte Darian und schloss Mercy in die Arme. Betäubt hörte Liam zu.

David in der Klinik. David tot. Lillian verletzt. Andi weg. Jede Silbe tröpfelte einzeln in seinen Verstand.

„Er war so verflucht schnell. Und so leise! Ich habe nichts gehört, nichts gerochen. Nichts!“ Callis Stimme nahm eine schrille Frequenz an.

„Er ist ein sechshundertzehn Jahre alter Krieger mit Kampferfahrung“, sagte Mennox, während er Lillian an seine Brust gedrückt hielt. „Ich hätte nicht gedacht, dass er diese Grenze überschreitet.“

Baltes war nach Mennox der Älteste. Sogar Venor zählte nur fünfhundertneunundachtzig Lenze. Überrumpelt, abgelenkt, ausgetrickst. Selbst wenn Liam dabei gewesen wäre, hätte er nichts an der Situation ändern können.

„Das Handysignal ist tot“, murmelte Callista. Ihre Finger flogen über einen Tablet-PC. Natürlich. Dumm war Baltes nicht.

„Er hatte Hilfe?“ Bei diesen Worten hob Liam erstmals den Kopf.

„Ja. Seine Spur verlor sich schlagartig. Jemand hat auf ihn gewartet“, erwiderte Venor.

„Der Rat“, flüsterte Liam und stand auf. Verwundert, dass seine Beine ihn trugen, nahm er einen tiefen Atemzug. Die Nebelschwaden lichteten sich.

„Das weißt du nicht.“ Darian stellte sich vor ihn.

„Wer sonst? Sag es mir? Wieso will er sie?“ Es war die einzige Erklärung. Der Rat wollte Andi und benutzte Baltes als Strohmann.

„Weil er uns damit schadet.“

„Dann hätte er Lillian nicht verschont. Er wollte Andi. Nur Andi.“ Darauf wusste sein Kamerad keine Antwort. Es war aussichtslos. Sie hatten nicht die blasseste Ahnung, wo sie war. Keinen Anhaltspunkt. Die Suche könnte Wochen dauern. Wochen, in denen sein Rotfuchs hilflos diesem dreckigen Bastard ausgeliefert war.

„Das lasse ich nicht zu“, sagte er laut und schritt an Darian und Venor vorbei zur Tür. Er würde der Sache auf den Grund gehen. Auf der Stelle. Außerdem brauchte er jemanden, an dem er seine Wut auslassen konnte.

„Warte." Mennox löste sich von seiner Frau und stellte sich ihm in den Weg.

Liam straffte die Schultern. Der Zorn des gestrigen Abends kam zurück. Doch diesmal war es anders. Angst vergiftete seinen Verstand, schlug spitze Widerhaken in seinen Schädel. Er musste es tun. Musste raus aus dem Anwesen. Untätig rumsitzen würde lediglich das Gefühl der Hilflosigkeit in ihm schüren.

Die Augen seines Anführers blitzen auf.

Es war ihm egal. Es ging um seine Frau, seine Liebe, sein Leben. „Wenn du mich aufhalten willst …"

„Ich und Callista bleiben bei Lillian, Mercy und dem Jungen", unterbrach er ihn. „Ich werde nachkommen, sobald die Sache unter Kontrolle ist."

Mit Sache meinte er zweifellos, sobald Lillian aufgehört hatte, zu bluten und er wieder klar denken konnte.

Es beeindruckte Liam, dass Mennox trotz allem einen kühlen Kopf behielt. Wenn Andi … Nein.

„Wir begleiten dich", sagte Darian und tauschte einen Blick mit Venor.

Dieser nickte stumm.

Die Entschlossenheit der beiden Männer drang zu Liam durch. Sie standen zu ihm. Er wusste, dass Mennox unter besseren Umständen mitgehen würde. Aber jemand musste das Haus bewachen. Außerdem war seine schwangere Gefährtin nur knapp dem Tod entkommen. Liam würde ihr ebenso wenig von der Seite weichen. Nach einem kurzen Nicken rannte er die Treppen hoch, um seinen Mantel zu holen und den Waffenschrank zu plündern. Der Tag musste kommen. Nur dass er so schnell kam, damit rechnete er nicht. Er würde den Rat konfrontieren. Heute. Alles würde anders werden. Draußen hielt er Darian am Arm fest. „Bleib hier." Sein Kamerad schaute ihn verdutzt an. „Bisher ist alles nur Theorie. Du hast jetzt Familie. Denk an sie.“

Darian schüttelte den Kopf. „Ich hatte auch schon vorher eine Familie.“

„Er hat recht“, murmelte Venor und ging an ihnen vorbei, um sich ans Steuer des SUV zu setzen. Ihn könnten keine zehn Pferde davon abhalten, Liam beizustehen.

„Wenn ihr in einer Stunde nicht zurück im Anwesen seid, kommen wir nach“, sagte Darian. Ein dunkles Versprechen. Hoffentlich musste er es nie einlösen. „Wir finden sie.“

Liam schluckte schwer und nahm auf dem Beifahrersitz Platz. Er durfte seinen Gedanken nicht freien Lauf lassen. Mühevoll schob er die verstörenden Bilder zur Seite. Zwecklos. Die Straße rauschte am Fenster vorüber. Niemand sagte ein Wort. Andi auf einen Stuhl gefesselt. In Ketten gelegt. Blutüberströmt. Andi, wie sie nach ihm rief, um sich schlug, vor Qual das Gesicht verzog. Eine schmerzhafte Gänsehaut breitete sich auf seinen Armen aus. Jede Minute, die sie nicht bei ihm war, brannte wie Feuer in seinem Herzen. Venor übertrat auf der zehnminütigen Fahrt geschätzte 50 Verkehrsgebote. Liam war dankbar für die überfahrenen Ampeln. Die gewohnte Strecke zum Haus des Rates verlor sich am Straßenrand. Liam nahm kaum etwas außerhalb des Wagens wahr.

„Sei auf alles vorbereitet“, mahnte Venor ihn, als er die Handbremse des Wagens festzog.

Jetzt war es so weit. Liam nickte und stieg ohne zu zögern aus. Das weiße Gebäude ragte vor ihm auf, ein Mahnmal der Lügen und der Boshaftigkeit, die darin ein Heim fanden. Wie betäubt ging er die Stufen hinauf. Mit jedem Schritt wuchs seine Verzweiflung gleichermaßen mit seiner Wut. Ein gezielter Tritt, und die Tür barst in hundert Stücke. Sollten sie ruhig wissen, dass sie hier waren. Er spürte Venor in seinem Rücken.

„Zeigt euch!“, Liams Stimme hallte hohl von der hohen Decke wider. Einen endlosen Augenblick geschah nichts.

Alles, was er wahrnahm, war das Rauschen seines eigenen Blutes.

„Was hat das zu bedeuten Krieger?“ Marvae stand zu seiner Linken.

„Wo sind Charismon und Asmodeus?“ Er wollte das Pack sehen. Alle miteinander.

„Ist das die Art und Weise, wie du mit deinen …“

„Halt dein verlogenes Maul und antworte mir!“ Reflexartig zog er sein Schwert.

Marvaes unnatürlich hellblauen Augen weiteten sich.

„Sie sind nicht hier.“ Eine Lüge. Sie verließen dieses Haus nicht. Ein kühler Wind umschmeichelte Liam. Doch sein Gemüt kühlte nicht ab.

„Steckt ihr mit Baltes unter einer Decke?“ Die Frage aller Fragen. Ein Ja bedeutete, dass die Verschwörung weiter und der Verrat tiefer ging, als jeder von ihnen vermutete. Aber er hätte wenigstens eine Chance auf einen Hinweis, wo sein Rotfuchs war.

„Ich weiß nicht, wovon du sprichst, Krieger. Überdenke deinen Ton oder …“

„Oder was? Tötest du mich sonst?“ Liam breitete die Arme aus, das Schwert von sich gestreckt. „Na los. Tu es! Töte mich. Hier und jetzt, auf der Stelle!“ Es war die ultimative Aufforderung. Wenn sie nichts unternahmen, war ihre Theorie bestätigt. Er hatte sie beleidigt und offen herausgefordert. Vor ein paar Monaten noch unvorstellbar. Kaum zu glauben, dass er jemals Respekt für den Rat empfunden hatte. Machthungrige Bestien.

„Wir wissen alles. Alles!“, rief er in den Raum. „Ihr habt euer eigenes Volk geschlachtet wie Vieh. Ghladran musste sterben, weil ihr eure Macht nicht teilen wolltet. Ihr habt alle getäuscht, sie in ein Netz aus Lügen gewickelt.“

Marvae schwieg. Ihr makelloses Antlitz verriet keine Regung. Doch hinter der Fassade tobte ein Sturm, das konnte Liam fühlen. Die Luft um sie herum war aufgeladen, knisterte nahezu.

„Baltes lebt also“, war ihre schlichte Antwort. Ihr langes, weißes Kleid schlug sanfte Wellen, als sie einen Schritt auf ihn zukam. Er wich nicht zurück.

„Er hat meine Gefährtin.“ Vier Worte, die wie Gift in seinem Hals brannten, ihn von innen heraus verätzten.

„Bedauerlich. Wieso macht ihr mich für euer Versagen, sie zu beschützen, verantwortlich? Hättet ihr Baltes wie befohlen getötet, wäre das nie passiert.“

Liam stockte der Atem. Die Gleichgültigkeit in ihrer Stimme brachte ihn an den Rand des Wahnsinns. Nur noch ein kleines Stück und er würde sich vollends vergessen.

„Du leugnest nichts?“, fragte Venor. Er hatte mittlerweile ebenso sein Katana gezogen. Breitbeinig und bereit zum Angriff stand er in Liams Rücken. Die kalte Wut ins Gesicht geschrieben. So hatte er den sonst emotionslosen Krieger noch nie gesehen.

„Wozu? Ihr seid machtlos. Es war nur eine Frage der Zeit. Verblüffend, wie lange es gedauert hat, bis ihr misstrauisch werdet. Dass ausgerechnet die Schenkel einer Schlampe den ausschlaggebenden Grund liefern, ist mehr als erbärmlich.“

Das war zu viel für Liam. Ohne nachzudenken, holte er aus und schwang sein Schwert. Die Klinge traf auf den Türrahmen, riss ein großes Loch in das blank polierte Holz.

Marvae löste sich buchstäblich in Luft auf. Eisiges Lachen hinter ihm.

Diesmal erklang ein Schuss. Venor hatte eine Kugel abgefeuert.

Zwecklos. Das war also mit dem Aufstieg gemeint. Sie konnten nach Belieben ihre körperliche Gestalt verlassen. Keine Klinge konnte ihnen schaden. Liams Hoffnung fiel wie ein Kartenhaus in sich zusammen. Tief in seinem Innern, hatte er geglaubt, Andi hier zu finden. Der Rat hatte von Anfang an Interesse an ihr gehabt. Dass sie mit

Baltes unter einer Decke steckten, lag demnach nahe. Weit gefehlt. Er nahm ihren Duft nicht wahr. Und das kurze Aufflackern in Marvaes Augen hatte ihm verraten, dass sie nicht gewusst hatten, dass Baltes am Leben war.

„Es ist sinnlos, Krieger", sagte Marvae vom Ende der Treppe aus. „Ihr findet selbst raus."

Ein kalter Luftstrom zerrte an seinem Mantel. Verzweiflung pochte unter seiner Haut. Der Rat war seine einzige und letzte Aussicht auf einen Hinweis gewesen.

„Komm." Venor zog ihn am Arm hinaus. „Wir können nichts tun."

*

Ruhig bleiben. Einfach weiteratmen wie zuvor. Nicht bewegen. Es ist ganz einfach.

Andi presste die Lider aufeinander, während sie versuchte, ihre Atmung unter Kontrolle zu bringen. Ihr Bewusstsein kam schlagartig zurück. Es war kein morgendlich, sanftes Aufwachen. Das hier war ein frontaler Zusammenprall mit ihren letzten Erinnerungen. Sie wollte die blutverkrusteten Folterwerkzeuge, den modrigen Keller und die rostigen Gitterstäbe nicht sehen. Ebenso wenig würde sie Baltes' Antlitz ertragen. Ihre Hände waren gefesselt. Der Lage nach zu urteilen, lag sie auf einer Art Zahnarztstuhl. Seltsam. Es roch weder nach Keller noch nach Blut, wie sie es erwartet hatte. Das Wort Krankenhaus schoss ihr in den Kopf, aber sie verwarf den Gedanken. Dennoch verwirrte sie der intensive Geruch nach Desinfektionsmittel.

„Du wurdest getroffen." Jemand war im Raum, sprach aber nicht mir ihr. Weiteratmen. Die fremde Stimme schürte ihre Verwirrung. Baltes hatte also mindestens einen Komplizen.

„Musste sein. Diese Ziege von Kriegerin kann nicht zielen." Baltes' Stimme. Sie würde diesen Klang ihr Leben nicht mehr vergessen, gleich, wann es ein Ende finden würde.

„Venor hat dich verfolgt. Hat er mich gesehen?“

„Nein. Nach drei Blocks hat er die Witterung verloren. Ich bin schneller gewesen.“

Sie rechnete nach. Er musste über sechshundert Jahre alt sein. Ja. Er war ihnen überlegen. Stoffrascheln und metallisches Geklapper ließen ihre Atmung erneut stocken.

„In ein paar Stunden ist es verheilt.“ Sein Komplize verarztete ihn. Vielleicht doch ein Krankenhaus? Wie wollte er die bewusstlose Frau erklären? Unsinn. Schritte näherten sich. Sie zwang ihre Lider zur Entspannung, zählte die hellen Flecken in der Dunkelheit, die sie umgab.

„Du kannst dich gern tot stellen, aber ich weiß, dass du wach bist.“ Baltes stand neben ihr, der Lautstärke nach zu urteilen keine Handbreit von ihr entfernt. Es hatte keinen Zweck weiterhin sterbender Schwan zu spielen. Sie blinzelte ins Licht. Helle Strahlen blendete sie, verursachten stechende Schmerzen in ihrer Stirn.

„Guten Morgen“, sagte er lächelnd. Die Augen zu Schlitzen verengt sah sie zu ihm hoch. Unter dem Ausschnitt seines schwarzen Shirts lugte eine Mullbinde hervor. Hätte Fortuna nicht einmal auf ihrer Seite sein können? Ein Schuss mitten durchs Herz hätte ihn zumindest verlangsamt. Ihre Aufmerksamkeit glitt zu dem Komplizen.

Der Mann stand mit dem Rücken zu ihr und sortierte Verbände in einen weißen Hängeschrank ein. Er besaß etwa Venors Größe und Statur. Rabenschwarzes Haar bedeckte einen breiten Nacken. Dicke, leicht gelockte Strähnen. Gepflegt. Wenn sie es nicht besser wüsste, hätte sie ihn für einen Krieger gehalten.

Sie widmete sich ihrem Verlies, das eigentlich keines war. Sie saß auf einem … Magensäure verätzte ihre Speiseröhre. Das war kein Zahnarztstuhl. Ihr Blick fiel auf die runtergeklappten Beinstützen. Sie war an einen gynäkologischen Stuhl gefesselt. Zwar in normaler Position, aber das änderte nichts an dem flauen Gefühl in ihrer Magengrube. Als sie sich weiter umsah, wurde ihr bewusst, dass die Krankenhaustheorie nicht so weit gefehlt war. Die Glaskabine, in der sie saß, hatte Ähnlichkeit mit einem Labor. Weiße Einrichtung, moderne Ausstattung, der Komplize trug sogar einen Arztkittel. Was in aller Welt ging hier vor?

„Gut geschlafen?"

Sie ignorierte Baltes' zweite Frage ebenso wie die Erste. Aus der Nähe betrachtet wirkten seine Augen dunkler, boshafter. Das tiefe Braun seiner Iris war kaum von der Pupille zu unterscheiden.

„Wir können das endlos fortführen. Ich habe Zeit."

Seine Worte hinterließen einen samtig, ekligen Geschmack auf ihrer Zunge.

„Was willst du von mir?" Verblüfft über ihre feste Stimme hob sie das Kinn. Wenn sie in etwas gut war, dann darin, ihre Emotionen zu verstecken. Jahrelange Übung. Vielleicht konnte sie gerade so lang am Leben bleiben, bis Liam sie fand. Ihre Brust schnürte sich zusammen, als sie an ihren Mann dachte. Überleben. Nicht einknicken! Sie ballte ihre Hände zu Fäusten, um die Taubheit zu vertreiben. Die weißen Manschetten um ihre Handgelenke waren zu eng eingestellt.

„Dich", antwortete er und entblößte eine Reihe verstörend ebenmäßiger Zähne.

Soviel zum Thema Gefühle verbergen. Sie spürte, wie ihr der Mund aufklappte, doch sie konnte es nicht verhindern. Wollte er mit ihr?

„Keine Sorge Liebes. Nicht das. Jedenfalls nicht nur. Deine Haut ist zu blass, deine Haare zu rot und Sommersprossen sind schlimmer als Feinrippunterwäsche."

Bedächtig ging er um sie herum. Ausgerechnet von ihm

beleidigt zu werden, hätte sie fast zum Lachen gebracht. „Was ich von dir möchte, geht tiefer. Wesentlich tiefer." Sein Blick drohte sie erneut in eine Schockstarre zu versetzen.

„Das war der schlechteste Heiratsantrag, den ich je gehört habe", erwiderte sie, und war froh, dass ihre Zunge gehorchte. Angst beherrschte ihren Leib, sie versuchte, ihren Geist so lang es möglich war, davon zu verschonen. Dunkles Gelächter hallte von den gefliesten Wänden zurück.

„Wenigstens hast du Humor. Und du hast recht. Irgendwie ist es wie eine Hochzeit. Nur ohne Ringe, Kirche und Kleid. Mir genügt die Hochzeitsnacht."

Verstümmelte oder abgetrennte Körperteile, schmerzerfüllte Schreie, mittelalterliche Folterinstrumente. All das hätte sie einem körperlichen Akt mit diesem Abschaum vorgezogen. Folter erschien ihr plötzlich sogar als akzeptable Alternative.

„Kein Grund zur Trauer", sagte er und verzog die Lippen zu einem Schmollmund, während er mit dem Daumen eine Träne von ihren Wangen auffing. Sie hatte nicht bemerkt, dass sie weinte. Die bittere Galle in ihrem Mund vertrieb die Schmerzen in ihrer Brust.

„Nun gut." Baltes richtete sich auf und klatschte in die Hände. „Ich will natürlich keine Familie gründen. Schon gar nicht mit dir. Ich bin lediglich an deiner Erbinformation interessiert."

Was?

„Mit ihr? Ich dachte, ich sollte ihr Blut untersuchen und wir machen mit den Satyrinnen weiter?", fragte der Komplize und trat aus dem Hintergrund.

„Du wirst eine Weile brauchen, bis du ihren Genotyp bestimmt hast. Bis dahin habe ich meinen Spaß mit ihr."

Ihr Verstand hinkte hinterher. Ihre Gene?

„Stell dir einen Krieger mit einer Feueraffinität vor. Wenn die Kleine es schafft, zwei Talente in sich zu vereinen, könnte ihr Sohn drei vereinen. Nicht auszudenken."

„Unbestritten interessant", antwortete der nicht ganz so boshaft scheinende Mitarbeiter. Sie konnte nur sein Halbprofil sehen, aber die Ähnlichkeit mit Baltes war frappierend. „Wir wissen jedoch nicht, ob es wirklich funktioniert. Es ist nur Theorie."

Baltes winkte ab. „Falls nicht, töten wir den Bastard und machen einen neuen. Wir sitzen ja nun an der Quelle."

Sie spürte kalte Hände ihre Schenkel hochwandern. Nein bitte nicht, bitte nicht, bitte nicht! Sie warf den Kopf zur Seite, wollte nicht in sein hämisch grinsendes Gesicht sehen.

„Das ist unklug", sagte die Stimme im Hintergrund laut. Baltes zog seine Hand weg. Andi atmete hörbar aus.

„Wenn ich eine unqualifizierte Meinung hören will, frage ich die Kaffeemaschine! Überdenke deinen Ton oder dir ergeht es wie deiner werten Mutter."

Andi blickte hoch und …

„Sein Sohn!", flüsterte sie und zwei Köpfe schnellten zu ihr herum. Natürlich. Fassungslos starrte sie die beiden Männer an. Vor allem aber Baltes' vermeintlichen Nachkommen. Es passte. Die Haare, die Größe, die Figur. Er war ein Drachenkrieger. Wenn da nicht diese Augen wären. Andi erkannte sie. Rot glühende Kohlen. Doch statt in das fahle Gesicht eines Satyrs zu blicken, sah Andi einen Krieger. Tonnenschwere Erkenntnis legte sich auf ihre Schultern. Baltes wollte Hybriden züchten! Unvorstellbar, was eine Horde Drachenkrieger mit der Mordlust eines Satyrs im Innern dieser Welt antun könnten. Ausgerechnet Andi sollte hierzu den Schlüssel liefern. Erneut drehte sich das Zimmer einmal im Kreis, und ihr wurde übel.

„Die Ähnlichkeit ist verblüffend, nicht wahr? Zum Glück." Baltes beäugte seinen Sohn. „Die Mutter war wahrlich keine Schönheit."

Für einen Moment fing sie den roten Blick des Halbkriegers auf. Seine Augen waren gruselig, aber nicht tot. Die Mimik nicht von Rache zerfressen, wie die von Baltes. Der Mann strahlte Gleichgültigkeit aus. Er stand einfach da, während sein Vater all diese Gemeinheiten von sich gab. Wieso?

„Wenn du fertig bist, ruf mich. Ich kann es kaum erwarten, Liams Geschenk aufzumachen." Baltes wandte sich zur Tür. „Sediere sie, bevor du gehst. Ich will mich nicht verbrennen." Damit verschwand er im Flur und ließ sie mit Baltes Junior alleine.

Während dieser Spritzen auf einem Tablett ordnete, inspizierte sie ihren Käfig. Glas, Beton, Fliesen. Nichts, was einen Großbrand auslösen würde. Feuer, das von ihr kontrolliert wurde, verbrannte sie nicht. Drachenkrieger hin oder her. Die Abstammung hatte keinen Einfluss auf die Brennbarkeit. Ihre Idee verpuffte jedoch, als ihr Blick auf die Leitung an der Decke fiel. Sauerstoff. Na toll. Sie würde den gesamten Häuserblock in die Luft sprengen, das würde sogar sie nicht überstehen.

„Ich werde deinen rechten Arm jetzt losbinden", sagte er in ruhigem Tonfall und zog einen kleinen Rollhocker vor ihren Stuhl. Unternimm bitte keine Dummheiten, du wirst dir mehr wehtun, als mir. Das versichere ich dir." Er war tatsächlich nicht so rabiat, wie sein Erzeuger. Oder er war nur ein talentierter Schauspieler und damit noch viel gefährlicher als Baltes? Andi wurde erneut von seinen Augen in den Bann gezogen. Krieger und Satyr. In einem Wesen vereint.

„Ich heiße Andi", begann sie möglichst neutral, als er die Manschette entfernte. Ihr Arm kribbelte und fing an zu jucken, als das Blut zurückfloss.

„Ich weiß." Ohne sie anzusehen, rollte er den Ärmel ihres Pullovers hoch und legte einen Gummischlauch um ihren Oberarm, um die Venen zu stauen. Seine Bewegungen waren professionell, beinahe vorsichtig, die Hände warm.

Sie spürte den Stich der Nadel nicht und beobachtete verblüfft das sich füllende Blutröhrchen. Da sie mit Small Talk nicht weiterkam, konnte sie auch mit der Tür ins Haus fallen.

„Du bist wie ich."

Ohne den Kopf zu heben, blickte er sie an. Scharlachrote Rubine, umrahmt von langen, schwarzen Wimpern. Er wischte sich eine lose Haarsträhne hinter das Ohr. „Nein", war die simple Antwort. Er setzte ein zweites Röhrchen an.

Immerhin hatte sie seine Aufmerksamkeit erregt. Wenn sie einen Zugang zu ihm fand, könnte sie ihr Leben vielleicht verlängern. Aus dem Ferkel, dem man einen Namen gab, wurde kein Schnitzel gemacht. Oder so ähnlich. Ihre Existenz auf dieser Welt hing am seidenen Faden einer Bauernweisheit. Prima.

„Wie ist es mit deinen zwei Teilen?" Als er abermals nicht antwortete, fuhr sie unbeirrt fort. „Das Feuer ist bei mir der dominante Part, aber ich benutze die Erde öfter. Daher fällt mir der Umgang damit auch leichter. Es ist schwierig. Es ist, als ob die eine Seite die andere ständig überreden wollte …"

„Ja. Eine Hälfte ist dominant", erwiderte er.

Ein Erfolg. Selbst wenn er das nur gesagt hatte, um ihren Redefluss zu unterbinden.

„Was denkst du wohl, welche?" Bei dieser Frage sah er sie nicht an. In aller Ruhe knipste er das mittlerweile dritte Röhrchen ab, zog die Nadel raus und drückte einen Tupfer auf die Einstichstelle.

Sie reagierte nicht auf die rhetorische Frage. Er wäre nicht hier unten, wenn er wie ein Krieger dächte.

„Du vereinst zwei Affinitäten in dir", murmelte er nachdenklich. „Ich hingegen zwei Rassen, die unterschiedlicher nicht sein könnten."

Sofern in Andi schon ein Sturm tobte, wie grotesk

musste es dann in seinem Kopf zugehen? Er vereinte nicht nur zwei Rassen. Hass und Liebe mussten gleichermaßen in ihm wohnen, wie Blutdurst und Beschützerinstinkt. Eine schreckliche Vorstellung.

„Das muss sehr schlimm für dich sein." Sie war so versunken in das fast normale Gespräch, dass sie für einen Moment vergaß, wen sie vor sich hatte.

Ihr Gegenüber schien das nicht zu vergessen. Langsam griff er nach der Kanüle auf dem Tablett. „Wenn ich dir mit dieser Spritze deine braunen Rehaugen ausstechen würde, wäre das mein persönliches Highlight des Tages. Dein Schmerz, deine Schreie, die Verzweiflung, die unaufhörlich aus deinen Poren sickert. Das ist Musik in meinen Ohren und ein Festmahl für meine Seele."

Ihr Mitleid für ihn verflog im Nu. „Ich könnte nicht aufhören, dir wehzutun." Sein Gesicht nahm einen abwesenden Ausdruck an. Wie ein Trinker beim ersten Schluck. „Wenn das Blut durch deine Adern jagt, der süße Geruch der Angst sich im Raum ausbreitet. Eine Symphonie."

Es war verstörend anzusehen, wie sehr er die Vorstellung, sie zu quälen, genoss. Das war keine Schauspielerei. Es war sein Wesen. Anscheinend stand er seinem Vater in nichts nach. Was ist schlimmer als ein Drachenkrieger-Satyr-Mischling? Korrekt. Ein Drachenkrieger mit gehörigem Vaterkomplex und Mordlust in den Augen – Satyr-Mischling. „Hat das deine Frage beantwortet?"

„Ja. Es tut mir leid. Ich habe dich für einen Moment, für ein mitfühlendes Individuum gehalten. Kommt nicht mehr vor."

Ein kurzes Aufblitzen in seinen Augen, dann wandte er sich um. Hatte sie ihn gekränkt? Oder verärgert?

„Ich weiß, wieso dein Vater das tut", fuhr sie ungehindert fort. Sobald Baltes einen Finger an sie legte, würde ihre Seele sterben. Warum sich also zurückhalten? So starb sie wenigstens nicht dumm. „Er ist besessen von

Rache. Aber warum tust du das hier?"

„Hast du mir nicht zugehört?" Zum ersten Mal erhob er die Stimme. Die Frage war ein Volltreffer.

„Doch. Du sprichst von körperlichem Schmerz. Ich glaube dir, dass du ihn brauchst. Danach verlangt der Satyr in dir." Es war reine Biologie. Grausam, widerlich und barbarisch. Dennoch biologisch erklärbar. Dem Löwen konnte man das Töten einer Gazelle ebenso wenig vorwerfen.

„Wozu das alles?" Sie nickte in Richtung des Tabletts. „Du warst so sanft, ich habe den Einstich nicht einmal gespürt." Sie war nicht von gestern. Er leitete das Labor, oder was auch immer dieser Keller darstellte. Die Art, wie er sich die Handschuhe anzog und die Instrumente bediente, sprach Bände. War er neugierig? Trieb ihn der Durst nach Antworten dazu, sie zu untersuchen? Sie hatte bereits mit dem Gedanken gespielt, ihre Gene untersuchen zu lassen. Sie wollte wissen, was in ihr vorging.

„Also? Dein Vater wird von Selbstsucht getrieben. Was treibt dich?"

Bedächtig warf er die Spritze in den Sondermüll und ging zur Tür.

„Du hast dir die Antwort selbst gegeben. Er ist mein Vater." Bevor er hinausging, sah er sie lange an. Als überlege er angestrengt. Dann zog er seinen Laborkittel aus und legte ihn auf den niedrigen Tisch. „Ich gehe das Betäubungsmittel holen." Damit verschwand er im dunklen Flur.

Ihr Herz tat einen vorsichtigen Hüpfer. Sie hatte ihn in ein Gespräch verwickeln können. Mit Erfolg. Er hatte vergessen, die Manschette wieder an ihrem Handgelenk zu befestigen. Eilig befreite sie ihre linke Hand und griff sich ein Einweg-Skalpell. Besser als nichts. Der Kittel. Sie wusste, dass es unwahrscheinlich war, aber warum sollte sie nicht einmal im Leben Glück haben. Mit zwei Händen fuhr sie in die Seitentaschen. Als ihre Finger auf Glas trafen, hätte sie beinahe geweint vor Freude. Er hatte sein Handy in der Kitteltasche. Ein weiterer Schritt in Richtung Überleben war getan. Langsam streckte sie den Kopf aus der Tür. Niemand zu sehen. Ein langer Flur erstreckte sich zu beiden Seiten. Baltes' Sohn war nach rechts abgebogen. Also lief sie in die entgegengesetzte Richtung. Einen Schrei unterdrückend taumelte sie seitwärts und hob die winzige Klinge vor sich in die Höhe. Eine Satyrin sprang gegen die Glasscheibe, an der sie vorbeiging. Sie war nicht die einzige Gefangene. Sie waren Satyrinnen, dennoch weckten sie Andis Mitgefühl. Was hier passierte, war ekelerregend. Kein Wesen dieser Welt hatte eine derartige Folter verdient. Eine Tür am anderen Ende des Ganges fiel laut ins Schloss.

„Das war sehr dumm von dir." Baltes Sohn stand breitbeinig, keine dreißig Schritte entfernt.

Sie reagierte reflexartig. Noch während sie lossprintete, drückte sie auf den grünleuchtenden Knopf neben der Glaszelle. Leise zischend öffnete sich die Glasschiebetür. Sie hatte keine Chance, vor ihm davonzulaufen. Er würde sie einfangen, bevor sie das Ende des Flurs erreicht hätte. Dennoch rannte sie so schnell ihre Beine sie trugen. An jeder Zelle machte sie die Tür auf. In einigen waren mehrere Satyrinnen, das verschaffte ihr die nötige Zeit. Hoffentlich. Die schrillen Schreie ignorierend, baute sie darauf, dass die Satyrinnen sich auf ihre Peiniger stürzten und sie in Ruhe ließen. Gelbes Licht leitete sie. Ein schmales Treppenhaus wand sich nach oben. Rasch blieben die Kampfgeräusche hinter ihr. Die Tür war nicht verriegelt. Baltes war zu selbstsicher, zu versteift, es nur mit einer Dryade zu tun zu haben. Ebenso sein Sohn. Die Manschette nicht zu schließen war ein sehr dummer Fehler, von einem sehr klugen Mann gewesen. Sie blickte sich nicht um, wollte nichts sehen. Das einzig Wichtige ragte vor ihr auf. Die Haustür. Kaum wehte ihr die frische Nachtluft entgegen, hörte sie den Alarm. Ihre Entführer wussten, dass sie auf der Flucht war, daher störte sie der Lärm nicht. Im Gegenteil. Je mehr Aufmerksamkeit sie auf der Straße bekam, desto besser. Tränen der Erleichterung trübten ihre Sicht. Gerade als sie die erste Stufe hinunter nehmen wollte, spürte sie etwas Scharfkantiges an der Schulter. Panisch sprang sie nach vorne. Sie konnte sich jedoch nicht auf dem Treppenabsatz halten und so schlug sie hart auf dem Asphalt auf. Der metallische Geschmack nach Blut breitete sich auf ihrer Zunge aus. Nackte Füße vor ihrem Gesicht. Hektisch kroch sie rückwärts, rappelte sich auf und zog ihr kümmerliches Messer. Eine Satyrin. Sie musste ihr aus dem Keller gefolgt sein. Ausgemergelt, blutüberströmt und rasend vor Hunger stand sie vor ihr.

„Geh einfach", flüsterte Andi und betete, dass die Satyrin in ihrer Gier nach Schmerz noch klar denken konnte. Sie sollte wegrennen. Wenn Baltes kam, würden sie beide sterben.

„Ich habe dich freigelassen. Also tu mir jetzt denselben Gefallen, ja?" Die Satyrin reagierte nicht. Die Zeit rann ihr durch die Finger. Weg. Sie musste weg von Baltes' Labor und seiner perversen Babyfabrik. So weit und schnell es irgend ging. Zu allem Übel bereitete ihr die frische Luft Probleme. Das ihr abgezapfte Blut schwächten sie, machte sie zu einem denkbar ungünstigen Augenblick langsam. Aus dem Augenwinkel sah sie eine zweite Satyrin die Treppe herunterspringen. Direkt auf Andi zu. Ohne nachzudenken, rannte sie los. Sie wagte keinen Blick zurück. Zu groß war die Gefahr, dass sie hinfiel und zum gefundenen Fressen wurde. Ziellos lief sie weiter und weiter. An der zweiten Querstraße bog sie ab. Sie musste sich am Stadtrand befinden. Es dauerte nicht lange und statt Häuser umringten sie hochgewachsene Kiefernbäume. Im Lauf zog sie das gestohlene Handy aus der Hosentasche. Sie verwählte sich fünfmal, ehe sie Liams Nummer richtig eingegeben hatte. Sie hatte keine Chance ohne ihn, sie brauchte ihn. Tränen flossen über ihre Wangen, brannten wie Eis auf der Haut. Es läutete. Er sah die Identität des Anrufers nicht. Ging er trotzdem ran? Komm schon! In der Ferne kam eine Tankstelle in Sicht. Sie hörte die näherkommenden Schritte im Nacken. Ihre Geschwindigkeit nahm ab wie ihre Hoffnung. Dann endlich erklang das Klicken in der Leitung.

„Liam?", rief sie so laut in das Telefon, dass sie den Hall ihrer eigenen Stimme hörte.

„Andi?" Sein gebrochener Tonfall ließ den Kloß in ihrem Hals anschwellen.

„Ich weiß nicht, wo ich bin. Sie verfolgen mich. Hilf mir!" Die Worte kamen abgehackt, verschlungen und undeutlich.

„Was siehst du?" Sie hörte eine Autotür zuschlagen und einen Motor starten. Liam saß bereits im Auto.

„Eine Landstraße. Eine Tankstelle. Gelbe Neonbeleuchtung." Keine Himmelsrichtung, kein Schild. In ihrer Panik hatte sie das alles übersehen.

„Du bist am östlichen Ende der Stadt. Halte durch, bitte! Ich bin in …" Doch sie bekam seine letzten Worte nicht mehr mit. Mit dem Gesicht voran wurde sie zu Boden gerissen.

Die Satyrin hatte sie eingeholt. Das Handy rutschte über die Straße außer Reichweite. Unerbittliche Finger krallten sich in ihre Haare, bogen ihren Hals zurück. Sie war zu erschöpft, um auch nur ein Streichholz zu entzünden. Erneut waren ihre Fähigkeiten nutzlos. Wozu besaß sie diese überhaupt? Sie mobilisierte all ihre Kräfte, zog den Ellenbogen nach hinten und rammte ihn der Satyrin auf die Nase. Im selben Moment drehte sie sich auf den Rücken und trat ihrer Angreiferin gegen die Schultern.

Die zweite Satyrin kam ebenfalls näher. Sie war langsamer als ihre Vorgängerin. Dieser Umstand rettete Andi das Leben. Kam sie ja schon mit einer nicht zurecht.

Andi hechtete die Straße entlang. In Sichtweite der Tankstelle bog sie auf einen kleinen Waldweg ab. Liam war zu weit weg, aber er würde kommen. Der Gedanke an ihren Krieger, der sie bald wieder in die Arme schloss, lockte den letzten Rest an Energie hervor. Sie musste der Sache allein Herr werden. Außerdem konnte sie keinen Schritt mehr weiterrennen.

Die Satyrin kam erneut auf sie zu. Wut blitzte in ihren roten Augen auf, als sie sich frontal auf Andi warf. Sie fielen auf die Erde. Andi konnte sich zur Seite abrollen. Spitze Fingernägel rissen die Haut an ihrem Unterarm auf. Feuchte Bäche rannen über ihre Fingerkuppen. Ungeachtet ihrer Verletzungen stellte sie sich ihrer Angreiferin. Doch diese kniete noch immer auf dem Boden, den Kopf in die Luft gereckt. Sie genoss Andis Schmerzen, wie Baltes' Sohn es geschildert hatte. Es war, wie eine Droge. Nicht nachdenken. Sie ist keine Frau. Sie ist kein Opfer! Andi setzte das Skalpell an ihrem Arm an. Mit einem kräftigen Ruck trieb sie die Klinge tief in ihr eigenes Fleisch. Sie musste auf Nummer sicher gehen. Die Satyrin bäumte sich auf, stieß rasselnde Laute aus. Das war ihre Gelegenheit. Das Skalpell reichte nicht aus, um sie zu enthaupten. Demnach blieb nur eine Möglichkeit. Vorsichtig näherte sie sich der Satyrin und schob ihre Haare im Nacken zur Seite. Ihr Blut tropfte auf die Schultern der Gegnerin, sprenkelte das weiße OP Hemd, das sie trug. Mit aller Kraft, die sie aufbringen konnte, jagte sie das Messer durch die Haut der Satyrin. Wirbel knackten, ein letztes Röcheln. Fertig. Ihre Angreiferin brach vor ihr zusammen.

Andi sackte auf die Knie. Adrenalin und der enorme Blutverlust forderten nun endgültig ihren Tribut. Die zweite Satyrin kam um die Ecke.

Andi war am Ende. Das war mehr, als ihr Körper, ihr Geist und ihre Seele verkraften konnten. Sie hätte ihn so gern noch mal gesehen. Sich für all die Dummheiten entschuldigt. Ihn geküsst. Seine Wärme gespürt. Zu spät. Sie war nicht stark genug, um im Krieg zu bestehen. Die Satyrin stand jetzt keine zwei Meter entfernt. Geräusche wurden gedämpft, der Schmerz ließ nach. Sie bereitete sich innerlich darauf vor, ihr Leben an sich vorbeiziehen zu sehen. Ein feuchtes Gurgeln, und der Kopf der Satyrin rollte vor Andi zu Boden. Wie?

„Andi!"

Liam. Er hatte sie gefunden. Achtlos warf er sein Katana neben sich und fiel vor ihr auf die Knie. Seine großen Hände legten sich sanft um ihr Gesicht. Blaue Augen, keine roten. Blonde Haare, keine schwarzen. Emotionen, keine erbarmungslose Kälte. Sie war bei ihm. Sie schloss die Augen und sank in seine Wärme. Laut schluchzend warf sie sich in seine Arme. Unfähig die Last ihrer Seele auch nur einen Moment länger allein zu tragen.

„Ist gut. Du bist in Sicherheit. Dir geschieht nichts mehr." Er umfasste ihren Kopf mit beiden Händen, drückte sie an seinen Oberkörper. „Du bist in Sicherheit." Er wiegte sie stoisch vor und zurück. Ihre Tränen flossen als unerschöpflicher Quell des Schmerzes und der Erleichterung. „Niemand tut dir je wieder etwas an. Ich verspreche es dir. Ich verspreche es!" Erst jetzt bemerkte sie seine raue Stimme. Leise, brüchig. „Ich konnte dich nicht beschützen. Es ist alles meine Schuld. Ich habe versagt. Du hattest mit allem recht, Rotfuchs. Ich bin überhaupt nicht würdig, dass du mich liebst. Es tut mir so leid."

Mit letzter Kraft stützte sie sich ab und hob den Blick.

„Nein." Es brach ihr das Herz, diese wunderschönen Augen voller Kummer zu sehen. Sie drückte ihren Mund auf seine Lippen. „Dich trifft keine Schuld. Ich liebe dich." Sie lehnte ihre Stirn gegen sein Kinn und schlang die Arme um ihn. „Ich habe gebetet, dass ich dich wiedersehen darf. Mein Leben bedeutet mir nichts, im Vergleich zu dem, was du mir bedeutest. Ich liebe dich mehr, als mich, Liam." Ihr Atem wurde heftig geschüttelt, als ein neuer Weinkrampf sich den Weg in ihre Brust bahnte. „Ich liebe dich."

„Ich liebe dich auch, mein Rotfuchs." Seine Wangen waren rot verfärbt von ihrem Blut. „Verzeihst du mir?" Er hob ihren Kopf, suchte Blickkontakt.

„Es gibt nichts zu verzeihen, Liam."

„Verzeihst du mir?", fragte er erneut mit stockender Stimme.

„Ja. Ich verzeihe dir. Alles, was du willst, aber hör auf dich von mir zu verabschieden!" Er kämpfte. Das konnte sie deutlich sehen. Mit seinen Gefühlen, mit der Welt, mit sich selbst. Sie wollte diesen Kampf beenden.

„Ich werde dich nie wieder gehen lassen. Nie wieder!" Endlich zierte ein zartes Lächeln sein Gesicht. Jedoch nur, bis er ihre Arme sah. „Komm, Venor hat Verbandsmaterial im Wagen."

Sie blickte an Liam vorbei. Sie hatte den Krieger nicht bemerkt. Statuengleich stand er vor dem schwarzen SUV. Das Schwert im Anschlag, ihnen den Rücken zugewandt. Liam zog sie hoch.

„Ich glaube meine Beine wollen mich nicht mehr tragen."

„Selbst wenn sie es täten, würde ich dich keinen Schritt laufen lassen", sagte er und hob sie hoch. Übermüdet, kraftlos, geschunden, aber glücklich lehnte sie den Kopf gegen seine Brust. Bei ihm konnte sie schwach sein, ohne vorher Stärke provoziert zu haben. Er fing sie auf. Immer.

16. Kapitel

Die sonst friedlichen Gedankenströme wirbelten durcheinander, sprühten weiße Funken und peitschten in einem unsichtbaren Wind umher. Marvae sammelte ihre Konzentration. Zwecklos. Normalerweise stellte die mentale Ebene einen Ort der Ruhe und Kraft dar. Alles war ausgeglichen, ruhig und strotzte nur so vor Energie. Heute nicht.

„Du musst dich beruhigen, Schwester." Marvae spürte Charismons Anwesenheit in ihrem Kopf. Es war nicht selten. Auf der mentalen Ebene wurden die Schranken eingerissen, sie teilten ein kollektives Bewusstsein. „In deinem Zustand können wir uns nicht verbinden." Erneut versuchte sie, sich zu entspannen. Da sie die Jüngste war, benötigte sie die Hilfe der anderen, um in diese Welt einzutauchen. Charismons Gedankenstrom glitt fast zärtlich an ihrem Geist entlang. Knisternde Blitze entstanden, versengten sie beide.

„Es funktioniert nicht", sagte Marvae gereizt und öffnete die Augen. Die Hände zu Fäusten geballt, stand sie im großen Salon ihrer irdischen Villa. Sie war die Einzige, die sich noch hier aufhielt. Dieser Umstand schürte ihre Wut.

„Wieso bist du aufgebracht?" Charismon nahm neben ihr körperliche Gestalt an. Sein Haar war weißer geworden, die Augen trüber. Ein Zeichen seiner wachsenden Macht.

„Er hat mich angegriffen!", schrie sie empört. Ihre Haut schimmerte silbern auf, Energie pulsierte darunter, wollte endlich losgelassen werden. Menschliche Belange wie essen, trinken und ruhen lagen weit hinter ihr. Nicht so Emotionen. Vor allem Wut stellte eine lästige Angelegenheit dar. Sie zwang Marvae, in der weltlichen Phase zu bleiben.

„Sie können uns nichts tun Schwester", antwortete Charismon gleichgültig und streckte den Nacken. Er war länger nicht materialisiert gewesen.

„Wir ihnen auch nicht." Das Gedankenschild der Drachenkrieger war frustrierend. Egal, wie sehr sie sich bemühte, es war unüberwindbar. Für jeden von ihnen. Am liebsten hätte sie den Schädel des Kriegers aufgebrochen und seine Gedanken mit brachialer Gewalt herausgerissen, bis nichts als eine leblose Hülle blieb.

„Sie wissen es." Marvae ging nicht näher darauf ein. Es war eindeutig, von was sie sprach.

„Und?" Charismon verstand es anscheinend nicht.

„Was machen wir, falls sie von dem Aufstieg wissen?" Der Clan würde alles daran setzen, sie aufzuhalten. Sie mochten die falschen Ideale verfolgen und sich Utopien von einer gleichgestellten Gesellschaft hingeben, aber wenn die Mitglieder des Clans etwas erreichen wollten, waren sie nur schwer davon abzubringen. Charismons Gestalt hatte die Transformation beendet, das Flackern verebbte und seine Schritte hallten über den weißen Marmor.

„Das ist unerheblich", sagte Asmodeus leise. Marvae atmete tief durch. Alles an Asmodeus strahlte Macht aus. Selbst seine Stimme berührte ihre Sinne. Er war nur noch ein Schimmern in dieser Welt. Tangierte die Wirklichkeit flüchtig. Sein Aufstieg war fast abgeschlossen. Es fehlte nicht mehr viel.

„Für dich vielleicht", sagte Marvae leise. Sie hatte keine Angst vor ihm. Sie waren gleich. Respekt zollte sie ihm dennoch. „Mich kostet jede Projektion auf die mentale Ebene Kraft." Für Asmodeus gab es derartige Schwierigkeiten nicht. Seine Macht wuchs ständig. Gleichzeitig wuchs jedoch auch seine Abwesenheit. Die meiste Zeit wusste sie nicht einmal, wo er war.

„Deine Zeit wird kommen, Schwester. Gedulde dich." Charismon wollte sie beruhigen. „Du bist die Jüngste."

Marvae unterdrückte ein Schnauben. Selbstverständlich musste sie warten. Aber sie kam nicht umhin, den Umstand zu hassen. Sie hatte genauso viel erlebt, wie die anderen. Sie hatte den ersten Anstoß für ihren Zusammenschluss gegeben. Ohne ihren Einfluss wären sie niemals so weit gekommen. Den Krieg gegen ihre gierigen Geschwister hatte sie angeführt. Der perfekte Körper, in dem sie seit so vielen Jahrtausenden über die Welt wandelte, hatte viele Schwerter geführt und viele Schlachten gewonnen. Früher, als Macht noch durch Blut besiegelt wurde. Manchmal vermisste sie diese Zeiten. Sie hatte Ghladran enttarnt, seine Exekution angeordnet. Ebenso war es ihre Aufgabe gewesen, den Drachenclan unter Kontrolle zu halten. Der Bruch kam einem Versagen ihrerseits gleich.

„Baltes lebt übrigens“, sagte sie beiläufig. Ein interessanter Fakt, wie sie zugeben musste. Das eröffnete allerhand Möglichkeiten. Darüber müsste sie in Ruhe nachdenken. Später.

„Wird er sich dem Clan anschließen?“, fragte Asmodeus.

„Nein. Sein Hass gilt in erster Linie dem Clan. Wir belegen nur Platz zwei.“ Was sie zu ihrer ursprünglichen Intention zurückbrachte. „Was machen wir mit dem Clan?“ Sie hatte einen Plan, teilweise schon in die Tat umgesetzt. Aber es war besser die anderen in dem Glauben zu lassen, sie würde vorher um Erlaubnis bitten. Manchmal war es geschickter, seine Meinung für sich zu behalten.

„Müssen wir etwas unternehmen?“ Die Frage ihres Anführers brachte Marvaes Haut zum Glühen.

„Sie zollen uns keinen Respekt! Er hat mich offen angegriffen! Mich!“ Dieses Verhalten war inakzeptabel. Die Mitglieder des Rats waren die Herrscher. Nicht die Untertanen. Das besagte ihr Geburtsrecht.

„Sobald wir aufgestiegen sind, offenbaren wir uns der Welt“, sagte Charismon. „Die Übernatürlichen beten uns jetzt bereits an. Menschen sind schwach. Körperlich und geistig. Sie werden folgen. Uns gilt die alleinige Herrschaft."

„Nicht wenn der Clan dazwischenfunkt. Wir sollten sie nicht unterschätzen. Wir selbst wurden Jahrhunderte lang unterschätzt. Mit welchem Ergebnis?" Ihre Feinde waren wie Kinder. Es war fast zu einfach. Nichts ahnend hatten sie die Augen aufgerissen, als Marvae sie tötete. Unbewaffnet. Unwissend.

„Was willst du tun?"

Marvae lächelte. Sie hatte etwas unternommen. Es war nicht ihre Art, die Zeit mit Warten totzuschlagen. Da sie die Einzige war, die ihre körperliche Form noch nutzte, oblag die Führung ihrer persönlichen Armee ihrer Verantwortung. Es waren Dryaden und Elfen mit überdurchschnittlichen Fähigkeiten. Immer noch schwach, aber nützlich und folgsam. Zudem ging sie auf Nummer sicher. Regelmäßig drang sie in den Geist ihrer kleinen Soldaten ein. Die Trugbilder, die sie in den hilflosen Köpfen schuf, waren echter als der schlimmste Albtraum. Sie pflanzte Visionen des Schreckens und erntete Gehorsam. Angst war eine wirksame Motivation.

„Die Epoche des Drachenclans ist vorüber. Sie waren zu lange die Helden unserer Welt, haben sich zu lange in der Sonne unserer Herrschaft gesonnt. Wir setzen dem nun ein Ende." Es wurde Zeit, dass der Clan von der Bildfläche verschwand. In ihrer Welt gab es keinen Platz mehr für antiquierte Helden. Dafür würde sie sorgen.

*

„Liam. Ich explodiere gleich."

„Da ist noch Platz", murmelte er und küsste Andis Bauch. „Genau dort." Lächelnd schob er ihr eine weitere Erdbeere in den Mund.

„Wenn du so weitermachst, rolle ich bald aus dem Zimmer", erwiderte sie kauend.

Der Klang ihrer Stimme versetzte seiner Brust einen kräftigen Stoß. Er hatte sie zurück. „Umso besser. Mehr erotische Nutzfläche für mich."

„Spinner." Sie streckte sich auf dem Bett aus und wuschelte durch sein Haar. Als sie seinen Kopf streichelte, fiel seine Aufmerksamkeit auf ihre Unterarme. Er hatte die Verbände zweimal wechseln müssen. Die Kratzer waren nicht so schlimm. Der Schnitt des Skalpells ging jedoch tiefer, als es auf den ersten Blick ausgesehen hatte. Nachdem sie im Anwesen angekommen waren, waren alle herbeigeeilt. Jeder war froh, dass Andi unversehrt zurückgekehrt war. Obwohl Lillian verletzt war, verarztete sie Andi.

Liam konnte Wunden behandeln. Säubern, nähen, bandagieren. Normalerweise. Aber es war Andis zerfetzte Haut, Andis Blut, Andis schmerzverzerrtes Gesicht. Er war der Frau seines Anführers dankbar gewesen.

„Es ist in Ordnung", sagte sie leise und lächelte zu ihm herunter. Den Kopf in ihrem Schoß erwiderte er das Lächeln. Unfassbar. Noch gestern hatte er gedacht, sie für immer verloren zu haben. Könnte er jemals wieder angstfrei leben? Die Qualen der vergangenen Tage waren mehr, als er je befürchtet hatte, verkraften zu können. Die Sorge hatte ihn an den Rand der Zurechnungsfähigkeit getrieben. Es war, als hätte jemand den Schalter seiner Selbstbeherrschung umgelegt. Er verdrängte die düsteren Gedanken, setzte sich auf und nahm hinter ihr Platz. Als sie zwischen seine Schenkel sank, atmete er tief ihren Duft ein.

„Danke." Liam schlang die Arme um seine Frau, presste ihren warmen Körper gegen den seinen und war einfach nur glücklich.

„Für was?", fragte sie und streichelte seine Unterarme.

„Für dich." Es war mehr, als er verdiente.

„Liam. Mir geht es gut."

Schokolade, Badeöl, Massagen, Blumen und Orgasmen,

bis sie laut Stopp rief. Er versuchte, sie abzulenken. Es funktionierte nur bedingt. Ihr ging es nicht gut. Liam entgingen ihre zitternden Hände, die feuchten Augen, wenn sie sich unbeobachtet fühlte und der angsterfüllte Blick nicht. Es zerriss ihn innerlich, ihr Leid nicht lindern zu können.

„Hat er …“ Nein. Er konnte den Satz nicht beenden. Sie hatte zwar gesagt, dass dieser degenerierte Haufen Abschaum sie nicht angefasst hätte, doch womöglich log sie, um ihn nicht zu belasten. Diese edle Geste würde zu ihrem Charakter passen. Und zu dem, was sie bei ihrer Flucht gesagt hatte. Ich liebe dich mehr, als mich selbst. Er verstand es. Aber es behagte ihm nicht.

„Er hatte es vor. Kam jedoch nicht dazu. Ich schwöre es dir.“

Der Gedanke verätzte seine Seele. Dennoch war er beeindruckt. Ihr war die Flucht gelungen, aus den Fängen eines sechshundert Jahre alten Drachenkriegers und seines dämonischen Sprösslings. Sie sollte vor Stolz zergehen.

„Was bedrückt dich?“

„Mir geht sein Sohn nicht aus dem Kopf“, gab sie zu. „Er ist ein Hybride, wie ich.“

„Nein“, sagte er prompt. „Du bist ein mitfühlendes, lebendiges, wunderschönes, kluges Geschöpf, welches zufällig zwei Talente in sich vereinigt.“ Er küsste ihren Scheitel. „Baltes’ Nachkommenschaft hingegen ist die Vereinigung eines sadistischen Bastards mit einem machtbesessenen Freak, der echt einen an der Waffel hat.“ Zudem war er dem Tode geweiht. Liam würde nicht eher ruhen, bis Vater und Sohn vom Angesicht dieser Welt getilgt waren. Niemals zuvor hatte er derartig tiefen Hass verspürt. Satyrn weckten den Drachenkrieger in ihm. Jetzt wurde der Gefährte in ihm erweckt. Sie würden dafür bezahlen, leiden, bis sie sich nach dem verdienten Fegefeuer verzehrten.

„Du hast ein zu großes Herz, mein Rotfuchs."

„Jaja. Ich habe immer mit den Falschen Mitleid. Aber so ist es nicht", sagte sie hektisch. „Selbst wenn David noch am Leben wäre, hätte ich ihn endgültig zum Teufel gejagt." Fingernägel gruben sich in seinen Unterarm. „Genau wie Baltes' Junior. Ich versichere dir, ich werde nie wieder jemanden in Schutz nehmen, der …"

„Schon gut, schon gut. Beruhige dich." Ohne Zweifel befürchtete sie, erneut ihr Streitthema aufgegriffen zu haben. „Ich habe nachgedacht. Dein Mitgefühl ist keine schlechte Eigenschaft, Andi. Du hast die Fähigkeit, in jedem Lebewesen das Gute zu erkennen. Dein Empathievermögen ist bemerkenswert. Einer der Gründe, warum ich dich so sehr liebe. Es macht dich zu einem besseren Geschöpf, als ich es bin." Das einzig Negative an ihrer Einstellung war die Unverträglichkeit mit seinem Drachentemperament. Sein Fehler. Nicht ihrer.

„Das sagst du nur, weil du dachtest, mich nie wiederzusehen."

Gut, sie konnte ihn necken. Dann war sie definitiv auf dem Wege der Besserung.

„Okay. Falls mein Drang, dich auf Lebenszeit anzubeten, dir Altäre zu bauen und Ziegenopfer darzubringen irgendwann verfliegen sollte, habe ich ja noch die Handschellen."

Ihr leises Lachen vibrierte durch seinen Oberkörper. Doch etwas stimmte noch immer nicht. „Spuck' -s aus, Rotfuchs. Ich nerve dich so lang, bis du rauslässt, was dich quält."

„Es ist nichts. Wirkl…"

„Andi", sagte er warnend, wohl wissend, dass sie nicht ehrlich war.

„Ich bin nutzlos", antwortete sie kleinlaut.

„Du verträgst die Kirschlikör-Pralinen offensichtlich nicht." Mit einem Kopfschütteln schnippte er die leere Packung vom Bett.

„Wenn ich meine Fähigkeiten besser kontrollieren könnte, wäre das alles nicht passiert. Bereits in der Klinik hätte ich ihn aufhalten können. Ich bin über dreihundert Jahre alt und beherrsche meine Kräfte auf Kleinkindniveau!“

„Ohne dir zu nahe zu treten, aber du hättest nichts tun können.“ Es grenzte an ein Wunder, dass sie überhaupt fliehen konnte. „Niemandem ist etwas geschehen, was nicht verheilt.“ Seine Gedanken glitten zu Milchgesicht. „Okay, niemandem, der wichtig genug ist, hier erwähnt zu werden.“ Erneut drückte er sie an sich. „Du hast deine Talente jahrhundertelang ignoriert. Deine Kontrolle wird wachsen.“

„Liam …“

„Nein. Ist dir bewusst, wie stark du bist? Einen Satyr mit einer Zwei-Zentimeter-Klinge zu töten ist eine Kunst. Du bist geflohen, hast einen kühlen Kopf behalten, wusstest genau, wann du kämpfen und wann du weglaufen musstest.“ Ein Umstand, den ausgebildete Krieger teilweise nicht schafften. „Wenn du willst, bringe ich dir noch das Schießen bei. Dann wirst du zum Terminator.“

Hinter seinem Witz steckte mehr Wahrheit, als ihm recht war. Er hatte den Rat offen provoziert, Marvae herausgefordert. Der Showdown würde nicht lange auf sich warten lassen. Dessen war er sich sicher.

„Ich liebe dich, Liam.“

„Ich lie…“ Ein dumpfes Vibrieren ließ ihn aufschrecken. Blitzschnell ragte er vor Andi auf, bereit sie zu verteidigen. Fußgetrappel erklang. Bevor Liam seinen nächsten Schritt planen konnte, flog die Tür krachend auf.

Mennox nahm den gesamten Türrahmen ein. Sein schwarzes Haar hing ihm teilweise ins Gesicht.

„Durch die Tunnel. Jetzt!“ Mit diesen Worten war er auch schon wieder verschwunden.

„Was …“ Andi rappelte sich auf und warf ihm einen fragenden Blick zu.

„Im Schrank sind zwei Taschen." Ohne zu zögern, stand sie auf.

„Was ist da drin?"

Liam widmete sich dem Waffenschrank. „Notfallgepäck für uns beide. Es war klar, dass wir vorbereitet sein müssen. Wir haben bereits vor Monaten eine Art Notfallprotokoll festgelegt."

„Ich verstehe nicht."

„Wir evakuieren das Anwesen." Die Worte schmeckten bitter in seinem Mund. Liam wusste nicht, wieso oder weshalb. Aber Mennox' Gesichtsausdruck nach zu urteilen, war die Lage ernst.

„Ich muss meine …"

„Alles gepackt. Ich habe Sicherungskopien deiner Arbeiten eingepackt." Sie verehrte ihre USB-Sticks förmlich. Niemals hätte er sie vergessen.

„Calli!", rief er so laut er konnte, während er die Munition einsteckte. Es dauerte keine Minute und seine Kameradin kam voll beladen mit einem riesigen Seesack schlitternd vor der Tür zum Stehen.

„Mercy. Sie hatte eine Vision. Venor, Lillian und Myrell sind schon draußen. Mennox wartet auf mich. Darian, Max und Mercy sind unterwegs. Soll ich Andi …"

„Nein. Sie bleibt bei mir." Mit einem Nicken verabschiedete er sich von Callista.

Die Tunnelsysteme waren gut befestigt. Die Gänge führten zu einem abgelegenen Waldstück außerhalb des Grundstücks. Früher war Calli seine Partnerin, er musste sichergehen, dass sie das Haus verließ. Erneut rollte ein dunkles Grollen durch die Flure.

Ohne weitere Zeit zu verlieren, schnappte er Andis Hand und zog sie mit. In der Eingangshalle stießen sie auf Darian und Mercy.

Max klammerte sich mit angsterfülltem Gesicht an Darians Kragen. Ein Kind sollte so etwas nicht miterleben müssen.

Mercys Augen waren noch immer von einem milchigen Nebel durchzogen. Die Vision musste stark gewesen sein.

„Hört ihr das?“ Liam ging einen Schritt zur Tür. Er ließ Andi nicht los, schob sie jedoch in seinen Rücken.

„Marvae?“ Ungläubig ging er zu einem kleinen Fenster. Die Königin der Heimtücke außerhalb des weißen Palasts? Unmöglich.

„Niederträchtiger Mordanschlag. Der Drachenclan ist gefallen. Stellen sich dem Wohl des Volkes entgegen. Machthunger“, murmelte Mercy geistesabwesend. Erst als ihr Blick sich klärte, sprach sie weiter. „Sie hetzen die Bevölkerung gegen uns auf. Marvae schiebt uns die Schuld in die Schuhe. Sie verdreht alles!“

Dieses widerwärtige Miststück! Vorsichtig zog Liam den Vorhangstoff beiseite. Tatsächlich.

„Die halbe Stadt ist da draußen.“ Allen voran erkannte er das elfenbeinfarbene Kleid von Marvae in der Dunkelheit glimmen. Umringt von ihrer Privatarmee. Sie könnten rausstürmen und alle töten. Das würde unzählige Opfer fordern. Keine Option. „Lasst uns gehen.“

Er wollte Andi mitziehen, doch sie entwand sich seinem Griff. Hatte sie einen Angst-Flashback? Ihre Haltung war erstarrt, die Hände verkrampft.

„Dryaden. Sie sind vor dem Tor. Lauft!“ Die Worte verließen Andis Mund stockend, aber deutlich.

Die Temperatur in der Eingangshalle stieg und Liam wurde bewusst, was sein Rotfuchs da tat.

„Los!“, rief er zu Darian. Dieser eilte mit seiner Familie in Richtung Treppenhaus.

„Andi, du musst mit mir kommen.“ Sachte zog er an ihrem Ärmel.

„Es sind Feuerdryaden. Ich kann sie aufhalten, aber nicht mehr lange. Geh in den Keller.“

„Nein.“ Jede Körperfaser wehrte sich dagegen. Nie wieder würde er seine Gefährtin loslassen.

„Liam, das Feuer wird mir nichts tun. Dir schon! Sobald ich aufhöre, wird es hier zu heiß für dich. Vertrau mir!" Sie betete die letzten Worte. Er vertraute ihr. Sie erneut allein zu lassen, brachte ihn an den Rand des Zumutbaren.

„Du hast eine Minute. Ich warte beim Treppenabsatz." Es war, als ließe er einen Teil einer Seele zurück, doch wenn er jetzt zögerte, würde er ihr Selbstvertrauen endgültig zerstören. Kaum im Treppenhaus angelangt, hallte eine gewaltige Explosion durch das Anwesen. Staubwolken und Feuerzungen flogen vorbei. Das war ein Fehler. Er hatte schon wieder einen riesengroßen …

„Andi!" Rußbefleckte Finger tauchten auf, klammerten sich in den Türrahmen. Eilig zog er sie herein, schloss die Tür und hielt sie fest.

„Ich habe es geschafft!" Ihr Gesicht war schmutzig, ihr Shirt aufgerissen, doch nicht ein Haar war angesengt. Er küsste sie zärtlich auf die Lippen. „Ich habe ihre Flammen gespürt. Sie wollten das gesamte Anwesen einhüllen mit uns allen darin gefangen. Es waren so viele." Hektisch schaute sie sich um, als erwarte sie jeden Moment eine weitere Katastrophe.

„Das hast du gut gemacht. Komm." Liam kam nicht umhin, sie aufrichtig zu bewundern. Die Dryaden waren eindeutig in der Überzahl. Sie hätten das Anwesen normalerweise binnen Sekunden in einen riesigen Feuerball verwandeln sollen. Andi hat sie aufgehalten und gab ihnen dadurch die Zeit zur Flucht. Wahnsinn. Das war seine Frau! Gemeinsam liefen sie den Gang entlang. Die Taschen schlugen in seine Kniekehlen. Sie hatte ihnen das Leben gerettet. Ein Krieger hätte den Hochofen vielleicht überlebt. Mercy und Max auf keinen Fall. Dumpfe Schläge in der Ferne beschleunigten seine Schritte.

„Liam!" Venor tauchte vor ihnen auf. Mit einem knappen Nicken nahm er ihm das Gepäck ab und rannte voraus. Niemand wurde zurückgelassen. Ein Ehrenkodex unter Drachenkriegern. Er hörte Andis keuchenden

Atem, als die bemooste Außentür in Sicht kam. Die rostigen Scharniere knarzten laut, als Venor sie aufstemmte.

„Die anderen sind auf der Lichtung bei den Fahrzeugen. Marvae hat die halbe Stadt mobilisiert. Ihre Hetzreden scheinen Wirkung zu zeigen." Er drückte Andis Finger. Konnte er nicht einmal einen ruhigen Tag verbringen?

Gemeinsam liefen sie den kleinen Hügel hoch. Oben richtete Liam seine Aufmerksamkeit zuerst auf seine Kameraden. Lillian lehnte den Kopf gegen Mennox Schulter, Calli stemmte die Arme in die Hüften und setzte sich auf ihren Seesack. Venor stand neben Myrell. Darian hatte Max auf dem Arm. Die freie Hand um seine Frau gelegt. Sie alle waren bereits für die Nacht angezogen. Nur die Krieger trugen ihre Ledermäntel. Sie waren zusammen, das war alles, was zählte. Milde lächelnd strich er über Andis Wange. *Ich liebe dich* formte er mit den Lippen.

Ein ohrenbetäubender Knall erklang. Liam zog sie mit nach vorn, um einen Blick auf ihr Heim und die versammelte Meute davor werfen zu können. Großer Gott … Eine wütende Menge brandete gegen das Tor des Anwesens. Sie brüllten, warfen Steine und tobten. Der Hass, den der Clan wegen des Verrats seitens des Rats empfand, galt nun ihnen.

Orangerote Flammen züngelten die Außenmauern empor, verschlangen das Gebäude zur Gänze. Das Feuer, das Andi zuvor zurückgehalten hatte, bahnte sich seinen Weg. Fensterscheiben sprangen klirrend entzwei, Erdstöße erschütterten die Grundmauern, Funken stoben in den dunklen Nachthimmel. Ihr Zuhause war fort. Zerstört durch jene, die sie zu schützen versuchten.

Es war ein grausames Bild.

Andi drückte sich an ihn, woraufhin er sie noch fester in seine Arme schlang. Kies knirschte. Die anderen gingen zu den geparkten Autos. Es waren drei schwarze *SUVs,* speziell für den Fall einer übereilten Flucht hier bereitgestellt. Kaum zu glauben, dass sie die Fahrzeuge tatsächlich brauchten. Liam mied den Blick seiner Kameraden.

„Wo gehen wir jetzt hin?", fragte Andi leise und zog ihm am Ärmel zurück, als er den anderen folgen wollte.

„Wir haben verschiedene Orte zu denen wir gehen können. Ich schätze …" Er brach ab. Tja. Wenn er ehrlich war, hatte er keine Ahnung. Natürlich hatte der Clan mehrere Ausweichmöglichkeiten. Wirklich geheim war davon jedoch keiner. Wer wusste schon, wie viele von ihren Häusern bereits brannten.

Sie lehnte ihre Stirn gegen seine Brust.

Instinktiv schloss er sie in seinen Mantel ein.

„Ich sage dir was, Rotfuchs. Egal, wo wir hingehen, egal, wer uns verfolgt und verdammt, noch mal egal, welche Spinner sich uns in den Weg stellen, wir bleiben zusammen. Das ist alles, was wichtig ist." Er küsste sie auf den Scheitel. „Mehr brauchen wir nicht."

Paige Anderson

Geboren wurde ich 1986 im Saarland. Ich habe 2013 meinen Bachelor of Education in den Fächern Deutsch und Biologie auf Lehramt absolviert und startete in den Master.

Ich habe drei große Leidenschaften. Literatur, Biologie und meinen Mann. Die ersten beiden faszinieren mich schon seit ich laufen kann, Letzterer überrascht mich jeden Tag aufs Neue. Ich lebe beschaulich in einem kleinen Häuschen auf dem Land inmitten meines kleinen privaten Zoos. Unangefochtene Herrscherin des Hauses ist meine mittlerweile zehnjährige Dackeldame Paula.

Die Muse zum Schreiben springt mich regelmäßig an, teilweise an absurden Orten, wie dem Baumarkt oder bei der hoch kreativen Tätigkeit des Fensterputzens. Aber ist die Idee erst einmal in meinem Kopf, muss ich sie weiter verfolgen und habe ab diesem Zeitpunkt keine ruhige Nacht mehr, bis das Manuskript fertiggestellt ist. Das Talent, sich in einer Sache festzubeißen, betrachte ich als Vorteil. Die Arbeit an einem Buch fordert mich, spornt mich an und es gibt kein besseres Gefühl, als mitzuerleben, wie aus einer Idee eine Geschichte wird.